山水有相逢

東瑞　著

獲益出版事業有限公司

封面書法：游　江

山水有相逢

著　　者：東　瑞

封面設計：西　波

封面書法：游　江

主　　編：東　瑞（黃東濤）

督 印 人：蔡瑞芬

出　　版：獲益出版事業有限公司
九龍土瓜灣道94號美華工業中心A座8樓11室
HOLDERY PUBLISHING ENTERPRISES LTD.
Unit 11, 8/F Block A, Merit Industrial Centre,
94 To Kwa Wan Road, Kowloon, H.K.
Tel: 2368 0632　　Fax: 3914 6917

版　　次：二零二五年六月初版

國際書號：ISBN 978-962-449-610-9

如有白頁、殘缺、或釘裝錯漏等，歡迎退換。

前　言

蔡瑞芬

喜歡讀東瑞的散文和散文詩，勝過他的小說；雖然他在小說方面有更大的名氣，得獎無數。我覺得他的散文感情真摯，牽動人心，尤其是寫親情那些篇章，有的讀來令人淚目。比如《大難不死》彷彿可以觸摸到他的一顆柔軟之心；《我們從高空看見你》雖短，但角度特別，堪稱疫情期間的一篇奇文；《我的8:05》寫出了他的祖孫真情；《人棄我時勿自棄》非常勵志，足以體現他的倔強個性。

東瑞的遊記形式不拘一格，絕無冷資料的羅列堆積，他認為現代網絡什麼都有，應該消化在自己的獨特感受裡，才會寫出有生命力的遊記；旅行中他每每會有所發現，寫來角度新穎。他擅於將詩情和哲理融於一爐，讀者可以從他十二組散文詩看他的觀察、思索、描述和抒情幾種文學元素的綜合運用。

東瑞的散文長短不一，總是非常相宜，短得精煉精彩、紙短情長；長時，聯想豐富，猶如浪海潮澎湃，氣勢很足，如書中的《與名家的午夜約會》《金門散步》《在世界各地大城小鎮吃早餐》都很精彩，讀之不會沒有收穫。

本散文集選收87篇散文，希望你喜歡。

2025年6月11日

目錄

第三情 旅情

第四情　閒情

第五情　心情

第六情　文情

報導

母親，我的性格鑄造師

母親在香港已離世十六年，彷如昨日，她的笑容，她的形影，她的威嚴，還在影響著我，我不知道我的兄姐們如何？我卻感覺到我的性格，受母親影響極深。父親傳給了我沉默實幹的性情，母親傳給了我倔強勤奮的品格。他們都成了我靈魂和性格的鑄造師，父親生前為一家人的生存溫飽與我們聚少離多，母親日夜在家，耳聞目濡，言教身教，更為顯著。

感恩母親，從三十年代到四十年代，陸續生下我們兄弟姐妹五個，雖然在日本侵略者的鐵蹄蹂躪印尼土地的年代，您和父親一路逃難，逃到婆羅洲的深山老林，生活那麼難熬，卻從不叫苦，而是咬碎牙根和血吞，始終也不願意向親友開口借，而是將結婚時的嫁妝首飾和多年積蓄的細軟盡數變賣，帶領一家人走出困境。五個子女，是您一個個養育帶大，至多讓老大老二協助照顧幾個弟妹。在今天真難想像。

妳不畏艱難，秉承了外祖母蹲在家的木盆裡分娩、自斷臍帶的驚人之舉，不怕吃苦的精神激勵我們懂得怎樣適應複雜的香港社會，如何才能紮根立足。

感激母親，一生勤奮努力，將家整理得井井有條，女紅中的任何一種，都難不倒妳，裁剪縫衣，廚藝收拾，兼能；不需要閱讀烹飪書籍，一邊從小看外祖母在廚房燒菜煮飯，一邊自己研究鑽研，開發創新，一種平凡普通的食材，就變出許多色香味俱全的花樣，滿桌的菜肴，吃得兒女們滿嘴噴香。

妳的刻苦能幹，也傳給了您的外甥女，如今成了我的老伴，我們一起生活五十二年了，雖然忙碌，我們無法餐餐在家吃，但有閒空的時候，老伴駕輕就熟，什麼都可以做得很棒的。

感佩母親，雖然早年從金門老家出洋落番，離開窮困的家鄉，嫁給父親後，只是認識幾個簡單的大字，您基本上算是沒啥文化的家庭婦女，但不甘命運的擺佈，妳和子女們結緣後，就要求我們買方格子簿，讓妳練習抄寫漢字。妳有空的時候就讓我們佈置作業，每天抄寫好幾頁，認識的字也漸漸增多，幾乎就是四年級的程度了。報紙上簡單的新聞，您會看；您冰雪聰明，電視報告的大事、股票的起落，城市裡的劫案，都聽明白，還會一一講述給兒女們聽。

您的好學不倦，也傳給了我們。如今手機、電腦，網路等新事物，適應現代社會而生，哪怕寫一篇小文章，一個詞、一句成語的發音、意義、用法，如有疑問，我們都會認真查閱詞典、參考網路才敢運用。

感動於母親，進入中年，將我們五個兄弟姐妹一個個陸續送回祖國讀書、升大學，沒有留下一兩個子女在身邊照顧自己。在那年代，感動了很多華僑親友。我們到了北方，接到父親的信，才知道你強忍住不在我們眼前流淚，而我們走後，在那幾天依然在飯枱擺上兒女們的碗筷，天天以淚水洗面。為了兒女的前途，成為有學問的人，報效國家，您舍小我而成全大我。設身處地，今天我們也做了父母，兒女去了那麼遠的地方生活，心裡總是很難捨得的啊。父親在印尼雅加達突然病逝後，妳辦好後事，勇敢隻身前往香港與兒女團聚。

您內心強大，目光放遠，公私分明，讓我們明白什麼才是真正的愛子女。

感歎於母親，堅強勇敢，年紀那麼大了，跌倒兩次，雖然幸虧沒有大礙，但居然忍受得了跌打師傅的治療折騰，神奇地好起來；還有，一直到接近九十歲，您雖然步履為艱，但一直對兒女給你準備的輪椅說“NO”,也不要兒女攙扶，只是用一把雨傘權當拐杖，您的毅力真驚人！二哥的離世，讓您承受白髮人送黑髮人的人生巨大痛苦，子女瞞著您，最終您還是讓我們推著妳到靈堂來送別，含淚默念：到天堂我們還是要相見！

妳生命中經歷過多少感情的不舍，都一一挺過來，給我們樹立了好榜樣！

感悟於母親，一生沒進過學堂受正式教育，但教育我的金句隨口說出，讓我一輩子受用無窮。我失業時，您握著我的手，鼓勵我：“大丈夫何患無職？”我找工作徵詢您的意見，您拍拍我的肩膀說，“只要非偷非搶，什麼都可以去做！”妳知道我被匿名信所傷時，您說，“妳不必怕，不要理睬它，做好自己最重要，別人就打不到你！”

……母親啊，你教育我們的金句何止這些？我們一生都不會忘記的。

母親雖然已經逝世快二十年，但她的心情和品德已經融入我們的精神和血液中。如果世界上有最偉大和代表性的母親雕像，我相信，必然也有我母親的一份靈魂、血肉和精神在內。

飛天

從歷史書裡知道絲綢路上的敦煌飛天，也欣賞過有關飛天的藝術畫冊和舞臺飛天優美演出，也許印象過深，我也寫過小小說《飛天》，不過那是六十年代一個不美妙的故事，一雙男女為情飛天而墮。

八十年代末，我的人生遇到重大挫折，我正在以辛勤的雙手謀取生活和生存權的時候，機構以莫須有的理由給了我一個大信封炒了我，我如同一顆廢了的螺絲釘從高速運轉的大機器裡摔了出去，心情非常失落。那時，大兒子十一歲，小女兒四歲，我的另一半瑞芬辭去做了多年的秘書兼會計的寫字樓工作，當了全職主婦。當時我們初到貴境，生活拮据，我們無力請家政助理。

我為一介書生，無敷雞之力，在文壇和報界又完全沒有任何人事關係，一切只能憑文章品質讓老總取捨，失業的日子裡就寫點零篇散章，賺點奶粉錢。雖被別人遺棄，我卻不自棄，用文字抗議：我寫了《禮物》表示，哪怕失業，我會繼續尋覓一份養家的工作；哪怕成為人們眼中的垃圾人，我會照舊在節日裡給兒女買禮物，保證他們的生活品質不會降低。《禮物》獲得當時香港文學館館長的梁科慶先生的欣賞。

緊接著，我偕同一家大小南下，到馬來西亞散心。

不知當時的大馬作協主席、詩人孟沙（2020年故）是無意抑或有心，竟然安排我來一場在吉隆玻中華大會堂的演講（講題是《文學與人》），還召集了文友聽眾八十人給我鼓掌加油，令我心靈受到極度的震撼，心情從此大逆轉，從低落走向奮發。

又緊接著，我們一路北上，在檳城扯旗山，我決定飛天！舉家喝彩，馬上贊成！這個"壯舉"，意義重大，意味不同凡響，有好幾重象徵意義：

一是意味著在人生的征途中，我如同一隻折翼鳥，在飛翔的途中突然被無良的獵人射中一點皮肉，雖然不至於從高空跌落下來，但傷痕累累，需要暗自療傷，重新整裝出發，沖上雲霄；

二是象徵著一種不屈服的意志，我需要帶傷前行，而且應該負重，負擔起一家子的生存和溫飽，大男子何患無職？

三是代表著一種得意和滿意的心態，暗喻著傲視小人、蔑視權貴的姿態。我不願意做風箏，讓命運受控於人；我要化為自由飛翔的南飛雁，駕馭自己的生命和前途！

那時我們四口人走到檳城扯旗公園的制高點，看到一位背著老爺相機的人，問我們要不要拍特殊效果的照片？他指著貼在一塊樣板板裡的一張張黑白照片，向我們招徠生意。我和另一半看到其中有一張飛天的照片，非常有趣，那是一個男主人化為一隻大鳥，一家大小騎在他背部，大鳥伸開雙手飛向蒼穹，非常生動。好！就拍這樣的一張吧！

攝影人很高興，頃刻做起導演，開始拍攝他的傑作。他選擇了公園裡的一塊比較平滑的大石頭，讓我伏扒在上面，讓小女兒、兒子和他們的媽媽依次從前到後騎坐在我背部，我隱隱地感到了他們身體的重量，可當時我正處壯年，力大無窮

（我還寫過散文詩《給我力量，赫格裡斯（希臘神話裡的大力士）》）可以支援忍耐很久；按照攝影師的指導和佈局，最後大功告成。拍攝完畢收費，可是他無法即影即有，黑白照片要到第二天才送到小旅店給我們。瑞芬一向相信人心的善良，他一定會如約、按照我們給他的賓館地址，將特技照片送來。後來的事實確是真如此，他沒有理由欺騙我們而失去影蹤啊。

三個大小人騎上伏在地面上的我的形象用暗房技術嫁接了檳城天空的大背景，一張飛天的黑白照片，終於大功告成。那張照片，四人的表情都很自然輕鬆，我像一隻大雄雁，馱著母雁和一對小雁；又像一架飛機，載著三個人騰飛，飛機還有翹起來的尾巴喔。

飛天黑白照，成了值得回味和珍藏的經典照。

我將它作為散文詩《人生苦短》組詩的配圖，收在《雨中尋書》一書第38頁中。

進入二十一世紀，瑞芬也想飛天，但我們的兒女都長大也成家了，我們去金門回港經過廈門，她在曾厝垵，做了一次飛天的天使；這時，經歷了人海拼搏、攜手攀虎山的辛累，微笑總在風雨後，照片多了一份浪漫。

第三代出世了，孫女近六歲，孫子快兩歲了，即使再度飛天恐怕也超負荷了，辛丑年初一，兒子一家來拜年，我試試右手抱孫女，左手抱孫子，做了短暫的赫格裡斯，拍攝下難得的一瞬間。

算是第二次飛天吧！再度出發！

大難不死

2024年 8月9日，清晨六點半，瑞芬印尼泗水飛機場這一跌，嚇得我渾身顫抖，以為她再也無法醒來；我幾乎也想跟著她而去。沒有了她，我活著還有什麼意思？

我們是8:20的航班。

我倆和女兒一家三口，將乘國泰CX780，從泗水飛回香港。

我當時留意著家人，也關注著所有剛剛從汽車卸下的行李，在距離我身邊一米遠，突然，我看到瑞芬速度非常快，像一塊人形木板，突然被颶風吹倒，整個人九十度向左前方、面朝地面迅猛撲倒。我嚇得幾乎心膽俱裂，來不及大叫，我已以第一速度蹲下來扶著她的臂彎，大喊瑞芬！瑞芬！瑞芬——，用力拉她起來。我很慌張，不知道為什麼會發生這樣的意外？她之後說，那一霎那間，感覺面前一片暗，以為從此不再起來，直接上天堂了，而我在那一剎那間，也跟著她死了一次。

沒有瑞芬的日子，我只是一副行屍走肉，活在這個世界還有什麼意思？

她這樣的跌勢恐怕在餘下的歲月我再也無法忘記。面孔朝下，地板是飛機場常見的那種硬滑仿大理石的地板，跌得好重好險，戴著眼鏡，搞不好鏡片粉碎毀容，下巴骨骼裂。整個臉血肉模糊。但我看到她仍清醒，下巴破皮出血，不多，但滴到褐色的胸襟薄衣上，觸目驚心。（後來才知道她沒留意她前面有一個略低的小斜坡，左腳踩空）我很快自書包取出膠貼給她貼了好幾塊。我下意識用我臂彎插過她臂部，架著她，怕她再跌下去。女兒看到我渾身在顫抖，芬看到我流淚，我卻已經什麼都不知道，感覺只是一副行屍走肉，扶著瑞芬一起要飛到天上去。如同兩個幽魂，沒有餘力去留意周圍那些好奇的眼睛。

在一片混沌中，我們看到一對雌雄幽魂在半空中居然歡愉地流淚，相擁而舞。男的說，我們終於能同一日去報到了；女的說，後來我終於同意你先我而走快一步；不然，沒有我的日子，你已經沒有任何留戀。你即使還活著，已經和死沒有兩樣了！當然，今天是最好的結局。彼此再也沒有牽掛。

煙霧彌漫，以為是在奈何橋下，撥開雲煙，才看到前面哪有什麼生死簿判官？一列排開的是泗水飛機場為人辦理登機手續、過磅托運行李的櫃檯和辦事人員。不知何時時，瑞芬已經坐在輪椅上，一個友族在後面推著她。看著受傷的她手上依然抓著護照，我心中很是慚愧，平時在印尼依賴慣了印尼語流利的她，疏忽了對她的照顧。我真是一個半廢物！

我是一個不易動情，更不易忘情的武男鈍夫，平時也很少流淚。記得那次與母親告別，送她最後一程時，我代表家人讀悼詞，情不自禁地雙眼盈滿了淚水。原來，人非草木，縱然是鐵漢，也有柔情 ；“男兒有淚不輕彈，只因未到傷心處。”

一切聽命於命運的安排。她被推進一個醫療室。量血壓，敷藥，提供證明……我這個時候才從死地活過來。非常奇怪，瑞芬除了下巴有傷，左膝部擦傷，神志完全清楚，我站在泗水機場簡陋的治療室門口 ，看著躺在小床上接受敷藥的瑞芬，一顆心依然在狂跳。沒有了她，我往後的日子還有什麼有意思？

2014年5月28日至6月8日間，我們參加西歐遊，在義大利羅馬，瑞芬為澳門不認識的團友拍照，腳不斷後退，地面不平，一腳踩空，膝部脫臼，痛入心脾；在威尼斯，午夜導遊陪同搭計程車到當地醫院打石膏

2014年6月28日至7月3日，原計劃西安、山東游，然西安導遊安排嚴重不當，應乘纜車卻安排我們步行下驪山，瑞芬腿再次傷及。西安的旅伴、另一個天使雪蓮無微不至地照顧她，山東無法成行，改道直接回港。

她喉部長過兩次良性甲狀腺瘤，第二次是在香港浸會醫院動手術割除，之後麻醉藥醉力厲害，她久久未醒，我和兒女們圍在床兩側，著急得不知怎麼辦？看到她在麻藥海裡辛苦掙扎，兩眼角流下兩行清淚，說明著她對我、兒女們的不舍。最後她還是醒了；幾次腳傷，治療後，行走如常。

這次，她跌得最為危險，居然又奇跡地活轉來。眼鏡沒破，臉容沒粉碎，口腔無血，牙齒不動搖，腦部沒震盪，又來一次奇跡地大難不死，看來是天意關照，老天憐憫她。兒子說是吉人自有天相，人善天不欺，媳婦說爸媽沒事的，你們健康、熱愛助人，好運會一直跟著你們的。

她這次慘跌，主要這次家族遊，她是大統籌，操心的事太多；在泗水機場，她的注意力在七件行李（二部小車）和五個家人的齊全和安危。緊張中自己不慎，於是意外發生。

瑞芬是活著的天使，以天使之吻普愛周圍的人。8月9日這天她給了所有協助她的機場友族（印尼服務員）小費，飛機降落香港機場後，推她輪椅車的香港機場服務員，她也給了一百港幣。老天憐愛她。

這次出行14天（2024年7月26日至8月9日），瑞芬送人的手信多達一個大皮箱。也許・遠近的親友都關愛她和為她祝福，蒼天也珍愛和憐惜心底善良的人吧。

平台上的春光

春已走遠，花事太短。我對瑞芬說：每年三月初到三月中，樓下的花開得最美、最熱烈，像女兵們列隊兩邊夾道歡迎，但一進入四月，花族開始退潮、五月就凋零和枯萎了。沒有經歷完一個春季的全過程，有的花卉已經荼蘼。

我說，我為你拍拍照，三年沒出門旅行了。

那時，樓下的杜鵑、三角梅開得最熱烈燦爛，拍攝的效果不會輸給在歐洲拍的那些。我不敢說會把她拍得最美，但一定不會太差；動作不指定，我說，你多點不同姿勢，覺得自然就好。

樓下的平臺，有兒童簡單的娛樂設施，小亭、花草、人行通道、籃球場……每天早晨，我都要走過這兒，到兒子家，送孫女上學去。慢慢對平臺產生感情，漸漸喜歡上它。每次經過，看到花兒洶湧，花兒展出笑顏，在向我道聲早，我都會想到瑞芬，如果人兒和花兒作伴，攝影畫面就不會那麼單調寂寞。

瑞芬天生愛笑，拍出來的照片都算悅目，看了舒服。有的人拍照表情比較木，有的人臉蹦著，也是天性使然，不是不願意笑；有個朋友以為她那是裝出來的招牌笑或職業性的笑，希望看一看不笑的她，那也太難為她了，正如不擅笑的人，你迫使她笑一樣很難。

天性使然，不由得你不信。

她天性樂觀，認為世上沒有跨不過去的檻；內心寬容善良，不是那種喜歡巴結高官大商賈的人，周圍結交的固然不乏富有的階層，卻大多數都是家境一般的窮朋友、小人物。她對住宅區的護衛、清潔工、餐廳外賣、超市服務員、快餐店店員、維修電話電視的師傅等等，態度都非常友善。

比起吃，瑞芬更喜歡買衣服。十有七八我們會一起逛服裝店，當她試衣的時候，我通常在一側做評審、打分；我的意見她很重視，常常也成了是否成交的關鍵。別人的先生可能在夫人試衣時在外面抽煙，不介入；我卻喜歡評頭品足，希望我身邊的另一半，大家看上去順眼。

她的價值觀是，知足常樂，捨得花，才再賺回來；因此出手慷慨，從不小貪；她相信對人好，總是會有好回報，只是遲早。旅途中，她是招財貓，一進店鋪，團員馬上跟著湧入選購，大受老闆歡迎。

瑞芬也能幹，只是內外都行的結果，令她大為忙碌；她大受孫輩們的歡迎，令她耗費不少時間陪陪她（他）們，每天時間都排得滿滿的。與小輩玩在一起，忘記年齡，歲月不老。

看來上蒼很眷顧她，她不需要濃妝豔抹，只是娥眉淡掃，時間就會隨著定格或凝止在某一個年齡段。

三年前我們愛旅行，每年不斷地走，走、走，走過四季，參團，自由行；如今，疫情大解禁的日子，我們的心雖然像風箏飛向雲天了，但行動還沒有開始；希望我還能繼續當她忠實的攝影員，拍攝，不斷地拍攝。

大嫂

有一次，我們到兒子任教的學校聽公開課，除了聽兒子的之外，還聽取、觀摩其他老師的公開課。聽完兒子的，忽然一個女教師走上講堂。

我們眼睛一亮。

她用電腦教學，語速非常快，手指處，數學程式馬上出現變化。我們除了感覺非常現代化、神奇之外，也非常欣賞這位女教師的和藹可親。對她留下了不淺的印象。

兒子大學畢業至讀碩士那段日子，正是談戀愛的多事之秋。他的羅曼史並不暢順，我們陪他渡過了那段失落的歲月。作為父母，心裡想的是，大丈夫何患無職？好男兒哪憂無妻？

有次，我們對兒子談起對這位女教師的印象。還縱恿他，喂，她還不錯哩，你可以追嘛。兒子笑笑不語。

我們還認為，既然是同一間學校的女同事，那就近水樓臺先得月，最怕的是她已經結婚或已經在戀愛中，那就希望渺茫了。

隔了一段時間，問兒子有沒有談，表達了沒有，有沒有效果，他笑笑，只是含糊地回答，哪有那麼快？但後來的事實卻也不慢，好事漸漸地近了。兒子還把她的好性格告訴我們。一個好妻子對男人來講何等重要？她不僅是為你生兒育女而已，還得偕你同老，有病痛得互相扶持照顧，走完來世界這一趟；在日常生活中，還彼此成了對方的左右手。無論從哪一方面來看，都是太重要啦。

結婚擺宴席那次，我們看好兒子和這新媳婦婚後必會和睦幸福，能組織一個美滿家庭。我們傾九牛二虎之力，憑著我們的海內外的好人脈，在柯士甸街的一家叫漢堡的大酒樓宴開五十席，還儘量發請柬邀請朋友出席，也算見證吧。來自海內外13個大小城市的親友都出席了他們的婚宴。我大學香港校友會的歷任會長也都來齊。

他們婚後，我們的確沒有聽過一次爭吵，相反，小夫妻好像同乘一艘船，乘風破浪在香港這不單純的社會。一個小家庭，婚後遇到不少困難，媳婦天生樂觀，內心強大，一個個迎難而上。孫女孫子陸續出生前，她喜孜孜地入院，快快樂樂地抱著繈褓中的幼嬰回家。懷孕、分娩、哺乳、睡眠等出現的問題從不讓我們做父母的擔憂。

接觸多了，我們發現媳婦不少優點。

她身為人女，雖然全家三姐妹排為最小妹，但每逢週末，都會舉家回娘家探母親；嫁給我們的大兒子後，在我們全家是名副其實的大嫂了，雖然他們自組家庭，有了自己的家，但住得不遠，節假日，常常擔起大嫂的責任，邀請夫家的家人一起聚餐。大家聚在一起大小就有九口，吃飯、拍全家福，大家感受到溫暖的親情，開心度過大半天。雖然有印尼姐姐幫忙燒菜，她也得統籌安排。一個大家庭的凝聚力，不能不說，媳婦這位大嫂起了很大的推動作用。我們老倆口，常常覺得，媳婦搞好自己的小家庭已經不容易，如今連小家族的凝聚她都那麼關心，真是太難得了。更難得的是，節假日，她娘家和夫家兩邊的大團圓都勇於主持，做足兩場，這樣勇於擔當的媳婦哪裡去找？

我們的這位大嫂，熱愛孩子，堪稱小兒女們溫暖的避風港灣。當然，傳統上，如果說，父親是一座嚴峻的高山，母親是一泓溫柔的大海，那麼喻媳婦為大海洋是當之無愧的。她每天帶著一身的疲勞回家，一對兒女就會一擁而上爬到她身上撒嬌和索取更多的愛。她身為人師，在學校要面對許多學生，回家常常還要輔導孩子的功課。一對孩子都患病發燒的時候，需要留院觀察，我們心裡很慌，又幫不上什麼忙，是媳婦，內心足夠強大，說孩子們並不嚴重，很快就可以出院。果然很快出院了。

每一戶人家，兒子結婚後，不言而喻，夫妻關係成為第一重要的關係。夫妻和睦恩愛是兒女的福氣，夫妻整天吵架或離異，是兒女的災難。但也絕不要小看婆媳相處好壞所帶來的影響。幾千年來人說婆媳、姑嫂、妯娌是大家族最難處理的三大關係；雖然現代社會已經罕見大家族四代同堂的情景，泰半解體成為一個個小家庭，但這都是繞不開的話題，必須處理好的關係。

俗語說，男子娶到一個好老婆，家庭萬事興；一個家庭，有一位好媳婦擔當大任，兼做了稱職的“大嫂”，無論小家族或大家族都會是喜氣洋洋。現代大家庭中，大嫂的正能量更加不可忽視。

我的8:05

一個人，總會在他的生命中的某些歲月，獻給了某些人或事。

比如，我每天早晨八點，就會形成一種條件反射，像生理鐘一樣，喚起我的屁股離座，視線離開電腦，戴好眼鏡口罩、背好書包穿好鞋，出門。

進入下樓電梯的時間，正好是8:05。

自從疫情緩解，孫女就讀的那間幼稚園複課，每天送孫女上學，就成了一種習慣。一來我比較早起，可以權當運動，看看樹木花卉海洋天空；二來這個時間即將過兩歲生日的孫子都在熟睡，如果由印尼姐姐送孫女，她就要弄醒他，服侍小姐弟倆的早餐，然後帶孫子一起去送孫女，這就太麻煩和辛苦了。幫印尼姐姐其實就是幫兒子媳婦的忙。

除非是當日我有無法更改時間的活動，只好跟兒子媳婦及印尼姐姐溝通，印尼姐姐就要辛苦一些。我一般都只能送孫女上學，無法接她放學，因為每天都安排好了各種事務的時間流程。

因此，我的八點到九點的時光，都獻給了孫女。

從我們居家到孫女家，再從孫女家到學校，送完再從學校回家，路程距離呈現三角形方位，大都是10分鐘的時間身為奶奶爺爺，六年來看著孫女長大，她也於不知不覺間在歲月中成熟懂事了。她的性情依然不乏活潑、好動，愛玩、愛護弟弟、愛交朋友。

小時候的她，下午時間比較寂寞（弟弟還沒出生），我常常去接她來我們家，由奶奶（香港人叫嫲嫲）陪她午睡，通常可以一兩小時，睡醒我就用小推車推她到公園、海濱玩，或到海濱大道玩滑板車。仿佛還是昨天的事，忽然，一晃之間她就長大了。

每天早晨，我幾乎都在8:15,最遲不超過8:20抵達孫女的家。有時她還沒醒來,有時已經坐在餐桌邊吃早餐，之後姐姐幫她穿衣服束頭髮，戴髮飾，動作好快，孫女如今已經六歲餘，會自己穿鞋子了。

我們幾家都住在同一區，靠近海邊，有時風大、有雨，三條路就由孫女選擇帶路，她是很有主見的。

孫女很幸福，得到很多親友的愛，小時候的她鬼馬淘氣，爸媽上班，有一度，她喜歡姐姐（印尼傭工）送她上學，因為同學大都是姐姐送，其次才輪到爺爺我（爺爺早起，奶奶遲睡）。記得好幾次途中鬧情緒都不給我牽手。

每逢星期三，奶奶就會接她，她很開心，還說，爺爺一起接，還留奶奶和爺爺在她家吃飯，陪她玩，一直到她午睡。有時貪玩，只好晚上早點入眠了。

年歲漸長，孫女也開始進入懂事期。

除非當日有事，否則我都在8；05出發，過兒子家，送她上學。每次離開她家門、跟姐姐道聲再見後，她的小手就主動伸過來握住我的大手，我心中掠過無法言說的感動。這意味著她接受了我的好意，象徵著她慢慢地告別淘氣了。

疫情開始緩解的日子，我每天早晨的8點到9點的時段，就獻給了給了小孫女。我想給她拍點途中走到學校的樣子，但我一隻手讓她牽住，很難空出手來呢。一直走到學校，她等到平時較多一起玩的同學交談間，，我才有機會拍攝幾張。

每當走出她家門，她就主動將小手伸過來，放進我的厚實大暖掌中，我都泛起無限的感動，不知這樣的日子還有多久，很快，她就要告別童年；假如，時光能夠按人的意志停留，多麼希望時光就凝住在這一刻。

有一次，她鬧肚子幾天，看了病、服了藥，休息了幾天，又可以上學了，但我握她小手的時候，感覺有些沁涼，我頓時嚇了一跳，掛心不已。回家跟學校裡工作的媳婦、兒子和我另一半說；媳婦說，可以慢慢康復的，第二天上學時果然比較好了。

我每天早晨的8點到9點的時段，就獻給了給了小孫女。

每個人我相信都有不同的特殊的寶貴時光，給了生命中心愛的人。

每個人，活在這世界上，畢竟不純粹為自己，一定有他心愛、牽掛的人吧，還不止一位。

她在春天來到

三月初的一個寂靜清晨，我偶然下樓，途經兩邊花草圍欄的大道，哇，僅是幾日沒留意，春的氣息，在沒有任何預告的情況下，已然悄悄來到。杜鵑花粉白純橙嫩紅，三五成簇地開得熱烈燦爛，讓人無比驚豔。

我一時感慨：原來，疫情侵襲的只是人類的生命，大自然花木鋪天蓋地而來，牠還是要聞風而逃的；病毒再凶，也無法腐蝕、拖慢貌似柔弱的花草們的再生，毒菌，顯得多麼微小無力。

是的，疫情無法阻攔美麗四季的輪替，自然，也不能推遲春暖花開的日子。2019年的疫情雖然前後跨了兩個年度，嚴重破壞了社會的節奏和進程，人類的情事如常發生，戀愛的戀愛、結婚的結婚，孕婦照樣懷孕不誤，嬰兒依舊呱呱垂地。

對於一個父母子女都齊全的家庭來說，家，哪怕再小，也是幸福的。家，是一個唯一不需要戴口罩的地點，那些社交距離，沒有在此規定；家，何等溫暖，那些餐聚人數的限定，時多時少，也都沒有明文需要要執行。什麼都取消了，我們還可以看到疫境下溫馨可愛的全家福大合照。

在春天三月初來到人間的小孫女，一聽到大人要給她做生日，就天天跑到門後掛著的月歷數算日子，按爺爺奶奶的指示掐著手指頭數算日子還有幾天，非常雀躍。我們說會送妳禮物，還會在當日中午帶妳出去吃一餐妳最喜歡吃的！六周歲喲，大生日！她爸爸事後跟我們說，你們可以多鼓勵她，把功課都做好，才有這麼好的獎賞！也是啊，自從告訴她生日要為她慶祝的事後，她一星期以來，已經興奮得不得了了，快樂得彷彿日日都是生日呢。

疫情一年余，小孫女上幼稚園時間加起來還不到一個月，有些家長擔憂荒廢學業，但想想我們大人六十年代讀大學，還經歷停課鬧革命四年的情形，就一笑置之。幼學階段那些缺的課，以後不難補回來的。孫女悶在家的日子上網課，每天也都不足一小時。她玩具、圖書、衣服多，這個買，那個送，家衣櫃、玩具室、書房都爆棚了，不缺，唯獨喜歡吃炸雞。好，就帶她出門吃一頓吧，生日當天，她父母都要上班啊。

感謝孫女在春天來到這個世上，帶來一家人春天般歡樂的喜氣。

孫女性格陽光，大氣、外向，好動，喜愛交際，擅于言辭，純真，有時近乎鬼馬，惹得安靜一屋裡滿是聽了她好笑電話的奶奶前仰後倒的笑聲。她無聊時，喜歡打電話與奶奶談天說地，問奶奶爺爺現在在哪裡、在家做什麼，然後報告包括她在內的一家人近日動態，誰帶她玩啦，到婆婆家啦；有時我們與她有約，說會去她家看她，她會牢牢記住時間，會問為什麼還沒到？這些，如是大人就稍嫌八卦；但出諸一位才來到世間五六年的小女孩來說，未免令人驚異，因為要是六歲時期的我、兒子、女兒，性格偏於內向寡言，她的外向，應該秉承了她奶奶的性格特長。

感謝孫女在六年前的春天來到我們的家庭，從此成為每一位成員最關注的第一位孫輩。我們一家如果從我們祖輩算起，她就是第四代。她得到了兩家幾十位家人的關懷，收穫最多的愛。感謝她帶來幸福與和睦，帶來風趣和笑聲。她說，有時印尼姐姐怕她正餐吃不下，給她的零食太少，餓得她肚子咕嚕咕嚕響；她牙齒斷了一隻，她問講話漏風怎麼辦？諸如此類，常常惹得我們大笑。小時候的她還是很淘氣的，但自從有了弟弟後，她居然大有了一種大姐姐的風範，從不與一歲多的弟弟爭搶玩具食物，事事忍讓，還照顧他一起玩，真好啊，看得我們好感動。

我們感謝小生命在春天來到我們家，就像上蒼贈送一份極其珍貴的、不可複製的禮物給我們，讓我們珍惜生命的可貴，感覺活著真好！經歷看著她長大、協助照顧她的苦樂，我們忘記歲月，忘記年齡，忘記疫情的恐懼；感悟什麼叫思念，她一歲時，我這爺爺患上小恙，擔心傳染，幾年之後，我將那種思念和特殊做法寫成獲頭獎的小小說《從鐵枝縫隙看孫子》，就是一次人性和親情的真情流露

她生日當晚，一家八口人為她買蛋糕，小聚吃飯，拍照，我們親寫生日卡給她，她也收穫了不少禮物。

她出世那一年，家居樓下的春花開得也像今天那樣熱烈和燦爛。

她在春季的三月來到，真好啊。

2021年3月2日

快樂童年 鬼馬孫女

小孫女2023年3月已經渡過八歲生日， 好像只是轉眼間，她已經就從小不點，長成一位小女孩了 。

歲月很神奇，就像伸出一雙誰也看不到的魔手似的，一點一滴拿捏摸弄，一忽兒功夫，她長肉了，長高了，什麼話都會聽了，也會說了。日子就像仙女手中的仙棒，只是那麼輕輕一點，從1到0，都會認和數了；複雜的拼圖，一下子就拼好了。

這一年，每隔兩三天，我見到小孫女，就會煞有其事地說，啊呀，又長高了？有沒有多吃一點飯呀？她就會跑到走廊的量度貼量高，我就會趨上前去，聲調誇張、高八度地喊，啊！又長高了！犀利呀！

小孫女身體健康，好動！感謝上蒼，賜予她很完美的五官和五覺！都可以評上一百分。有次推她在路邊等她爸爸開的車，好遠，她就認出來了；有次，我推載著她的小車在人行道走，她突然歡呼起來，指著馬路上的一輛車，大叫爸爸！爸爸！原來她爸爸正巧駕車經過。看，她的眼力多麼銳利。她的味覺也是絕對頂級的，各種糖果的酸度和甜度，她一試就知道；我切蘋果和梨子，為了不變黃色，浸在撒了點鹽的冷開水一會才撈起，她吃了，大叫為什麼是鹹的？她的耳朵，也實在太厲害了：我褲帶裡的手機，傳出的聲音很細微，隔著厚厚的褲子，坐在前面小車上的她竟然聽到了，還馬上通知我，爺爺，爺爺，你聽電話！我這個半“臭耳人”才如夢初醒。當然，最驚人的還是她的鼻子，什麼氣味都難逃她的靈敏“法鼻”。我和她的奶奶有時肚子鬧革命，輪盤開炮，無論臭或不臭，她都會躲得遠遠的；萬一“有料到”，味道污染空氣，她就會很誇張地捂著鼻子，逃得更遠。

小孫女非常好玩！是全家的開心果。

小孫女駕駛爺爺奶奶送的滑板車，不用怎麼教，很快靠自己摸索上手了。小孫女蕩秋千，雖然還無法自己發力，但非常勇敢，要爺爺用力些，再用力一些！甩得老高，她一點都不驚。最本事的是，一架小滑板車不輕，但上階梯、下階梯，都不要爺爺幫手，全靠自己來！鞋，會自己穿了！背包裡裝什麼？都自己來了！IPAD密碼，教幾次而已，就記得很牢了！

小孫女自尊心很強，不認輸。有一次在玩具商場，和一個小男孩玩玩具，一個要將玩具屋的門拉向右，一個要拉向左，他和那男孩堅持不下，那男孩的母親很聰明，故意玩手機，裝看不到，不介入；剩下我身為家長，處境尷尬。我想起遇到這樣的難題，兒子的教育方式是不主張勸自己的女兒讓步。理由是，憑什麼要讓步呢？何況那男孩也沒有要讓步的善意。在我猶豫的最緊張時刻，突然，我看到了小孫女回頭看我，我看到她用手指指著自己的含淚的眼睛給我看，意思我明白，希望得到爺爺的支持。我決定也採取家長不介入的態度，任孫女和那男孩“鬥法”。果然非常奏效，一會兒，那男孩就放棄了，小孫女堅持到最後，獲得終局的大贏。

真是好樣的，希望小孫女健康堅強成長，日後在人生的各種戰場上成長為一位快樂、獨立、勇敢的女孩！

限聚令下的家庭聚餐

疫情當下，例牌的家庭聚餐也取消了。本來一個月或數個星期就有一次不定期的聚餐被迫取消。從一月份開始，特區政府就開始啟動了防疫工作，採取了多種具體措施，從四處索求口罩、逐步封關、隔離、測試、醫治到給近三百萬登記者寄贈口罩，香港的疫情最初猶如在驚濤駭浪上被折騰的小舟，曾經因為境外回港的大量湧入而確診數逐日攀升，但由於全民戴口罩，加上措施得宜，最後二十來日一馬平川，形勢向好。

政府的限聚令人數也從四人擴大到八人。疫情既然平緩，我們三家人大小剛剛好八口人。經過醞釀協商，決定來一次聚餐會面。

兒子一家，女兒一家，我們一家，實際上同在一個屋邨，相距不到五六分鐘路程，然疫情洶洶，自一月底成群出動向姑姑伯伯拜年，到這一次聚餐日，也有110日沒見面了。為了這次見面，期間也幾經波折，虛驚多次，先是家庭中一個成員任職的機構有外籍人員被隔離在家，他們也受影響，需要十四天在家工作，如果出現問題，大家都要採取措施；之後，家庭另一個成員又在我們第一次茶敘約定前一日出現發熱現象，一家人都很擔心，當晚讓他去政府醫院急診，我們也馬上將茶敘的約定取消了，另定時間。一直到兩三天之後醫管局來電通知他無大礙之後，我們一家人很開心，決定將茶敘改為以附近酒店的自助餐形式見見面。

久違的家庭成員見面的老地方，疫情期間早就取消了週一到週五的自助餐形式，而星期六、日依然保持舊有的形式，只是以前比較密排的座位現在顯然拉開了，排得比較疏鬆。訂位的食客都不算少，陸陸續續坐滿了八九成。

近乎四個月沒來這經常和家人聚餐、和好朋友應酬敘情的地方，有一種劫後餘生、舊地重遊的感覺。經理還是那位年紀輕輕的經理，每一次妻聯絡他，他都會不厭其煩地將複雜的價格計算好發來，讓我們心中有數。這一次的家人聚會，也算特別有意義，既遇母親節，又逢家庭四個成員都相當接近的生日，索性就一起慶祝了，堪稱意義重大。

經理殷殷交代，除了吃的時候，都要戴口罩，尤其是取食物的時候。在自助餐廳門口等著，大家都很自覺地保持一定的社交距離，一個中年婦女走過來，也許走得太匆忙，冒冒失失地撞了我身體一下，實在令我膽顫心驚。在這特殊的風聲鶴唳的時期，這一撞，實在令我很是不舒服，家人吃飯早就保持一定的距離了，何況生人？我走到大堂一角，從小包包裡取出小瓶酒精，在被碰的手臂噴了一下。唉！實屬無奈，這也是沒辦法的事。

家人陸陸續續到了。這幾個月中，雖然三家人沒有一起接觸、聚會，但個別成員還是有見面的，畢竟家都住得很近。兒子將孫女帶來我們家玩和午睡，父女倆都戴著口罩，兒子只站在門口很快就走；最小的孫子十一個月大，戴著口罩也非常地習慣，潛意識的，該也是看到父母和所有大人戴口罩吧！

幾個月沒有聚餐，家人在一張長餐台吃東西，別有一番滋味在心頭。小孫子十一個月大了，躺在小推車內熟睡。他出世

後，前半年香港局勢動盪不安，後半年新冠肺炎病毒大爆發，可以說都處在非常時期，然他渾然不知，只是吃、喝、睡，學爬、笑，被家人輪流愛著、抱著，呵護如千世寶嬰，哪裡曉得身處的世界如此不安寧呢？沒有憂慮，不必承擔，那是多麼幸福的繈褓歲月啊。

兒女媳婿都各有自己的忙碌，較空的堅持運動，做老師的忙著給學生上網課，讀幼稚園中班的孫女從農曆新年開始就不需要複課了，一直要到九月才正式開學。不過，疫境時期，她長大懂事靜乖不少，除了玩，我們做爺爺奶奶的會讓她寫數字、填色、寫字之類。

難得聚會，趁小孫子醒來，抱在大人懷裡，請餐廳經理給我們一家八口拍攝一張全家福。餐廳外面正是紅磡海濱大道，陽光正當強烈的維港海面上有數百隻小型風帆在初夏的勁風吹送下飄然而過。對岸的香港高低建築物明晃晃地刺眼。我們結束後，還特地在那海濱大道上看看風景，再拍幾張全家福，就一起走到兒子剛剛裝修好的新居看看了。

我們從高空看到妳

宅家快兩個月，無法摸摸妳的臉，牽牽妳的手送你上學，只能從視頻裡聽妳八卦最近的心情、網課、家裡情況……妳告訴我們門牙掉了，吃飯好辛苦；妳快三歲的小弟弟不斷在一旁捉弄妳，用童稚的聲音大叫，掉牙！掉牙！惹得我們大笑，一天的愁悶、為疫情的擔憂，頃刻間忘在九霄雲外。

今天，忽然，妳媽媽發來你們姐弟倆的照片，姐弟倆穿著橙色的衣服很是搶眼，那不就是我們在樂福商場給你買的姐弟裝上衣嗎？照片的地點好似就在我們樓下——自從巴士總站遷移之後，這碼頭前的廣場就成為孩子們玩樂天地。爺爺趕緊走到房間窗口看，啊，一眼就看到兩團橙色的小不點在快速移動，妳媽媽的白色運動鞋、爸爸的背包，都是最有特徵的標識。

我們從窗口看到妳，我們從電話聽到妳，今天，終於從高空看到妳，看到妳和弟弟、爸爸和媽媽一家人了。

記得八十年代初期，我們還住在土瓜灣道，妳爸爸比妳年齡還小，每天爺爺上班前與他約定，爺爺在樓下搭巴士，會坐在巴士的最後一排，從玻璃窗和妳爸爸招招手，真的，妳爸爸就很快站在面對大街的大床上・將小臉頰貼在窗玻璃上，和爺爺揮揮手，那種思念會一直延續到上班後八小時，爺爺努力工作，熱盼快快回家見妳爸爸；過後爺爺就寫過一篇《窗裡的招手》（收在《玻璃隧道》一書裡）。

真沒想到，三十幾年後的如今，疫情肆虐，我們對調了所處位置，爺爺嫲嫲站在住宅主人房窗口跟妳和一家人揮手。嫲嫲拿著白色巾，爺爺抓住粉色巾一起伸出窗口拼命揮，嫲嫲看到你們似乎沒發現沒反應，趕緊打電話告訴妳媽媽，還開了視頻，看到了，看到了，真開心。

我們從高空看到妳，像是在空中凝住不動的飛機，俯瞰大地時美麗景物給我們心靈的衝擊和驚豔；我們看到妳的媽媽在追逐妳，妳踩著滑板車飛快地滑；看到妳的小弟圍著爸爸跑，爸爸也隨著他團團轉，原來是在給他拍攝視頻。今天你們全家出外，可能剛剛測試都是陰性，松了一口氣，出門逛逛了，補償兩個小不點悶在家裡一個好長時期，像小鳥兒那樣放飛你們！看你們瘋跑的樣子，實在夠久了，沒有出來吹風曬太陽！

我們從高空看到妳，感覺往日的所有第一類接觸的時光是多麼珍貴；2003年沙士爆發，流行一句金句，見面未必是必然；今天又到處在說珍惜當下，活著真好，珍惜身邊人；原來，那麼普通的話，裡面包含著最深刻的意涵。當愛在瘟疫蔓延時，居然是用這樣的特殊表現方式呈現出來：我們平時都是近距離見面和接觸，雖然我們的血緣關係會一直到天塌地陷情始絕，但此刻心是那麼近，地理位置卻是那麼遠啊。奧米克戎造成島城百萬人確診，近五千多人死亡，而我們都活著，就是最大的勝利。這島城無法禁足，小孩子們都抽空溜出來，還是千萬要小心啊。

我們將手機放到最大，俯著，拍拍妳，拍拍妳一家人。

妳爸爸也從地面上，仰著，拍拍我們。

沒有隔著任何東西，只有午後的清風和太陽的暖意。

我們從高空看到妳。

地鐵站拜年

2019年到2020年，連續過了幾個沒有煙花、沒有色彩、沒有大規模慶祝活動的節日，都是疫情惹的禍。記得2020年初農曆新年，疫情剛剛爆發，我們家族成員還戴著口罩相互拜年；2021春節臨近，超市、花店、服裝店的應節商品、禮品、花卉……早就爆棚，且擺在最當眼之處。

過節的東西照樣會有人買，只是銷售的多少；一直覺得現代社會生產的物品過剩，否則價錢哪會減得那麼厲害？我看到一件米黃色女裝毛線衣，原價199港元，降到130港元，我差點就買送給芬了，焉知次日再經過時已再減到70港元。

按照往年習慣，我們今年也直接向批發印尼食品的商店訂購十幾二十盒千層糕，作為農曆新年的禮物送給朋友。來往的朋友不少是香港人或大陸定居香港的，他們喜歡，有新鮮感，芬還細心地告訴他們如何切，拍照示範。

最妙的是交接禮物都由芬、安排，我在地鐵站大堂進行。

週四那天，一位住得很遠的朋友，上完夜班，一早來我們家取，疫情關係，他在門口取了就走。十點，我們聯絡兩位女文友在某個地鐵會面，她們客氣，都要方便我們，建議就在我們家居附近的黃埔地鐵站交接。一個做了印尼雜果沙律（Rujak）的醬料給我們，一個買了一盒蝴蝶酥等物當回禮。時間安排得夠緊湊，當日下午一時半，又約了住在新界大埔的一位華僑文友，也將一盒千層糕送他，沒想到他的太太也來了。夫婦很客氣，回送茶葉和紫菜。在疫情的日子裡，不是每天出門，能集中在一兩天辦完一星期的事最好，儘量少點出門；朋友明白，改為先與我見面才去銀行。更有一位以前做過編輯的，我們也投其所好，讓她品嘗千層糕，她送我們一盆蘭花，這也在地鐵站進行。二月三日，我們夫婦和我兩位姐姐也約了在佐敦見面交換禮物，還合影紀念

香港的地鐵說來非常微妙，通車幾十年來，早就成為香港市民約會的最佳地點，拍拖中的年輕男女固然喜歡，一般人如果純粹交接東西，也最愛選擇在地鐵某站。為什麼呢？因為如果不出閘口，不出站，在大堂見面、交接物品，時間快又比較省車資；其次，香港地鐵內的客務中心和恒生銀行只有一間，目標單一，容易發現，常常被作為約定的標誌。

在新冠病毒蔓延的一年多時間，全球確診已經破一億人的記錄， 人人都視生命和健康為第一，人與人的交往減少了，但無法全部取消。2020年11月我的大學母校（在福建泉州、廈門）慶祝校慶。本來號召境外校友回校參加慶典，要大規模隆重慶祝，因為疫情大受影響。十月份，五六十人集中在校友會香港分會的會所，揮動大學小紙旗，排排坐，由專人拍視頻，算象徵性地“遙隔時空賀校慶”了。最遺憾的是金門縣文化局本決定七月至九月在金門的睿友文學館要給我舉辦《東瑞文學作品展》，也因疫情，我無法出行而延後。

希望疫情快快過去，大家走出地鐵站，在我家你家他家互相拜年，在燦爛明媚的陽光下，在浪花歡唱跳躍的維港海邊，灑下熱淚、跳躍歡呼、緊緊擁抱吧！

母親節的全家福

2023年5月14日母親節，咱家過得真熱鬧。

好媳婦早在半個多月前挑選了兩家附近的泰國餐廳，要在母親節前夕的5月13日宴請大家，請大家投票。結果女兒女婿挑選了最近也最新的一家。我們是隨大流，哪一家都可以。尤其我，只要有得吃，什麼都可以，不在乎哪一家。

這一家是開在附近小商場享膳坊內，設計新，地方寬，大家沒來過，可以嘗鮮，也非常適合全家慶祝母親節。

我們中午12:20最早抵達餐廳，果然這一家餐廳設計新穎舒雅，牆上擺設了不少別致新奇的工藝品。

兒子和媳婦結婚已經12年，培育有一對兒女。小孫女8歲，小孫子4歲。夫婦倆過得很幸福，一家子和諧和睦，樂也融融。兒子與她的結合也是一種福氣，她至少堪稱好妻子、好母親、好媳婦、好女兒、好老師的"五好"女性。這一次飯聚，她不但送老伴一盆花，也送女兒一盆，還帶了一些小禮物。孫女孫子都穿得很漂亮，連印尼姐姐也著新衣到場。印尼姐姐剛從印尼家鄉探望病中的母親回港；她在兒子媳婦家做了四年，當時媳婦懷孫子6個月，，這個工人視兒子媳婦一對兒女如同己出，兒子媳婦都是老師，早出晚歸，照顧兒女、家務全權交給她安排管理，我們設身處地，也感覺對這樣離鄉背井的打工女應該善待，一向對她不薄。

女兒喜得女兒，才9個多月大，因為餵奶遲了些到達。小外孫女長得很好，來到新環境，哭了一會，轉哭為笑。她一向也不怕生，大家輪流抱抱她也好樂意。老伴顧不得吃，一早就安排坐在外孫女一側一口一口地喂她，好快就喂完了。

大家都喜歡拍照，你拍我拍，印尼姐姐也協助拍攝九口之家，拍了不少大家滿意的照片。

泰國菜式中，酸辣魚好大一隻，非常美味，成了我們的最愛。

媳婦埋單，港幣一千兩百多，也不算太貴，共十個人啊。

散會後，外面微雨，兒女都到我們兩老家裡小坐，逗逗最小的外孫女，吃點心，忙得瑞芬團團轉。大家也欣賞我的拿手好活——港式奶茶、牛奶咖啡，我各沖了四杯出來，被一掃而空；多出的奶茶，還被兒子“打包”——讓我裝瓶，他帶回家慢慢飲。兒子從小就喜歡我沖的奶茶，哈。下午四五點鐘光景，兒女們大小才陸續回家了。

真是非常熱鬧的一天。

雖然九口之家不算太大型的家族，但比上不足，比下有餘，不少家庭因為各種各樣的原因，連節日裡拍全家福也一照難求，我們夫複何求？

天上的母親，已經在那裡住了15年，節日裡一定俯望著人間黃家三個稱職的母親：老伴、媳婦和女兒，感到非常欣慰。節日裡，我們也非常懷念您。願您在天國裡一切安好！

山東菏澤著名詩人雷澤風老師見到我們發全家福照片祝賀節日快樂，馬上以精彩詩篇祝賀，作為回覆。謝謝雷老師非常有心。茲將兩首詩錄如下，以饗讀者。

牽手，人世間最溫馨的一抹陽光

每天早晨，我準時出發，風雨無阻送孫女上學。每天午後，我也按時進入學校，接她放學；每天早晨，是我一天最愉快的時刻，在歲月流逝中，她漸漸長大了，我們慢慢地老去；但就在大手小手齊相牽的那一刻，我感到了幸福。我見證了人類子孫的代代繁衍和新生命的快樂與健康成長。

每天早晨，大手牽小手，別人如何看，我不知道，也不重要；在我內心中，卻是一道最美麗的風景：親情的血液，通過第一類接觸流傳；冷熱的感覺，以第一速度感同身受，多麼平凡卻又多麼神奇。有一次，天寒地凍，我大手裡握著的她的小手，有點冰涼，令我驚叫了一句；然後，我加大了力度，也大面積地全包裹了她的手，讓她增添了一度度的熱量。

從孫女上幼稚園，我已經幫忙送她了。那時，她多麼淘氣。有時左手牽著她的右手，她不肯，無緣無故生爺爺的氣，走到馬路邊，我心急地說，馬路很危險，她下不來台，看她在猶豫中，我於是想了一個方法，特地走到她的左側，改用右手牽她的左手，她就肯了。我暗暗偷笑，小女孩真淘氣！

疫情連綿兩年多，七歲的她，長高了，也懂事多了。小學改為在家上網課。我們一宅家也就是好幾個月。疫情緩解後，看到孫女、孫子又長高了很多；孫女也從幼兒班畢業了，轉到居家附近的一間學校讀小一，小她四歲的弟弟則入讀她那家幼稚園。她小弟讀書時間是早晨九點，比她遲一小時，如果我們不協助，印尼姐姐就得在喚醒孫女的時候，也要弄醒他，那準備工作就會有點手忙腳亂，送七點多上學的孫女，也得把孫子帶去，又帶回來，等到八點多才又送他上學去，那就太麻煩了。

兒子媳婦都是雙職工、學校的老師，六點多接近七點就出門，駕車到學校。我們這類早睡早起的爺爺奶奶不幫他們誰幫？每天淩晨約五點四十五分，我體內好像有個生理鐘，與我腦裡的第七感暗中相通，人就醒過來了。每天接送孫女上學，就成為爺爺奶奶份內的事。活到這般年紀，如果連這點兒小事都無法協助，還說對家庭做貢獻，豈非空話？

有日，又風又雨，地面潮濕，學校雖近，也得走一段路。但大部分路都在屋邨的範圍，在樓座和樓座之間穿越，沒有什麼危險，又可擋雨，牽不牽手很隨意。這一天，孫女在途中，說時遲，那時快，猛然抓住我的手，主動地把她的小手握在我大手中，讓我吃了一驚。我兩眼剎那有點熱，控制住內心的激情，半逗半問，同爺爺那麼親呀？孫女沒有回答，看不見她那大口罩掩蓋住的小嘴的變化，只能看到她那一雙眼睛流露出微微的頑皮笑意。

已經很有一段時間了，我們這對爺爺孫女的默契，在她上學途中，大手小手好像長了表情，不必言語，就會默契似的自然相握。隔代親情就是這般神奇，從淘氣到懂事，從生分到熟悉，從接受到親密。我這個爺爺對來自個別人的嫉恨甚至排斥，從來一笑置之、不影響心緒，唯獨對這位我內心疼愛的、小孫女與我的牽手與否很在意。我回家會向老伴分享我的喜悅，大半天的敲鍵節奏自然又增快了。

回想這大半生，與我牽手的親密女性最重要的共有四位：

第一位，年齡大我許多。小時候她抱我牽我，後來她年歲老了，我要牽她，她有時讓我牽，有時卻把我的手輕輕甩開，說她自己還能行，她，就是我那倔強的、九十二歲過世的母親。她創造了我生命，也鑄造了我堅韌、外柔內剛的性格。

第二位，年齡相當，我比她癡長幾歲，小時候彼此害羞，不敢相牽，後來又分居兩地，到我大學畢業後，我們好不容易相遇，我才握到她的手，從此不願再放手，這一牽手就逾半個世紀。她是我小表妹，也是我另一半。她這一生陪我同行，也是我創作大靈感的最重要來源。

第三位，我大她四十，我和另一半給她以生命。就在她28歲那年，在一家海邊的餐廳式酒樓，我牽著她的手，交給另一個男性，讓他照顧她的一生一世。她就是我們的女兒；日子渾然不覺流逝了九年，她目下處在最美時期，小天使會預約在8月降臨在她和他共築的愛巢裡。

第四位，時光相隔70年，我的大手也大了她幾倍，最奇異的是我們對子女的愛都傾注在她身上，特別是每天接送她上學放學的暖心一握，她就是本文的女主角。

日日清晨，我約7點出門，到兒子家接送孫女，除了暴風驟雨學校停課；12時45分，我進入學校，腳踏紅線，高舉右手，孫女也眼快，馬上發現，小雀般飛出來。我讓她卸下沉甸甸的書包，由我幫背；這一刻，是我與她大手握小手互取溫暖的第二次寶貴時段。在光影飛逝的短暫接觸裡，雖然我白髮飛添，力氣漸衰；然這是人生最珍貴的瞬間，沒有什麼能再比得上了。男女的愛情可能會變質，兩情相悅的牽手也許會貶值，唯有爺爺奶奶對孫女孫子這類來自血緣的愛，不易割斷，成為橫空出世的最美最大型的人世間佈景畫。

砌一盤文化記憶的拼圖

飛走的唐樓

走過昔日做事的舊址，早已不見那日夕相處的唐樓。

七十年代中期，每天清晨八時許，我就從土瓜灣的九龍城碼頭搭渡輪過海，十幾分鐘的航程，就在北角碼頭上岸。匆匆忙忙走過琴行街，抵達我上班的地點——位於琴行道與馬寶道交界處64號的大光出版社。辦事處在一棟六層唐樓的最底層。出版社前半是五個人辦事的小廳，後面則是兩人管理的貨倉。

我搭的渡輪固定航班，準確開航，稍微遲到就要等候二十分鐘或半小時。要是遲到，又遇炎夏，勁走帶小跑，抵達公司已滿頭大汗。從碼頭走到寫字樓，以前要經汽車總站、穿過不少店鋪市集，現在代之以一片油綠的、花木扶疏的花園。

我曾迷失在綠色天地中，慢慢地往前走，想尋覓七十年代工作過的那棟舊唐樓，已不可得，仿佛在一夜之間被風吹走了，而那新矗立的、幢幢嶄新大廈，一時令人目眩神迷。

懷念那時前後三年的行街日子，我公文箱裡裝著幾本出版社新出版或再版的圖書，常常搭電車，沿途下書店推銷。看書、談書、送書、買書……懷念初到貴境時的拼搏精神，在這家出版社出了我一本幼嫩的處女作，還感恩她接受了我在這裡謀一職，勉強獲得溫飽；不知一起做事的同事如今都安好嗎？

拆遷的碼頭

從中環玻璃幕牆、摩天大廈延伸出的天橋出發，穿過有無數圓形窗戶的康樂大廈，一路走到新碼頭，非常漫長，才走到過海到尖沙咀、紅磡的中環新碼頭。想尋覓舊日我天天走的碼頭已一樣不可得。我不知道中環舊碼頭何時拆撤的，也不知道新碼頭何時建好和啟用的。曾經一度埋頭做事，不理外面世界的天翻地覆；到非親身走一趟不可的時候，新碼頭已經像博物館裡的龐然大物那樣，停留在維多利亞港一角，教我瞪目結舌。

八十年代，我告別了北角，來到了銀行密集的香港中環，在一條叫域多利皇后街的一棟大廈內的寫字樓做事，先是在四樓宣傳部，為一些圖書寫簡介文字，一幹就是四年；後來調到十一樓，擔任一本讀書雜誌《讀者良友》的執行編輯，一做也是四年。我工作數度與書有緣，做執行編輯，也需要寫一些讀書、寫作隨筆和文學評論，大約也在那之後，劉以鬯先生主編的《香港文學》創刊，也約了我寫稿，於是整個八十年代成了我爬格子最忙碌的時期。當時在業餘以寫十一塊專欄稱著的劉以鬯先生因為雜誌編務忙碌，讓出他成報的小說專欄，讓我寫一種一個月完的小說，一寫就好幾年。

在中環上班實行打卡制度，小女兒八十年代出生，家務事不少，上班十分趕，有時遲到，一個月的勤工獎也就泡湯了。

那時的中環舊碼頭距離公司不遠，碼頭規模很小，從踏板走上來，得經過兩旁都是小賣店的夾道，一個號稱「沙嗲詩人」的新加坡華人就在一個小鋪賣自己製作的沙嗲。上下班時分，一個小碼頭熙熙攘攘，充滿了集市的煙火味。

1988年後，我告別中環，很少再過這個碼頭了，後來聽說碼頭遷移到不太近的地方，我特地走一趟，哇，新碼頭大到在想像之外。到尖沙咀、紅磡的似乎不同一層？還曾走錯。2020年，6月底，我偕同孫女遊覽摩天輪公園，再踏上這新碼頭，感覺上比從前舊的那個冷清了很多。

爬格子的小巷

走過中環、上環的大街小巷，很少人有我那種失落感。

我總是在尋尋覓覓，多次尋找八十年代我爬格子的小巷而不可得。 有一度，因為內子芬需要照顧年幼的子女，家中只是我一個人工作。我既不忍心不理睬兒女，又擔心我抽煙影響家人的健康，就利用上班提早一小時、下班推遲一小時、中午吃過午餐後的半小時空檔來寫稿。上午下午多數走進快餐廳，叫一杯奶茶或咖啡就開工了。那時我沒用什麼公事包，每天只是拎著破爛的膠袋，裡面裝了筆、原稿紙、剪報本子等東西。中午吃得簡單又快，只是不到半小時就吃完，馬上開工。一張小圓檯坐著五六個人，有的白領吃完抽煙、刨馬經。座位的窄逼拘束可想而知，我依然稿子一攤開，拉著寫。寫不完，下班繼續到快餐廳開工。那時有好幾個報紙方塊（專欄）需要我填滿，每天交稿；如果是長篇小說，我還需要將前面寫了的再溫習一遍，以使銜接順暢沒有破綻。這樣的在巷子裡見縫插針爬格子的生涯延續了好幾年，直至1988年我被調到北角工作才告一段落。離開後，多年就沒有再踏足中環。有一次在中環，想尋昔日常去寫稿的小巷，可是，他們如同香港消失的大牌檔一樣，已被無數現代化的摩天大廈所替代了。

「紙質」的編輯

每次走過街頭越來越少的報攤和如雨後春筍冒出的通宵店，都會留意那些越來越少的紙質報紙。跟許多人一樣，因為閱讀了電子報紙、免費派發的報紙和手機上轉來的訊息，而少了光顧紙質報紙。在疫境中，視出外為畏途，在鋪頭購物，摸這摸那，很擔心染菌，雙手一天都要搓消毒液幾十次，搞到手皮膚都起皺。何況如今，一份報紙賣十元十一元，幾乎是半盒簡餐的價格了。因此不買、少買報紙也很正常。以前有我文章發表的報紙買它三四份，如今只買一份。

每次在通宵店翻閱我要買的報紙，總是浮現從七十年代到九十年代末期倒閉的報紙。先是晚報，成了最早執笠的一批。無數報紙陸續關門。如今翻看書櫃裡當時的剪報本子，多到我自己也覺得不可思議，幾乎大部分報紙我都投過稿了。

每次想起了那些投過稿的報紙，都會想起了那些我因為投稿或被邀請寫稿而來往的「紙質的編輯」——紙質報刊那些我尊敬的老前輩，還有那些爬格子的文友、寫作人。除了少數，大部分境況不太好。賣舊書的柳老先生，晚年生活境況欠好的老詩人何達病重，最後鋸掉腿坐輪椅；夏易獨居，旅居外國的女兒回港，才發現母親躺在地上不知幾多日；老稿匠蕭銅家裡失火，燒傷住院，最終去世；老報人、文學週刊《星海》版編輯陳雄邦也孤單到天國，……唉，這些傳統文化人盡心竭力弘揚文學，太缺乏社會的關懷了。

個人的經歷都聯繫著社會的滄桑變遷，體現了時代的發展和進步；但消失了的許多東西，連接起來都是一道道令人懷念的、無法複製再版的可愛而珍貴文化風景，充滿了溫馨和人情味，它們都隨風而逝了。

走訪尋常巷陌人家

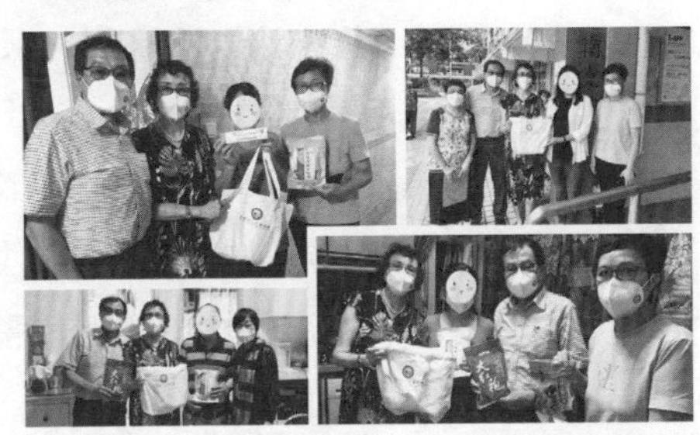

2022年7月1日，香港回歸祖國25周年，一系列慶祝活動安排得有條不紊，全民同歡。

五六月間，沒有太多雜事，瑞芬約我報名參加“鄉・港連心計劃2022”活動。這活動是配合香港回歸祖國25周年，為期好幾天、分區進行，是由香港民政事務總署舉辦、各大小社團參與。去年，我們參加了由香港四川社團總會秘書長、香港新聞工作者聯會秘書長吳建芳介紹的香港四川社團總會，成為該會會員。這個具有近兩萬會員、十五個屬會社團組織的確非常棒，曾經在香港的義工評比活動中勇奪金獎。總會上下齊心、雷厲風行的高效率送暖活動，一直做得非常出色，為人所稱道。在市民最需要的時刻，電話有人聽，事情有人做，物資有人送，凡事辦得特別快！不像一些社團，人浮於事，電話白打，指揮不力、無甚作為。成立於2019年的四川社團總會在近年先後籌集了100多萬捐款、獲得300多萬物資，出動義工1600多人次，實在驚人和感人。

瑞芬向吳建芳秘書長報名參加6月16日一天的義工活動的時候，她關心地問我們身體健康如何？瑞芬說，當然不錯，年歲不小了，但心態比年輕人年輕！吳秘書笑了，馬上應允。

我常藉口自己是文弱書生，已寫過不少對社會有益的正能量文字，小小說主角幾乎也都是小人物和弱勢族群，算是另類義工了，何況，平時很忙啊，義工就很少做。因此，我們七十年代初移居香港，從來沒走出書齋，探望香港的弱勢族群。

我們的送暖活動主要在九龍西，具體地說主要在中下層市民比較集中的深水埗地區。對象是新移民、低收入家庭和孤寡長者。我們下午需要走動11家人家，為他們送物資，如總會特別訂購的一些四川特產的食品及目前需要的防疫物資，讓社區居民能品嘗到四川味道。

在黃埔區龍閣小小茶聚之後，由四川社團總會行政助理楊健興師傅駕車、香港四川社團總會秘書長兼總幹事吳建芳、香港四川社團總會高級幹事何靜、理事瑞芬、會員東瑞一行四人，出發！時間只有兩個多小時，需要探訪11家，每一家就無法深度採訪，主要把東西交到他們手上，聊幾句。這也好，體驗義工活動苦樂感受，瞭解香港中下層居民的居住環境，也是很有意義的事。居港已近五十年，我們只到過親友的家，可以說，這方面完全空白。

有幾家戶主臨時有事出外，代收；餘下有七家給我印象很深。

居港50周年，目睹香港發揚獅子山精神，各方面不斷進步，但也和不少社會一樣，積累的問題不少，比如住房問題。

香港住在各类公屋（廉租屋）的下層居民約占200万，占据香港740万居民之2/7。

在九龍西，具體地說主要在中下層市民比較集中的深水埗地區。對象是新移民、低收入家庭和孤寡長者。我們下。尖沙咀一向被視為遊客區，那是因為以遊客為對象的專門店多，商場“王者”海港城也在此；沒想到舊樓無數，一些洋樓的單位也建得窄逼。第一家竟在尖沙咀繁鬧的街道。最初很驚愕，後來親眼目睹，才體會到"繁華背後"這一句話的內涵和多義。這一家，一個女的在家接待我們，與她共租同住的女友不在家。看着這樣狹窄的屋子，我們度量估計只有九平米吧，一條走廊，窄到無法兩人擦身而過；倚牆的戶主，如想再近點看電視，就有鼻端觸及螢光幕之嫌矣。最末就是一間房，床較雙人床窄，廁所在靠近睡房一側，整個面積看來只有八九十尺（約九平米）。女租客年輕，看來移居香港還不久，生活的路還沒走得暢通。

第三家在大角咀楓樹街。那是一對老夫婦。見到我們，笑呵呵的，搬動椅子要讓坐，我們說不了，時間匆匆，還有幾家要去。老伯伯和伯母年齡差距大，但精神都挺好；空間不大的屋子貼滿了無數款不同的"福"字、與佛教有關的大紅色吉利圖像，一個大佛龕占去不小空間。兩老在這大紅色貼紙氛圍下，也幾乎變成了牆畫裡的其中一部分。空間已經夠小，客廳無窗，沒有光亮照入，暗色籠罩，猶如進到一座昏暗的小廟。難得的是，老夫婦倆面呈慈祥，笑容可掬，看來，他們就準備著相看兩不厭地廝守下去，一直到天老地荒吧。

第四家是在深水埗的欽州街。居所也特別小，我們四個人加上女戶主共五個人一站，就沒啥位置了。室內，一張雙層床和不成套的沙發擺在客廳，她說移居香港九年，先生上班在外，這樣大小的面積租金也要港幣一萬五千元，丈夫打工的收入交租後剩下沒多少了。這時，房裡的哭聲傳出來，她進去抱著一個約兩歲大的女孩出來，女孩正睜著怯生生的眼睛看著我們。女戶主約四十上下，那種面對艱難生活，安之若素、平靜答問的氣色姿態給我留下不錯印象。

第五、六家，位於九龍深水埗區長沙灣幸福街，位置面對海，風特別大，屋子空間極窄，其中一人還得站在走廊通道上。聊幾句，我們托女戶主將給對面戶的一袋福袋轉交。

第七家在長沙灣丁香街蘇屋邨牡丹樓。這裡也屬於公屋，我們進入的這一家，面積見“底”，一覽無遺。一對至少也有五十來歲的姐妹熱情地招呼我們，我們看到客廳病床上躺著需要護理的男長者，半開著眼睛，似乎知道有訪客，裡面房間一個小房病床躺著也同樣需要護理的女長者，馬上領悟到人生最艱難的境況莫過於此了。一對面貌酷似的老姐妹出現在這屋，不需要多問，就知道她們每天有多少孝心就有多少辛苦了。兩張病床，兩姐妹，“擺”在一廳一房，就沒有多少地方了。她們住在附近，各有家庭，姐妹同心，照顧老人家。目前運作中的港九各種類型的護老院至少千間上下，收費不一，總是需要多化錢吧。

最後一站，車子還未駕駛到該泊車的地方，遠遠就看到四川社團總會南山義工鄧克明在路邊帶著小跑揮手招呼迎接，這位榮獲“優秀義工銀獎”的鄧姐，步履節奏快速如風，令人感動不已。她與南山居民服務協會總幹事陳麗紅熱情地陪同我們上樓按門鈴，受援者遇事不在家，有關福袋只好委託南山義工鄧克明轉交。接著我們順道參觀了協會，看到有關辦事員正在熱心地為不少屋邨居民義務量體溫、看病診病。

一路上，公關能力超強、又是行政人才又是文采出色的大才女吳秘書一路忙著，不斷聯絡各方及處理大小雜事，何靜負責程式安排，手抓名單，工作處理得有條不紊。大家將福袋交給戶主，簡單寒暄幾句，最後來張合照。我和瑞芬是小兵，首次出征，向兩位學了不少。拍照不是為了凸顯做義工的偉大，而只是僅作工作記錄備查；為了顧及被援助者的私隱和尊嚴，他們的面目大都遮去處理。這種做法很周全，值得一些社團仿效。

這一天的義工活動時間匆忙，無法深入瞭解。我想起俄國文學大師托爾斯泰的一句名言：“幸福的家庭大都是相似的，不幸的家庭卻各有各的不幸”，我深信這好幾個家庭各自都有一長篇心酸的故事，但我們依然被這些低收入家庭人們的樂觀面對現實生活的態度深深感動了；在窘境暫時無法擺脫和改變的時候，她們就改變心態，勇敢面對，絕非逆來順受，只是在一邊追求起碼溫飽的同時，一邊努力拼搏，機遇一到，迅速出擊，爭取改變命運。再者，我們也為這些被訪者的共同點——居屋都那麼小，那麼窄逼而心酸感慨。從前，我們參觀過親友的皇宮式大豪宅、去過淺水灣的大老闆別墅小坐，回家會自慚形穢，覺得自己的住處小得如鳥窩；到這些住在公屋或窄房的多家居屋一走，頓覺得自己的家像小廣場一般了，雖然我們住的也只是一百平米左右。我們沒有范仲淹那種“先天下之憂而憂，後天下之樂而樂“憂國憂民的偉大情懷，更無杜甫《茅屋為秋風所破歌》中那種“安得廣廈千萬間，大庇天下寒士俱歡顏，風雨不動安如山”的為民請命的仰天悲情呼喊；我只能以有限的縛雞之力，用一支小禿筆，寫寫這一類零思碎感，感受一種比上不足，比下有餘的滿足，是的，老婆孩子熱炕頭，居有寬屋，吃有肉魚，夏有空調，冬有暖被，餘裕可小旅，愉悅聚友朋，人生夫複何求？

2022年6月28日於香港“不寫最累”書房

海邊小獵

清晨

清晨，大地還在沉睡，沒有人影，沒有聲響，棟棟大廈都在無奈無辜地呆立，連籃球們也宅在家，在屋宇的一角躺著長期休息，期待愛它的主人帶它重回戰場。

清晨，走過的熟悉操場好像突然增大了一倍，真懷念昔日大手牽小手送她上學的時光，那無數個流逝的日子，每分每秒都變得那樣珍貴起來。

晨運

最喜歡的小徑上，有時乾淨如洗，偶有三兩黃葉飄落，仿佛聽到幾聲生命的歎息；有時，活動著宅家久了的人們，散步、甩手、彎腿，生怕悶在家久了，肢體節節生銹；還有遛狗的菲傭、買菜的印尼姐姐，在小徑的欄杆邊偷得平生半日閑，刷一刷手機，聽一聽遙遠的鄉音。

小徑邊，初冬了，依然綠意正濃，留戀著短暫的夏天。

清道

從前，每到一處水鄉小城，總是看看是否還是原裝，還有古早味；從前，每到一座大都小鎮，一定自問有沒有不同感覺，不再苛求是否藍天麗日，而一定俯首看看交錯縱橫的馬路是否纖塵不染，大街小巷是否潔淨無物。

無數個好感來自將城市收拾得乾淨，無數次點贊寫在紙上；在任何地方，我愛尋找大都會的化妝師、地球的清道夫，將第一個鞠躬敬禮給她們。

閱讀

不需要再在書房坐擁書城，不需要危襟正坐，依然是一書或一機在手，城市，卻已是疫情深重。哪怕病毒鬧得天翻地覆，哪怕大街小巷寂無人影，文字世界是那樣美好和引人。

口罩外套馬尾拖鞋，長椅檸茶行囊推車，上有木制小蓋遮雨，後有枯藤浪漫撒瀉，左有綠葉飄拂晨風，右有花卉陣陣送香，清晨，我看見，一位妙齡女郎翹起二郎腿，入神閱讀。

空凳

附近的酒店大堂不見人影，露天的咖啡座遙相守望，傾吐通宵的死靜，呆憶清寂的昨夜星辰。

懷念出外漫遊的日子，每日早餐的慢節奏，將緊張和放鬆調節得如一篇收放自如的抒情散文；也懷念昔日邊走邊拍的情趣，如今都化為在同一屋簷下的擊掌為號，一日又盡。

寂寞

購物累了的市民喜歡在長椅小憩，也常見年邁的長者在此略坐養神，不時看到女傭們偷得幾分鐘閑，刷刷手機，也偶然有遊客經過，拍攝留念。此刻，居然安靜廝守，慰藉彼此的焦急等待。

我喜歡拍攝木制長椅，尤其是空的，總會喚起我無數的想像，坐在上面的會是什麼人，有著怎樣的身世和心事；我也喜歡坐上片刻，看面前如走馬燈匆匆走過的各色人物，也許也有人在猜度我這小人物的種種。

停泊

從來沒看過那樣多長途巴士擠在一起，也不知它們空置了多久，何時從大型車站移師到此，好像一堆嶄新的七彩玩具，被遺置在年代久遠的草叢中。看一眼，頓教人觸目心驚。

疫情中，書店化解成瓦爍，空巴走進廢墟，唯有藍天麗日依舊，座座大廈安靜期盼，空巴們走出困境。

公園

簡陋的兒童公園就在孫女住所樓下，無非兩截滑滑板，一段小橋，昔日的熱鬧成了絕響，看著看著，真是無語。

從前，都會聽到孫女的要求，玩個幾分鐘；如今，不如回家，不如回家，等著小玩伴都敢來玩的一天。

封鎖

波浪起伏的疫情蔓延小島，連孩子們的樂園也如臨大敵。紅白繩索裡三圈、外三圈圍起，所有的笑鬧都突然消失，像被無形的惡魔吞噬。小小公園成為禁地，居然也有戒嚴的一天。

幾番開放又幾番深鎖，學校緊閉大門後，又遇娛樂場停業，一張張小臉只好在家的窗口張望，何日病毒被殲滅在殆盡。

巨輪

黃埔號開上了陸地，郵輪駛進了鋼骨水泥的森林；西洋的木馬肚腹藏著千軍萬馬，這陸上大郵輪底部上演著無數主婦在大超市掃貨的好戲。

彩色的雲朵下，現代都市依然披著繁榮的外衣，似乎，一切如舊，什麼都沒發生過。

空曠

活躍的場所突然變為靜態，樓宇如今都是宅家的老幼，上班族為了生計無法不在城市地下奔波，出站再抹抹消毒液。

吊環以前為了你的安全將你固定，如今像一個個有毒的吊頸繩索，叫人望而生畏；想想還是能在這空曠的地方覓個座位小坐最好，還可以綠化心靈，養眼療目，擴展視野。

靜謐

常常走在這靜謐的小徑，喜歡思索，喜歡看一兩片飄零的落葉，喜歡小徑那種伸向悠遠的感覺，也喜歡紅磚路，喜歡樹的綠，天的藍，儘管手機儲存箱已爆棚，還是拍攝、拍攝。

人的喜歡不需要理由，就像一幅搭配得很和諧的圖畫，感覺舒服就行。這天天走的小徑，就在我們居所樓下啊。

碼頭

每天總會向窗下的碼頭投去關注的一瞥。

來來去去的渡輪準時無誤地在紅磡北角碼頭往返，載人到岸，吞吐著一個個活生生的上班白領，出色地完成自己的使命；像百年老電車一樣，在地鐵風駛電掣的神速年代，依然慢吞吞地劃開海浪，犁出萬道銀藍的光。

每天總愛看船的遠去，猶如送別我的少年時代；只是渡輪遠去還會開來，歲月已經無法倒流。

遠方

在海濱漫步，不時遙望遠方。

遠方，有詩，還是殘留童年的夢想？遠方，是無數離島散落海上，還是僅是無際的浩瀚大海？黑的、灰的、白的浮雲，在藍天下洶湧，壓得維港一片陰暗，心，一時也無法舒張。

在海濱漫步，心事壓抑，漫無盡頭的疫情，何時終結？

烏雲

維港上的天空像是善於變臉的演員，一會陽光普照，一會細雨飄灑。

藍天麗日才剛剛映照得我們心鏡一片陽光，烏雲又來得那麼快，來不及將窗口的衣物收拾，茫茫雨霧，已經將對岸的港島面目遮得模糊。就像疫情的起伏變化，叫人無所適從。

洋女

西風東漸已是常態，楊貴妃的胖美何嘗不被洋女崇尚，洋漢粵語的流利令黃皮膚的移居者汗顏。

牛仔褲的千瘡百孔是時代的最新潮，男人的孖煙囪褲可以藏匿兩隻小貓，晨早剛剛在酒樓飲過中式的茶，又趕一場中午壽司廊的東洋美點，最後是讓星巴克的咖啡陪伴我們度過一個懶洋洋的下午。

晚年

從太陽初升的四肢學爬，到午後的兩腿勁走，再到黃昏的手杖出動；從相望、相愛、相吻到相守、相顧、相牽，一直到相扶……看盡一路精彩風景，走過無數長街窄巷，欣賞過多少人間好伴侶；一支筆，能記載幾樁真善美？一盤鍵，能敲出幾許春夏秋冬、酸甜苦辣？

我在你們背後拍攝你倆的背影，又怎知背後有人拍我？

遛狗

每每看到貓狗作伴的老者，心中就有無數酸楚，泛起一連串的疑問和聯想。他是否獨居老人？有沒有子女？他的日子怎麼過，連最後的天堂報到，是否沒有子女相送？

每每看到有人相陪的貓狗，總是為這樣的寵物慶倖，感謝它們緩解了老者的寂寞，又獲得了加倍的豢養和照顧。

風景

美好的家庭都靠每個成員的用心打造，美好的婚姻都靠男女雙方精心栽培，美好的風景構圖也都需要一雙擅於發現的藝術慧眼。

有海，有岸，有綠樹，有藍天，有長椅，有近景，也有遠方，還有小憩看海的人，更有騎車的人……只要熱愛生命中的點點滴滴，前方都是一幅幅美麗的風景。

點綴

沒有點綴的生活會如沙漠一樣枯燥；不，茫茫沙漠不也偶然有仙人掌嗎？

沒有點綴的蛋糕過於單調，於是糕面會有糖花；沒有點綴的女式西裝不免乏味，於是各款胸針上演和爭妍；沒有點綴的街道成了車虎橫衝直撞的同義詞，於是街邊花卉的圍繞緩解了大都會的冷硬和快節奏。

非常香港—早晨街巷獵影

早晨，街巷動態、市民繁忙的身影，最能書寫出一個活力香港。

早晨，沿著我一手抓機攝影，一手敲鍵八卦的文字，大概也不難窺探出一個香港市民生活的煙火味。

隨便從一個角度拍攝上去，不難感覺身處鋼骨水泥的森林，天空變得狹小了。一些不知名的綠色植物穿插其中，有時很有海濱城市的味道。

天氣好的日子，天空的色彩非常精彩，白的像雪，藍得如海，一些建築物安靜地浸在色彩的沐浴中，每一扇窗都藏著酸甜苦辣的故事。

紅磡區黃埔花園的地標是一艘巨大的黃埔號大郵輪，不明就裡的人也許會誤當維多利亞海有艘巨輪闖入了陸地，停泊在群廈之間。

有一組早年的公屋外觀看來似乎很漂亮，陽臺還有紅色的線條裝飾，但內裡聽說不怎麼樣，這不禁令人聯想起某一種金玉其外、敗絮其中的人。

每每走經非常長的、一條直路通到底的、歷史悠久的蕪湖街，就會油然想起在安徽的青春歲月,還有群組裡的安徽好友，當然，還有癡迷不舍地追求小表妹的種種糗事。

最喜歡的是走在寬敞的紅磚路上，紅磚白牆，素雅簡約的色調，令人好感。紅磚的乾濕形成深淺的藝術效果，白牆上黃和綠兩色的裝飾，由三角形，正方形、長方形和線條組合成一幅藝術大牆。

看，一位女子送完孩子進幼稚園後，推著小嬰兒車回家，走過紅磚路時，竟然乖乖地進入我的視野，走進我的手機鏡頭；

看，另一位女子，抓著小拉車，準備進入超市大購物。這些來去的人，我覺得怪有趣的，仿佛被我催眠導演，走進我預先佈置好的人生舞臺。

我喜歡看早晨的香港，活力十足，人群如蟻，空巢出動，地鐵站升降機前排著白領階級的長龍，地底下的鐵甲長列，很快會將他們吞入肚腹；

我也喜歡站在十足路口，拍攝潮流般四處蔓延的過路行人，那電腦控制的一具具冷臉紅綠燈比交通警察還厲害，指揮著熱血流動的生命肉體。

我常常站在幾米遠的距離，凝視佇立路邊的獨立綠色騎士，寂寞而永遠不放棄，在網路化、手機微信大普及、資訊幾秒內就可以抵達地球另一端的時代，人棄我時不自棄，我是受恩者之一，半個世紀前，憑靠著它的魚雁傳書，我才可能贏得美人芳心歸。如今，偶然還會尊敬地喂它幾口。

我愛在出行的時候，留心甚至追蹤城市最小的清潔車，向卑微者投去欽佩和尊敬的一眼，城市的美容師，獻出的不是百面一孔的假臉，而是一座安寧清潔美麗的陸地花園。

欣賞了安靜的舒暢，我也不時會走到煙火氣息最濃的一角，分享一下大街小巷的堵塞樂趣，看一看老店小鋪如何在艱難中樂觀支撐、掙扎求存。

哈哈，最愛看宣傳海報的我，看到它，禁不住哈哈大笑起來，我們日常偶爾會嘗試一下的、被稱為垃圾食品的巨型海報炸雞，玻璃板面前很巧立著一個大的垃圾桶，好像炸雞正在往它倒下！

這鋪的水果攤，水果永遠擺得整整齊齊，各就各位，但門庭前顧客很少，不知原因在哪？不可挑選？定價太貴？每一次路過，我都會駐足投去一瞥，想不通的是，賣不完的水果如何處理？難道注入了特殊的保鮮液？

這店的巨無霸，堆積如山，令人震驚，聯想無數。我想到了印尼大詩人柔・米歐鄭寫驚世駭俗的愛的《榴槤》詩：「不要觸及我/那是我的尊嚴/別怪我醜陋/和格格不入的脾氣　/千個如果 你愛我/應熟知我的內在/我胸中的每一瓣詩都是最恬美的愛情」想到在我第二故鄉，相對便宜，一旦移民，不但沒有降低成第二等、第三等公民，反而身價百倍起來。還想到他鐵漢柔情的性格，明白自己渾身鐵齒，成熟墮地，恐怕炸傷無辜，就選擇在無人經過樹下的午夜時分垂落。

這新開張不久的錢大媽，你就別嫌她姓氏太有銅臭味了，符號而已，也只是幽你一默，也可能真正姓錢？最幽默的是每隔一兩個鐘頭，折扣就越低，到了晚上八九點，就三折、兩折、午夜就歡迎你免費任取，因為那時候，菜蔬白天早就被掃光，沒什麼可取的了！這家的主持人，可以當出色的幽默小說家呀。

這家菜店，也好有趣，排隊兜一個圈，這兒進，那邊出；進的、出的、裝的、拉的、拾的・・・……無意中，還拍攝到我小小說《永遠的蝦婆》裡的撿紙皮的人物，真是讓我驚喜，也泛起無盡的辛酸。

街市，小市民固然愛四處購物，為自己的腸胃尋覓合適的

食物，每天樂此不疲；賣菜蔬的大嫂，也樂觀天性，大暑天，又何懼之有？你熱到三十五六度，我索性搬來大風扇，對準全身猛吹，吹走汗珠，吹走熱氣，衣褲裝滿涼爽風。

現在，該走進酒樓歎歎冷氣、享受一盅兩件了吧。這一家地鐵站一側的不妨試試。雖然玻璃窗外人來人往，熙熙攘攘；玻璃窗內依然可以安靜品嘗，過一個舒適美好的早晨。

真是別緻的菜單，令我這樣的圖書從業員馬上好感；也喜歡這樣的紙墊，簡直就是藝術品。如果沒有餐廳紙墊收藏家，那就從我開始吧。

蘿蔔糕、潮州粉果、沙律明蝦角，都是香港酒樓飲茶的著名傳統美食，製作得非常漂亮，而且新鮮出爐，熱辣辣的異常美味。埋單更是超級便宜啊。

一家酒樓沒有洗手間，猶如一個人缺乏了重要的排泄器官，有的酒樓看起來門面豪華堂皇，一走進它的廁所，媽呀，色、香、氣俱全，吾不欲觀之也！這小小的酒樓，不但集團，而且連鎖；不但五臟俱全，連那洗手間的格調也四星級綽綽有餘，乾淨漂亮呀！

小鋪・老鋪

我喜歡小鋪，常常站在小鋪外偷偷觀察，看鋪子賣些什麼、有沒有人買；我喜歡小鋪，偶然從大街小巷走過，會從一個比較遠的角度，用手機拍攝，然後放大，對小老闆和店鋪內的東西研究一番，浮想聯翩。

站在小鋪外，聯想的東西可多了，例如，鋪空間那麼小，一整天沒生意怎麼辦？是否會影響小老闆的生活？賣的東西那麼少，有交易的話，最多的收入是多少？夠不夠鋪租？鋪子又是不是自己的呢？

旅行的時光，最喜歡到小城、小鎮走走，最好保留一些老街，在時光倒流中看到跨年代的事物，體驗一下那時候的生活。

有次在漳州的一條老街，發現上世紀四十至五十年代的許多藤製品，包括我童年在南洋坐過的藤條架構成的幼嬰車，還有不少舊年代的玩意和用品，甚至那時婚嫁禮儀中新娘子用而現在已經絕跡的禮餅、嬰兒繈褓期母親用的特別花布，都有出售，那時我們感覺震撼到無法言語，那麼親切，那麼一脈相承，原來華人的習慣，海內外皆同啊。然我們也總不能一一購下，那也已經沒什麼用途，只能拼命拍攝再拍攝，牢記往昔曾經的簡樸時光，永遠不要忘本。

到澳門度假，晨早陪海外的朋友到老街散步，也喜歡觀察那些老街，那些老式的士多店，在香港早就進入香港歷史博物館，成為比例原大的陳列室，但在澳門，還是保育得那麼原汁原味，賣些左鄰右舍孩子喜歡的糖果、醬油、罐頭、花生、鹹菜、鉛筆，餅乾，甚至那些裝東西的大玻璃罐子盛器，還是半個多世紀前的。遠遠望著這些小鋪和老鋪，會想到老闆的堅持。

當然，小鋪老鋪在香港也不是完全絕跡了，特地到半山的荷裡活道走走，那裡成行成市的賣玉器、陶瓷、古董的店鋪門面、陳設，還是保持了舊日模樣；香港開埠最早的地區中上環，在一些橫街斜巷裡，往往還有不少老鋪或堅守至今，或傳承了幾代子孫。站在這些鋪子前面，會聯想到鋪子的前生今世，想到它的歷史，必然聯繫著鋪子老闆的長長的幾代人的家史，再牽涉到社會歷史的變遷。我很欽佩他們的堅守，做的未必是什麼驚天動地的大事業，但做一行，愛一行，不是那種見異思遷的人，重視祖父輩開創的事業，那怕這種事業只是在小小的空間展開，賣著少少的過時東西，也不怕被時代的腳步拋後，而寧願在懷舊的氣息裡緬懷逝去歲月的溫馨和親切，與現代共存，讓人們記住自己的成長史。

迄今在新界的元朗、大埔、粉嶺等區還有不少這樣的舊鋪子。理髮店固然還是保留著半個多世紀的老樣子，過時的座椅，磨刮胡刀的皮革以及在天花板上吊著的蒙滿灰塵的、發出吱吱聲響的老爺電風扇……仿佛時光倒流僅是在一瞬間；還有就是茶餐廳，那種大理石桌面的卡位還是舊時期的格式；而餐廳的招牌點心，一直延續著有口碑的那幾種。

當然，也許不需要跑到新界那麼遠，就在市區的一些舊區，唐樓密集、弱勢族群集中的地方，像深水埗、紅磡蕪湖街唐樓樓下的街巷，常常可見小小店鋪在高樓大廈俯視下從容求存，似乎顯示出一種不屈的意志。最奇特的是他們生存的土壤，有時就在六七十年老齡的唐樓地下樓梯口，鋪面只有兩平方米甚至還不到，也不怕寒酸，賣幾類水果，還有蔥頭、豆角、涼瓜、佛手瓜等八九種瓜菜，簡單到不能簡單，居然也數十年如一日堅持下去；也有的開設在舊商場，為人理髮、改衣、影印、賣些東南亞的食品。不難猜想到，這樣的鋪頭生意，再好的話，也僅可以糊口。

有日早晨，我想買久違的腸粉，改改平時都吃各色麵包的習慣，走到紅磡舊區的一條都專賣早餐的老街，才發現這條街成行成市都是賣早餐的，炒米粉、各種餡的三文治，酒樓那些傳統的早點，其中以三文治最受歡迎。買者多數是匆匆忙忙趕著上班的白領。生意就在早晨最忙碌的黃金時段，搶做一個時段，就偃旗息鼓，有的就休息不做了，有的在中午繼續做兩餸飯的營生。這些小鋪空間都夠小，租金也不會便宜到哪裡去，賣著受到普羅大眾歡迎的早餐午餐，如果搞熟稔了，買腸粉要求她們多點花生醬辣椒甜醬芝麻，他們也不會與你計較的。

小鋪和老鋪，是大都會一道美麗的風景，與高樓大廈、現代化商場並存，也算一種保育吧。

大牌檔情結

居港52年，如果要列舉我最有感情的事物，非大牌檔莫屬。

能體現香港特點的事物很多，例如帆船；香港旅遊業以帆船作為標誌，成為香港的“名片”，香港靠香港市民的獅子山精神，從歷史上的小漁村發展成今天的國際繁華大都會。

我與大排檔的故事，也算香港故事的一首小小插曲吧。

七十年代初期，我們幾乎赤手空拳，踏入香港之地。那時租了九龍佐敦道一個不到十平米的小房間作為夫婦倆的棲身之所。因為“有孩免問”“不可煮炊”的嚴苛租約限制，我們不敢有自己的子女。那時，學歷不獲承認，為了先立足，夫婦倆豁出去，妻子先後做了電子裝配工、制衣廠裁剪等工作，我則先後當過印染、苦力、打蠟、清潔、書店推銷、書籍推廣撰寫等等，我們和幾個朋友共同租下土瓜灣一個單位，一對小子女也在這段時間陸續出世。隨著孩子的長大、物價的飛漲、開支的猛增，妻子在家照顧兒女，我成了一家支柱。微薄的月薪已經入不敷出；打兩份工又不現實，那會變成打工機器，根本無法兼顧家庭了；業餘投稿“賣文”成了我唯一的選擇。

那時，我幾乎買遍港九的所有主要報紙，“研究”副刊的題材，以及有沒有供自由投稿的欄目，然後將文章撒漁網般投出去。白天朝九晚五上班，在這時段寫當然不行；在家寫，子女尚幼，無法專心；於是我想到了一個辦法，利用三段時間寫，即早晨提早一小時上班，跑到快餐廳寫；中午利用休息、吃飯的一個小時時間，跑到附近小巷的大排檔寫；下班時分，當人們在車站大排長龍等巴士回家時，我再次跑到快餐廳寫。在上班下班兩個時段，只需買一杯咖啡或奶茶就行了，晚飯回家和家人一起吃。這裡要特別提及的是中午，我好幾年都跑到大排檔寫稿。那種大排檔規模比較小，主要只是供應簡餐，如奶茶、咖啡、魚蛋面、三文治之類。當時中環的快餐廳、酒樓和食肆都很有限，一些在寫字樓辦事的職員就只好退而求其次，在這類露天大排檔稍微填填肚腹，再應付下午的工作。

在時間和空間的夾縫裡寫稿的日子維繫了十幾年，那些在報紙發表的剪報挑選好的結集成書有100來種，以致別人誤會我是專業作家；書多不足炫耀，但三段論的故事，八十年代中期我受邀到馬來西亞吉隆玻演講曾經作為拼搏的例子講述，文友聽後覺得新鮮，頗受鼓舞，說罕見業餘作者那樣拼搏的。但這也是特殊時期的舉措，後來創業了、生活穩定了，這樣在旮旯時間努力賺稿費的歲月也就不再。

只是在中環小巷的大排檔爬格子歲月我一直記住，也很懷念。九十年代至兩千年，隨著地鐵的出現和城市的發展，我多次到中環，尋覓我當年經常光顧的寫稿的大牌檔，已然蕩然無存。嶄新的大廈林立，有的舊樓消失了，當年讓簡易大排檔苟延殘喘的小巷已經不見影蹤，也許早就變成新建築裡的一條通道吧。我站在舊日的小巷口、而今變成摩天巨廈的大牌檔原址發呆，仿佛還看到那個擠在四五個白領圍坐著吃奶茶在疾筆爬格子的我的幻影，一瞬間恍若心有所失。

當然，這類大牌檔只是賣些簡單的早餐和午餐，多數在非住宅區營生。嚴格意義的大牌檔卻是規模大多了。七十年代到處可見，佐敦、廟街、油麻地、紅磡、新界不少地區，甚至中上環，都存在，成為港九一大特色。我們出版過一位作者寫的《大牌檔.當鋪.涼茶鋪》，當時我們還請教過她，到底是“大排檔”還是“大牌檔”？她的意見是兩者都可以，但寫成“大牌檔”比較有根據。當年有關者申請營業牌照，分大牌和小牌兩種，大牌經營的品種可以多點，小的少點。涼茶鋪據說被列為聯合國的“非遺”項目，很可惜大牌檔不但沒有被“保育”，反而漸漸被限制和取締，而今已經衰落。

雖然如此，大牌檔在香港的存在，卻已成為香港市民的一種集體回憶，感覺它的走向絕跡，是很不明智的，頗為可惜。畢竟像老街、老鋪這類舊日的遺跡和營生，在現代化大都市既然不易生存，索性讓其原汁原味保留，可以使旅遊業增加更多新舊對比的魅力和情味。簡陋的木桌椅，從有蓋帳篷擺到露天空地、佈滿蜘蛛網的巨型電風扇立於一側、一兩個廚師站在一列方磚和水泥隨便堆疊而起的爐灶上，渾身大汗淋漓地炒菜炒河粉，將菜餸扔向半空一米來高，熊熊大火忽然呼呼大了起來，看得顧客一臉傻眼……單是欣賞他們的廚藝，就可使腸胃分泌多些進食的欲液；最與一般酒樓、餐廳不同的是大牌檔食客的不分階層來者不拒：滿身臭汗、一身泥塵的地盤工固然可以大搖大擺坐下，西裝筆挺的白領也可走進來，一杯冰鎮咖啡一碟星洲炒米，口沫橫飛地交換投注馬場或買賣股經的心得。

馬來西亞的大城小鎮很多“糕丕店”(咖啡店)保持著昔日的城市飲食特色；澳門也還有許多半個多世紀以前的“士多”（或稱雜貨店），香港早年的茶餐廳不少轉身為冰室，茶餐廳的味道則遜色了很多……非常懷念香港的大排檔，它們太快走出我們的視野，消失在日漸進步和繁榮的香港。

香港夜景 世界榜首

據某網路民意測評，香港夜景一直蟬聯全球三大夜景榜首。其他兩處是日本函館/長崎和義大利那不勒斯/摩納哥（新老三景）。另兩景我沒去過，香港我則迄今住了五十年。從它們的夜景圖比較，另兩處與香港相差甚遠。

我沒寫過香港夜景，但寫過香港夜空，海外許多地方的夜空黑漆漆的，唯獨香港夜空呈粉紅色，猶如敷粉太厚，抹去，剩下最後一層薄薄粉色，嬌嫩得破，誘惑一隻手去捏。

我沒寫過香港夜景，但寫過香港節日的煙花匯演，燦爛的煙花如百花競妍美麗噴發，照亮維多利亞海港，百來艘夜遊輪在夜幕下向發射煙花的中心地帶灣仔齊集，非常壯觀。

我沒寫過香港夜景，但讀過巴金於1933年寫的《香港之夜》。就在八九年前，這位中國現代文學的巨擘就只以442字、字字含金量很高的散文《香港之夜》描述了香港夜景。他眼中的香港夜景充滿聲色光影，他動用非常現代的視角、聽覺、感覺互相交融的手法去描繪香港："山上有燈，街上有燈，建築物上有燈。每一盞就像一顆星，在我的肉眼裡它比星星更亮。它們密密麻麻地排列著，像是一座星的山，放射著萬丈光芒的星的。""我彷彿又聽見了那無數的燈光的私語。船在移動，燈光也跟著在移動起來。""我的視覺和聽覺混合起來。我彷彿在用眼睛聽了。那一座星的山並不是沉默的，在那裡正奏著出色的交響樂。”看，何等精彩！難怪大師的這篇名篇數十年來一直成為中學範文。

海外親友來港遊覽，到山頂“吃風”成為第一選項，可見香港夜景值得一觀。比起巴金1933年寫《香港之夜》的那個三十年代，香港夜景已經過89年的滄海桑田大變化，主要是：其一，香港的摩天大廈、玻璃幕牆九十年來如雨後春筍迅速破土，不可勝數；其二，燈光隨著建築物密集而更加強勁光猛，九十年前巴金形容香港是“一座星的山”，現在堪稱為無數座閃爍七彩晶亮寶石的大森林；其三，巴金是在海上的小火輪上平視或仰視香港島的，如今外地遊客欣賞香港夜景，多是從太平山頂俯瞰下來，視角、心理感覺完全不同。

海拔僅500多米的太平山頂，因為香港建築物的密集，燈光的強烈造成香港夜景奇觀，吸引全球遊客慕名而來，毫無懸念地將它排在旅程第一列。我們可以乘那已有134年歷史的、鐵軌1365米長的山頂纜車上山，不消10分鐘就抵達山頂地標淩霄閣（1972年爐峰塔改建），可上最高處摩天台428。

三兩親友、家人到太平山觀賞香港夜景，最好的時間，在天色開始黑下來趕緊上山，從金鐘站搭專門大巴、的士都可以，到了山頂，能上到摩天台最佳，其他角度也不妨。這樣的時分，太陽在將落未落之際，情調美得銷人魂魄。

哇，哇，哇……夜晚山頂上，嘖嘖之聲像是富有傳染性，一浪高過一浪，在湧湧人頭間起伏。粉紅色的天幕下，我們看到的，感覺不僅僅是驚豔了，而是驚心動魄：

一片童話國度裡的彩色大叢林展現眼前，一座座矗入夜天的高樓大廈，酷似一株株還在不斷長高的發光的樹高低不平地插立著，那璀璨美麗、五光十色的悅目色彩，迷迷濛濛粗略看去，好像樹枝上吊著的彩色果實，神秘莫測，嬌豔欲滴。它們那麼高，高到好像我們伸手就可以觸及，豎耳傾聽，我們好似可以聽到一株株樹拔節的聲音。

一忽兒，你亦幻亦真地又感覺目下似乎在向你展開一幅3D（立體）的積木圖案，無數長方形的積木全都是由七彩的水晶組成，每一塊都從小窗散射出光亮，玲瓏剔透，溫馨可愛。我們會忽然想像到，上天必然曾經在某個時候伸出了兩隻魔術巨手，捏弄幾下，一組組積木就飛降在這維多利亞海港兩岸了。

一瞬間，在你生怕錯過什麼精彩時，當年被巴金形容為"一座星的山"，如今已幻化成"一泓都是燈火的浩瀚大海"、"一座驚人的發光大森林"，在這萬籟寂靜的宇宙中，你屏心靜氣地聽、聽吧，仿佛可以聽到燈火和星星的絮絮對語，山巒和海洋的舒暢呼吸。

在哇哇哇驚呼聲中，無數專業相機、手機忙碌起來，多少男女的甫士擺起來……我們陪來的海外親友往往不肯很快走，我們就會繼續"睜裂"眼球深度辨識無數大廈群落周圍的乾坤，猛然發現在發光的島嶼上，汽車的燈光銜接成一條條蜿蜒如蛇的橙紅色火流，而維多利亞港如同柔軟的綢緞，隔開了港島和九龍，溫柔的海水巧妙地溶解和稀釋了鋼骨水泥森林的乾燥和堅硬，這也是與外國不少有名夜景的最大不同之處。

每當我們在地球的另一角旅遊，會十分掛念香港的粉紅色夜空和那具獨特之美的夜景，想快快回港。

每當我們在歸航的飛機上，經歷漫長的飛機旅程，即將抵達香港機場的時候，望望身邊人發著光亮的臉龐，就會知道，香港快抵達了！

你興奮，你低呼，香港，我回來啦！香港，也會張開雙臂擁抱你，你會聽到她那心靈的聲音：歡迎回家，遊子！

南丫島的早春三月

南丫島的早春三月，迎來了我們早年在印尼雅加達讀書的二十三位校友。前去南丫島海程約一小時，在那裡還包下一餐海鮮大餐，交通費午餐費兩百元也太超值了。因此當在旅遊業做事的莫校友轉一張旅行社的有關海報時，報名的校友非常擁躍。

出遊當日天色晴好，春光明媚，大家在鐘樓下大合影。

燦爛的陽光照得海面翻動著千萬銀蛇似的，踏上生疏又陌生的南丫島，遠望藍天綠島，陽光明亮，近看幾隻小舢板在海面搖晃，一家家海鮮酒家毗鄰於海邊一路排開，一陣海腥味撲鼻而來，一種海島慢生活節奏的感覺在踏上南丫島土地的一剎那間襲上來。大家三三兩兩、邊走邊聊地往海鮮酒家集中的那條索罟灣街道走去。這街巷一邊主要是酒家，一邊是賣海鮮乾貨的小鋪。老闆娘們笑容可掬地站在店門口招徠生意，校友們都被那些在城裡價格不菲的章魚乾、大頭菜、鹹魚、魚鰾等等海產所吸引，其中一位看著很便宜，抓了一包，其他女校友一擁而上，你選我選，只是在短短幾分鐘內，就旋風似的，做成了好幾單生意，老闆娘想來在疫境幾年都在咬牙苦撐，這一下可笑得見牙不見眼了。

未到中午，好幾家海鮮酒家都還未見遊客湧到，老闆和夥計都在忙碌地準備，我想像著遊客滿座的盛況，應該不是自今日始，一定有一定時日了，疫情大解禁快兩個月了，各行各業都在復蘇當中，旅遊業自然也不例外。我們看到不少非常巨型的酒家廣告密集地懸掛在小巷上空，一時眼花繚亂；慢慢走到旅行社掛了鉤的一間酒家，分成兩席圍坐下來。

這次出遊，大家沒有計較團費多少，如果只是吃啊玩啊，那太沒意思了；校友們在疫境裡少聯絡，都有見見面的強烈願望。都已是銀髮一族，比起倒下去的校友，大家都明白自己逃過了一次大劫，萬分珍惜此時此刻還能來一次同桌午餐。

好快，酒家老闆和夥計端出一盤盤製作認真精緻而講究的菜肴，白灼蝦、龍蝦、鮑魚、日本生蠔、元貝、龍躉頭球、時蔬、炒飯等，那樣高檔的純海鮮大餐，如果是在港九城裡，比較罕見，雖然也有，一枱消費也非同小可；在鯉魚門，至少也要四五千元起碼。大家正在大快朵頤，吃得兩頰生香，也疑惑萬分的時候，組織者莫校友站起來說，這一圍席啊，標準價是四千五百元，平均每人都要三百七十五元，而我們連來回船費才兩百元。這是怎麼回事？要是疫情前，這樣超值的團費幾乎就是天方夜譚！莫校友很快就解密了，特區政府資助旅行社團友每人200元。原來如此！政府實在用心良苦啊！

飯罷，我們參觀了索罟灣的天后宮。據說全島有三處，祭拜的都是天后娘娘。此處的廟雖小，但琉璃綠瓦頂、浮雕精緻，而近兩百年悠久歷史、歷經六次重修、擴建，更引人注目，校友魚貫而入，捐資添油，不在於多少。

接著還到碼頭附近的地標拍拍照、在大榕樹蔭下的長亭木椅小坐談心。

回程在中環碼頭上岸，導遊安排二十三位團友以添馬公園為背景拍攝大合照，據說這是有關部門的要求，是旅行社申請和獲得補助的重要依據。

花潮人潮隨春來

春暖花開，早年沒有什麼感性的認識；這些年，住在黃埔，環境綠化不錯，每年三月，我走過屋邨兩邊都是花槽的通道去購物、接送孫女上學放學，總會遇到三角梅和杜鵑花彷彿鋪天蓋地、開得很燦爛。路過許多屋邨的大廈，還會看到一抹抹紅，點綴著城市的灰黑二色，令人眼睛一亮，感覺環境因花草的陪襯而溫潤了起來。

相信很多人發現香港不少屋邨、公園、街道兩邊，春季到來，都會開滿花，尤其是三角梅、杜鵑、洋紫荊等這些香港常見的花，令硬冷色彩的城市增添不少溫暖感。疫情三年，大自然界的植物花草在每年春季依然阻擋不住，開得旺盛，但未免有點寂寞，畢竟宅家的人多，沒有多少人有好心情欣賞花卉。

今年，防疫措施大鬆綁正遇春節，出現洶湧的回鄉人潮、出入香港的人潮；時令好快就迎來了初春三月，一個大規模的花潮，就在絕好時機迎來了——社會複常後，維多利亞公園舉辦了一次成功的「香港花卉展覽」。人潮之多一時無兩，連坐輪椅的長者，印傭、菲傭、外來遊客、幼稚園學童、老師等等都被吸引來遊覽參觀了。以四萬棵繡球花為主題的花展，陪同四十萬棵（朵）各種花卉攜手而來，有造型，有比賽，有花商賣花，大半個維園都被佔據，鋪滿花地氈似的，出現了三年以來鮮見的人潮迎花潮、花族看人群的奇觀。花展在「天時、人和、地利」的條件下舉辦，無論繁榮市面、經濟消費、凝結人心、宣傳香港，都具有不凡的意義，真是太棒了！

這真是香港社會複常後的一件大事。不少朋友去參觀了花展都大為滿意，在網路上的博客、群組、臉書、微信等社交平臺頻頻轉發自己拍攝的「花卉攝影沙龍」，交換參觀花展的心得。這令我想到，一個城市應該時不時地保持自己的活力，像醞釀人氣一樣，必須有一種吸引人的「城氣」。

花潮迎來人潮，讓入境香港的外地遊客又多了一個好去處。在街上，如今常常可以看到拉著皮箱匆匆走動的年輕人，十有八九是內地來港的遊客。防疫限制解除後，訪港遊客持續上升，我也看到香港各界都在努力，肯定將會有大成效。像這一次的「香港花卉展覽」就舉辦得很成功，將洶湧的人潮和美麗的花潮推向一個頂峰，快樂了每一個來參觀的香港市民的心，也豐富了外來遊客行程，增添一份富有意義的節目。

香港其實有許多優勢，我覺得還未被充分挖掘和宣傳，這方面也許人人都有責任。我到過人口只有十余萬的金門島，當地不斷更新旅遊推介資料，也印備了各種水準頗高的單張、小冊子，內裡的攝影上佳，文字富有文采，無不是請專業人士下了很大苦心製作的。

香港中西文化交織融合，鼎盛時期的香港電影在亞洲乃至全球具有影響力；香港飲食文化融會了嶺南、東南亞、歐美等地區的美食特徵；香港的展覽文化（最有代表性的要數入場曾經達到百萬人次的香港書展）經驗豐富，素有口碑；香港本地的旅遊資源非常豐富……這些都有目共睹。

一個城市的發展機遇應該緊緊被抓住，像這次花展一樣。

當花潮在春季熱烈而蓬勃，人潮也隨春而來。

花海浩瀚，人潮洶湧

——觀2023香港花展

赴一次花族的約會，心情蠻緊張；生怕因為太驚豔而醉倒花叢間，萬一臥上千年，辜負太多人間情事和俗務；醒來已經換了人間。又擔憂，像我這樣不解風情的粗男，不解花語，無法承受太多的溫柔；因此幾度春季，營營役役，很少能有閒情逸致探春賞花。

赴一次花族的約會，以為假期如週末周日遊人最多，那知平時的日子也到處都是興致勃勃來赴約的人，不分膚色、老幼都有，拐杖輪椅一起出動，銀髮閃閃、步履踉蹌、老態龍鍾的夫婦相互扶持的有，蜂腰豐臀單槍匹馬的也有，一起從四面八方如流水湧來，都在趕赴花兒們春天的盛事。滿園的喧嘩，滿園的遊人，結伴留影、拍拍特寫……將愉悅的心緒訴諸花族，把最豐富的色彩留在照片儲存庫。

赴一次花族的約會，最怕行色匆匆，欣賞得粗心，沒有將花族們的美貌欣賞個仔細，將她們最嬌豔的美態捕捉，把那獨一無二的姿態留在記憶深處，錯過了花族們的千般溫柔，萬種風情；儘管不是花農花癡，對花事也略知一二；不懂的時候也可以求教資深的花圃老人，或在場培育的園丁，長期與花族共事，他們對花們的生活習性一一瞭若指掌。

一頭沉浸在浩瀚花海裡，很快就迷失了。洶湧的七彩花潮，一浪一浪從不停歇地、鋪天蓋地，席捲而來，又重新漫天鋪開，有時如同天女散花，令人目眩神迷；有時像是天上飛降大地的巨人大花地毯，魔幻神奇而壯觀。那四萬株五顏六色的繡球花可是從四萬名新娘的玉手拋向尋覓各種愛的人群？樂得萬千男女老少擠得撿拾不及、只能拍攝再瘋狂拍攝？在疫情大解禁的春季，是否真的有四萬對新人攜手踏上婚姻紅地氈？繡球，繡球啊，天上人間，那麼密、那麼多。

投入五光十色的大花海，瞬間失去方向，如此壯觀的花族世界，花兒們的宇宙，讓遊人很快淹沒在一波波的洶湧花潮裡；明白了浩瀚、洶湧等等這些詞兒為什麼被合理創造，用在花展，看花看人，都不算過分。單是各種花卉，就四十萬株，想想都驚心動魄，猶如巨大的花飛毯，有一種神力，剛好鋪滿偌大一個維多利亞公園；疫情最嚴峻時期的一座空城，突然，湧出那麼多的各色人種，齊來參觀萬千花族；也許，激動、愉悅的心潮早就和大花潮融匯成一泓海洋了，分不清究竟是花族們看人展，還是人潮欣賞花海了。

赴一次花族的集體約會，不需要請柬，只需備一顆愛花的心；當然，愛花就是愛美。這裡各有各的精彩，內涵豐富的花語彙，善解人意的資深花癡，自然心領神會。看，一列渾黃羽毛的可愛小鴨，優哉游哉游戈而來，預知春早在孕育醞釀，現在，宣告春天已經正式到來；再看，花築的摩天輪在慢悠悠轉動、而過山車轟隆隆回轉飛馳，那都是花兒們的出色傑作啊！花兒模擬的娛樂場，猶如夢幻，在現實世界展開，讓大人小孩都興趣濃郁，樂得呵呵笑開了。

徜徉在彌漫香氣的曲折花徑中，我喜歡向日葵昂仰著一張張大大圓圓的笑臉，感覺是多麼健康陽光；我喜歡各色玫瑰含苞欲放的羞澀，那種優雅高貴，太髒的手絕對不夠格觸及分毫；我更喜歡被大膽嫁接改良的菊花，瓣瓣清晰精彩毫不含糊，我也喜歡鬱金香的整齊出列，像無數看不見的人兒排隊舉起的彩色酒杯，惹人遐思；我卻感覺她們在為我的大半生勤奮乾杯，而銀杏樹的一片金黃，劈出了另一種季節的風景，像是在唱一曲四季輪轉之歌。

漫步在燦爛豔麗的花叢中，孩子們喜歡卡通的造型，想進入小屋尋找神奇的事物或寶藏；大人們都在喜歡的花卉前留影；攝影家索性搬來小凳兒，大半天坐著，只將長鏡頭對準他心目中排首的花族大美人，企圖連一顆美人痣都拍攝得清晰無誤。平時只在家居樓下由家政助手推車散心的癱瘓長者，此刻也來了，高舉勝利的指頭，以拱形繡球門為背景，留影一張；幼稚園的老師率領幼兒們——人類的未來小花朵和花族大姐姐們來個大合影。

疫情大解禁後，誰都沒料到還有悅目、如此大規模的花卉展覽舉行，吸引無數本地和外來的人士入場。最具象徵性的是花族們共同編織組成的彩虹，外加一個太陽，令人想到了那句"陽光總在風雨後"；最美的恐怕還是那令人驚喜讚歎不已的鳳凰，高高在上，造型特美而酷似，象徵著東方之珠的香港已經如同鳳凰一樣，歷經幾度艱難困境，終於浴火重生，開始展翅飛翔，沖上雲霄！

花鳳凰，將花海洶湧的浪潮，推向一個最高峰，迎來無數長短槍的對準。

泛舟花海，目不暇給，心潮激蕩；攀登花山，春風浩蕩，收穫滿滿。

感謝赴了一次花族的快樂約會，讓我們心田野都開滿了快樂幸福的花兒。

感謝赴了一次花族的盛大宴會，讓我們的眼睛從此增添更多的美好色彩。

春臨九龍公園

春已到，只是乍暖還寒，行人亂穿衣；唯有花卉，是春永不遲到的使者，無論是藍天麗日，抑或大霧彌天，總是不改初心，約好連袂降臨春的大地。

春，孕育許多故事，也許不少美好的人生一幕，都在春的舞臺上演；當春的帷幕徐徐展開，春之嫵媚，就以最豔麗豐富的色彩，映現在我們的視野。

推著嬰孩小車，一老一小兩個“時差”有半個多世紀的“演員”，心有默契，相約到九龍公園跳一出春之舞。

像有一張春神的笑臉在眼前閃現，一陣陣春風的催促鼓動，我們過馬路、入地鐵、進列車，很快就來到老幼都未曾到過的九龍公園。哇，左邊，高高的黃花風鈴木一列排開，在春風裡左右搖曳，仿佛在歡迎我們；外孫女卻望著右邊的天空，原來有吱吱吱之聲破空而來，她覺得似乎有什麼鳥兒在與她打招呼，聽得好專注。

不要以為島城滿是招牌霓虹、紅塵滾滾，不要以為大都會巨廈矗立、密不透風；九龍公園，像是被劈出的現代化城市裡的一塊龐大的肺。聽得到大地的呼吸，看得見樹木們伸出雙臂，準備大展拳腳；嗅得到泥土的芳香，感覺到春之神脈搏的跳動；心兒忽然一片晴，眼睛也被春綠晶片裝飾起來。

走進九龍公園，傾聽水在歡樂地唱歌。有的伴著簡單的舞姿，沖向天空，紛紛灑灑的水氣，猶如細小的雨粉，在為觀者祝福；有的來自百鳥苑的小瀑布，沙沙的水聲看得小外孫女分外出神。有的水兒，靜靜地臥躺，像是一塊巨大翡翠，溶化成的一泓綠水，在春風的微微吹拂下，粼粼成千萬顆碎玉，令人好想躺在碧綠湖水上沉醉，連夢都是一片翠綠。

也許來到這個世界才十八個月的小外孫女有一萬個疑問，我都無法解答。看，公公，為什麼有的樹樹，那麼冷，不穿衣服？為什麼有的樹樹，穿著那麼厚的棉衣？為什麼有的樹那麼大，鬍鬚那麼長，長到地面上，他到底有多少歲了呢？

也許全九龍的公園，數這一方世外桃源，給忙裡偷閒的人以最多的長木靠背椅選擇；有的設立在大通道一側，有的在湖邊，有的在濃蔭深處……春之神，有著最寬厚的襟懷，擁抱了她在城市的子民。多少不分年齡的人，都在沐一次春之浴；心兒，像是浸在湖光山色中，在娓娓交流中增進瞭解，在密密細語裡定下一年大計，你我他都懷著一顆綠色心靈，喜孜孜地雙手迎接新的開始。

是好的男子漢，誰不是鐵漢柔情？是陽剛，誰不尋覓陰柔來契合？欣賞美人怕生情，憐花惜草都是愛。外孫女，睜著明澄澄的眸子，探索她身外、周圍的一切神奇，開心時會雙手搖動，好似振翅待飛的小鳥；我沿途拍攝各種春花，在風的陣陣吹拂中，需要妙拍，捕捉一瞬間的定格，像是捧著小表妹的臉龐，雙目交流，按鍵，“一吻定情”，功成。

我喜歡三角梅的無處不在，最愛向人們發出的第一聲：春早！

我喜歡杜鵑花族的多款色彩，低調地躲在花叢深處，一旦春之聲吹起集結號，馬上浩浩蕩蕩在一兩日之間，蔓延成波瀾壯闊的浩瀚花潮。

我喜歡朱瑾花的大臉龐，像是小嬰孩紅撲撲的臉。家樓下花圃常常見面，不意又在九龍公園相遇，好想問她一句，阿瑾，你幾時到的呢？

我喜歡蒲葦毛聳聳的樣子，好像家中的雞毛撢子，但太小也太少。

我喜歡菊花紅菊花的一簇簇亮相，人說有些東西假得很真，它們卻是真得很假。

春，已經來到了九龍公園，連大紅鸛也與人一樣，在一湖春水裡，悠閒自在地那麼快樂。大紅鸛們成群結隊出動，嬉水的嬉水，尋食的尋食，湖面泛著碎玉般綠色水光，我讓外孫女站在湖旁的欄杆，欣賞大紅鸛族群在合唱一首《春天的旋律》。孫女開心地抓住欄杆，遠遠地、蠻有興趣地望著第一次見識的禽鳥。她一定好奇，為什麼牠們有翅膀不願意飛走？為什麼牠們那麼厲害，能將脖子彎成像認字木板上那個S字母呢？

春，令我想起了無數的人間美好。

九年前的三月三，大孫女誕生，我寫了篇《她在春天來到》；也在那幾年的春天，我的兩部長篇寫好，投稿參賽獲獎；2023年三月，屋邨的大型花槽由三角梅和杜鵑花組成了波瀾壯闊的花海，來勢非常洶湧，我捕捉了她無數朵笑，留住了春天裡人和春擁抱的美。

今年，我最有意義的是與未足兩歲的外孫女來到了好遠的九龍公園，看到了春之神的多姿多彩的面目和美麗色彩，接受了一次春天的洗禮，美不勝收。

春來了，春悄悄地來了，老小結個伴，到九龍公園去吧。

香港文化是一盤香噴噴的炒雜燴

在香港居住快半世紀，如果以一句話比喻香港，我會說，香港是一盤炒雜燴，熱辣辣的色香味俱全；當然，形容香港是杯雞尾酒，詩意盎然，也美；炒雜燴比較中式，有點普羅大眾的市井味。

香港以前被誤讀沒有文化，只被認知是購物天堂；八十年代，有一大作家路經香港，只是走馬看花，就大放厥詞，斷言香港沒有文化。讀了令人苦笑不得。

先從一個普通的香港市民看看香港飲食文化。如果有機會常到外面吃，就會感覺非常豐富多元。很輕易的，你就可以品嘗到來自境外地區、周邊國家的代表性美食，如星洲炒米（新）、喇沙（馬）、冬蔭功（泰）、金邊粉（柬）、越南檬（越）、巴東牛肉（印度尼西亞）、印度咖喱、壽司（日）、葡國雞（澳門）、意大利面、披薩（意）、法國式西餐、泡菜、烤肉（韓）、漢堡包、肯德基（美）、臺灣牛肉麵、新竹米粉、金門麵線、蚵仔煎（金門）、北京水餃、烤鴨、上海小籠包、梅菜扣肉（梅縣）、雲南米粉、麻辣酸菜魚（四川）等等，這些富有代表性的各地美食組合，形成一種非常巧妙的香港多元飲食文化的隱喻，也成為「香港文化是一盤熱辣辣的炒雜燴」的形象注釋。加上香港小食蛋撻、咸水角、鳳爪、荷葉飯、山竹牛肉、蝦餃等名聞中外的港式點心經典，太洋洋大觀了！走了很多地方，似乎找不到一個城市，集中了那麼豐富的佳餚美食，想吃什麼就有什麼。香港人適應能力也真強，舶來品來什麼就適應什麼，都能吃得津津有味。家居黃埔花園，各類餐廳、酒樓、食肆多達五十家，午餐時間，每一種都有人排隊。

鼎盛一時的大牌檔，已經成為香港市民的共同記憶，港式茶樓也獨一無二，成為“出口”的飲食代表。吃而已，已經形成超強的文化，哪怕這種文化是輸入的、拿來的、混血的，都無愧於香港美食天堂的美譽；自由港的香港，那種包容全球、緣結東西的襟懷，香港中國人自傲之外，也慶幸我們的一張嘴長留香港。

當然，不是飲食而已；只懂吃，難免淪為一般動物；香港文化的精彩，也在衣玩住行語言習慣風俗人情等各方面充分表現；從日常生活的柴鹽油米一日三餐，到報紙雜誌娛樂八卦各種意識形態，樣樣俱全。

也不妨從一個曾經的爬格子動物看昔日報刊文化。五十至九十年代，當網絡文化還沒那麼流行和發達時，香港紙質媒體如日中天。我知道的、我投過稿的就是長長的一串報刊名字，至少有《大公報》《新晚報》《文匯報》《天天日報》《中報》《快報》《晶報》《星島晚報》《明報》《明報晚報》《華僑日報》《成報》《新報》《澳門日報》《公教報》《海洋文藝》《香港文學》《讀者良友》《青年良友》……那時，兩度失業，各長達一年，日寫五個專欄和連載，都是靠這些報紙讓我獲得起碼的三餐。最高峰時期，靠爬格子累計稿費也有每月一萬餘（在當時這是個不小的數額），如果香港是文化沙漠，我這類爬格子動物早就餓斃街頭。由近及遠，說已論他，再看看昔日歲月，多少中國南下大作家在香港逗留，留下珍貴的行跡，播下無數文學種子，也留下了說不完的話題；魯迅、許地山、蕭紅、戴望舒……說香港沒有文化，香港純文學的旗幟劉以鬯、武俠文學大師金庸卻都從香港橫空出世。他們的作品，影響了香港幾代人。香港的書店，也旺盛過一個長時期，一位書蟲朋友九十年代就編過《香港書店巡禮》，厚厚一本；那年月，二樓書店就成為香港旺角一道最美麗的風景，只是後來，珠寶店越開越多，影響二樓租金；金店蠶食書店，二樓書店越搬越高，高處不勝寒，最終執笠矣。

再從一個對香港購物以外事物有興趣的海外遊客的眼睛看香港。有心的導遊結合了陌生的眼睛，就會感覺香港不少景點都富有文化內涵，都有歷史掌故或故事。有次，我對南洋來港的一位文友說，這次我做你的小導遊，顛覆一下「購物天堂」的形象，看一看我設計的文化香港吧。他非常高興。我說香港和九龍、新界就組成「島與半島」，劉以鬯先生有本描述香港七十年代金融風暴的長篇名著就取名《島與半島》。在香港，我們最好乘電車，可以慢慢欣賞車窗兩邊的街景。乘上年齡逾百年的電車，朋友很好奇，歎道，現代化的香港，竟然還有這老古董呀！我笑說，你現在就坐在老古董身上，穿梭香港古今。電車行駛著，車兩邊風光猶如千變萬化的萬花筒，可惜我不一定熟悉。

我們是晨早從北角出發，一路向西。重要的小站就下車逛逛。北角這地區，有不少福建人，尤其是閩南老鄉。他們移居香港後，靠一雙空手闖天下，很快紮下根來。路經高士威道，我們在維多利亞公園站下車，參觀中央圖書館。這個外觀造型沒太多特色的文化景點，內裡倒大有乾坤。有關人員熱情接待，我們參觀了各種現代化設備、地下大堂的藝術展覽、演講廳、會議室、電腦室、分類圖書，有人還詳細地介紹了各種服務。我說香港文學館在八樓，幾年前還搞過《東瑞文學作品展》，可惜你那時不在香港。離開時，我們還看到不少市民在其中一層舒適的空調大堂裡坐著翻閱報刊。

接著，電車繼續往中環進發。中環摩天大廈高聳入雲，玻璃幕牆林立，連當年法國的「蜘蛛俠」Alain Robert也望高讚歎，以靈活的攀高技巧，於2018年成功攀上中環四季酒店45頂樓，前後歷時30幾分鐘。中環的高樓大廈建築群走在世界前列，號稱香港華爾街。但紐約華爾街有的，它有，沒有的，它也有。如，年齡很老的當鋪見證了香港很早就開埠。在這樣新舊交雜的區域，怎可以不下車走走？那天正好是周日，皇后廣場附近的馬路被封，劃為步行街，有古董汽車展在舉行；一些草坪、噴水池旁，成了菲律賓女傭的休憩天堂，幾個穿緊窄牛仔褲的菲姐姐在隨著音樂扭臀大跳現代舞，這豈不是精彩的女傭文化？我帶朋友走到一些大廈後巷，或大廈與大廈之間的縫隙，告訴他消失了的大牌檔的種種故事。那時有一隻爬格子動物在午後的巷裡開工，他聽了很是茫然，我說，現在那人就在陪你走走，已經轉身成為敲鍵舞者。大家哈哈大笑之餘，我們開始爬上天橋，往中環和上環之間的空間走去，終於踏上了那世界最長（800米）的扶手電梯，參觀精彩的香港露天博物館。電扶梯一截接一截，兩旁可以看到香港開埠最早的中西區幾條橫街，如德己立街、惠靈頓街、雲鹹街、和安里及榮華里，包括孫中山紀念館、蘇豪區、蘭桂坊……我們看到酒吧、異國餐廳林立。這兒白天安靜，夜晚必有一番盛況；我們最後還走到古味很濃的石板街、最頂的荷裡活老街，這裡賣古董和玉器的店鋪成行成市，也有古廟，真是集古今中外之大成。朋友海量，買一罐大啤酒，一口氣飲光。

看看時間還早，我們還乘車來到赤柱，正遇夕陽徐徐西沉，空氣非常涼快，行走了一圈購物小巷，再到海灘岸上的咖啡座喝咖啡，太多的洋漢和鬼妹在歎咖啡看日落……這些非常特殊的景點和畫面，構成了香港的異色。

乘電車行香港島之後，第二天我帶朋友走路加乘巴士，走馬看花參觀香港的「書+菜」式文化。那是港九各區都有的公共圖書館，圖書和街市別樣地合一，有的就統稱市政大廈，有的叫街市，公共圖書館往往也設在其上，只是不同電梯進入；近年油麻地公共圖書館還將玉器市場納入，屋頂還戴了一頂雅致的書卷氣十足的「書玉」的帽子。我們再從黃埔出發，在理工大學附近的香港歷史博物館下車，進入參觀，博物館以各種文字、實物和映像全方位地重現香港逾百年的歷史。那些香港獨有的風俗人情特色展品，每一件都在見證香港有文化。

再走到尖沙咀半島酒店，想像一下當年香港「蘇絲黃的世界」的百年風騷，電影裡那些粵劇和電影，就會慢慢咀嚼出香港那種華洋巧妙交流又融合的異國情味。走出博物館，再入藝術館看看藝術展，在星光大道走走，看看港島風景、演藝工作者的手掌印，再觀賞鐘樓，十大商場榜首海港城，會感覺時間流逝得非常快。看看下午還有時間，我們馬不停蹄，再遊覽了鑽石山那仿唐朝建築的南蓮園池、黃昏鯉魚門的漁村風情和成行市的海鮮食肆……

朋友離港那天，發訊息過來，大贊：文化香港，非常棒！

拼搏的香港

我和新婚妻子於1972年末來港，時光一晃流逝半個多世紀，在香港經歷了生存、溫飽和發展的階段。少年時代在印尼渡過，對香港的認識只是來自觀看過的有限的香港電影：七十二家房客式的劏房、淺水灣、半山、穿旗袍高跟鞋的女子、茶樓點心妹、窮小子和富家千金小姐的戀愛故事、穿半截至膝褲子的英國員警、車水馬龍的街道……我們一"旅居"香港就是五十二年。

初到貴境，舉目無親，遇到香港經濟不景氣，要立足，要尋工作，首先是學好廣東話；朋友說，多看電視，慢慢就學會。確也是如此，任何語言、熟能生巧。誰曾料到，幾十年後，自己被邀到中學演講，敢於用不鹹不淡的廣東話？

居住在香港半個世紀。衣食住行吃喝玩樂加上工作、活動，最深的印象是什麼呢？

首先是香港的拼搏、競爭精神。早期經濟不景，一份雜工幾十個人排隊等候見工；一份校訊編輯之位，也有近百人應徵爭聘。我在香港金融中心——中環打工時期，每天在德輔道中行走，就看到白領階級腳步匆匆，感覺香港生活的節奏十分緊張，城市充滿了活力；香港人和巴士每天的車次一樣，準時、爭分奪秒。後來我們自己創業，經常受邀到中小學展銷圖書，每次都要在八點或八點半前在禮堂或有蓋操場擺好圖書，展銷的各工序也十分緊張，早晨六點起床，到貨倉搬書、開車無遠弗屆；香港的各行各業，都擁有一大批敬業樂業的人，盡自己最大努力，把所屬行業搞活搞旺起來。自有地鐵後，上下班的高峰時段，上班時打工階層精神抖擻地在車廂外裡三層外三層排隊，下班時拖著疲勞的軀體擠滿車廂，無論如何解讀，都可以感覺大都會欣欣向榮、活力十足的一面。我們家瀕臨紅磡碼頭，從高樓的視窗可以看到地盤工人雨淋日曬地辛勤勞作打造都市新公園，哪怕是送外賣的巴基斯丹婦人，保安、大廈阿姐，都堅守崗位，為香港的安定繁榮出一份力。最欽佩的是街角小巷裡那些小到無法讓顧客進入的小鋪，成了鋪主安身立命的天堂；也無法不讚美酒樓的更替與接班，見證著香港人的不信宿命，敢於起死回生的勇氣。平日，茶樓裡和出入境處，盡見長者，年輕人都在努力打工，白天很少見到悠閒的人，除了全職媽媽。這是很典型的香港，大家都在努力賺錢。

其次是華洋雜處、中西文化的交融。這也是久居香港，感觸良深的一點。由於歷史上的原因，迄今香港至少還遺留不少英式街名和洋建築，連禮儀、生活習慣、語言、節日等都如此，一句話裡，往往夾雜國語、英語和粵語，成為新款三及第。官方的大部分檔都是以英文為主或中英對照，那些中譯不敢說不很好，但繞一大圈子還令人摸不著頭腦，時有所見。令市民最歡喜的是節日之多，假期之多：春節、中秋、清明、耶誕、佛誕、元旦、國慶等這些中西節日都放假，還有情人節、母親節、父親節等等雖然不放假但頗受香港市民歡迎的節日。別小看這些華洋假期，市民們都很受落。真是樂了打工族，旺了酒樓和市場。每到這些節假日，迎節商品、食品上市，滿街都是年輕父母攜兒帶女出街逛商場遊樂購物的景象，一改僅是銀髮一族坐在公園長椅竟日無所事事、曬太陽的落寞身影了。節日多，能放則放，也許反襯了香港上班族平日工作效率之高。

再其次是香港人善於接受"舶來品"，適應能力很強。那些先進的電子產品不必說了，最典型的是在飲食方面。香港素來被譽為購物天堂，其實說是美食天堂也不為過，半個世紀前初到貴境，我們不知道這樣一個彈丸之島，竟然有這樣的接受潛力，以為只有港式酒樓那些燒賣、蘿蔔酥等港式點心，已經足於自豪。在香港生活日久了，發現隨著香港經濟起飛，不少國家和大陸省份的代表性美食紛紛進駐香港。隨便提及，就有美國的麥當奴、肯德基、義大利面和披薩、葡國雞、印度咖喱、印尼沙嗲、馬來西亞咖啡、越南湯檬、新加坡拉沙、泰國冬蔭功、日本壽司、韓國烤肉和泡菜、北京烤鴨、湖南辣菜、雲南米粉、臺灣珍珠奶茶……有關的餐廳，每每都有人滿之患。別個大型屋邨我不知道，單論我們黃埔花園，各國美食餐廳、食肆、酒樓等就多達五十間，還將這些飲食鋪子分門別類，印製成小冊子，以供食客按圖索引。飲食業的繁榮，成為香港最帶有標誌性的一大行業，畢竟民以食為天，還和旅遊業息息相關。香港人在這方面體現出來的超強適應力、接受外來新事（食）物的能力都是令人震驚、欽佩的。

在香港生活超半個世紀，經歷幾許風風雨雨，目睹一些行業的沒落和消失，例如，傳統照相館大部分被手機淘汰了、嚴格意義的大排檔消失了，紙質書店少了、大型植字機被淘汰了，大型印刷廠北移了……這都是拜科技所賜，也是隨社會的進步而改變的，而處在華洋中西文化交集的香港人的拼搏精神和超強適應能力、整體社會的勃勃活力則是五十年不變，與日俱增，鑄就香港特殊突出的性格，形成了我心目中最美好的香港形象。

一日穿梭三千年

2023年10月，在天高氣爽的秋季，六部夢幻大型旅遊巴，前後分六次，載著近千名四川社團總會會員，浩浩蕩蕩開向天府之國，再穿過時光隧道 ，回到遠古……途中佳景不斷，節目精彩，不斷有驚喜，更有讚歎和熱烈的掌聲……

香火鼎盛車公廟

昏昏沉沉搭上車，車子顛顛簸簸一路狂奔到了宋朝殘年。眼前鐵蹄踼踏，沙塵滾滾，遮日蔽天，追殺聲震天動地；彪悍的元將鐵蹄殺得興起，蹂躪我大好山河，一時間家破國碎。他在後面追得踼踏響；車公你在前方護著宋帝，跨越無數坎坷荊棘，飛越多少溪流溝渠，在奔馳香港時以身殉職，病逝途中，譜寫一段感人的護主佳話。

忠義之臣歷來引無數芸芸大眾崇拜，有情而已，無異于千禽萬獸；有義才高薄雲天，無愧於宇宙最智慧動物。

一座宏偉的車公廟矗立新界沙田，廟因車公而起，車公也因廟名聲大振。歲歲年年這兒香火不絕，煙霧繚繞，夜夜日日也成了香港的唯一，您於是也成了駕車人士的守護神。

燒賣 ，最優質的燒賣

古跡遊覽需要佳餚助興，旅遊才相得益彰；參觀何妨吃配做，新意才吸引食客前來。

才走出久遠的廟宇，又走進現代的港式酒樓。以為即刻進入祭祀五臟廟的程序，方知餐前示範一堂“隻隻皆辛苦”。

白高帽白制服的大廚，一雙巧手在盤裡表演，圍觀著數十雙流涎的眼睛。柔美的揉捏，經無數學徒的手，最後變幻出一籠籠熱氣騰騰的燒賣。這一餐燒賣最為滑嫩香脆，只因滲透了你我製作汗水的味道。技藝的代代傳承，飽了肚腹，美了文化，造福我們千萬代子子孫孫。

經典再現：香港傳奇

走進經典再現展示館，時光隧道赫然開闊和延伸，我們彷如幼嬰，被強力吸進香港大母腹裡的子宮。

生存其間，溫暖無限，感觸萬千。

開埠百年歷程，一幕幕過電影般回帶。無論你是哪一年成為畫面裡的人物，都會有不同感觸：

你是否親歷過七十年代初金融風暴襲港，找工難，連草紙也要大囤積，如劉以鬯《島與半島》所描述的情景？

你經歷過山竹、蘇拉十號風暴之外，還經歷過哪幾次？嘗試過排隊輪候盛水的辛苦嗎？

你知道沈從文名著《邊城》在港改編成電影易名為《翠翠》嗎？女主角赫然顯身於展示館牆上，知道她是誰嗎？

也許，都沒經歷過；那麼茶餐廳，我歎一杯港式奶茶，你來一杯凍啡去冰塊，再一起嘗嘗蛋撻、油多，必然有過？

也許你還趕得上坐上最後一輛人力車？逛一逛香港的中上環？沒有也不足惜，在這兒補拍一張留影吧。可曾士多店買兩粒糖，獎勵小兒子？可曾就近向唐樓樓下老阿伯打一瓶醬油？

不然，涼茶鋪店喝一碗二十四味、清熱解毒總是有的吧。

香港風風雨雨，百年滄桑，百年遭遇、百年紛爭，無論如何，今日蒙塵漸去，又恢復了東方之珠的美態！

感激你，經典再現，讓我們穿梭百餘年，一起走完香港從小漁村變身為世界大都會的歷程！

三星堆幻想曲

在黑暗的隧道暢行，頭兒伸出地面時，時光已經倒退三千年。恍惚間，看到安靜寥寂的小鎮，走著雙眼大大又凸凸如外星人的行人。朦朧裡，那個神秘的午夜，月色如水，有什麼祭祀儀式在進行，三星堆鎮河畔鼓聲咚咚。

是怎樣超前的思維，構思出那樣奇特的怪禽異獸？

是怎樣偉大的豐富、大膽想像，居然能創造出造型如此新穎特殊的器皿？微至戒指首飾，大至體型龐大又超重？……

慚愧的我們，連想像都覺得困難，必須求助於電腦。

是什麼精神激勵一世紀來前赴後繼的專業考古研究，彷彿將那時三星堆人們的生活情景都濃縮在香港故宮裡重演？

在黑暗的隧道暢行和摸索，三千多年前的歷史文明讓一件件實物力證。

想一想，我們的肉身已經腐爛幾百次了，銅質的你們卻依然完好無損，訴說著三四千年前的故事…..

熊貓、變臉，如今又多了你三星堆如假包換的長篇傳說：偉大的四川，是否正在顛覆舊有的考古定論呢？

一日穿梭三千年，星辰日月依舊在天幕運轉，我們又回到了香港的家園。維港潮聲依舊，周圍草木正綠。時間如水，一瞬間就在指縫間流逝，一日穿梭三千年，勸君珍惜當下。

哈囉，雅加達

每年有事沒事，都要到雅加達一次，於是，這樣的都市風景也就看慣了。

是的，來了多次了，慢慢習慣了塞車，比如，在上下班高峰期乘車赴約，原半個小時車程遲到一個半小時才抵達目的地不必大驚小怪。塞車的當兒，那些賣報紙、賣礦泉水、賣香煙的小販會一窩蜂出動，穿過車子間的縫隙，向你推銷他的商品。一些當地婦女，會頭頂籮筐，走到車窗前，問你要不要吃她製作的糕點？時間足夠，還會從容地交易。最驚人的發現是：車子如老牛拉破車在車陣中慢慢爬的時候，你會看到比雜技表演還精彩的一幕幕：一輛小小的摩托車，前前後後竟然載上了一家大小四口人！有五六歲的孩子，被夾在兩個大人之間，成了三文治間的那片餡。駕車的男女，為了遮擋烈日逆風，都穿得密密實實，酷熱如火般曬下來，能忍受那種悶熱不可思議。

車子行走在哈奄烏祿和卡渣馬達兩條大街上，芝里翁河夾在兩街之間。少年時代，我住在阿拉伯人群居的地區，在大芒果街就讀巴城中學初中，就經常騎踏自行車，沿著加渣馬達大街奔馳，和電車賽跑，轉過兩街間的大橋往學校飛趕。如今如果沿著這兩條大街遊車河，就會看到新舊建築物摻雜著，現代化的、富麗堂皇、高入雲霄的酒店和荷蘭時代遺留下來的歐式建築物共存並立，相映成趣。在其他地區，貧民區的簡陋和骯髒、與高尚住宅區形成了鮮明尖銳的對照。如果在多年前，還會看到曾經被焚燒的建築物的黑黑遺骸，不相稱地夾雜在其中，彷彿成了一位見證者，見證過這個城市曾經有過的恥辱。我也不敢想象居然敢於在治安不好的當時來到雅加達和萬隆，當時任印華作協主席的袁霓接送我，去萬隆時送我到火車站，我一個人孤零零地乘火車到萬隆，外表假裝平靜鎮定，內心驚恐不已，那時萬隆分會主席高鷹在萬隆火車站接我。大家都對我挺擔心的，現在回想起來，不禁也為自己捏了一把冷汗。

到過許多城市，雅加達給我最複雜的感受。在這裡，我的少年時代發生了重大的轉折。一個大浪潮，令居住雅加達七年的我，最終要無奈地揮手作別。而今，闊別了幾乎三十年又歸來，那種熟悉又陌生的感覺油然爬上心頭。記得九十年代，有次我單槍匹馬來到雅加達，袁霓為了配合我的"懷舊"之行，載我到一家著名的賣雪糕的老店吃雪糕，然後問我要不要到你老家看看？我說不要不要，沒有了父母的家算什麼家？沒有了親人聲音的家還算家嗎？何況老屋易主，人事全非，最怕觸景生情、心頭流血啊。記得那晚夜色淒迷，微風輕拂，街道朦朧，汽車在靜靜的夜街上慢行，幾十年前的往事一幕幕掠過眼前，令我眼睛發熱，心兒低迴盤旋在歲月的傷心處，彷佛聽到了遙遠的地球角落童年的呼喚。魂兒飄蕩無所寄。回港，我寫了《故地》《老家》兩篇小小說，前一篇說的是一個遊子，在地球上游了一大圈，最後又回到了出生地，在他故園的一條河流裡疲倦地長眠了。

每一次來到雅加達，都習慣了住在市區鬧中有靜的一家名叫"紅頂酒店"（或"紅帽子酒店"）的酒店。由於熟悉了，就不輕易再換酒店。這兒開門的、搬行李的甚至櫃枱辦理入住手續的，早晨自助餐廳的女服務員、大堂賣蛋糕麵包的小賣部男女售貨員都熟悉我們了。平時瑞芬一張笑臉，喜歡與這些在底層打工的打招呼，他們都喜歡上我們，需要他們幫忙時都很樂意。一大堆文友知道我們住在“紅帽子酒店”，都不需要問地址，找我們就如到我們固定的家。這家酒店也確實方便，附近超市、食肆、各類餐廳、美食攤檔大牌檔密集，尤其是到了夜晚，簡直成了一個小雅加達的縮影。走出酒店往左拐，就是汽油燈和電燈交錯的大牌檔世界。那些攤檔燈將平時街燈不亮的街道照得通明，而大牌檔大多數用寫滿美食印尼文名稱的帆布圍住，也方便將灰塵飛揚的馬路與大牌檔隔開。如果略懂印尼文拼音，讀讀這些菜肴名稱，不禁啞然失笑。那些大都是根據閩南發音拼寫的。比如“芙蓉蟹”，他們寫“FU YONG HAI”，“肉丸”，他們寫“BA WAN”等等。有一檔專門賣“鹹菜排骨湯”和“沙嗲”（烤肉串）的，幾乎晚晚爆棚。我們每次來雅加達都會來光顧。鹹菜煮得很爛，排骨也很爽口。沙嗲每人十串不算多，每串的肉切得比較小，蘸的不是花生醬而是紅糖，和醃青瓜、蔥頭、辣椒一起吃，確有一番風味。當然，遇到夜裡小販出動，有時也吃得不太安寧。有時是兩個男子走來，一個彈結他，一個唱，有時甚至樂器都不需要了，另一個用拍手為他的夥伴助興；有時是推銷玩具、推銷畫報報紙的、賣香煙、唱碟的……然而被打賞和成交的總是很少，原因是他們消息靈通，萬一一個獲得打賞，其他做小營生的會很快趕來。這條食街，也有的攤檔賣中菜，賣粥……還有小推車的，賣的是抹上牛油、花生的甜糕“月光光”，也有賣以肉碎做餡的鹹印度薄餅的，就在推車上面現場製作，通常買者都是打包回家。不喜歡街旁小食的話，可以到中菜餐廳，莆田餐廳，LAGUNA印尼餐館，稍微貴點，也低過香港的酒樓。最值得一提的是，酒店的斜對面有一家“LUNPIA JAKARTA”（雅加達春卷）遠近聞名。春卷分炸的和不炸的兩款，餡料豐富不欺場，物美價廉，做得非常好吃，許多華人老遠聞風而來，打包帶走。呵呵，來雅加達數十次的我們，只要一遇文友們“排著隊”請我們的空檔，就會美滋滋地在這裡吃一餐。出遊到一個城市，睡覺之外，食和行方便就全部OK了，而食得方便，剩下的只是一個“行”。

我們是大路盲，幸虧有同父異母的弟弟派車供我們使喚，司機是友族印尼人，有地址給他，就不愁達不到我們要去的地方。縱然是沒有車，文友多，都肯幫忙。朋友輪著請吃飯，排得滿滿。最舒心的是，請吃飯還包接送。感激文友們的熱情，數年來他們就一直待我們如親人，他們喜歡瑞芬那張帶傳染性的燦爛笑臉，也慰勞著曾經在這二十幾年滄桑歲月為他們各種文集、個人集寫過近百篇序的東瑞。

哈囉，雅加達！每一次來，越發覺得，真的，有一部車可供使喚或者有推心置腹的文友的車載你，那是和沒有車完全不同的。雅加達沒有地鐵，交通沒有現代化大都市香港那樣繁忙發達。在美國加拿大，地大人少，城市與城市之間距離非常遠，幾乎家家戶戶都有自己的私家車。在雅加達，人口超過一千萬，人口密集，常常塞車，摩天大廈背後那一大片縱橫交錯的田野阡陌般的里弄小巷，多得數不清，沒有識途老馬般的老司機，還真不容易找到你要拜訪的朋友居所。有車想到哪裡都行，可以到廉價商場，選購具有濃鬱當地特色的蠟染峇迪衣服，從廉價的睡衣到比較昂貴的對花男女服都有，或者時間正巧，到歷史悠久的唐人街班芝蘭，嗅一嗅比神州味道還濃的新春氣息，或者到新建的裝飾得美輪美奐的酒店餐廳，一嘗超大碗牛尾湯，體驗一下什麼是正宗的印尼美食風味。有車，真是好，可以任選各類專業博物館到處去參觀，瞭解一下在印尼土特產中佔據舉足輕重地位的咖啡的生產過程，或者瞭解一下某種牌子香煙的悠久歷史，或者回到荷蘭時代的巴達維亞街道走一走。當然，最興奮的恐怕是到縮影公園去，進到客家博物館慢慢看，那相當於閱讀一部生動的、立體的、文圖並茂的印尼客家人歷史大書，瞭解他們從明清時代落番到印尼、如何紮根立足、如何打拚天下以致開枝散葉、為當地經濟的繁榮立下豐功偉績的事蹟。有了車，還可以選不太塞車的星期六上到避暑勝地本哲山，體驗一下炎夏裡的涼涼秋季，如果喜歡，不妨在氣派宏大、裝飾得富麗堂皇的詩路妮酒店住上一夜，你會感覺到避暑不必去什麼地中海，這裡和峇厘，也很夠小資情調的。

哈囉，雅加達！與我割不斷情緣的城市！哪怕貧富懸殊、存在著種種不足甚至醜陋，卻是因為我們在此生活過，彷彿我們的根的一部分還遺留在這裡，魂兒都情不自禁地常常來此飄蕩。一大批文友是那麼可愛，一人有病，全來關懷；海嘯地震，很快就下鄉賑災，送米送暖。而數不清的活動，諸如書畫展、社團就職典禮、金婚喜慶、新書發佈、讀書會、國際華文文學研討會、講座……說到講座，我也不時被邀請，多數有備而來，也有即興的，乘我旅遊順便舉行的，我也接受不辭，比如二〇一八年五月一日在印華作協會所講的《小小說是一門文字藝術》，居然一下子也來了六七十位文友。說起文友，那一串長長的逝者文友名字令人油然憂愁哀傷，然而看到勇奪“金雀杯”的那一批批成長起來的青少年又是多麼令人振奮，正如古老的雅加達和新生代雅加達的交替，正是一種自然規律吧！

哈囉，雅加達！我這一生裡注定離去又會重來的城市！

亞非大街巡禮

哈羅，萬隆

多少次來到這山城，那時候山城涼沁沁的；幾年後來到山城，山城的長夏變得漫長，空氣已是熱烘烘的。

多少次探望覆舟山，覆舟山沉睡在雲霧中，多少次閱讀覆舟山，神秘的傳說埋在心底，從此無法淡忘。

上世紀末期曾經乘火車獨來獨往，忘了沿途風景有什麼好看，一顆緊張的心在轟隆聲中懸著，如同受驚的小鹿，差一點蹦出胸口；暴亂的陰影時時刻刻在眼前晃動，火車的哀鳴，好似無數的華人冤魂在地獄裡呻吟。

都過去了，都過去了。

重來的時候，山城每一朵花都在向我們招呼，哈羅，文友！

我們也回應，哈羅，萬隆！你們都好嗎？

相約在花城啊，新舊面孔一起交錯和映現，這一次重來，亞非大街和文友們都一起伸開了雙臂，深情地擁抱了我倆這對舊人。

亞非會議紀念博物館

昔日的荷蘭高級俱樂部，如今已是亞非會議紀念博物館；百年滄桑之後，我們結伴而來，遙想和構築著1955年那空前的盛況。

亞非大街風情依舊，車來車往，熙熙攘攘；獨立大廈潔白如雪，街口寂寂，深門重鎖，徒留門口的幾張留影。

十幾年前曾經驚鴻一瞥，成為記憶裡最清晰的風景。

1955年的那一場會議，亙久地開在歷史的心庭上；那二十九雙不同膚色的亞非巨人握緊了手，把二十九隻拳頭伸向天空，將團結獨立的歌高唱入雲，打了個徹底翻身的仗。

著名的和平共處五項原則從此成為國與國的準則和典範，被欺負的一群齊聲怒喝一聲，地球上不該有什麼霸權主義，是鐵鍊都要斬斷，是枷鎖都要砸爛！

亞非大街上的獨立大廈如舊屹立，大街小巷依然吹著迷人的風，花城天空的白雲還是那樣悠悠飄過，六十幾年前的往事沒有塵封，已經在民間化為美麗傳說；偉人周恩來的身影從未曾離我們遠去，他那朗朗的笑聲彷佛還從天際傳來。

好的，我從街那邊，給大家拍攝一張全景吧，好友阿仁在對街叫喊，1、2、3——

薩襖爾-霍曼飯店

模仿著“兩百米的歷史步道”，就從獨立大廈走到了那四層的灰色酒店，外面各色旗幟獵獵飄揚；巨型的花團幾步一盆，渾圓的石球間隔其中，構成萬隆這大街的一道特色景觀。

幾經亂世動盪的酒店，修茸美化，古雅簡約又不失雄偉堂皇，看一眼就有了歷史感覺，慢慢步入，不要高聲喧嘩，不要驚動他們，此刻，當年亞非各國的首腦們似乎還在小睡。

光亮的大堂掛著當年亞非會議的照片，坐在中堂的沙發上合影一張，那是參觀者不要錯過的最佳選擇，也是對偉大會議的最大尊重；酒店的兩位高層美女職員要求一起加入合影，甜笑燦爛如花，證明著華族友族再也不分彼此。

飯店的一幕幕美好風景，像是一張張色彩淡素的明信片，吸引著眼球；舊日的旅館風情在陽臺和椰樹間如走馬燈在旋轉，好奇的心和忙壞了的相機眨眨眼，於是客觀的景物如電影的片斷轉進我們的珍藏庫。

上上下下都走了一遍，不妨在周恩來和蘇加諾的照片下留一張合影吧；那厚厚的簽名史冊，一定不要錯過拍攝，第一個簽名的赫然是周總理，如今成了珍貴的歷史文獻；單單是輕輕瞄一眼，熱燙激動的心情會震盪到永遠。

百年郵政局

白色的建築儼然是一幅前個世紀的歐陸風情畫，一半還在營業，一半已經變身為歷史博物館；綠、黃、橙的鮮豔色彩，給龐大而古老的郵箱塗抹了鮮豔的外衣。一台台古董打字機上好像還在發出滴滴答答的打字聲響，無形的巧手正轉動著歷史的主軸，演繹一場通訊文化的漫長畫卷。

那邊廂，郵差一身制服，抓著自行車，早就萬事俱備，整裝待發，他就要飛奔千戶萬家，面對一雙雙焦急盼望的眼神，還有接過信件的手。

走進百年前的郵局博物館，猶如步入時光隧道，看滿街郵差送信的忙碌身影，看一張張等待魚雁傳書的爪哇友族臉孔；

幾十個國家的古董郵票，已經沉浸在另一個時代的光影氣息裡安睡；曾經坐鎮在郵局裡的一任任局長，在櫥窗裡的黑白照片相框中露出炯炯目光，驚訝地瞪著今人手上的現代手機，似乎感歎於一個世紀後世界的天翻地覆，那時的兩個月舟車勞頓，今天一個鍵的動作就可以達致。

走出博物館，遙想一個世紀以前的通訊文化的利弊，昔日的緩慢節奏雖然看似落後，卻是充滿了誠心而美麗永恆的等待，也形成了人們的莊嚴儀式感；今天速食式的溝通只是一派機械的冰冷，有時殺機就慢慢隱藏在其中。

久違的三輪車

在許多大城市已經滅跡的交通工具，在此似乎還沒有被追殺，依然可以苟延殘喘嗎？抑或偶爾的發現，殘留數輛，作為城市的一道溫暖的風景？

三輪車啊，喚起了幾許兒時的記憶，上學的好工具，伴隨著青澀的愛的甜蜜回想；也有和父母一起出遊的溫馨，那時小不點就夾在雙親之間。

粗心的三輪車夫，有時會在一側的陰溝裡倒栽蔥，虛驚一場換來笑聲一片；綿長的雨季，我們在車廂內，他風雨無阻地、艱難而快樂地踩呀踩，一路前進。

懶洋洋的下午，他們會以車廂做床，用帽子遮臉，半歪著身體，躺在樹蔭下，任樹上的鳥，將一滴滴的糞滴到草帽上，惡搞了他的少女美夢。

華燈初上，最是銷人魂魄。快樂的三輪車夫，有時會一路哼歌，娛樂乘客，換取多多少少的打賞；三輪車啊，在高鐵縱橫飛馳、地鐵快速穿行的年代，還在繼續做懷舊的夢幻嗎？

驚豔，牙律荷花湖

十一月，乘到印尼峇厘島和雅加達出席兩位侄兒的婚禮之餘，也順便與五十幾位當地華文文友遊覽了西爪哇的旅遊勝地牙律（GARUT）。

牙律地處西爪哇風景區，山美水暖人情真。民風純樸之外，農作物也豐富。我們來過四五次，這兒得天獨厚，旅遊資源豐富，有火山、瀑布、湖泊、海灘、公園、花園等。來了好幾次，旅遊項目都不同。我們以往曾經看過地下溫泉激噴、與文友湖上竹筏游戈，還與花神有約欣賞百花，到山區農村採士多卑厘然後秤重付費，非常超值。牙律的許多度假屋也很富於民族特色，建在湖泊上，夜宿於這樣的特別旅館，夜裡聽魚兒探頭躍越水面的聲音，疑為自己在水上眠。

牙律屬縣級市，有42個鎮，大部分都處在亞熱帶農村，3065平方公里上擁有263萬人口。如果有人知道你從印尼爪哇島回來，就會問，有沒有去牙律？

這次到牙律，只有一天的時間，無法到太多的景點遊覽，但去到一個叫SITU BAGENIT的湖泊，所遇的景象都讓大家驚喜萬分。誰都沒有思想準備，最初都不清楚這湖有什麼特色和微妙？五十幾人在湖邊就分乘七八架長長的竹筏出發了。我們大家以為只是遊覽湖泊一圈就打道回府，與往常遊客的遊覽習慣無異。興致普通。

牙律的這種竹筏非常特別，好長好大型，長筏中間設有一間漂亮的有蓋小屋，供遊湖人遮陽避雨。竹子紮得特別多，竹筏就顯得特別長，看來是必須有相當浮力，才承載得乘客的重量吧。每一個原住民船夫吃力地掌竿撐湖底，船就快速地如一支支巨型箭貼著湖水面向湖中心射出。最初是你拍我、我拍你，非常興奮，大城市有的是渡輪，罕見這類原始味的長竹筏啊。但很快，大家的目光被前方陽光下的大片深綠色大葉子吸引住，居然是荷花！一些先抵達那荷花陣的文友，已經在那裡一邊揮手、一手揮動粉紅色誘人荷花，擺出各種甫士向後來者興奮地歡呼了。

於是我們的竹筏船夫更加努力地撐竿了，加快了竹筏的速度。哇，我們完全沒料到在亞熱帶的印尼爪哇島會相遇這樣聲勢浩大的荷花陣，那種驚喜用“驚艷”最不為過。為什麼呢？正如小橋屬於江南水鄉，荷花在湖北為多，椰樹長住印尼一樣，荷花怎麼會出現在印尼的牙律呢？而且一出現就是那樣一大片，看不到盡頭似的。這真是我們數十次來印尼的首次相遇。

人同此心，這時，文友們也幾乎手足無措起來，好像感覺到一時之間，不知怎樣才好，實在太激動了呀。拍拍整片荷花湖，還是手握一朵荷花比較好？那麼竹筏呢？竹筏也很特別，也是值得留影的。於是文友們各種奇奇怪怪的姿態都擺出來了，手機忙個不停。我替另一半拍了不少，她特別喜歡拍照；我們也請文友給我們倆拍合影。在竹筏上走來走去，有的文友見竹筏搖晃之下，身體一時不平衡，害怕掉進湖中。

曾經見過有的湖荷，秋冬季就枯謝了，湖面一片殘荷敗葉，亂梗錯接，景象十分難看，看了悲情頓生；而這當兒，偌大一片荷花湖，花葉都昂頭挺胸揚，生氣勃勃的；我也是喜歡拍攝之人，尤其喜歡拍攝花。何況荷花（蓮花）歷來就有“出污泥而不染”的美譽，那樣惹人好感，豈能不多拍啊。見湖中的荷花，有不少開得很精神，含苞的也悅目，花葉相映，粉紅嫩綠，忍不住趨近，來個大特寫式影了好幾張。

大半天的攝影、欣賞，消磨去好幾個時辰。忽然間，船夫按文友囑咐拿了幾個蓮蓬過來，兩個文友剝下蓮子吃。我們七嘴八舌地談論起荷花的種種，按中國人的看法來說簡直“渾身是寶”，如，蓮子可以養心益腎，散瘀止血，是煲湯和中藥裡的重要角色；蓮藕可以煲湯，開胃健腸，蓮子、藕、葉子、花瓣都可以吃，只是吃法不同。功效有別。在香港，蓮藕賣得不便宜，和西施骨或排骨一起煲湯是我們最喜愛的老火湯之一，可惜當地印尼民族不習慣利用蓮藕和蓮子，要不然收租船費外，還可以賣蓮藕和蓮子哩。再來設一個“荷花人面相映紅”且有配硬皮套的專人即影即有攝影，收費便宜點，相信必定可以賣個滿堂紅吧，收入大增。

這一天的旅遊，大家都很滿意，見證了荷花湖不是北方才有的風情，就在赤道之國，也可以出現她的另一種精彩。當然，滿載而歸的，還有手機的成百張荷花與人合影的照片、激情的詩和新的見聞。

爪哇古城小旅

老伴的20位舊日同學聚會旅遊，沒想到如此精彩，幸虧歡迎另一半參加，我於是當仁不讓地做起跟得先生，才有了這六夜七日的感受。

說起爪哇，中國多部古籍如《紅樓夢》《水滸傳》《孽海花》等都引用過，如"早就忘在爪哇國了"之類，查閱，名稱來自爪哇國（梵文名Yavadvipa），意思是因遠在海外，迷迷茫茫，故多借指遙遠虛無之處。爪哇從一世紀就有記載，歷經朝代更遞、名稱也七八次的更改。印尼1945年獨立後就成為國家最重要的島嶼，其面積12.6萬平方公里，人口近1億。島嶼以山地、丘陵為主，多火山，氣候炎熱。農、林、礦產豐富。開發歷史悠久，一向為全國政治、經濟、文化的的中心。全國三個最大城市雅加達、萬隆、泗水都在這島上。

選擇三寶瓏、日惹、梭羅也很是明智之舉，三城都屬古城，也都地處爪哇島中部。最後一天還讓大家在著名的避暑勝地峇都住上五星級酒店，回到泗水的下午安排專業按摩，組織者和資助者可謂想得十分周到。不是全印尼，僅是爪哇一個島，三城一縣，前後六夜七日，那是什麼概念？那其實已經相當於旅遊歐洲好幾個國家的時間了。

此番爪哇古城遊，最深感觸有四：

古跡之多。東方歷史悠久，八大傳統歷史古跡中萬里長城、兵馬俑、吳哥窟、婆羅浮屠這四個就在東方，印尼爪哇島就承載了不起的一座——婆羅浮屠大佛塔。日惹最負盛名的該大佛塔，西方的遊客非常多，當地印尼友族中的伊斯蘭信徒，包著頭巾，三五成群結伴同來者，隨處可見。我們同學中多數來過旅遊瞻仰，也都是銀髮一族了，有幾位只是從遠處看看、集體留影，但最後攀爬到塔頂的依然還有九位。另一處的普蘭班南寺廟群，其中的五六座姿態雄偉，最高的廟頂高達47米，屬於最美麗的印度教廟宇建築，也是東南亞最大的印度教廟宇。至於日惹和梭羅的蘇丹皇宮也屬於遊客必被安排參觀之地，其建築簡約雅麗，與故宮的高大圍牆和深深庭院，不能同日而語。最妙的是在三寶瓏參觀的三寶洞，紀念的是八下西洋的三保太監，非常奧妙，這位明朝的友好使者、大航海家，宣揚的倒是回教。可見，這趟古城之旅，也讓我們見識印尼對不同宗教的包容和尊重。

物價之廉。那年到歐洲旅遊，東西貴到無法下得了手，也實在沒什麼值得買的，彷彿“物廉價美”這樣的成語在他們詞典裡是沒有的，只有一些名牌品牌手袋，被不少崇尚者視為極品，當然經營者的理念是把所有遊客視為貴婦淑女，最值得”稱道”的還是那驚人的天價。導遊經常幽默地提及一瓶礦泉水就要一歐元（港幣10元），我們像喝金液瓊漿那樣珍惜，途中也大大減少上洗手間的次數了。在印尼日惹，50元港幣可以買六件圓領背心；峇迪童裝非常漂亮，一件才港幣七元。女裝睡衣褲或睡袍一件才十六七元。雖然素質不是頂尖，但經營者的理念，我們很欣賞，童裝應該儘量廉宜，他們長大中，很快就不能穿了。這樣的超值，我們都是峇迪迷，無法抵擋得住誘惑，當然是瘋狂大掃貨了。印尼的老百姓衣食住行、生活水準都比較低。

峇迪之美。峇迪，有的人中譯為峇澤，即印尼民族喜愛的蠟染成衣或布匹。有人說傳自中國西南的貴州，那兒的少數民族也有蠟染的傳統手藝。在三個城市的旅遊日程中，都有參觀峇迪店的節目。當然，各地峇迪各自有自己的素質特點，也有貴廉之分。印尼無數小販賣起華人發明的豆腐、麵食、肉丸，連發音都照閩南音翻譯，華人的生活習慣、穿衣吃食，也漸漸被同化，妄說彼此語言的彼此影響了。其中，最獲華人接受的，應該是他們的峇迪了。隨著圖案設計的美觀和多樣化，華人女性中喜歡峇迪的已不在少數了。有時那種稱身、款式多元化、對稱化的設計，簡直酷似旗袍、勝似旗袍了。男性穿長袖峇迪出入於宴會重要場合，相當於中國人的中山裝或西裝。這一次旅遊，峇迪幾乎無人不買，而且成了互相饋贈的禮品。

美食之豐。在我們以往的旅遊經驗中，餐食最單調的非歐洲莫屬。麵包、蘑菇湯、牛扒之類，吃到膩，怕怕。唯有走一趟中國，才明白人家為什麼喜歡中華美食。中國人一個世紀前就因為窮，大規模南遷，俗話叫“落番”，長期的中印兩族接觸和交流，飲食文化互相影響，滲透衍化，變出許多花樣來。我們這次爪哇島中部旅遊，就吃到歐美、印尼、華人幾個大區域不同的美食。酒店的早餐什麼都有固不必多說，午餐晚餐有時就中華菜肴和印尼佳饌交雜齊上枱。有次還將一條炸魚上的調料換用印尼的“雜果沙律”淋上，滋味馬上不同。這類中華印尼料理大聯合的創意，吃得大家滿嘴噴香，讚不絕口啊。

這趟印尼的中爪哇旅遊，收穫良多，非常超值，太教人難忘了。

中爪哇隨影寫意

佛影

留在每個人心間的佛影深淺不同，相異的信仰都該獲得彼此的尊重。千年風風雨雨下的守候最為動人魂魄，吸引了各族子子孫孫前來遊覽參觀。

一雙雙皮鞋換上一雙雙草鞋，只為了將大佛塔石塊的磨損程度減到最輕；不僅為了歷史贈予的奇珍年年都能閃光，也為了印尼旅遊最大資源富國益民，更上層樓；自然也是對佛祖蔭庇後人的最大回敬。

看慣了日落月升，朝興朝滅；經歷了草長草枯，改旗換代。守得住一千年的靜寂，耐得了火山熱漿奔流、幾度毀滅重建，幾度浴火重生，鳳凰再飛翔。

守候

在天地大舞臺上守候，坐成一朵朵美麗永恆的蓮；於時間的長河裡擺渡，普渡眾生，善化每一顆苦難或彷徨的心靈。

在脫俗的彼岸看世俗的滾滾紅塵裡，名韁利鎖封熱一顆顆心；也許出世和入世成了宇宙不可逾越的最遠的距離，其實也是一念而已，脫俗後也就不俗；在世俗中永葆一顆金子般的純潔童稚之心，放下、放下，也就算進入不俗的高境界了。

守候，從前有望夫石的傳說，而今，也有守候成海邊的一棵樹的癡情人。守候，愛的守候，最為浪漫感人；守候，佛的守候坐定日久，不知黑夜白天，也最不動聲色，天長地久，最為無私，猶如雨露，滋潤千萬俗子們的心。

偉築

在偉大的建築面前，人類顯得多麼渺小；可沒有人類的一雙手，零碎的石頭凌亂無序地堆疊在一片廢墟上，那還是一堆沒有關聯的亂石而已。

當人類智慧的象徵一座座矗立起來 ，人類的血汗、精力、聰明才智就與時間同存，在歷史的大地上恒久不滅，成為天地的一部分；而人類祖先的肉身，早就化為塵土，唯有人類的子孫後代，一撥一撥地前來瞻仰和膜拜。

歷史邏輯就是那麼奇怪，富有生命的人類設計和結構了朝聖的偉大建築，為民族留下有價值的寶貝，自個兒肉身腐敗，唯有少數人留名；沒有生命的石頭，藝術地疊加，卻香火不滅、偉大身軀常在，風雨雷暴、火山爆發，可以歷經無數天災人禍而不倒。在偉築面前 ，創造奇跡的人類該是不亢不卑吧，崇拜與自豪都油然而生。

禱告

禱告，兩三列排開。坐在一座座寺廟面前，虔誠地禱告。天在上，地在下，見證人類子孫的禱告。

三大宗教都導人向善；然今天的地球依然浸在水深火熱之中。烈火烤，炮火毀，數十萬生靈瞬間就灰飛煙滅。

翻開幾本宗教的大書，都有清晰無誤的教義，體現各大宗教的肅穆莊嚴；再讀幾本歷史的記載，都見每一頁的血跡斑斑，聽得見炮聲隆隆，導彈爆炸，金戈鐵馬，血肉橫飛。

禱告，除了國泰民安、風調雨順之外，最重要的是地球永無戰事，各種教徒們都成了名副其實的和平戰士；禱告，不再限於自己一家，主要還期盼國家安寧、天下一片平安溫飽，所有的戰爭武器被銷毀；禱告，為一顆顆無助的心靈禱告。

石在

石在，火種不滅，火苗處處在，綿綿不絕；石在，哪怕海枯山崩，天塌地陷，石在。

石在，也許一夜狂風就令某些寺廟倒塌，石頭散落一地，但它依然完好無缺，只是靜靜躺臥草叢中，看日月星辰輪轉，潮漲潮落；石在，希望就在；哪怕幾度火焚，焚得渾身灰黑，卻依舊堅硬勝鐵；石在，記憶恒久鮮明，思念無限悠長。

石在，儘管在大地上散落、臥躺、相疊，每一塊都那麼沉重，無聲地寫著“我在”，在漫長的歲月裡與日月星辰對語；幾世紀黯然在野草荊棘叢中沉睡，和百蟲同眠。

相約

生命裡有無數次約定，少數能夠踐約，多數難度太高，無奈地爽約；生命裡也有許多約定，非常難得而珍貴，如，不求同月同日生，但求同月同日死。

相約，莊嚴一如山盟海誓，但也許只是一紙空文、美麗謊言；相約，勿需漂亮的言辭和文字，只求眼神的含情和心靈的默契，勝過誓言無數。

相約，最好在千萬年遺留下來的化石或歷盡焚燒而愈發堅硬的亂石堆遍處的廢墟上，石在，情種和愛火不滅，天地作證，如化石般與歲月同在。

亂世情緣堅如石，亂石堆上合影，定格、凝鑄成一對雕像。相約，一直到天老地荒，天地合一。

放飛

每個人都有一個或無數個放飛自己的夢想；飛越名山大川，看遍祖國的錦繡大地；飛越大城小巷的千家萬戶的，俯瞰不同屋宇下的人家煙火。

每個人都想放飛自己，捨棄所有的人間煩惱，放開太多的社會悲喜，也丟棄一切瓶瓶罐罐，飛翔、飛翔，遨遊於廣闊的天空。每個人都想放飛自己，像一隻大飛鳥，隨心所欲，自由自在。與長空同在，放飛！

峇迪

美！從販夫走卒到達官貴人，從皇后淑女到貴族少婦，峇迪無處不在，走進深深庭院，也走進鄉村民間。

美！既可以當浴袍、圍裙，也可以做幼嬰搖籃，還能夠當被蓋……以一當十，一物多用。

蠟染的傳奇，內容豐富悠長；圖案的豔麗、複雜、勻稱、細膩……描述著藝工的聰明才智的無敵，叫人驚歎不已。美！

既有鄉土風物人情的展示，也有民間傳說的演繹；既有奇禽異獸的形體，更有花卉草木的爭豔。美！

吸引了喜歡獵奇的西方白皮膚遊客，半裸半峇迪服飾地招搖街頭，也征服入鄉隨俗隨俗、適應力超強的華人男女，成為他們最常見最喜愛的衣裝。美！

童年

人類的童年，自立的能力遠不如一些動物們的幼嬰，初初落地抖落一些胎液，就能站立，就去本能地尋找最香甜的母親乳頭；而人類的孩子被哺育呵護得足夠了，歲月有功，就慢慢可以長成“巨人”。當那知識武裝了渾身，聰明的頭顱可以發揮驚天動地的大能量，征服和創造宇宙的一切。

人類的童年有幸有不幸，不幸的，兩隻空洞的大眼睛陷在一個大頭殼，架在小小的骨骼上，在垃圾堆裡到處覓食；有幸的，口銜金匙呱呱墮地，一生無憂。

三個幼童，吊在半空遊蕩，自得其樂，見者也開心！

信念

訊息無遠弗屆，媒體網路化，空間時間都成零距離和在一瞬間，連玩具都進入電子時代。

在日惹佛塔附近的遊客區，一個個地攤上擺賣的還是木的、鐵的玩具，簡單的也是最美的；令人肅然起敬的小販們，有包頭巾的伊斯蘭大媽，也有阿叔輩的人物。擺賣終日，從不氣餒，只為了一家的溫飽。

現代兒童玩具的櫥窗和架子上，已難遇見木頭、竹子、鐵支製作的兒童玩具，代之以塑膠、布和其他，色彩鮮豔華麗，電池、電源、遙控、組合，設計新穎，價格昂貴，令人乍舌。

這路邊攤子上的小木汽車小鐵單車，懷舊氣息濃重，讓時光倒流，把我們帶回兒時歲月，多麼溫馨和親切。

正如對紙質媒體的堅守，都來自一種感恩的信念。

巨傘

讀過不少文學作品，傘成了主角，念念不忘，像戴望舒的《雨巷》，油紙傘成了女性不朽的美麗象徵；寫過許多次有關傘的故事；散文小說一鍋煮；生命有許多不測風雨，需要傘的阻擋；人生途中有各種流言蜚語，需要傘的抵擋；在各種複雜的職場裡，暗角射來的彈雨，需要我們用鐵傘回敬。

傘，走進古城小鎮尋常百姓家，擋熱遮雨，貢獻巨大；傘，走進皇宮庭院，一身豪華，價值非凡，水漲船高。

在梭羅的一次午餐中，走進餐廳，不覺中就走進一支巨傘下，抬頭望，鬼斧神工，無法不讚歎。

一把小小傘，支撐起兩人世界的情天；一座巨大的傘，關照著成百遊客的進餐，將風雨擋在傘外。

2023年7月11-17日于印尼爪哇島旅途中

梭羅河初見

中爪哇三寶瓏、日惹、梭羅、峇都幾個城市的旅遊，我沒到過的只有梭羅。其他幾個古城，雖然去過好幾次，但每次都匆匆行色、走馬看花，因此還是興致勃勃地參與。像日惹的婆羅浮屠大佛塔這樣的超級世遺專案，去一次哪裡足夠？每一次前往，總是像盲人在摸象，當然這是幾千萬倍大的大象，甚至可以說是巨人，每一次只能看、摸它的一小部分。

對梭羅的期待，倒非因為沒去過，更重要的是源於那首傳遍海內外的《美麗的梭羅河》歌曲所吸引，但第一天拿到行程表，唯讀到梭羅市一日裡只是例牌地帶大家到蘇丹皇宮遊覽和峇迪店參觀購物，心裡有點奇怪；問了導遊幾次，會去參觀梭羅河嗎？他都回答，會的，會的。梭羅市是安排在三大古城遊的最後一天，只限於一天的行程；當天參觀了蘇丹皇宮和到峇迪店參觀,眼看一天將盡，在車上，我又忍不住問了導遊，他依然說會的，會的，但不是現在。我於是把期望留在離開梭羅次日旅程了。暗念，千萬不要擦身而過，失之交臂呀。

到梭羅市，說實話，是奔著那首名曲《美麗的梭羅河》而來。我想世界上知道梭羅這個城市的遊客一定不多，畢竟在印尼城市大小的排名榜上她也不靠前。有史以來，文學藝術的威力和影響實在太大了，如：我們到蘇州一定要看寒山寺，那是因為張繼那首《夜泊楓橋》實在寫得太美了，寒山寺因為一首詩詞名揚四海；同樣，這梭羅河也是因為一首歌《美麗的梭羅河》而傳播亞洲多個國家。

《美麗的梭羅河》由印尼業餘作曲家格桑・瑪律托哈爾托諾（Gesang Martohartono）在1940年創作，是一首具有印尼格龍宗樂器風格的民歌。其曲調氣勢遼闊悠遠，抒情氣息濃重，盪氣迴腸，表達了印尼人民熱愛生活和土地的願望，富有強烈的感染力。中國大陸、香港、臺灣、日本、馬來西亞等地都有歌手演唱，具有不同的版本。有的地方翻譯成「曼卡灣蘇羅」、「文雅灣梭羅」。實際上Bengawan Solo的Bengawan就是河的意思，那些翻譯實在有點奇怪。

以前，看寒山寺，但見周圍一片現代燈火、處處燈籠，間間店鋪，商業氣息彌漫，詩詞中那種迷離、迷人、溫馨、神秘的氣氛早就煙飛灰滅，未免失望；而梭羅河，早前就曾讀過別人去了之後感到失望的文章，說真實、原汁原味的梭羅河大不如歌詞寫的那樣壯觀、那樣遼闊和優美，“不過如此”之情溢於言表。因此，探望梭羅河之前，也早就做好了思想準備，不要期望過高。

但放眼望望，呆留河畔一會、拍照留影，多少還是需要的吧？不然朋友問起去梭羅，有沒有去看梭羅河？說沒有，豈不是很丟臉？這也是一種可以理解的虛榮心吧？

次日離開梭羅，旅遊車往西爪哇方向開，好一陣子，導遊在車上跟我們說，梭羅河就要到了，你們可以跟我下車，我帶你們去，替你們拍照。至此才知道全車下車的只有香港來的我們倆。

一路上看不到公路一側有河流，心裡不免鬱悶。司機按導遊吩咐停車，我心想大概是一條河和一首歌而已，印尼的華人同學不稀罕吧。下車後覺得奇怪的是還是看不到河流，主要公路兩邊都種植了密密的樹木，樹木之後還用高高的圍欄圍住，什麼也看不到。我們跟導遊過馬路，導遊讓我們在圍欄外馬路邊稍等，他和看守的人說明來意——香港來的遊客想看看梭羅河並拍照——看守人才在一個十幾級高的小鐵平臺上打開了小門的鎖，我們才得以上到那個平臺。我們縱目望遠，才看到眼目所及，梭羅河近公路一側都圍起圍欄，好像在進行什麼工程。梭羅河河水渾黃，倒也不太狹窄，對岸是叢叢林木，晨早的陽光強烈，照射著河面。我們以河為背景請導遊給我們拍照留念，也許角度逼迫，空間太小，面部反光，效果都不太理想。

我們怕車上的旅伴等得太久，趕緊下了高臺，老伴塞給看守人一一點小費。就在要過馬路回車上時，才發現路側有一列用各種顏色豎立的大木牌，那是印尼文的梭羅河大寫字“BENGAWAN SOLO”,我們站在其左側拍了一張,總算“到此一遊”了。

終於看到格桑在八十三年前歌頌的他的祖國的母河梭羅河了，他哪會想到八十三年後，有一對老夫婦特地在旅途中下車探望梭羅河，向他致敬呢。

情牽馬里俄婆羅

日惹來過很多次，每次因為旅程的安排不同，感受也有很大的差異。八十年代來過一次，寫下《日惹那清涼溫馨之夜》，收進1991年北京中國華僑出版公司出版的我散文集《永恆的美眸》中。許多局外人誤會，以為印尼既然地處亞熱帶的赤道線上，天氣一定很熱，其實，印尼是島國，屬於海洋性氣候，夜晚涼爽，因此我才用上了"清涼"那樣的字眼。

那一次我們是夜晚雇了一輛馬車，要馬車夫載我們周遊日惹市區一周。從小到大，乘馬車的經驗不斷，小城直葛（Tegal）、瑪朗、避暑勝地峇都、泰國曼谷，乘馬車的記憶會隨著滴噠、滴噠、滴噠的馬蹄聲在我們的腦網路裡的播音器不停地響著、響著……時間也迅速倒流到十八、十九世紀。讓我們做了一趟衣著大眾化、面目平凡的紳士淑女。

2023年7月13-14日停留在印尼著名的文化古城日惹兩日，在爪哇島中部旅遊一周中算是重點，事前非常期待，結果也沒有太失望。13日午餐後參觀蘇丹皇宮、達曼沙里古城之後，就帶我們到日惹最熱鬧的馬里俄婆羅（Malioboro）大街自由活動。活動的時間長達兩三個鐘頭，有了集合的地標，也就不拍迷失異鄉街頭。

世界每個大城小鎮，都有一條最熱鬧的街。馬里俄婆羅應該就相當於上海的南京街、廈門的中山路、香港九龍的彌敦道之類。一到晚上就成為夜市。我既喜歡遠離喧囂的寂靜山莊，也愛轟隆隆、各種噪音匯合成城市大合奏的鬧市。因為這這類鬧街、步行街，充滿了一個城市的大性情、大特徵，販夫走卒全部出動，物美價廉的物品應該大匯合來得齊全，民俗風情不需要網上搜索，就在大街和其兩旁精彩上演。如果說蘇丹皇宮的院子是公主的後花園，那麼馬里俄婆羅大街應該就是市民大戲臺了。

摩托車、汽車、三輪車、單車，組成了可怕的密集車流，在大街不停爭道，想過馬路都很困難。紅綠燈失去功能，抑或壓根兒從不曾設置。除非是市政工作者，哪裡有人去探究？過馬路時三五成群手牽手最好，再以手勢傳遞車子讓步的訊號，司機也缺乏直沖過來壓死人的勇氣，我們才過得了馬路，幸虧馬路也不寬。

兩旁的人行道將一天的悠閒、懶散和一天的緊張、拼搏有節奏而和諧地穿插起來，我們先請導遊給我們拍合影，就開始隨意逛逛了。這邊的人行道毗鄰大市集，路面寬。隔不遠就建有遮陽避雨的玻璃蓋，路沿樹木不少，樹蔭下還安排了很多供走得累了的行人坐下休息的靠背長木椅子，不少伊斯蘭婦女坐著小憩。洋男洋女大都穿短褲，非常地多，他們錢幣大，旅遊東南亞消費超合算。好幾輛三輪車泊在路邊，三輪車夫捲縮著身子在發白日夢，不必擔心樹上的的鳥兒將降落的鳥糞滴在他的臉頰上。

我們往服裝市集走去，哇，密密麻麻一間銜接著一間，衣物掛的掛，堆積的堆積，其誘惑你的態勢和香港九龍的廟街（男人街）和女人街有得一拼。大出血！10萬盾6件T恤!哇！這是什麼概念？就是50元港幣6件T恤（背心），在香港買名牌圓領背心至少都要八九十元以上一件。如果是衣褲式睡衣、一件過的睡袍則一件18元左右，這種價格，在香港也是"駭人聽聞"的！18元，恐怕只能買下一個手臂部分哈。攤主耐心介紹，不斷協助挑選，態度和藹，瑞芬掃了不少。

這市集攤攤差不多相似，我們商量了一下，就決定到對面人行道逛逛。看看有沒有咖啡店喝咖啡消磨餘下的時間，幾乎還有近兩個鐘頭呢。一過馬路，馬上被峇廸服裝店吸引住。女婿說如果有嬰兒的峇廸衣服就買幾件，非常特別。這些店還真有，從一歲到三四歲的女童峇廸衣服的都有，在泗水或雅加達還真難找到哩。款式多樣，款款好看。再看價格，天啊！1萬5千盾1件，相當於港幣7元1件，可惜沒辦法搬回去，否則好想整間店的童裝都打包帶回。你可知道香港比較中上檔的童裝一件多少嗎，大約200-300多元港幣一件。200多元在這裡就可以買約30件。當然，貨色不同，但嬰兒在成長期，素質其實不必過於好才對。港臺這行業某些人拿捏的則是媽咪愛孩子的心理，因此定價都偏于高了。營業理念不同，也決定了掃貨的策略。連團友送的，這一次我們帶了25套童裝回香港，說瘋狂掃貨實不為過。

瑞芬付錢時，我到隔壁的連鎖店視察，有賣咖啡的，但沒有座位，後來問服裝店的老闆，他告訴我們再過去那家連鎖店就可以坐下來。真的，買了咖啡就可以到樓上坐下來，慢慢品嘗咖啡，慢慢消磨一個多小時了，直到集合時間。我們一側，當地人也帶孩子坐了看很久呢。在香港通宵連鎖店什麼都沒有，這裡的有咖啡座、有洗手間，香港這類好組合不知什麼時候才有？

異國城市的下午真好，已經成為一幅美好的圖畫珍藏在記憶庫裡了，可惜前後只有兩三個鐘頭，否則我們會買更多的嬰兒裝，在連鎖店的樓上坐上更久的時光。

度假天堂 最後樂土

雖然我到過的地方不很多，但感覺印尼的峇厘島，無愧於許多讚美。從“最後樂土“到“度假天堂”，從”神仙島”到“詩之島”等等，多個極致的讚美詞，無法盡錄，都不為過。

到過不少旅遊勝地，有的，一次已嫌多；有的，盛名之下，名實不副；有的……峇厘島，至少來過六七次，從不厭倦；不明白上蒼怎麼那麼偏心，把那麼多好的旅遊資源都安放在這個島嶼上。不像世界上的一些旅遊勝地，風景地標就是那麼一個兩個而已，一個老街加上一條步行道，一座山一泓湖泊，就是全部家當了；峇厘不然，走不完的溫馨美好的山水椰林，尋不盡的古意神秘的水邊人家，看不厭的宗教儀式和經典舞劇，吃不完的精緻美點和傳統美食，讚歎不已的史前火山和沉靜湖泊……這些，峇厘都全部擁有，是她的財富，也是她的驕傲。多少撥遊客，無法將她的家底耗費得完。

上蒼鍾愛峇厘，仿佛始於遠古年代，就從雲端伸出一臂巨人之手，如孫大聖那樣，拔毛吹一吹，化為許多好景點或值得遊覽之處，散佈在全島八角。

世間有哪一個地方像峇厘島那樣精彩？世人多知道峇厘，竟不知道印尼；可見其名氣大得驚人，比一個國家還厲害。

有哪一個旅遊勝地，將本地的原汁原味風情和迎合歐美的西洋氣息結合得那麼自然；平常的日子，全島終年皆是夏，一雨便成秋，平均氣溫都在28度。最北的金達瑪尼，群峰起伏，竟然常年處在炎夏裡的深秋，處於低溫五六度。

有多少著名的島嶼，四面都是海，都是海灘，每一處海灘，都各有自己的獨特風情？當這邊廂烈日當頭，縱目沙灘一望無際，一傘傘遮陽傘下躺著一具具古銅色女體大裸魚（西洋美女）時，那一邊廂竟是大浪嘩嘩地喧天響，驚濤雄拍崖岸！

早晨，假如你的荷包鼓鼓得快爆裂，你可以在最高檔的六星級酒店享受高檔早餐。坐在沙灘公園草坪的茶座上，一邊品嘗咖啡和美食餐點，一邊欣賞萬里晴空下無敵海景，一瞬間就揮去了萬丈紅塵間的所有污濁黴事和人事煩惱；也可以選擇一處僻靜的海角，一杯印尼粗咖啡和雙煎蛋西多士，讓司機拍攝我們這一對樂天知命的「雙胞胎」搭肩牽手的模樣。

傍晚，是否出外吃一餐心中好，然後預定觀看一場古典、異域風情特濃的峇厘舞蹈，一整晚沉浸在峇厘悠長的歷史氛圍中；當然也可以靜靜待在臨海的酒店裡，在夜風的呼呼、海浪的沙沙聲中入眠，一覺舒適到天明。

峇厘，度假天堂，百往不厭；峇厘，銷魂樂土，愛戀、迷失，驚喜，百去不膩，猶如初見。

記憶中的峇厘之旅，少說也有六七次。每一次都有不同的觀感和體悟，每一次都有相異的感覺回甘，每一次都興致勃勃而來，依依不捨離去。

一般旅遊團，都會安排有代表性的景點，也許三天就足夠：海神廟（丹拿樂）-山中湖（伯都古）-聖水池（金達瑪妮）、猴子園、-印度教寺廟建築群-、火山湖、-觀看峇厘舞蹈、傳統戲劇-古達海邊看日出-古達逛夜街、騰巴剎購物等等。

印象中最滿意的峇厘之旅，至少有兩次。

一次是“兩人世界遊”。我們由香港直飛峇厘，導遊兼司機是文友介紹的，按日計酬。至於行程、每日的午晚餐就由我們自定。這樣的形式好處是1，自由、行程和遊覽景點時間不受限制；吃什麼自行決定，豐廉由人；2，可選擇自己喜歡的去處。比如，巴厘的油畫、木雕非常著名，有些藝術展可以讓導遊帶往。這樣的形式，必須熟悉峇厘，又能操流利印尼語的老馬才行（瑞芬印尼語非常棒）。記得那一次，我們租車，痛快地遊覽了五天，想去的地方都去了，想吃什麼都吃了。吃，我們把要求、檔次告訴司機，他熟悉峇厘，就會帶我們一路找到我們滿意的餐廳。至於行程，我們事前設計了大概，可以再請司機調整。

另一次是瑞芬的同學在峇厘西北部的金達瑪妮一家酒店當經理，邀請我們前往小旅，包吃住。他來到騰巴剎的飛機場接我們，一路驅車到峇厘最北的金達瑪妮。我們才知道峇厘最北竟然是那麼寒冷，清晨夜裡只有五六度。冷，卻有好的代價。巴厘最北部的晴麗天空、和其他地方完全不同的山景、自己燒烤的美味魚、大得可以住下20人的酒店房間、油畫畫室、民俗村、山區景色、氣候、聖水池等，都別有濃厚的異國情調。最後一夜的傾盆大雨，冷極；回程，在荒涼地見到奇特的綠色植物等，都在我們的峇厘之旅日誌裡留下了一筆最難忘的記憶。

峇厘，是每一張留影都留下絢麗色彩的地方；峇厘，是別後還會常常回憶、盤算著幾時可以再去的樂土；

峇厘，百旅不厭，去了幾次，就會像著了魔一樣，每每都會深度想念；峇厘，是一首優美長詩，韻味深長，令人最迷醉的味道還沒完全品嘗和挖掘出來。

2022年8月13日~16日寫於香港「不寫最累」書房

詩之島獵影

黃昏

黃昏是古達海灘最銷魂的時光；多少次來到，就多少次為你迷醉。多少遊客奔赴詩之島峇厘，就與你相約於黃昏，為了一位偉大演員的演出。

古達是最不能被錯過的海灘，午後空蕩蕩的彩傘、躺椅和椅子，一到演出時間，就會完全客滿。當疲勞終日、獻出渾身熱量的太陽即將落幕，紅彤彤的臉嬌羞萬狀，幾百位大人小孩嬉戲在沙灘上，任浪花溫柔地啃咬，向宇宙最大偶像歡呼、跳躍，後面幾百隻手機和相機對著天際，以最美的畫面，送走落日，迎接美麗的夜晚。

剪影

最好的剪影藝術家難道不是大自然的手，最美的瞬間必然是童年的時光，當夜幕還未全部如潮水蔓延上來，無數童年的記憶就在天與水之間徐徐展開。

那多姿多彩的姿態不需要導演，就生動地一一展列，仿佛一場人類的進化史。童年最為可愛溫馨，也最為無憂美麗，卻又那麼短暫，當落日被紅霞燒透，它就會不留情面，將整個大地吞噬，童年的影子也就隨著消失。

凝望這些沙灘上的可愛形影，我常常兩眼潮濕，為什麼美好總是不會長留？

沙灘

沒有沙灘，也就沒有詩之島峇厘。

沙灘就是這世界知名的旅遊勝地峇厘的花邊和彩帶。一處有一處的特色，一處有一處的精彩，我們可以相逢於山水，可以相忘於江湖，我們也必然沉迷於沙灘，不同的風情，帶來不同的感受。

炎炎烈日下，萬頃晴沙火燙得猶如大火煮過，遮陽傘下是一張張無人的半躺椅子，一些外來的半裸人體躺著進行日光浴，無數大人小孩則在觀賞落日，在淺灘上嬉水，時间，就像細沙從指縫間流瀉。

餐廳

喜歡上餐廳，不但飢餓的肚子受惠，連疲憊的眼睛也獲得一餐視野的盛宴。喜歡峇厘的餐廳或食肆，一家有一家的風情和味道，一家有一家的設計，讓人走進總是有一種舒適感，安靜入座，慢慢品嘗美食。

從路邊的食檔到長巷綠苔爬滿的小餐館，從古達鬧市的餐館到夜海灘的燒烤露天圍枱，黝黑原住民的老闆總是那麼友善，哪怕只是三兩個椰果水，也不嫌棄你消費少，而是一臉和氣相迎；淳樸的民風幾百年來都如此一脈相傳。

巨石

不知來自何方，一塊塊好像天外神力的贈予；不知淨重幾多，一千名赫格利斯一起發力是否舉得起？看著看著，頓感大自然的偉大，人類的渺小。連巨石的形狀也四四方方的，仿佛被一把巨大的切肉刀切得整整齊齊；如果瘋狂的賭徒在，一定會當成一個個巨大骰子賭掉身家。

旅途中罕見那麼多巨大的方石齊聚一起，降落在廣闊的草坪上，不需要太多的人工雕刻、花草的裝飾，就構成了乾淨俐落、天衣無縫的巨石風景。

窄路

大自然的窄路自成風景，令汽車幾乎擦身而過，驚出一聲冷汗；社會職場的窄路也即狹路相逢，不是冤家不聚頭；如果說，大自然的窄路都是不可多得的景點，那麼，人生的窄路能免則免，畢竟充滿了風險。

山水有相逢，那麼親密，不妨群來留影；小轎車和各種旅行車都在驚回首後，剎車，遊客紛紛走出車外，回望大山們的精彩造型。在崮厘兜兜轉轉，有一日，我們看到了窄路，一輛輛車子仿佛從兩座大山的縫隙或裂縫中轉出來，蔚為奇觀。

鞦韆

從未見識過那樣豪邁驚險的鞦韆，在兩棵長長的椰樹高處蕩來蕩去，如果稍一不慎，就有可能斷掉繩索，墮下萬丈深淵，頃刻粉身碎骨；也許，保險繩索一鬆，整個人被蕩上九霄，提早抵達天堂。

從小我們就喜歡蕩鞦韆，蕩呀蕩，幻想立馬將我們蕩到成年的時光；成年後我們牽著手，到處尋找鞦韆，希望轉眼間就蕩回童年。童年的歲月，我們蕩著鞦韆，永不厭倦，希望永遠無憂無慮；長大後，我們一直尋覓人生的鞦韆，一旦坐了上去，幻想永遠無憂無慮。尋尋覓覓久了，方知是一場虛空，童年只有一次。

梯田

遠遠望去，一層一層綠色的田野，綠得彎彎曲曲多麼好看，像是巨大的斑蘭蛋糕，由當地農民們群力製作；驚歎於造物主的萬能和神奇，大地上什麼奇特的圖案都能憑一支魔術般厲害的大筆繪畫、雕刻出來，安排人類去執行。

聯想到大地上各類建築中的階梯，步上步下都那麼辛苦，農村、田野裡的梯田，播種收成必然更加疲累。日曬雨淋，起早抹黑，瘦了腰肢，疼了肩膀，變成了飯碗裡的粒粒皆辛苦，換來了小兒女的學費。

婚禮

海濱草坪的婚禮時值黃昏，一輪紅日徐徐沉落海底，雖然太陽明晨依舊會上班，今晚的臨時告別，那燦爛動人的笑顏不知迷住幾許人。晚風緩緩吹拂，海浪被晚霞撫摸，羞紅了臉，猶如嬌羞的新娘。

峇厘的婚禮耗費必然驚人，紅地氈上一對新人身上披下幾百條彩帶，連髮際都灑滿各種碎花瓣；草坪上人們在酒酣耳熱的時刻，突然聽到劈啪聲響，高遠的夜空剎時噴發祝福的美麗煙花，贏得來賓們發出一陣陣嘩嘩的驚喜聲。

詩之島上的婚禮，有那麼多親友見證和祝福，必然也會亙久甜蜜和幸福的吧！

長巷

悠長的小巷，一路走進，都是殘牆濕瓦；狹窄的走道，慢慢前行，均為灰黑二色。遠遠看去，如美麗的幾片紅雲，浮在

籬笆小院上，調和了雙眼的審美疲勞。

像是一幅好看的油畫，吸引外來的陌生人；探究那紅得如火焰的花卉的名字。細看，竟是香港到處報春早的三角梅。

生命力超強的三角梅啊，喜歡從高樓陽臺、花槽探出頭，而今在峇厘的小巷，充當了衛士，守候這兒的家家戶戶。

度假屋

無關簡陋或豪華，不論平房或樓層，有無廣闊的後花園，是否視野無敵，俊秀山川盡收眼底，而耳朵是否有陣陣舒緩猶如輕音樂的海浪聲伴隨夜裡入眠……詩之島的度假屋，都有客滿之患。

龐大的度假屋一如小國度，大園內靠車子迎賓送客，門鎖等同虛設，夜不閉戶；小小的民宿，也自有舒適之處，晨早就在樹蔭底下，各種膚色的遊客齊聚一院，以國際語言——友善的笑容無聲對話；雖然僅有咖啡印尼炒飯奉上，也可以吃得肚圓嘴油，最妙的是咖啡喝完一杯又一杯，沒有局限。

峇厘小巷風情

門環

小巷悄悄，晨早的陽光如水灑在家家戶戶的院子裡。

想敲敲家家戶戶的門，看一看屋主是炎黃子孫的臉容，還是原住民黝黑的面孔？閃金門環，仿佛在神州見過？

想與主人家對白幾句，讓他們評價我的印尼語是否靈光？

久久站在門口，凝望剝落的銅粉，處處銹蝕，顯示年代的久遠，油然想到了兩個民族友好相處歷史的源淵流長。

紅花

悠長的小巷，一路走進，都是殘牆濕瓦；狹窄的走道，慢慢前行，均為灰黑二色。遠遠看去，如美麗的幾片紅雲，浮在籬笆小院上，調和了雙眼的審美疲勞。

像是一幅好看的油畫，吸引外來的陌生人；探究那紅得如火焰的花卉的名字。細看，竟是香港到處報春早的三角梅。

生命力超強的三角梅啊，喜歡從高樓陽臺、花槽探出頭，而今在峇厘的小巷，充當了衛士，守候這兒的家家戶戶。

神龕

詩之島處處有詩意，也遍地都氤氳著神明的氣息。

詩意是島上美好、祥和氣氛引發的心靈感覺，神意是天上人間攜手營造的安靜氛圍，讓我們敬畏這片土地。

大至一座神廟，小至立在門牆及門牆之間的縫隙中，甚至院子地上，一個小草盒，幾支茉莉，都算是小小的敬意。

數不清的神龕，真令我們萬分驚訝、萬分欽佩。

殘牆

古屋新顏，總是讓我們驚喜，相信世間總是有些物事歷久不敗；殘牆上三角梅如火焰燒燃，蔓延到牆外，覆蓋著日曬雨淋的殘牆。

寂靜的午後，長巷只有長長的花影，我忽然憶起了蘇軾的《蝶戀花・春景》詞："牆裡秋千牆外道。牆外行人，牆裡佳人笑。笑漸不聞聲漸悄，多情卻被無情惱。"在長巷裡癡癡想著，忽然，一家豢養的狗兒，汪汪高吠，將我從長長的宋朝時空喚醒，看腳下，我正站在萬里紅塵中。

小鋪

走到峇厘每一個有人煙的地方，總有小鋪在地面一角上生存，就像有陽光和雨水的千年土地上，總會有嫩綠新芽冒尖。

渡過了火山爆發、黑煙彌天的日子，挨過了疫情肆虐、遊客清零的人間寒季，你就像受到百般摧殘折磨的野草，恢復自己的姿態和尊嚴，又屹立在大街小巷。

從精緻的各款鎖匙扣，到針針密密縫的手袋，從特色拖鞋到首飾到精雕細刻的藝術品，那個物廉價美啊，恨不能全部掃進兩個大皮箱。好棒啊，小鋪。

餐廳

喜歡欣賞綠色大軍的入侵和蔓延，喜歡看樹木和屋宇的糾纏相愛，讓一家餐廳不再那樣單調，縱然狹窄簡陋，也有大自然的庇護偏愛。

在烏鎮，我們看過綠頭髮的屋子，在金門，民宿也戴上綠色大帽子；在峇厘小巷，綠蔓爬上牆，裝飾了一個餐廳。

大自然的魅力無處不在，讓我們看到了大城市沒有的奇景：詩之島的魅力造福了視野，一幅一幅的精彩無與倫比。

水語

一個古老的大水缸立在現代化大酒店門口，源源不斷的水洶湧四溢，引我多種解讀，無法找到恍然大悟的出口；每天只是抱著一歲多的外孫女環繞，一老一小滋生相似的疑惑，她是神奇，我是好奇。

一個巨型花盆似的水缸擺在小巷大門口，源源不斷的水，令人想到源源不斷的客流，也想到了源源不斷的財流。

忽然發現，水流來自酒店，也流回酒店，真是迴圈不息啊。

奏樂

偌大的酒店，在寂靜的午後，有時也會出現安靜的片刻。

一個穿著傳統印尼服裝的女子盤腿坐在大堂一端，輕輕敲起她民族的格隆宗。

無論有無知音，更無論有無聽眾，樂器啟動，美好的音樂小天使就會四處飛動，撫平一顆顆煩躁的心。

在印尼，從夜街的美食攤，到大眾廣場的舞臺、酒店的餐廳，都會有平民音樂家奏樂助興，專業的認真，我們應該送上感謝的掌聲。

美絕，多峇湖北岸

印尼蘇門答臘島多峇湖周圍景點之美，足以與峇厘島媲美。

想不到今年都有機會去遊覽。侄兒訂婚禮在棉蘭，距多峇湖不遠；結婚慶典在峇厘島。被邀請觀禮之外，也順便和文友聚會旅遊。

查看地圖，才發現印尼第三大城市棉蘭在多峇湖之北，難怪陪我們湖山遊覽的榮兄說：我們遊的是多峇湖的北岸。看湖不一定要到東岸或南岸，時間倒可以省去一半。

一般從棉蘭市驅車到多峇湖的邊城鎮不拉拔（Perapat)需要四個多小時，那在兩天的時間內來去是太累了。我們在世界名曲、印尼民歌《星星索》的發源地馬達山——文友莊蘇夫婦的別墅留宿，取道湖的北岸沿湖遊覽，算是明智的選擇。一是視角不同，別有洞天；二是節省時間，但也一樣可以看到多峇湖。

就像蘇軾寫廬山《題西林壁》的那兩句——“橫看成嶺側成峰，遠近高低各不同。”並非要到不拉拔看才好看，有時到一些已經開發的湖岸，角度特別好，更有另外的驚喜。我們的第一站是到Sapo juma花園，由於是第一次，不知道有什麼微妙，但覺熱帶林木茂盛蔥蘢，風光宜人；我們沿著花園裡的小徑向上慢慢走，突然眼前一亮，風兒大了起來，嚇了一跳，原來我們已經處在多峇湖北岸的一個高處，但見遠處藍天白雲塗抹得“很油畫”，近岸的碧綠，遠方海的蔚藍，水天一色，視角開闊，一時驚豔萬分，來過多峇湖，以前可能被其擁在懷裡不知其真面目，原來，遠離一點，形成一種距離美，可以看得更清晰。陽光雖然強烈，但由於地勢高，感覺清涼。我們拍了集體照，到小亭休息、吃點心。

我們遊覽北岸的第二個景點是Maulana coffe。這兒處在多峇湖北岸的一個景點，也有很好的視野，最出名的就是玻璃橋，此橋距離地面不很高，也不長，主要是提供看景的方便而已。遠遠可以看到右前方白色屋宇的建築，那是西馬嶺，十年前蘇北文學節大批文友曾經在那裡會師。這兒設計了不少攝影佈景供遊客拍照，如巨掌、吊在樹上的單車、心形雙天鵝、木橋、泳池等等。

我們下車拍拍照後，繼續驅車到今天最後一個景點——侗景（Tongging）也準備在這裡吃晚餐。榮兄說，今晚我們就在這裡吃“湖鮮”。到這兒，感受到不同的感覺，如果說，我們上午到Sopo juma,在那裡驚豔於湖山之美的話，那麼，在侗景，則是感覺到黃昏景色的動人魂魄了。拍攝出來的風景確猶如一幅油畫。湖上，建造了大型的船屋和甲板。屋即餐廳，其他連接的部分有不少簡單但很用心思的裝飾和設計，如談天的座椅、拱形的花門等等，令你無法不生出強烈的拍攝意欲。而晚餐上桌的湖鮮中，有龍蝦、海魚等，三盤魚用不同的調料和烹調方法製作，可謂耗費心思。

夜晚，我們返回馬達山在文友老蘇夫婦的別墅過夜。此山海拔1400米的高度，早晚很涼，沖涼的水冷如冰，睡覺不需要開空調。次晨用過早餐，就到馬達市集買當地出名的峇迪衣服。中午到甲文也海華人餐館吃馬達山的炸山城肉，非常美味。兩對夫婦因事先行告辭，餘下五人，繼續前往兩個景點。

首站是蘇門答臘島北部著名的錫納朋火山。這座火山海拔2640米，自1600年沉睡了400年沒爆發過，從2000年開始蘇醒活躍，每隔一兩年就爆發一次，噴物非常高，當局需要疏散村民，有不少村莊從此成為廢墟。我們只能到距離它的某個最佳角度遠視它。那是一個草坪，錫納朋火山展現在眼前時，有點像舞臺劇的一幅背景，我們就是舞臺下的觀眾，台下其實就是一片綠草坪。雖然草坪上的一些供人拍照的設計都比較簡單，但我們覺得簡單就是一種美。藍天白雲下，錫納朋火山靜臥在正遠方沉睡，呈現一種淡淡的藍綠色，近處的草木則是深深的綠。供人拍攝的裝飾有開門見山、秋千、方格、中心長椅等等，附近有當地村民設立的咖啡檔，我們很喜歡這景點，拍了不少照片。

最後一站是湖邊景點，叫"拉烏嘉哇"（Lau kawar）,算來也是欣賞多峇湖的在其北岸的一個落腳處。湖邊有供人小憩的座椅，也有不少可以拍照的角度，反正都是以名湖為背景。昨天，我們在Sapo juma是居高臨下欣賞多峇湖，此刻是在平視的岸邊欣賞湖，完全沒有先前的氣勢，而像是家居附近的普通湖泊了。

印尼兩大旅遊資源，一個是爪哇島東部的峇厘島，一個就是蘇門答臘島北部的多峇湖，也是印尼最美的地方。峇厘被譽為神仙島、最後的樂土，宗教氣息很濃；多峇湖是印尼最大的淡水湖，周圍（東南西北岸）看湖都因為不同的視角而衍生不同的美態，原來，許多旅遊勝地都無法模擬的。

湖山吟詠

咖啡

棉蘭市政廳大酒店咖啡座坐著一群文友，多少年後會漸漸定格成一幅褐色的圖畫。咖啡香氤氳下，懶洋洋的下午化解成活潑潑的海洋，無限的話題就像大小魚來往穿梭；咖啡啊，就像優雅忠厚的伴侶；

馬達山餐廳的咖啡純樸可愛，最疲累的時刻也最解渴；錫納朋火山下、草地一角的咖啡小閣，端上來的咖啡，大量的紅糖沉底，等待著一支有勁的湯匙攪拌，服務乾鹹的嘴巴；小英子的別墅裡，早晨餐桌的咖啡最溫馨，人間友情和咖啡濃情擁抱得如此緊密。

是的，最泥土的咖啡，也最美味。每次出遊南洋歸來，一箱子手信大都是各類咖啡，濃郁的咖啡氣息熏透衣裳，其十大好處幾個世紀以來，總是有增無減。

拍攝

活了大半輩子，才知道行行出狀元，樣樣有學問。一樣的布匹，變幻出千奇百怪的款式；相同的果蔬，散發相異的色香味；

活了大半輩子，才知道一把小提琴，可以拉出天籟，也可以老牛拉破車；十二種油彩，可以變幻出一百二十種悅目的油畫。

在大師面前，三腳貓的攝影功夫只好收進抽屜裡；看一看一張張藝術的傑作，如何化腐朽為神奇，驚歎於平庸的物象一旦被攝取，竟可以過濾出豐富的創意。看看拍攝者的辛苦姿態，方知相片背後流淌著無數的心血。

湖山

山水相依，譜寫出柔和悅目的篇章；山水連接，揮灑出水彩畫的動人層次。偌大的一個湖，如同一顆巨大的寶石，周圍岸邊的景就是折射出的光芒。

湖山一色，需要蘇北兒女各種色彩服飾的配搭，才令人驚豔；天那麼藍，雲那麼白，草木那麼綠，好想找個最大的箱子，將多峇最美的山水打包背回去。

如果說爪哇東部有個峇厘島，歷來被稱為人間最後的樂土，那麼蘇門答臘島北部的這個多峇湖，豈不是地球最大最美的湖泊？

雙蝶

高山上有一對彩蝶在飛舞。

一隻叫小巧兒，別名“風中的豆”；一隻叫小英兒，別名“情系故里”；

張開雙翼，飛越高山、大海；飛越最美麗的多峇湖，最藍的天空，飛越最暴怒的錫納朋火山，最綠的森林，飛翔飛翔，何畏狂風暴雨，哪怕驕陽酷熱。

高山上有一雙紅羽、藍羽彩蝶在快樂地飛舞。

飛越三十年的華文寒冬，投入復興歲月的大潮，飛出自己的天地和輝煌；在侗景的黃昏，我看到如畫的湖景背景下，彩蝶棲息在湖岸的一角，絮絮對語。

從高山到湖上，有一對彩蝶在高歌歡舞。

油畫

原來大自然的美，有時無法複製，就選擇一個最恰當的時分，再選擇一個好角度和好景點，一幅天才的老天賜予的巨幅油畫就可以占為己有，擁抱在懷了。

原來油畫史上的傑作，也大都是將大自然的美再進一步美化和提煉，令人頓生神往的欲望，聯想無數。

侗景的傍晚，天色將暗未暗，正是銷人魂魄的時分，岸上看遠方，海天一派深藍色，山野沉睡，水靜如鏡，餐廳點點滴滴燈光如星星迷人，倒映在水上如夢，魂兒被風帶引了去。

火山

像是一脈不起眼的寧靜山丘，躺臥在蘇北平原上，周圍草木萋萋，陽光普照下，寂靜得毫無一絲聲響；遙想這兒的夜晚，百蟲長眠一睡到天光；深夜裡，草叢深處，是否也開著一處又一處的音樂會？

像是戲劇舞臺的背景，但見火山口與雪白的雲彩纏綿地接著吻；白雲啊，哪裡知道那一張毒嘴，剛剛，噴射出可怕的熱漿，滾滾濃煙黑了半個天空。

錫納朋火山！沉睡四百年，終於一朝爆發，一而再、再而三地爆發，威震海內外。

錫納朋火山！2460米的高度，遠看不覺其高；平常的日子，也文靜溫柔不覺其暴，一旦變臉，暴怒無常令人萬分驚心動魄。

徐徐拉開門簾，開門就見山，小心謹慎就萬無一失，錫納朋火山！

湖邊

沒有輕飄的楊柳，湖邊的水總會隨風拂來一絲溫柔；沒有大海的洶湧澎湃，湖邊的悠閒總是顯得很舒適，水氣的陰柔常常中和了烈日的酷熱。

懶洋洋的下午，沒有半個人影，我們可以慢慢地擺甫士，慢慢地拍攝，連拍攝也是一種另類的悠閒，磨煉了一套好發掘和好視角的功夫。

靜悄悄的午後，有個佳人半躺在湖邊。

漫步在 LAU KAWAR的時分，真是生命中難忘的一個黃昏，記憶網路全是草綠色湖水的粼粼波動。

雨後

雨後，葉葉滾動著晶瑩的露珠，好似慧黠的眼睛；花花昂著頭，等候鏡頭的瞄準；雨後，美女們都如同晨浴後的花，比小英兒別墅後花園的所有花兒們都嬌豔，都芬芳。有的低頭欣賞花兒們，有的沉浸在昔日與誰同行的歡樂和淒然中。

雨後，馬達山空氣很清新，遠山呈現一種淡青色，還沉睡在濃綠得流油的大草窩裡，停留在昨夜星辰下的夢中，困惑於是沉默還是爆發的猶豫。

早餐

凌晨摸黑準備的早餐，分外香甜，肉包子和雜菜卷裡的餡多了一份文友的美好心意，一個美點、一個美點都在向我們發出會心的微笑，無聲地道句早安。懇求第一時間被選擇，開始進入腸胃的快樂旅程。

清晨，滿桌的美食令遠方的我們恨不得多生幾張嘴，蒸、炸香蕉不必再爭寵了，一律送你們到五臟廟；肉包花生包各掰一半來分享，以示公平，也千萬不要辜負客家名點米糕粄，首次品嘗才知道名不虛傳。

小鋪

喜歡成群結隊逛市集裡的小鋪，喜歡欣賞包頭巾的原住民婦女對小本營生的堅持，喜歡女少東為了售出一件兩件，耐心地搬出了堆成小山的衣服讓你評選；

我也愛欣賞印染在每一件峇迪的圖案，莫不是來自民間美術家和藝術家的傑作，花草之美、對稱之巧、色澤之豐，都堪稱中外罕見，彷彿，將南洋的人物風情都一股腦兒繪畫上去，一件件都散發出熱帶泥土氣息。

不要討價還價到令她們血本無歸，誰都要過日子，誰家沒有嗷嗷待哺兒孫子女，誰人的廚房不需要柴鹽油米醬醋糖的完整排列。

多買幾件吧，多消費令店主開心，也是對當地經濟的微小的貢獻。

（注）2023年9月18日-19日我和瑞芬與棉蘭文友林來榮、莊欽華、蘇淑英、陳巧音、周松發、符晶晶、陳柏元同游蘇門答臘島馬達山、多峇湖，有感而發。

再訪美麗的婆羅乃

2008年來過汶萊（婆羅乃）的首都斯利巴加旺一次，不覺16年過去，能有機會再來一次汶萊，令人萬分驚喜。當年參加的是第六屆世界華文微型小說研討會，這一次出席的是第十三屆世界華文微型小說研討會（與世界華文作家代表大會齊辦）。

十六年人事幾番新。不變的是汶萊華文作家協會的孫德安會長，歲月有情，不老的容顏和鍾愛文學的熱情十六年來依然如舊；一方面歷史選擇了他和他的團隊，讓文學的重任落在他的雙肩上，另一方面賦予他健康的體魄，讓他充滿活力，不忘初心，以過人的精力主辦兩個世界性的文學大會。

這麼說，實不為過！汶萊只是小小的國家。40多萬人口，華人只有4萬，汶萊中華文藝聯合會和汶萊華文作家會員也不過40人左右，於人力物力都可以想像得到任務重大；兩個會壓下來，不勝負荷！孫會長謙虛地說，這次，“我做的事不多，但我的壓力很重！”但他們齊心協力推石上山，終於圓滿成功！

就像接機這樣的事，有的世界性文學大會在國際大都會開，請你自己搭的士到酒店報到。這一次大會派出五六位文友來接，有的還是大老闆！有時一天有好幾班航班，可是安排得那樣井然有序！還拉歡迎的橫幅！讓人地生疏的與會代表有種賓至如歸的溫暖感覺。當夜，來自香港的我們需要多儲備些飲用的水，許信等文友還駕車載瑞芬去市區超市購買。

喜歡婆羅洲這個世界第三大島嶼。不少歷史經典遊記史籍都提及這個歷史悠久的著名島嶼。早年，原始森林大面積地覆蓋了婆羅洲，椰風蕉雨飄搖紛撒，木材資源豐富。沒有地震海嘯，汶萊香港飛機行程僅三小時，一樣是可以安居樂業的福地。

喜歡婆羅洲的神秘安寧。一個大島，三國和平共處：北部一部分是東馬，一部分是汶萊，南部是印尼。1974年栗原小卷主演的《望鄉》（八番娼館，直譯為「山打根8號妓院」），導演為熊井啟。電影就在山打根（Sandakan)取景。

喜歡婆羅洲，還在於民風淳樸友善；“婆羅”據說就是“承載和攜帶”之意，引申為“尋找光明/知識的人”。我們多次到印尼中爪哇的世界十大奇跡之一婆羅浮屠遊覽；我們多次到文友在婆羅摩火山下的度假屋度假看日出；最親切莫過於我和瑞芬的童年就在婆羅洲南部印尼加里曼丹的東首府三馬林達度過！還看過達雅族的盛大演出！據傳說，達雅族和華族八百年前是一家！

4月20日，大會安排開幕式在汶萊中華中學舉行，在校門口，抬頭一看，赫然寫著“婆羅乃中華中學”非常激動！“婆羅乃”多麼親切而又原汁原味啊！

難忘開幕式和閉幕式都別開生面，先後安排在婆羅乃中華中學和馬來奕中學舉行，意義不凡！不僅讓文學與教育歷來那種親密關係具體化，也含有讓文學在學校紮根、培育更多幼苗的象徵意味！難能可貴，太有創意！世界華文微型小說研究會會長淩鼎年上臺致辭時激動地說，開幕閉幕儀式在不同中學舉行是一個創舉，讓文學在莘莘學子中播種、生根、發芽、開花結果，這是一個了不起的弘揚中華文化的事業啊！

難忘無論到婆羅乃中華中學開幕或到馬來奕中學閉幕，都以敲鑼打鼓、龍騰獅躍的中華文化傳統的形式進行，完美了慶典儀式。環顧校園內外，一股中華文化的濃郁氣息撲面而來，“孝順父母”、“愛護公物”、“服務人群”、“禮義廉恥”等等金句吸人眼球，無不是儒家經典古訓；現場筆墨飄香；學生們彬彬有禮、華語流暢；當你看到舞臺上，在敦煌飛天的佈景下，女生舞蹈中居然有個黝黑面孔、打聽之下應該是印度女孩；當你看到大禮堂觀眾好幾列戴頭巾的伊斯蘭婦女也安靜地欣賞節目時，心中的感動真無法言表。外面世界導彈互飛，硝煙彌漫，這兒微笑招呼，和諧寧靜、和平相處。

我們主要來參加第十三屆世界華文微型小說研討會，熟悉的老面孔雖然不多，但世華代表中不少也是微型好手，21日一整天的研討會，會議室很正規，發言學術通俗兼具，內容充實，以文會友，收穫滿滿。

這次相遇於汶萊的斯利巴加旺，佩服、欣賞的人很多，其中無法不提的至少三位：

一位是世華孫德安會長。我們在多次國際性文學會議相識，平時雖然來往不多，但訪他的採訪錄和作品卻讀過。欽佩他對文學的執著和堅持，這一次還擔任了希臘神話中的大力士赫格力斯，在一個小小國家發力，發動有限人力，終於將兩塊巨石推上山。他的三次致辭內容不同，但文采四溢，精煉簡約毫無水分！像他這樣的年紀，一些人可能早就躺在功勞的沙發椅上頤養天年了，可他 對文學還是如對初戀那樣心熱，此情不悔，癡心不改，令人感動！

一位是我們世界華文微會小說研究會的淩鼎年會長。他是我們微會幾任會長裡創作力旺盛與活動能力極強的，兩者雙贏的會長。他以胸懷五湖四海的寰宇大氣魄，用微型小說這種1500字的文體，推動大大地球的微型事業繁榮發展。淩鼎年文學館、八十萬字的淩鼎年評傳……個人成就固然炫目，各國微型的發展、人事也成竹在胸，世界華文微型小說大事記的巨大工程就非常震撼！在他領導下，微型事業紅紅火火，如火燎原！這次各位代表發言，他都做點評！難得！每次讀他的年終盤點，無不仰天讚歎，這是一個對文學如何虔誠的文學信徒啊！凌會長在馬來奕中華中學閉幕式的致辭簡短有力，煽動性強，印象深刻，大有印尼當年著名總統兼演說家的風範，給微會揮落一個完美的句號！

一位是賴連金老總。早在2016年在北京的世界華文文學大會上我們在老朋友勾芍人的召集下認識了。他聯誼能力超強、感覺敏銳，胸懷全域，人面廣泛。雖然我癡長他幾歲，然他總是像大哥那樣地關照我，將我當小弟，將瑞芬當小妹那樣關照愛護，真是非常感動，太感謝他了。

美麗的汶萊好風景很多，水上人家在藍天麗日下呈現一派南洋風情；吉米清真寺的宏偉美麗體現伊斯蘭教的尊嚴，令人讚歎不已；馬來奕中華中學圖書館的現代化設計不讓大都會中學圖書館專美，代表們萬分震撼，爭先恐後留影…….每一項都是專題，值得一寫！

23號，曲終人散，友情仍依依，一顆心留在了汶萊；文學不了情，何時再相會？

我相信，華文文學無國界，像音樂用音符，我們用方形字，傳遞我們的故事和感情；在天之涯、海之角，我們一定還會相遇，握手抱擁的！

晚安，丁香花園

到蘇州，將至少三公里長的平江路走完，白天，眼前仿佛一直晃動著戴望舒《雨巷》裡描述的那個丁香姑娘，晚上，回到了上海。熱情的秦金芳邀請我們到丁香花園共進晚餐。

一聽“丁香花園”，心咯噔一下。好像世界上最美的意象，都給了這丁香姑娘，這非富即貴的地方，晚餐一定很貴，秦說，其實並不貴，主要有粵菜。我們知道，這類大有來頭、很有歷史、故事的別墅式餐廳，講究的是名氣和情調，菜肴好不好已在其次。

記得初來的那一天，原中國福利會出版社社長的顧老師就駕車載我們到此參觀遊覽。座落于上海徐匯區華山路849號丁香花園內，最早的一棟樓也稱為一號樓，建築於1862年，迄今已經有157年的歷史，秦請我們到這裡吃晚飯，強調了幾次“這是一個有故事的地方”。我們那天在白天隨便漫步，就感覺幾棟建築都很有特色，那是將英國鄉村建築和中國江南園林情調設計結合起來的一組花園別墅建築群，顯示出一種中西合璧的經典風格。有關傳說不少，但都和當時的北洋大臣李鴻章有關，一說一號樓是他請當時美國著名的設計家艾塞西・羅傑斯設計建成，為的是送給他的第七個（也有說是第九個）姨太太丁香：另一種說法是別墅全屬李鴻章物業，後傳給他的兒子李經邁作為私邸，1940年李經邁逝世後給其子李國超變賣。其中三號樓和一號樓類似，但二號樓乃是船型、美國式建築的後來建築。有關的傳說，不管哪一種，大都和李鴻章家族有關。至於那位被傳得有聲有色的小妾，究竟是第七位還是第九位？一號樓是否李鴻章建來送給她的大禮物，只好姑且聽之了。這些年代已經悠久的歷史，經歷歲月的滄桑，在時代的風風雨雨中有不同使用者和居住者，最後於1994年被上海市政府評為優秀歷史建築。最不可思議的是除了主人和其寵妾丁香的傳奇香豔色彩外，一號樓副樓過去還藏了不少圖書，命名為“望雲草堂”，藏者全部捐出，最後由復旦大學接手。那天我們還匆匆逛了一下花園的園林部分，實在不小，總共2.04萬平方米的面積，建築面積就占了2934平方米。園內有精緻巧美的小亭、湖泊，草木萋萋，花團錦簇，在初冬的微寒中，依然精神抖擻。我們看到圍牆蜿蜒開去，猶如長長的臥龍，那確實是一條巨龍龍身的延伸，將鬧市和靜園儼然隔成兩個截然不同的世界。

那晚顧老師帶我們和劉以鬯夫人及其外甥女一行人在丁香花園隨意逛遊了一圈，沒有在此園吃飯，卻是在另一家叫“席家花園”的別墅用餐，事緣中國福利會出版社的余社長已在那裡預訂。舊上海留下了不少名人不同風格的別墅，如今變身為餐廳的很多。席家花園是其一，丁香花園也是，而且名聞遐邇。想不到我們也能和這樣一間“有故事的地方“進晚餐。

只因了秦：秦也是一位有故事的女性。

說來話長，香港有一個以世界華人為讀者的網絡，曾引起了秦的關注，她欽佩海外華人的情懷，曾多少贊助了該網絡，也因此和不少僑友熟絡起來。2012年冬季，我們到上海開會，秦請我們到上海靜安寺一家很特別的、半個餐廳建築在湖下的印尼餐廳進晚餐，順道跟我們講了她的個人故事，我將那個故事思考了很長的時間，整整一年後，才寫成了一篇短篇《靜安寺那水光燈影風涼的夜晚》，沒想到這一次，遙隔七年後，也是在冬季，在一個充滿了傳說色彩的百年建築丁香花園，秦請了我們來，多少也是對逝水流年的一次致敬吧！

朋友能長久，也是要看緣分，彼此喜歡對方，談得投緣最為重要。沒有所求，就能將友情延續到天長地久。久違了上海，一旦成行，就要一一通知親朋好友，不求接風洗塵，但求見見闊別多年的容顏是否依舊，鬢髮邊添加了幾許霜雪，最重要的是心境依然年輕；如今社會上都將見面時間安排在一次飯局上，旨不在菜肴如何，而在於一種禮儀形式。

白天，她請他弟弟開車，我們同往蘇州玩。這日天氣奇冷，天上又下著毛毛細雨，氣溫只有七八度，我們從上海出發，途中在設計得猶如澳門威尼斯人一樣的陽澄湖休息一下，拍拍照，就直接到蘇州，匆忙遊覽了一天，下午三點半又從蘇州趕回上海。入城，上海已經華燈初上，車水馬龍。

我們逕自到丁香花園，那院子裡已經泊著不少車子，都是來吃晚飯的。走向二號樓的"申粵軒"，那裡地下設計成一邊的紅磚牆，一列長廊顯得舒適雅致，燈光柔柔，窗簾古典，座位程亮，散發出歲月磨礪的光澤。從落地長窗望出去，依稀看得到丁香花園在暗淡的燈光下草木扶疏、花影浮動，景色動人。這粵菜館以粵菜為主，也設上海菜，粵式比目魚、燒肉、叉燒、涼瓜等等，都做得地道可口。看到我抓手機想拍攝窗外風景，秦說，下次你們到上海，我們吃午飯，丁香花園的景色很美，值得再去。我笑了笑，好的，你拼搏成功的故事比丁香花園的傳說更精彩，這一次暫時只聽到了一半，下回繼續吧。

走出丁香花園，上海的夜開始深沉，更冷，街上全都是急匆匆趕回家的人了。

徜徉召稼樓

最初從顧老師那兒聽到“趙家樓”，非常驚愕，心裡嘀咕著：是否張學良那位第三任妻子趙四小姐的樓？後來弄清楚，是我們聽錯了，不是趙家樓，而是“召稼樓”。這也難怪，多年前，我們到漳州，就參觀過那裡的“趙家堡”。

顧老師要帶我們到召稼樓。正中下懷。

喜歡到上海，不是豔羨上海有多少高檔時尚的大商場；喜歡上海，原因之一，乃是它的周圍有數不清的水鄉。我們可以以上海為圓心，花上三五天，將這些水鄉走遍。這些水鄉有大有小，有遠有近，各有各的特色，從一百四十公里、兩個小時車程的烏鎮，到只有二十幾公里，三十來分鐘就可以抵達的召稼樓，領略水鄉的歷史遺風和水光橋影，消解上海矗立雲天大廈的硬冷，不失為出遊的一種調劑方式。

召稼樓就是這樣的好去處。召稼、召稼，號召耕種莊稼之意也。真是顧名思義，一個水鄉，以樓命名，難怪會誤會了。原來，這水鄉至少已經有八百年的歷史，明朝有個工部右侍郎（官職）叫談倫的，當時建造了上海墾荒的第一樓，每天鳴鐘號召鄉民去農耕，這就是“召稼”的意思。水鄉，從那時候起也就以樓名命名了。所謂“十裡曉煙波，數聲召家鐘”，詩詞裡的形象描述，正是這召稼樓水鄉的生動寫照。

說來這水鄉，恐怕很多人不太知道，它屬於上海閔行區浦江鎮。那天天氣很美，顧老師駕車載我們往召稼樓進發，一路上沒有堵塞，車行倒很順暢，顧老師心細如針，駕車平穩，話題還沒入港，召稼已經在望。空地上已經有不少車子停迫，大都是來采風的。

入口不需要門票，經過幾排密集的攤檔，眼前豁然開闊，一派江南水鄉的畫面橫臥在你面前了，認真一瞥，非常驚豔。一條河伸延開去，近處楊柳青青，垂下拂面柳絲，小河水呈現青黃色，平靜無波，將兩岸密排的屋宇倒影都細細在水中繪將出來，倒影紋絲不動。那感覺非常舒服，好似在我們眼前出現的就是虛實兩幅畫，水中的朦朧，陸上的清晰。當然，河上的這些老屋子，經過至少五六百年的風雨侵襲、暴日烈曬，不可能沒有損壞，據說在十一年前（2008年）曾經對一些老房子進行原汁原味的修復，僅是兩年（2010年）就完成了。這一看不出修復的工程十分重要，將本來只是一個具有悠久歷史的小水鄉，進一步拓展成在江南旅遊業具有重要"戰略"意義的旅遊勝地。儘量復古，難怪看不出絲毫的痕跡。有些水鄉或著名的老街，太假，一眼就看出是後來新建的；其實，那種舊年代的氣息，那種看一眼、站一會就嗅得出往昔時光凝結在空氣中的味道，是無法替代的。

這是召稼樓的特別之處，沒有太過分的商業味道，沒有人擠人的擁擠，實在適合慢慢欣賞。如果這時候你有手機或照相機在手，就可以一路慢慢走，一路慢慢看看拍拍，一定可以拍攝到不少的良辰美景，甚至是水鄉沙龍。最初你走進那些市集小鋪時，也許會有到了大澳那種類似的感覺，慢慢深入，就會發現其中的不同，，大澳是離島，在海上，這召稼樓是水鄉，大部分還是在陸地上的。看看那些建築物，蠻有味道的：白牆灰瓦，一派簡約的建築線條，一排排的，沿河而築，勾勒出明清歲月的深深餘韻；深弄窄巷，蘊藏著市井男女的籮籮故事。好想在此小住一個時期，聽幾位水鄉父老話說當年，一定會收穫更多吧。

小河兩岸的建築物，也不是對稱的，仔細觀察，有時對街樓是兩層高樓，下白上紅，灰瓦飛簷，這邊廂卻是一整列的長長走廊，靠河一邊建了可供小憩、觀河看景的長型條椅。最妙的是，正當對"高屋窄巷對街樓"感到千篇一律而膩味時，突然，前方河上出現一橋橫跨小河兩岸，正是江南水鄉那種常見的石頭迭成的圓拱橋，頓生好感；橋上各色人等川流不息，橋下波光水影，也有一座倒裝的橋在河中，沒有喧嘩，沒有叫賣聲，一切是這樣安寧。每次相遇江南水鄉的橋，總會情不自禁地進入許多優美的唐詩宋詞裡的語境，想起那句"小橋流水人家"不知迷倒多少現代的遊客？每次看到橋，總會泛起無數在水鄉取景的電視劇或電影；有一次到烏鎮，舉起相機，無意中就拍攝到兩位穿曳地長裙、戴寬邊西洋帽的摩登女子在橋上招搖而過，服飾的鮮豔顏色和橋色的殘舊灰冷，形成了多麼尖銳的對照。我們走上橋去拍拍照，居高臨下，水鄉小河兩側的老屋子高低參差，錯落有致，反而顯出一種豐富的美；水平如鏡，那些倒影非常動人魂魄，不就是國畫裡典型的水墨畫嗎？而橋上橋下，叫賣的、排隊的、拍照的、上來的、下去的、坐在河邊石板椅上逗寶寶玩兒的、推著輪椅上的老太太出來吃風的等等，情景生動無比，不失為最好看的民俗風情和市井片斷。

徜徉召稼樓水鄉，除了看風景，還可以買土產，或者在一些大百貨公司已經尋覓很久而不可得的小小日常用品，譬如，一小段尼龍繩、一個按摩三角木、一支小小耳朵掏……在城裡

的商店，恐怕要“眾裡尋他千百度”，在這裡會有偶然發現的驚喜。還有那些自製的醃制橄欖、山楂餅，我們都買了些。黃芪這類藥物補品也比城裡鋪子便宜很多。最突出而驚人的“風景”是賣豬皮的店鋪成行成市，處理過的豬皮一片片的，巨大得驚人，成堆成囷，這樣的奇景見所未見，我們讓其剪細買了些，我請兩位女性站在“豬皮山”一側，留了個影。

召稼樓水鄉有報恩橋、復興橋，造型都精巧，還有老房子禮耕堂、梅園，占地不小，我們來不及看，倒是進到一家不小的賣工藝品的老店看看，還看到不少蠟制的鴨子成排吊著風乾，構成水鄉特殊的一景。顧老師是細膩的人，不斷向我們介紹水鄉的土特產，在轉角的窄巷口她向農民買了不少新鮮的菜蔬。中午時分，知道我們喜歡吃水餃，請我們在一家“農家樂”大快朵頤。

徜徉召稼樓水鄉，很有感覺，雖然範圍不是很大，但領略五百多年前的風情，嗅聞飄散在半空裡的歷史氣息，感受一下市井小民的生活情調，拍幾張心頭好，消磨半日，太值了啊！

花海迎接，彩瀑呼喚

——嘉定小記

到上海多次了，大多是開會，往往會多呆留幾日，到附近的水鄉采風，或者乘一兩個小時的車到江浙一帶的城鎮自由行。有一年我們到南通，看看朋友，他們很熱情，特地讓兒子開車，載我們到常熟吃“叫化雞”，之後我們還到一些小縣城如鎮江、如皋、紹興遊覽。現代的中國內地旅遊業辦得相當靈活，有辦法自駕遊固然很有趣味，但也夠勞累；參加旅遊團，大團行軍，利弊兼具；參加當地的一日游兩日游之類，其實也很不錯。還有一種，是遊覽和探訪朋友兼顧，住宿出行都可以自由靈活安排。有道是，朋友如何，最好和她一道旅行；朋友的品格，也往往在探訪她時最能表現出來。有一女作家，誇下海口，歡迎讀者到她居住的城市旅遊。後來，她的幾個粉絲真正打電話要探訪她，慌得她馬上用各種理由搪塞推卸。

我們在上海嘉定的朋友阿寧，是七十年代的合肥同事，四十幾年的前塵往事，在許多人當中已經成為不復記取的過眼雲煙，但也許特殊的文革年月彼此沒有互相傷害過，再見時雖已恍如隔世，還是存有七分親。知道我們要到上海，建議我們在嘉定過一夜，方便她安排來個兩日遊。一說我們就心動了，馬上喜歡和答應。事緣上海現代化的設施，香港也不遑多讓，我們早就見多不怪了，最感興趣的還是那些水鄉、小鎮、集市，風情萬種；下里巴人、市井小民，才有底氣，才富有泥土味道，人情味超濃。

“嘉定”兩字常常在中國歷史典籍中讀到，名人輩出，距離上海約一個小時車程，上海地鐵也可以抵達，不過阿寧怕我們路盲而且提著大皮箱不方便，決定由女婿大慶駕車，由自己陪同來我們下榻的上海黃浦區酒店接我們，早在我們還沒動身的時候，阿寧和女婿大慶已經將兩天的節目安排得有條不紊、非常緊湊的了。

中午的帝王蟹盛宴實在太隆重，蟹大得那樣霸氣，幾乎嚇壞我們。酒樓大堂兩邊有堂皇古典的樓階延伸上去，很有一番懷舊味道，免不了拍攝幾張留念。

接著我們遊覽嘉定的匯龍潭，沒想到時令已經進入十二月的初寒，這公園依然在舉辦一次規模不小的花展。香港維多利亞的花展去看過，人工痕跡太強，與香港這大城市的周遭氣氛不太協調和合拍；畢竟香港四季景色的特徵不太分明，嘉定匯龍潭不然，本來地處江南，夏季的綠，秋季的紅，都還未褪盡，也不可能全褪，因此這初冬的花展，底子就比較厚了。看得出來，以花卉中的謙謙君子菊花為主，主導了這一場別開生面的花展，其他花類，雖然只是作為陪襯的角色，但沒有滅絕，從寒冬中依然見其精神抖擻，看出菊花的寬宏大量，畢竟美好繽紛的世界，任誰也不能獨大，還是需要和平共處，共獻異彩的。香港維園的花展，重視造型，不少是卡通圖案，大自然的氣息少了很多；嘉定的花展在初冬時分花木依然沒有全謝的時刻舉行，顯得恰到好處，到處是五顏六色，花海燦爛；遍地是彩河翻浪，花族爭豔。畢竟是環境的不同啊。這嘉定的匯龍潭，感覺上居然是大自然的展示比人工的裝飾與造型多一點，而且三個花展造型意境都不錯。有些花展的造型多是卡通、美國電影裡的英雄人物，嘉定的畫展造型典雅而富有中國文人的悠閒文學氣息。一個造型叫《午後》，簡直就是一篇散文的題目，完全是散文的圖案化了，這長20米、寬10米的菊花造型，讓我感到太震撼：一杯矮瓷杯是咖啡，一碟上面點綴著櫻桃的是下午茶點心，你要想像成是圓形的芝士可以，當它是某種味道的迷你蛋糕也無不可。我們望著、望著，刹那間自己彷佛就成為花族中人，在一個清涼的午後，坐在飄著花香的窗口，展書慢讀，一種咖啡的濃郁香氣似乎就在此時飄散開來。還有一個菊花造型叫“菊映水月”，名字也很漂亮，菊花似乎映照著水中的月影，營造出一種潭水清澈、秋水映月的動人意境。當然，最感動我們的還是“五福到嘉”那特別的設計，聽說那是從著名畫家陸儼少一幅梅花山水畫得到的靈感，其高7.5米，是幾個造型中最浪漫無忌的一個。200餘盆的菊花好似從懸崖披掛下來，動人心魄。現代的嫁接、栽培的改良技術非常先進，菊花不再純白、純黃，什麼顏色都有，連本來屬於葉子的綠色也有了。遠遠看去，這“五福到嘉”的造型又猶如彩色瀑布從懸崖飄掛下來，很是壯觀。由於花展的美，令人感到這個嘉定用冬天裡的春天來迎接我們這些遠道來的客人，充滿了喜氣，和阿寧一家人的熱情好客一樣溫暖。

晚上到阿寧的女兒家，由阿寧的先生阿強做主廚，燒出滿桌的佳餚再次替我們洗塵，大慶還特地訂購正宗的陽澄湖大閘蟹上桌，實在太有心了。

次日我們游南翔鎮的古猗園，據說是上海的五大經典名園。感覺也不錯。蘇州的園林，我最怕園林的小巧格局，假山假水太多，小家子氣而且千篇一律；這古猗園建於明代嘉靖年

間，由朱三松設計，目前被國家定為4A景區，其名乃從詩經的“綠竹猗猗”得來。園中的設計給我三個很深的印象，一是亭、台、樓、閣都設計得自成一家，從見得太多的俗氣中脫穎而出，富有藝術感覺；其次是花卉、修竹在那樣的天氣中沒有落盡和衰敗，楓葉的紅、杏樹的黃、修竹的綠，為園內景物增添的不少燦爛色彩。尤其是小橋和流水，少了一份活潑喧嘩的聲響，卻是增添了和凝結了沉靜的、空寂的美感。最後大概是我們來的時候，也許不是在全國假期的黃金時段，只是週末周日而已，處處景點，處處都好看，我和另一半又那麼喜歡拍照，大半天都成了超齡模特兒，任由攝影技術高超的阿寧家女婿大慶不斷拍攝，居然拍出沙龍味道。

罷古猗園，已經是中午時分，南翔鎮馬路兩旁密集的小籠包食店多得驚人，飄散在半空中的小籠包肉香，正和我們的五臟廟的呼喚遙相呼應，阿寧和大慶帶我們走進一家小籠包店，一叫就是六七籠小籠包，最初嚇了一跳，這麼多四個人怎麼吃得下？一吃，才知道欲罷不能，美食不怕多，最怕不好吃。南翔是小籠包的發祥地，做得非常好，不僅有現做現賣、現做現吃的，還有盒裝可以供帶上飛機作為送禮的。這一餐小籠包全餐，風捲殘雲，差點連蒸籠也……

在嘉定做客，采風正好，遇見了熱情好客的阿寧一家人，還有花海彩瀑迎接我們，回來一段時間了，洶湧的花卉族群、七彩的色彩河流，還在眼前奔騰。

蘇州古巷情悠長

情迷蘇州小巷，不是來自古籍，畢竟我少涉獵典籍；也非百度後的誘惑，說來可能你不信：有一次澳門筆會請我擔任他們“李鵬翥紀念文學獎”的散文、小說的評審，我在散文組內讀到一篇描述蘇州小巷的文章，愛不釋手，讀了多次，就把我迷住了。當時我的推論是這樣的：能夠選擇蘇州小巷為書寫對象、又被澳門筆會選為參選的散文，怎麼說都有可觀和遊覽之處。

從此蘇州小巷烙印在我腦海深處，無法磨滅。這就是文學作品的厲害之處吧！如果寫得精彩，會讓人產生一種非去不可的強烈衝動。

蘇州的寒山寺已經少了張繼原詩《夜泊楓橋》的淒迷醉人味道，正如今天印尼的梭羅河已經和民歌《梭羅河》的抒情優美不能同日而語，都不看也罷；我也不太喜歡人工痕跡太明顯的園林，那麼就設法看看蘇州那由著名建築大師貝聿明設計的蘇州博物館、誠品書店和小巷吧！

絕沒想到一天的時間那麼不好用，最後竟然只完成漫步蘇州小巷一項。也許這是宿命，蘇州在日後還得再來一次。在上海。臨出發前發微信給周曉舟老師，打探蘇州小巷哪一條最負盛名？曉舟老師不愧為識途老馬，馬上回復，外行人走山塘道，內行人走平江路！意思是平江路才是蘇州小巷的真命天子。還自告奮勇，樂於全程陪我們走這條蘇州最出名的古巷。

從上海出發時，本是初冬的天氣一下子降溫，冷空氣中夾帶著如冷箭的微疼感覺，一陣陣撲面而來。幸好曉舟老師一頓飯下來，心生暖意，走在平江小巷上，也不怎麼冷了。最讓我意料之外的是小巷與一條小河相伴，河街相鄰，街巷交錯，而且基本上是直線到底。這是我在其他江南城鎮縣市所未曾見過的，太有風味了。以前在紹興、烏鎮、鳳凰城看過、走過的小巷都是兩邊樓房，有時甚至只是小樓的後巷。看看平江路那些小巷的名稱，就有什麼傳芳巷、獅子寺巷、東花橋巷、衛道觀前、中張家巷、丁香巷……據說，每一條巷都有傳說，都有故事！周老師說，戴望舒寫的那首名詩《雨巷》其地點就在此。不過那天腳步匆匆，來不及探望，事後百度，沒有找到戴望舒和丁香巷的淵源，倒讀到他那不如意的愛情和婚姻細節。戴望舒是杭州人，很有可能他因為愛的失意，將他理想的對愛的追求，都以象徵的手法，寫在《雨巷》裡了，那“一個丁香一樣的結著愁怨的姑娘”應該是他的真愛，也不妨視為只是一種象徵性的意象。在那其中一條小巷裡，還流傳著晚清狀元洪鈞娶16歲的賽金花做小妾的風流韻事。

慢慢地我們才知道蘇州的古名就叫平江，又因為這個平江以前有十井，這一帶又稱為“十泉裡”，像這樣“水陸並行，河街相鄰”的小巷，在我們走過的老街、古街當中，還是比較罕見的。那天文友金芳怕回程遇到上下班塞車，希望我們能在下午三點半就離開蘇州。我慢走時估計平江路約有3000米，但資料告訴我們只有長“1606.8米，寬3.2米”，這蘇州小巷“1985年改彈石路面為長方石人字形路面。2004年5月，平江路完成保護與整治工程，路面改建傳統長條石橫鋪徹成。”

曉舟老師說，這兒歷史悠久，至少已經有八百多年的歷史了。

天不作美，毛毛細雨從半空飄灑而來，在恍惚間不斷有三十年代的丁香姑娘在我們眼前走過……最沒想到的是在上海嘉定還有脫下外衣的機會，在蘇州平江路，恨不得脖子上多圍一條圍巾啊。

平江路實在太美了，不僅在於小巷的古味氤氳在半空中，令人產生一種思古之幽情，還在於雖然綠色灰色白色構成了平江路的主色，但不顯得單調，反而有一種清幽秀氣的美；不像一些江南水鄉，被商業氣息嚴重侵蝕，紅的三角旗，綠的塑膠桶、各種現代廣告的顏色字，不和諧的色彩大大破壞了大自然清淡的色調。

平江路實在太奇特了，雖然不稱為“巷”，卻是最有特色的巷，水路相伴，一直延伸到天際，可以想像得到八百年前街巷人聲鼎沸、河上船隻穿梭來往的熙熙攘攘的熱鬧景象。這兒的商鋪沒有其他一些水鄉那麼密集，令人眼花繚亂，喘不過氣來。這平路感覺稍寬，眼界放遠，灰白的初冬，一片高遠和空蒙。

平江路的橫街窄巷太幽深了，站在小巷口，只能隨便拍攝一張兩張巷口的模樣，在巷口探頭伸腦，卻沒有勇氣長驅直入，大步走進，生怕丁香姑娘還在閣樓熟睡，也還有可能看到賽金花在夫君洪鈞去世後，提著行囊準備離開豪宅的情景。

平江路旁的水也太秀麗了，柳絲默默飄垂，與河面的靜靜和諧地相守，那碧綠色的河水沒有一點兒渾黃，卻如深綠通透的翡翠河，在懷中刻繪出拱形石橋的清晰倒影，一旦橫臥在街道一側，就純粹是在等待著你攝影似的。河那一頭的民居小鋪，看到的只是後背，那灰黑的屋頂線條，下面是殘舊的白牆，實在也太江南了，一幅完美3D的水墨國畫；就在純粹的

暗色調中，突然，出現一幅齊人高的橙色旗袍剪紙樣貼在滿是暗綠色青苔的民居牆上，上寫“荷言旗袍”，右邊還懸掛著四個串在一起的紅燈籠，倒有一番特別景致的風味。

平江路也太文學了，一間又一間的建築物都不太，藝術設計奇特，已經不論早年就有，抑或後來翻新重來，看得出都耗費了足夠的心思；安靜的河面，冷寂的拱橋、綿長的人行窄路，都容易誘發一種文學的想像，滿足抽象文字的補充，那橋上，會否走過柔石《早春二月》裡的蕭澗秋？那緩緩滑過河面的乘客，回過頭來時，會否是驚鴻一瞥的魯迅？那蹲坐在石階上，在河邊浣衣的會否是從唐詩宋詞裡走出來的婦女？……

除了烏鎮還有原汁原味，氣派夠大、有不少當年的老屋子外，蘇州的小巷平江路，不失為蘇州的驕傲，那種河街相鄰就很獨特，不但是相鄰，其實也是相戀，生死相依，河之碧透讓古城區秀美，巷之綿長讓河流不顯單調。儘管寒意驟降，冷雨寒風刺面，這麼長的古巷有秦女士等文友同行，蘇州平江路之憶變得永恆而悠長了，那一天，很美。

走進從化春畫中

春天，人入春畫中；春天，雨下人銷魂。

攜帶一卷春天的故事出遊，尋一處寂靜的山村小屋，小住幾天。

牽日夕相處的老伴的手，坐兩小時的車程，走進嶺南從化的古村中，彷佛走進世外桃源。

春雨綿綿，春意忽冷忽暖中，三四月間，真難穿衣。

那次，抵達從化縣，天色已近晚。

當夜漸漸深沉，月被幾朵烏雲遮住，大地很快沉入夢鄉，萬籟寂靜中，百蟲開始奏起小合唱。

夜色一片靜謐，春意很是撩人，春風慵懶無力，卻是陣陣襲來，山村好似一夜無眠，有誰在閱讀嗎？青蛙蟋蟀乘興而起，對唱起《夜的小戀曲》，毫無忌憚，一唱到天明。

清晨，報曉鳥唱醒整個山村，還啼出東邊山頭的太陽露臉，放射溫柔光芒，晨曦撫摸起早人們的臉，有點涼涼，總算小小暖。

清晨，薄霧籠罩山村，清代遺下的古村落一片安寧，依稀夢幻中。昨夜星辰昨夜風，彷佛還依戀著美好的夜晚，回味昨日的炊煙嫋嫋；無奈百鳥爭鳴，吵醒湖底的許多小魚兒，連屋宇們也開始多少有點動靜了；也許，在有人還在與周公的親密糾纏中，農家人早早荷鋤去農耕了。

吃過早點，開始自由春遊。三五成群，三三兩兩，也有一對兒的，在毛毛細雨下撐傘慢行，雙雙對對好不親密。從來未曾在春季四月出遊，完全不知道春天的景色有多少美？更不曾在雨中漫步，感覺有多少好？自今天起，我才開始摒棄旅遊一定要選擇在秋天的偏見。春夏秋冬，每一季都有各自的好，不讓秋季專美。春有百花盛開，夏有海風送涼，秋有落葉壯觀，冬有圍爐溫馨。

看，綠的色彩鋪天蓋地而來，像有一隻巨人的手，掀翻一大桶綠色的瓊漿，將廣東從化宣星村的一草一木、石橋下流溪河的河水都染成了深淺不同的綠色，感覺到一種清洗眼睛和綠化心靈的舒服感。除了河岸那一列清代古建築呈現一種灰黑色、梅花的紅點綴了綠佈景外，那綠的草木、綠的河流，令人驚豔萬分，像是一幅巨大的春畫，我們在不知不覺中醉了，走了進去，成為了畫中人。

校友們很是好心，不斷主動地為我們拍照。在我們收藏的千百張照片中，這些照片也成了我們的最愛。

看，遊人如鯽走上古石橋，紛紛驚歎，流溪河像是一條寬大的綠色長毯，從天而降。活潑流動的河，而今好像被一層翠綠的草皮鋪得密不見水，仔細觀察是一種細小的綠萍瘋狂生長蔓延，將流溪河蓋得密密實實，好像穿上了一件大綠衣。

我忽發奇想，偌大一條河，如今被春之神眷顧，搖身一變，也好似變成了一個那麼大的足球場，只差了兩段的球門，就可以開賽了啊。此時此刻，好像看到兩隊球員在糾纏鏖戰，緊張熱烈，看臺上觀眾在拼命吶喊……亦幻亦真。

看，宣星村牌坊下不少人駐足留影。據說，那是因為村子出了第一位狀元莫宣卿而命名的。一位女遊客，撐著黑傘，穿著緊身長袖黑上衣，下著黑色白條花裙，笑容可掬地站在橋下

一角看著我。不知是誰，這麼面熟？

我仔細瞧瞧，她哪是別人？不正是妻子嗎？她也毫無嬌羞，才發現我被春色吸引住了，看景看得癡了，只顧拍照，沒留意到身邊人的她。她直說了，拍得那麼慢？他們都走遠了。我說，急什麼？不是自由活動嗎？反正有了集合時間和集合地點就可以了。我要拍點照。我也好快為她拍攝了幾張。

春雨停停下下，令我們臉兒、皮膚都癢癢的，只好打起傘來。各種各樣的傘就好像彩色的荷盤，在大地上飄浮，你來我往，擁擁擠擠，擦身而過；河邊，紅得嬌豔的梅花點綴著流溪河，就好像綠地毯上鏽上了紅花，倍加精神和悅目。

我們遊逛的宣星古村距離街口不遠，遊覽漫步的範圍也不很大，只是將祠堂、村屋、牌坊和古橋慢慢走了一遍。在春雨下，感覺到幾許浪漫；在邊游邊拍中，不覺時間流逝得很快，已經到了中午時間。很捨不得走出從化宣星村這幅畫。

這真是一幅絕美的春天畫卷。

多少年後，我們還會記得這一次春遊，在我們的生命小旅中成為最好讀的一章。

漳州行，手挽手

留影

時間猶如一匹快馬，留不住那踢踏踢踏的快速腳步，你的臉，我的臉，定格在那初見的一剎那，唯有留影。

你的手機，我的手機，還有他的相機……按完此機按那機。

我們在賓館留影，我們在花叢裡留影，我們在三館大廣場留影，我們在公園留影，我們在埭美古村河邊留影，在農家番仔樓天台上留影……

要說的話已經在網絡上暢快流瀉，見面時唯有深情對視。

默默細看，默默打量，一切都是那樣言行如一……

千言萬語的衷腸化為手挽手，同步在夜的漳州；輕輕的問候，猶如淺淺的溪流，緩緩流向彼此的心間。你我的內心都是一個深沉的大海洋，感情和友情的潛流只在海底深處澎湃和洶湧。

我們在吃飯時留影，我們在喝咖啡時留影，我們在天橋上留影……時間因我們的相約而珍貴；水仙鄉因我們的小聚而長相憶。

火龍

夜的漳州疑是大唐盛世再現，夜空竟有幾條火龍奔騰而去，那是詩和遠方？夜的漳州，定睛細看，真有數條火紅的長龍盤旋在都市上空，狂舞著，狂舞著，延伸到夜的深處，地的盡頭。

夜晚的水仙鄉，燈火那樣璀璨，那樣金碧輝煌，橋樑、人行道上空、亭台樓閣，都讓燈火勾勒出雄偉的身影；我們結伴走上雲端，彷彿騰雲駕霧，一會置身高空，看火龍舞夜空，一會走進群龍中，化為龍中龍，一起飛向蒼穹。

走在紅燈籠夾道歡迎的天橋上，鏡頭不斷定格，多少年後，我們依然與東方的龍同在，與方塊字同在。

一脈九龍江水在夜晚化為碧透水晶，遠處的拱橋，夜幕上的生動，江水中的朦朧。不知今夕何夕，如此動人魂魄，將這城托上天空，燒成火城。

午夜的漳州廣場上，已經沒有多少人行走，我們卻早就相約，在這晚，好想將水仙鄉的午夜走穿。

這一個冬夜，我們手挽手同行，漳州因我們的相聚而溫暖。

花市

憂鬱的心情會因花卉的色彩而釋懷，繃緊的表情將因花卉的姿容而綻開笑顏。

儘管春天的使者還在旅途中辛苦地趕路，一年四季裡從來沒有缺席過。

乍暖還寒的季節，花卉總是特別嬌嫩，一日有一日的精神，一季有一季的壯觀；紅艷豔的一叢叢，是三角梅嗎？和人兒的紅衣互襯得更加火紅。從南方一隅的小島到九龍江畔，三角梅一路迎春洶湧開放；今天的三角梅，不再是單一的紅，各種不同膚色的姐妹已經結在同一個母枝幹上，互相襯托彼此的美，告示不同色彩的三角梅花族團結在一個母體的偉大時代已經到來。

紅白交會下，雪白仙子們一盆盆地、整齊地編排在一起，正在努力加油，向上長、長、長，等待不久就要到來的春季。那時，一隻隻手兒，會捧著她們，帶回家，寄出國……讓她們爆開一青二白的清香的花！名不虛傳的水仙之鄉啊！

喜歡紅花白花的樂觀無憂開放，喜歡她們三五成群地呼喚春天，我們不也喜歡三五成群地對著鏡頭，歌頌友情嗎？我們不也喜歡展示最自然、最綽約的風姿讓留影天長地久嗎？

老厝

在番仔樓看老厝，老厝才好看。

在至高點上看老厝，欣賞老厝的整齊劃一和美麗壯觀；在藍天麗日下拍攝老厝，老厝一片磚紅，那是最美麗古老的風景。

我們的背後沒有電影海報上的英雄美女，也沒有高山大川、險崖猛瀑，就是那五百多年前的陳牆舊壁而已：我們喜歡站高望遠，看有情的歷史大書上，矗立著那麼多夢幻般的整齊模型，想像著是否有一隻神奇的魔手東捏捏西捏捏，塑成這些水上民居；我們多麼盼望能長上雙翼，穿梭在五百多年的時空裡，飛到每一棟陳氏子孫的屋頂上，趴著傾聽幾個朝代陳家子孫們柴鹽油米瓢鍋勺盆交響的悅耳而又不同的聲音。

在番仔樓的天台上看老厝，老厝很好看。我們看一望無際的老厝森林，驚訝於鬼斧神工和家族制度的高度契合，造就五百多年的驚世奇觀。

我們在紅瓦白牆、飛簷翹角的大背景前，爭先恐後地拍照，將現代的自己定格在廣闊的古厝海洋裡，自我迷失，不再走出來。

我們迷失在古厝的幽夢裡，發思古之幽情，從金門的民俗十八村到漳州的埭美古村，老厝究竟為什麼比現代的高樓大廈更好看？

古村

遺世的水上村落，如今一片寧靜，大半日不見一個人影。

見得太多日出月落、草衰草長和戰戈鐵馬、朝起朝滅的大古榕，一身的滄桑，卻依然深情地俯視九龍江支流的水；三百年的超級樹齡，雖然已經渾身綁著紗布、拄著拐杖，也始終比再長壽的人兒強！就是他，今天，一樣還在守護和蔭庇著陳氏世世代代子孫的平安。

兩百多棟整齊劃一的古厝，曾經是屬於熙熙攘攘，熱鬧不斷的水上居，如今遠觀竟然有一種特殊的感覺，像是平面的婆羅浮屠，其占地面積之廣，比那曠世佛塔有過之無不及；其造型，兼具模型和幾何整齊之美；其價值，還沒有被準確評價和充分挖掘……

走進一戶人家，屋主展開笑顏歡迎。是的，每一家都要日出而作，日出而息；每一戶都有各自的香火和人脈傳承，每一間房都有各自的愛情和婚姻的不絕故事。

農家

走進淳樸的鄉村，船兒靜靜，菜蔬青青，幾隻母雞在度步覓食。水中倒影了陸上屋宇樹木的影子。不見稚童嬉戲，不聞雞鴨奔逐。也許依然冬季，屋外依然寒冷？農村小寶寶們必然不喜歡不見太陽的冬季陰暗，選擇了母親溫暖的胸膛。

草兒萋萋，樹木寂寂。古村的午後，一切的舊年傳說往事有的已經隨風而逝，有的濃縮鐫刻在一塊碑石上，有的，多多少少變成了四方字躺在古籍的頁面裡……往昔的歲月，依據真人真事記載的，成了歷史；加上想像的，成了小說。

一位農家大嬸，竟日坐在小徑的轉角，守著擺上一點塑膠小玩具和農村點心的小攤，對著迷失道路的我們指點迷津，我們走出草叢湮沒的荒徑，果然，又聽到了人聲笑語。

背著襁褓中嬰兒的少婦，一邊招呼著我們，一邊烹茶、端壺、斟茶……最後端出了熱氣騰騰的幾盤菜餔，讓我們暫別城市，從盤子裡品嚐農家的熱情和廚藝，領略農家的悠閒、能乾和淳樸。

原味

從埭美古村民居的劃一壯觀，走到冬末春初的河邊，一路嗅聞泥土飄散空中的潮濕氣味，一路呼吸微風里傳遞的各種不同名目的花香；剛剛走進一家民居，了解他們的生活起居，又沿著靜靜的河水邊，一路欣賞農村的那種久違了的原汁原味風情。

喜歡翻閱唐詩宋詞，偶爾也對塵封的歷史演變埋頭沉思，嘆息於農家生活的繁瑣沉重，卻又欽佩他們的樂觀天命；喜歡走出城市，看田野的廣闊壯美，也喜歡農舍、石橋、河水的和諧悠閒，還有品嚐那沒有污染的朗天麗日、雲淡風輕。

埭美古村什麼都有，要山有山，要水有水，一幅幅淳樸無飾的鄉村美景畫面如電影鏡頭，在我們面前緩緩而過。看，對岸紅瓦白牆，青山綠樹，一條河水蜿蜒橫臥，一條小舟斜泊，一條長舟靠岸，青葙們不甘寂寞，伸出繁多的長長紅艷雞冠，為冬日河邊的空寂安靜和灰白色調點綴了少許暖色，平添了無數活潑，構成絕美的畫幅。

朦朧的水中影，多少年後，還會在我們的夢中輕輕搖盪。

咖啡

在都喝豆漿的方圓地帶，咖啡閣像是一朵異類花，蓓蕾初開。

咖啡閣主人一反鄉村常習，開設了小小咖啡館，推廣了咖啡文化。

懶洋洋的午後，館內磨聲呵呵，一室咖啡香的氤氳，繚繞不去；館外雅座上游客坐滿，笑語歡聲在水上飄揚迴響。

我們一邊慢呷濃郁的咖啡，一邊陷入沉思默想，思索生命和出遊的涵義，也趣談文字和友情的緣起。激情陣陣，一如久別的重逢。咖啡令人倦意全消，精神煥發，咖啡也使心情大美，話題精彩。沉默的，話語猶如被刺激的蜜蜂，到處飛揚，而且，漸漸入港；從前陌生的，因了咖啡作媒介而慢慢熟絡，進展一日千里。不是以文會友，如何相識；不是在虛擬的網絡世界里相逢，豈有今天的盛大節日！？

她睿智準確、大度爽快；她慎密周到，心細如針；她滿腹學問，坐言起行；她文采多姿，愛鄉情切；她善良智慧、樂觀大方；他呢？人淡如菊，不寫最累……都在咖啡館外因為交談而凸顯，因為交流而心暖。

在埭美古村的午後，有一家咖啡館，像是一朵不同族的花兒。

2020年1月4日

大美新疆之旅

從新疆旅遊回來快一個月了，可是心中的感觸和震撼久久未曾消失。歐洲歷史悠久，但去之前，似乎只是歷史教科書裡那些紙上冰冷的資料，平靜來去，激不起太多的漣漪，反而新疆這個自己國家的省份，覺得十分神秘而親切，阿拉木汗、克拉瑪依、戈壁灘、美麗的新疆少女、耳熟能詳的優美歌舞、天山、電影《冰山上的來客》……王瀚的"葡萄美酒夜光杯，欲飲琵琶馬上催"，李賀的"大漠沙如雪，燕山月似鉤"以及"角聲滿天秋色裡，塞上燕脂凝夜紫"….無不美得教人迷醉。但這樣的境界，我又覺得十分遙遠，好似在天之邊、地之陲，不可企及。

這次校友組織新疆旅遊團，雖然只有21個人，但分別來自印尼、新加坡、馬來西亞、泰國、中國大陸和特區香港、澳門。十一天的旅程遊遍北疆，大家說，艱辛而興奮，辛苦而值得！　異域風情的新疆，令我們眼界大開，感覺不同於遊歷中國其他省份。那就是——大而美。

沒到過新疆，真不知道中國國土這樣博大遼闊。從網路我們知道166萬平方公里面積的新疆是中國第一大省，是中國總面積的六分之一，相當於7個英國、3個法國、5個義大利、46個臺灣，這只是抽象的認知；走了一趟新疆，才親自體驗：每天從一個城市（或景點）到另一個縣城（或打卡地）平均至少都在300至500公里之間，每天能遊覽3個景點都算很多了。最後一天，我們從巴音布魯克到昌吉縣，距離近700公里，在著名的獨庫公路乘車幾乎10小時。這條公路也算景點，讓我們感受和體驗；它建在兩千多米海拔以上，橫穿天山，我們的團隊不可乘旅遊大巴，只能分乘幾部商務車，每部車5人。公路十年完成，每年冬季還因降雪結冰封閉8個月。一路上我們猶如欣賞寬銀幕電影，見到了無盡的草原、高山、湖泊、峽谷，景物奇特，目不暇給；也驚歎于新疆畜牧業的發達。看不盡的牛、馬、羊，望不完的滿山遍野的冷杉。所謂“一日遊四季，十裡不同天”也確不是誇張，我們短袖、長袖、外套都帶上，也都用上了，有時還一日幾度換裝。像行走獨庫公路這天，出發時還是秋季的十幾度度，到了中途山上的一個驛站停留，已經降溫到零下了，天上飄起雪花，又是雨又是雪，冷得直打哆嗦，令人驚訝萬分。一日穿越春夏秋冬，固然見證新疆之大，到每個景點參觀，也與其他省份的旅遊勝地不同。中國其他省份的景點一般距離車站不很遠，有的甚至走幾步路就到，而北疆的旅遊景點大抵有個規模巨大的旅遊中心（購票、入口和詢問處）它距離景點非常遠，進入之後，還需要在車站排隊候車，乘上大型旅遊車，有時還需要接駁小車。例如我們參觀遊覽魔鬼城，那是一個範圍很大的、經歷億萬年風蝕而成的寸草不長的荒涼地，乘56人座位的小火車逛一圈，還花了近乎一個小時哩。北疆所有景點都是如此，花在排隊的時間不少，那些景點，有些是位處高山峻嶺，距離公路很遠，步行有難度，變成了這類模式。地方太大了。每到一處，各地來的遊客人山人海，熱門省份遊過了，人們開始將目光投向像新疆這樣的邊陲之地。

沒到過新疆，也真不知道中國的新疆這樣壯麗。美麗有很多種，如絢麗、豔麗、清麗等等，新疆之美，與壯闊聯繫在一起，屬於一種壯麗。所有的景點都與小家子氣絕緣，而與大、遼闊連結，給人一種襟懷開闊、視野遠大之感。空中草原，一看上去就是一大片，牛馬羊像是點綴在其上的珍珠，無邊的冷杉如衛士在遠方連綿而去，上面就是像藍澄澄大海的天空和團團的雪白寶寶；新疆邊沿沒有海，但有湖,如賽裡木湖，大到好像看不到邊，乾淨透明，像是不真實的一泓夢幻，連天鵝也喜歡游戈其中；新疆的高山，統稱天山，在獨庫公路乘車，好像沒有窮盡似的，急湍的河流、終年積雪的山頂、險峻的山谷、綠得如翡翠的草原、溫順的羊群，都是變幻無窮而看不厭的壯麗景色；有些地方，太有特色，令人喜歡不已，如禾木村，原是蒙古圖瓦族和哈薩克族居住的傳統古老村莊，但古村新風，注入不少旅遊新元素，如今集花卉、河流，山巒、白樺樹林、小鋪、步行道、橋樑之大成，熱鬧而不失古樸，原始而不失美麗，堪稱現代的世外桃源；又如，我們遊覽禾木村當晚，就居住在海拔兩千多米的禾木星空度假酒店，所有的建築物都用木頭搭建，夜晚好寧靜；最美的是清晨，走出酒店，那感覺就像住在雲端，走到山頭，白雲和晨霧融合成一團大大長長的棉絮。三兩馬匹在吃草，一些人在拍攝遠山、晨曦和日光。這樣的天上人間，不知今夕何夕。

新疆大而美，還在人美、色彩美、裝飾美。少女皮膚皙白，眉清目秀，能歌善舞。有些餐廳裝飾得七彩繽紛，小自一頂新疆人的花帽、一盞吊著的彩燈，到衣裙的花紋配搭、一件背包的圖案，小小工藝品，大到一個屋頂、帳篷的設計、都力求色彩繽紛悅目。看來與新疆壯麗的山水給予的啟發和靈感，都無不有關係的吧。

能到新疆遊，真不枉此生！ 北疆去過，大家約定，來年再相會于南疆！

新疆協奏曲

草原

眼睛突然一亮，巨大的綠毯仿佛自天而降，沒有雜質，沒有其他色彩，鋪天蓋地，綠得驚心動魄，綠得舒服；天邊，一團團白棉般的雲彩裝飾著綠色草原；地平線上，一層層冷杉猶如無數衛士，守候綠得純淨的大草原。

沙塵消散處，有十幾人騎馬匹快速馳騁而來；遠處，是什麼像點點雲彩在旋轉和移動？定睛細看，那是可愛的綿羊，大片的白色中偶然滲雜著黑色和雜色，為安靜的綠山坡，增添不少生氣。

我喜歡綠草坪，那是特效的眼藥；我更喜歡大草原，在此為她拍下的，力求張張都是沙龍吧。

綿羊

看著就喜歡，在斜斜的綠色大山坡上，一列列地，一層層地，低著頭在靜靜地吃草。不知為什麼，覺得很是感人。

也許牠們不知道將來的命運會是什麼，反正，活著，就要努力肥壯自己；也許牠們已經明白了最後的結局，也沒關係，溫暖的皮毛經歷繁複的加工之後，成為皮草，披在萬物之靈的身上，貢獻給人類溫暖；軀體被烈火燒烤了，變成一隻烤全羊，在送進人們口中前，美麗的姑娘還載歌載舞一番，勝過人類告別儀式的慘慘戚戚。

首次見到幾百隻羊群的集體行走，有時向前慢移，有時像磨盤旋轉，極為壯觀；看到牧羊人騎馬殿后，助手小犬隨在一側，還看到羊群中有隻領頭羊率領整個族群前行。

據說，領頭羊一定是羊群中體格最健壯、跑得最快、聽力最好、眼觀六路、耳聽八方、思維最敏銳，最危險，也最有威望。人類，何嘗不如是。

牛群

我不知道祖國大地，牛的數量是否新疆最多；我也不知道，數十個省市的牛奶是否新疆產的數量最多，素質最好？

此生無數次在不同地方遇見牛，泛起深沉的感觸。春季，有的瘦骨伶仃還背負著沉重的犁翻土；夏季，難得樹蔭下休息和舔犢；秋季，看牠漸漸衰老；大除夕的團年飯，也許，牠就成了盤中餐。

想想也已很悽楚，也許牠知道被押上屠宰場意味著什麼，雙眼裡總是含著悲傷的眼淚，好像對著這世界作最後的告別和最黯然的一瞥。

在北疆，我們在溫暖的草原，看到你；在石山上，看到你；在獨庫盤旋公路上看到你，成群地過馬路；你們成群結隊，摩擦著身體，邁著緩慢的步伐向前不停地走，好似奔向不可知的“詩與前方”。

駱駝

雖然在繁華大都會緣慳一面，對你卻有莫名都好感。被譽為“沙漠之舟”的你，在茫茫戈壁灘陪伴旅人、負載重物，奉獻多少汗水卻默默無言。

烏爾禾魔鬼城荒漠上黑色的鐵鑄駱駝隊蜿蜒開去，驚鴻一瞥，已是永恆，那種驚心動魄的感覺，滿布身心一生。

在馬拉提空中草原沉睡著的駱駝啊，不意被主人驚醒，面向他口噴碎物；卻見來自遙遠東方之珠——香港的阿芬渴望牠、願意與牠親近的眼神，當阿芬一腳跨越牠的駝峰，猛然起身，乖乖讓朋友拍攝了《人與駱駝》的紀念照。

湖泊

沒有海、距離大海那麼遙遠的新疆，卻有大大小小無數的湖泊。每一個湖泊都靜謐溫柔，淡藍的湖水純淨猶如透明水晶；每一個湖泊也都浩瀚如海，岸邊的木架步行道漫長，直連天際。

有個少女在自導自演，對著自己架起的鏡頭好興奮地跳起了舞，一次又一次。是大自然這無可匹敵的雄偉佈景，鼓勵了她屢敗屢拍，直到完美無瑕？是太喜歡新疆的湖泊山巒，自戀得無法操控？

山莊

宛如一個世外桃源，自成一個部落。這兒有山也有水，有湍急的激流，有來這裡拍拖或度蜜月的年輕男女，也有夕陽殘照下，頭髮如雪，舉步維艱、攜手緩緩前行的老夫老妻。

白樺樹林間有騎馬的遊客緩緩穿過，禾木河邊的木板步行街遊人如鯽；禾木橋上擺個甫士都難，對不起，讓開一點好嗎？

大大小小的五顏六色小花努力開著，沒有向日葵集體的昂首接受太陽的偉大檢閱也不氣餒；讓遠方的來客欣賞而拍攝一兩張也不要緊。

細雨紛紛灑灑來到時，我們躲進小木屋中。咖啡香 彌漫空間，歡聲笑語傳染空氣，水生哥好熱心，買來四杯咖啡，談興頓開，消磨了一天的疲憊。

花卉

是黃菊或向日葵都不重要了，一張張如嬰兒的笑臉，看得人心暖又心醉。好想擰她那紅撲撲的臉頰一把。

草叢中彷彿有無數小蝴蝶飄舞，定睛細看，原來是繁花們不甘寂寞，裝飾著禾木大地。

五六個東南亞國家的團友，一起不遠萬里，來到了祖國的邊陲尋美探幽，一路牽手扶助，哪怕輪椅、拐杖全出動。我們就像小草，野花，隨遇而安，勇敢頑強，夕陽餘暉下，走遍祖國大地。

我們相遇於禾木，夜宿星空度假酒店，一享高原的夜涼如水。

馳騁

我們大半生在萬里紅塵中拼搏奔波，一身汗水；我們在名韁利鎖裡苦苦掙扎，終於豁然開竅，入世後瀟灑出世。

感激大自然這位偉大老師的教誨，讓我們看到自己的渺小，如滄海之一栗；我們何不都只是地球匆匆之過客而已？

馳騁，在大草原策騎前行：馳騁，躍越山川溪流，穿梭日月星辰；我們緊緊牽手，我們扶臂摟腰，我們一起揮手，告別私心小我，向自由王國馳騁，不分凌晨夜晚，馳騁，馳騁……

彩燈

彷佛不充分利用，就辜負了世間豐富的色彩：一頂小小的維吾爾族帽子，都那麼色彩繽紛；一個蝴蝶結，都生動得惹人喜愛。

商店裝飾得如過節，餐廳每一樣東西都以最美的面目出現。最喜歡的是那些琉璃燈，懸掛的，吊著的，牆上貼的，都出色美麗，將一件普通的生活用品都幻化成精緻的藝術品。

將平凡的生活打造成日日過的藝術節，日常也變得那麼精緻。

色彩

也許是受大自然的啟發，祖國的這麼一個碩大的花朵——新疆,山水、民居、商店，餐廳……無不絢爛豔麗，處處色彩，處處精采，處處動人。

餐廳，裝飾得華麗，層次豐富，一如小小的皇宮，又比皇宮溫馨，觸及一派溫暖，令人好感。能歌善舞的新疆少女為旅遊者增添幾分親切，合影，拍了一張又一張……

蔚藍的天空，雪白的雲朵，碧澄的湖水，青綠的草原，褐色的馬匹，橙色的花朵，紫色的打卡地，連皙白而精緻面孔的新疆姑娘，渾身也以美麗的色彩配搭……

早晨

禾木，早安。

夜宿木結構酒店，彷佛距離星空很近，沒有空調的夢竟也舒適無比，好似摘星就在咫尺之遠。

昨晚在咖啡的氤氳中入夢；今早在山巒的呼喚下蘇醒。

禾木，早安。

走出酒店，冷意襲人，空氣中彌漫陣陣泥土和青草的氣息。遠方的群山似乎還在沉睡，乳白色的雲彩混合了霧氣，像是搖籃的潔白花邊……

阿文站在前方呼喚，山那邊風景很美，可以去看看！好，一步步走，一步步都有小花們的不斷微笑致意，憐花惜草總是愛啊，留影，好，一起留影吧。

禾木，早安。

簡陋的籬笆，泥濘的土地，有馬兒低頭吃草，天色藍白中有黑灰；大地，像是塗抹了一片暗綠。遠處，好像有一群人在看什麼？我們像是站在天之涯，框起來就是一幅題為《禾木的早晨》的油畫；而一匹馬友善地走進畫框中。

風城

歸來的夢裡，常常聽到呼呼的風聲破空而來，一個人在午夜的魔鬼城走著走著，迷失了路，被張牙舞爪的群魔抓住而五馬分屍……

閉上眼睛，那一幕幕寸草不生的荒涼景象又在面前展開。像是石化的荒漠又像是外星人降落之地，鬼影幢幢。

彷彿從億萬年的年代吹來一陣怪風，喚醒了所有想像力。小火車迎著冷風，好快，穿梭在時間和空間交錯的空曠世紀裡，迷失了思維，模糊了所在。

無法不崇拜大自然的威力！浪花有牙，才能將海岸的石頭咬得齒痕處處；風兒有如利刀，才能將沙和石雕塑得如此鬼斧神工、千奇百怪！

歸來的夢境裡，我總是在這准格爾的烏爾禾風城走著走著，只看到星月下，背後拖了一個寂寞孤獨的影子。

四季

在香港，我們花一年的時間，才能體驗四季的色彩和滋味：在新疆，一日裡居然度過了春夏秋冬四季。

原不知道新疆如此廣大遼闊，而今明白了扔下十幾個小國的版圖依然綽綽有餘；不知道四季的劃分不是三個月，而只是幾個時辰。

剛剛脫下薄薄外套，旋即又得穿上厚厚棉襖。還在昨日午後，烈日當空，護膚霜塗滿雙臂，小徑的階梯一階階爬，汗水一顆顆從額頭滾下……

天山途中的小驛站，小解、祭肚，又有誰料到零下之外，還有鵝毛大雪紛紛灑灑，驚喜得熱帶來客激動張開雙臂大呼，下雪了——-聲震周圍的山谷……..

才舒心頭，又皺眉頭。一天瞬息萬變的氣候啊，讓我們驚喜、緊張又無奈。

山中

獨庫公路蜿蜒曲折，不時穿過山洞—-隧道。遙想無路的年代，我們也就沒有機會觀賞祖國那樣壯麗的河山，任由商務車載我們看車窗風景。

在兩千多米高的山中，看窗外的高山峻嶺，望兩側的大小碎石，又見汽車突然剎車，牧羊人帶領一大群牛馬羊穿過馬路，不禁浮想聯翩。牠們離開草原那麼遠，人和糧草如何解決；三種不同類的動物們看來和平共處得很好，遠勝人類與同類的戰爭和殘殺吧。

許多的大小碎石，必然是當年劈山開路留下的痕跡。安靜無聲，卻又歷歷在目，牽動人心。

公路

沒有一條公路，讓我們如此驚歎、眼界大開；也沒有一條公路，那麼長，好像駛不完似的。獨庫！

居高臨下，俯望下去，像是一條曲曲折折的長龍，雄偉地在天上蜿蜒。獨庫！

在風雪交加的山中驛站，來來去去的旅客擁擠不堪，天上的飄雪濕了顏面肩膀，地上的泥濘和水窪浸滿鞋襪。

在一份海報似的介紹前站住，文字讀得我眼睛發熱，那是說，十年劈路開山，十年犧牲壯烈，倒下了168位戰士！獨庫！

我從不知道幸福的日子裡也會有這樣壯麗感人的真事。獨庫啊！

儀式

儀式感是古來文明的傳承；是一種對生命的絕對尊重的文化行為；代代相傳，形成牢固的觀念。

遺體化妝師的最後儀式，結婚的隆重儀式，以及一家人佳節裡的各種儀式，無不被尊重，年年進行，代代弘揚。

在新疆短短的11天，我們集體經歷了兩次隆重儀式，都是烤全羊。如印尼的伊斯蘭黃薑飯儀式一樣，黃薑飯又稱黃飯塔，是爪哇島的一種習俗，或為產婦，孕婦，辟邪，祈禱大豐收，祈求保護，或為祈求平安和財運而設。烤全羊，讓一位德高望重者操第一刀，主持發言，幾個新疆女郎舞蹈一會，禮成。

在新疆，我們見證了兩次烤全羊儀式，隆重正式，熱鬧非凡！

2024年9月5日

2024年10月8日修訂

巴山蜀水散章

高鐵體驗

驚喜！從幾十年前稀罕東洋子彈列車的新奇，到今日搭上高鐵G2964，從西九龍到成都東，遙遙1600公里，高鐵，竟然可以這樣長而好！

震撼！跨山越省，朝發夕至。見證神州大地的驚人發展，欣賞高鐵如阡陌縱橫密佈，無遠弗屆。飛如龍，快如風！晨早的咖啡香還在肚腹氤氳未散，傍晚已見峨眉的金光在雲層散射。

讚賞！列車座位寬闊勝似飛機商務艙，洗手間蹲坐式齊全，列車平穩滑行一如躺在家中沙發上，高鐵好！

訪熊貓寶寶家園

也許與人類一樣，淪落他鄉，身價低賤，缺吃少穿，無法溫飽，頃刻就降為二三等公民；也許真的只有留在自己的川蜀家園最好，黃土地和大竹園裡才最適宜你有尊嚴地生活。

看，你們生活無憂，打滾翻、攀樹枝，睡懶覺，一派安寧幸福的模樣，我們也分享了你們的快樂。說話細細，不要喧嘩，腳步輕輕，不要大聲笑鬧，破壞你們的歲月靜好。

兩個黑眼圈，耳鼻三點黑，一身毛茸茸的雪白，好一團圓滾滾的可愛形象！於是我們這些爺爺奶奶級人馬都購下你的複製品帶回家，讓寶寶擁你在懷，夜夜有好夢。

瞻仰樂山大佛

昔日螢幕看您巨足上人如蟻，今天岷江船上終於近距離親眼瞻仰您七十余米高的巨大身軀。七米長的雙耳，隱藏您歷經朝興朝滅、長壽不倒的秘密。

船在水面上來來回回轉悠 ，思緒於歷史的隧道上穿梭飛越。

1200年的風風雨雨您是如何熬過來？沒有吊車也沒有起重機的歲月，彌勒大佛，您是如何最後正襟危坐摩崖邊，從此目光肅穆，大氣磅礴，傲視岷江、大渡河與青衣江交匯處的激流。

屹立、俯瞰大地蒼生的歷史遺跡，其偉大都一樣，當我們的想像之翼都難以展開飛翔的時候，古代的巧匠已經在超級腦網裡完成藍圖的繪畫，在大地上架木疊磚……

樂山大佛啊，您可曾想到，1200多年後的某日，我們這些小不點成群結隊在河船上爭先恐後舉起了無數個手機，將你我攝入一個方框畫面……

飛越雲海攀峨眉

哇，一百來人呼啦歡叫，如潮水入閘，沖進一個大方鐵廂中；哪怕送我們上天堂，也許都會義無反顧；哪怕金頂不勝寒，也要體驗千年名山的美，呼吸峨眉的一方空氣!哇，誰都要搶個最佳位置，以最佳視角捕捉最美的峨眉身影。

哇，雲絮如一團團的浮棉，連綿成雪般的海在攝人心魄地動盪，剛剛對準鏡頭，想要成就一 幀沙龍，焉知一瞬間大霧漫過，剩下茫茫一片 。

佛光、華藏寺、寺廟、梯階、雲海、還有那48米高的、象背上的十方普賢菩薩聖像，象徵48個願望和世人的十種心態，四周圍的地面是燭香高插，煙霧繚繞，出家人披著黃色袈裟膜拜合影，金佛組合高聳雲天，瞬間就有四季變更，十種天氣的變幻。剛剛是眉清目楚，分秒間已經大霧彌天，一切都忽隱忽現了。

金頂是一本大書，人創造了奇跡，在偉築面前，人又變成了滄海一粟。

聖象峨眉

一場好戲，拍爛手掌；一場好戲，一個高潮緊接著一個高潮。

百年來的川蜀民俗風情，如走馬燈慢慢列過；似一幅長長畫卷，徐徐展開。

挑擔的小販、持曬谷籮筐的美麗村姑、頂碗表演的女孩，還有在二樓看街景熱鬧、揮動小繡扇的小姐、愛看熱鬧的街道男女…….

最美美不過峨眉女神的戴歌戴舞，不是仙境，勝似仙境；最驚喜欽佩勝不過那位"我很醜，但我很能"的光頭藝人，小調流行相聲樣樣能，雜技武功絕招行行精……掌聲如雷，笑翻全場。

巨型蓮花上盛開出女體的一支獨秀；峨眉山巒上群猴出沒後，有兩男如鋼意志與柔軟體魄的糅合展示……你是否觀賞過無數美女襯托下，四個男女的精彩大型變臉演出？險惡人世的瞬間變臉我們遠離，舞臺上的大型變臉那才叫精彩紛呈，多多不妨。也許壓軸的群女簇擁大象金佛出巡，最是留在腦海深處，恒久不忘吧！

一場好戲，拍爛手掌；一場好戲，百看不厭，那是一次美的愉悅，一次綠化精神的旅遊，一次高尚藝術的審美體驗。

巴蜀風情

洪崖

在香港看夜景，必須俯瞰，太平山下，維港如蜿蜒的蛇，兩岸一片聳入夜空的發光森林；太平山上，遊客們激動和歡呼著，一手舉起相機，攝下天下第一夜景；一手伸長，很想摘幾顆星，裝進行李箱，帶回家。

在重慶賞夜景，都要仰看，有時覺得不知哪個朝代的城牆就在眼前，夜靜謐，不見守兵；另一側，一間間店鋪好像發光的瀑布從夜空垂下。馬路一邊人頭湧動，無數雙手指像小樹的枝芽伸向夜空，小販們在有限的地攤上吆喝著，創意的玩具吸引了洶湧而來的五湖四海來的遊客。

洪崖洞的夜，是個不眠之夜，手機在驚歎聲中對著向天而建築的夜市不停卡嚓，卡嚓。

老街

幾乎每一個有相當年齡的城市都有一條發思古之幽情的老街。有的老街被歲月的風雨磨損侵蝕，早就破爛不堪，需要重新裝修；有的老街風韻猶存，稍加打扮，就典雅美麗，顛倒眾生。重慶的老街磁器口，熱鬧嘈雜，買賣的吆喝、交談的聲音彷佛要將老街煮沸，升騰到天上。

賣特產的，為人剪紙、漫畫的，出租民族服裝還包攝影的，捏麵粉的……隨意走走，有好看的屋宇部落就拍攝下來。走出磁器口，兩手都是大袋小袋的。

穿廈

一列輕鐵軌遇見了一座大廈，也許各不相讓，也許互有好感，難得的遇見，要不我們就聯袂上演一齣“愛箭穿心”？讓世界的輕鐵同伴們驚喜驚喜，也顛覆一下地鐵總是在地底深處、看慣了那出地心旅行記的認知。

傍晚時分，在李子壩站下的馬路邊，無數黑壓壓的人頭在鑽動，等待一列輕鐵自如地在一座高樓大廈的肚腹裡輕鬆穿梭，相遇于現代大都會。

夜景

重慶的夜景真奇特，像走馬燈，三百六十度在我們眼前旋轉，旋轉，再也分不清是遊輪旋轉還是霓虹燈裝飾的大廈在旋轉？

甲板上無數人在歡呼，無數部手機向高處和遠處拍攝，一陣驚歎緊接著一陣驚歎，大橋像是燒紅的鋼鐵條從頭頂橫過，連接了江兩岸的燈火，不息的嘩嘩聲也猶如浪的波湧一浪高過一浪。

行李

雖然是身外物，依然是重要之物。沒有換衣服，渾身臭汗污穢，失去儀表也失去禮儀；沒有衣服遮掩身體，人將回到原始部落，而衣服，都藏在行李箱內。

清晨，我們從酒店拉著行李，送到司機手中，他把行李一一裝進汽車肚腹中；下船，扛夫把我們的行李挑到岸上去，分擔城市人的勞累。行李啊，可以是一箱珍貴的禮物，也可以是罪惡之負載。當一件失而復得的行李從萬里之遙的城市運回物主的手中，那行李，裝的已經不是東西，而是滿滿的真善美人性和人情。

幽深

到了宜昌土家風景區，才真正明白和理解了“幽深”這個詞。

小徑漫長蜿蜒彷彿沒有窮盡，石級之後是木階，上上下下，一邊欣賞綠得流油的蔥蘢林木，一邊傾聽猶如天籟的潺潺流水的琤琮。秋風拂來涼意，心間滿滿的詩意。

首次看到山水如此相戀，情有多深，風景就有多美。一幅一幅猶如身處仙境圖畫中，土家少女溪中浣衣，男女橋上對唱，漁夫江中捕魚，村莊裡，婚禮進行中，繡球高拋雲空中……

雨中

為了瞻仰屈原雕像，雨中，我們牽手，一段段階梯攀爬，一步步行走，觸目驚心。生怕不慎摔倒！

為了瞻仰屈原雕像 ，大雨滂沱中我們牽手，經過司馬遷撰寫的《屈原列傳》鐫刻全文，一路往上；雨中 遊客稀少。

大雨滂沱，像是千萬炎黃子孫在同聲一哭,為愛國詩人的冤屈；我們終於看到目光深遠的屈原雕像，我們留影；我們好像觸摸到他那一顆灼熱的紅心；我們穿梭到兩千多年前的楚國，在汨羅江邊，聽一曲《離騷》的歌，又回到今天。

雨中，為了瞻仰屈原，我們一路攀爬，不畏雨大路滑……

2024年11月18日

秀山麗水　暢遊長江

我沒有搭乘過祖國的大遊輪旅遊，六十年代受浪潮影響免費坐國產“美上美”大輪回國是一次例外，那次大家睡大艙，歷經七天七夜從雅加達丹絨不綠烏港口抵達廣州；在旅遊北歐的時候，從芬蘭搭遊輪到俄羅斯，不過那船不是國產的。除此之外乘坐的都只是比一般渡輪還大點的島際小汽輪。記得那年十二三歲，我和二姐從爪哇島雅加達到蘇門答臘島的小城市淡味拉汗，就乘載滿椰乾的小汽輪，首日夜晚就遇海上暴風雨太大而折回。

都說我們國家的造船技術突飛猛進，因此，我們多麼盼望試乘祖國的遊輪啊，也親炙一下世界第三長的、6300公里的長江。許多朋友都搭過遊輪過三峽了，不過旅遊業日新月異，今昔非比；這次我們乘的遊輪是一個系列，有好幾艘姐妹遊輪，連甲板共七層，最底下的那層安排了一個劇院，第二層是辦事的櫃檯，其他幾層分幾個等級，甲板供遊客觀看風景；最高一層有個小商場；第五層設計了一個小小圖書館。可以載客600多人。這次我們這個團參加的大都是中學時期的校友，共有32人。行程安排不錯，頭兩夜在重慶，三夜在遊輪渡過，最後一夜住在湖北的宜昌。在宜昌我們參觀了三峽大壩，瞻仰屈原紀念館的屈原塑像，還到三峽風景區土家族有山有水的美麗家鄉遊覽。

在重慶，我們馬不停蹄地參觀了聞名中外的洪崖洞，那一間又一間的餐食小鋪架床疊屋般地開在山壁上，有十幾層大廈高，上頭還有汽車行走的馬路，看上去太奇特了；還有就是親眼目睹了經常在視頻看到的列車穿過一座大廈的情景，確實令人歎為觀止；據說當年在這個李子壩站，建軌道和建大廈相遇，和平協商之下成功打造了這一幕；最後設計成各不相關的結構卻又穿行而過的模樣，開創了輕鐵通過城市建築的先例；還參觀了天下大足的地獄文化、石刻雕像；逛了老街磁器口；另外，乘纜車索道飛越長江，參觀周恩來公館；最後就是在遊輪出發的夜晚看重慶動人心魄的璀璨夜景。

三天在大遊輪，如果僅是在長江上，未免容易悶場，難得的是江上三日，節目一場緊接著一場，而且一場比一場精彩。我們三天來都上岸，遇到枯水季，岸邊水淺，遊輪停泊處離岸很遠，我們每次都要走相當遠的浮橋，再爬一個百來級的石階。在宜昌上岸，需要搬運好沉的行李，對我們這些有了一把年齡的人來說，非常吃力，一大早，還得勞煩挑夫集體行動，從遊輪上挑到岸上。

幾次統一安排或自費的節目，包括了到豐都鬼城領略地獄文化；到忠縣觀看大型實景山水劇《烽煙三國》，都令我們歎為觀止！尤其是《烽煙三國》，內地的此類大型山水劇，頗有看頭的是河南的《禪宗少林.音樂大典》、陝西的《長恨歌》，但更上一層樓的是《烽煙三國》，不但融合了現代科技，讓觀眾有如穿梭回到千餘年前；令人震驚的是除了3D效果外，部分座位還可以做180度的移動，和關公等諸位英雄人物近得彷彿可以握手問好。

我們還在奉節瞻仰白帝城，此城地勢險要，處於高處，攀爬非常吃力，地面設有人力轎子服務。75公斤以下收費一趟人民幣100元，超75公斤的則收150元。轎子是竹子編造的，兩位轎夫，一前一後扛著，登上那又陡又高的階梯，竹椅子左右搖擺，發出吱吱吱的聲響；看到轎夫們在大熱天背心濕了一大片，心中很不忍。在白帝城我們參觀了劉備托孤的塑像；還領會了李白因為當年走到這裡獲得大赦、心緒大喜寫的精彩詩篇《朝辭彩雲間》：**"朝辭白帝彩雲間，千里江陵一日還。兩岸猿聲啼不住，輕舟已過萬重山。"**實地感受和僅是紙面上理解絕對不同，必然深了一層。

再來是乘二十來人的小汽輪暢遊神女溪，那是精彩紛呈。山戀水，水戀山，秀峰麗水，美不勝收，東彎西轉疑無路，山明水秀又見天。神女石像高高矗立雲天，各種美麗傳說，柔美了胸襟，浪漫了情懷。年輕女導遊穿上民族服裝，一邊推銷商品，一邊動情起勁地唱起土家族的山歌，連江水都泛起浪花為她加油。

毫無疑問，大遊輪穿過三峽是這次乘遊輪暢遊長江的第一大盛事。三峽按先後為瞿塘峽、巫峽和西陵峽，每將駛過其中一峽，大輪都會提早廣播通知，遊客們都爭先恐後湧上到甲板上，佔據最佳位置，用最好角度拍攝三峽的雄偉姿態，當幾百部手機伸向天空，那些手臂像無數奇特的樹枝一起伸向太陽，伴隨著一陣又一陣的嘩嘩聲，非常壯觀和感人。

重慶、長江三峽遊確實非常值得體驗，祖國的壯麗山河一點兒都不必吹噓。

長江的歌

長江

長江，像是一條龐大碩長的巨龍，蜿蜒、躺臥在神州大地，見證了秦漢風雨，唐宋盛衰；陪伴了千古一月，看慣了日出日落；以其豐富的乳汁，哺育了兩岸的土地，滋養了多少萬物眾生。你廣淼的兩岸土地，草木豐茂地成長，金戈鐵馬蹂躪之下，也流傳許多美好傳說，滋生無數文化經典。

長江，你在造福世世代代炎黃子孫的同時，百年來也帶來一次又一次的災難，洪水破夢，多少老百姓的民居被淹沒而塌毀，流離失所；多少傷心故事重演。從三過家門而不入的大禹治水到歷代上下的不懈努力，終於龜蛇動，起宏圖，長江大壩立，像是一個大人物，有了自己的龐大“三峽工程博物館”。

長江，你也是古代文人墨客的靈感之母，讓他們揮灑多少名篇佳章，無論是流放夜郎而走到白帝城、獲得大赦性情狂喜而高唱”千里江陵一日還“的李白，還是貶謫黃州、散步到此，看到長江天地景色回想三國前塵往事而發出“亂石穿空，驚濤拍案，卷起千堆雪”驚歎的蘇軾；無論是描述“風急天高猿嘯哀”“巫山巫峽氣蕭森”的杜甫，還是書寫“潮平兩岸闊，風正一帆懸”的王灣；還有那騎鶴西去的崔顥……長江，縱然萬山沉沒，海水枯乾，你已經在詩人們的千冊萬卷永存而源源流長。

長江，我們何其幸運和幸福，2024年10月13日至15日，我們被妳輕撫，被妳抱擁，三天三夜，最近距離地聽到妳的呼吸，妳的氣味，親炙妳的溫暖而巨大的胸膛，一生一世再也難忘。

長江，六千三百公里長的長龍，穿越神州十一個省，也流過每一個炎黃子孫的心海，大氣磅礴，稍一觸及，就心潮激蕩而至洶湧澎湃。

山水

沒有到長江，不知道山水兩字怎麼寫；沒有到過長江，不知道什麼是真正的山水。我們過去見過的山，張家界的山、黃山、峨眉山、泰山，一山比一山高，層巒疊嶂，形成長長山脈，但缺乏了水的陪伴、關懷和溫柔，未免顯得剛強雄偉有餘，柔情溫暖不足；過去見過的水，無論大江或大海，一泓一泓的，一覽無遺，茫茫無邊連天際，不見山的露面和護衛，未免顯得深沉柔軟有餘，險峻剛硬太缺。

長江的山水，以三峽為代表，一山有一山的風格和姿態，像是幾千年前就有約，一旦相約就一起冒出水面，遙遙相對，默默守望，含情默默地望著安靜流動的江水，默默目送一個個乘小舟來往的文人墨客；山與山相望，看雲起雲落；水與水相連，以浪花作音符，奏起浪起浪落的不息之曲。

山水相連，是長江三峽的奇觀；山山水水一世相依，為山水戀歌寫下最動人的情歌。月下，乘一葉小舟，聆聽李白的狂喜之歌，也慢唱我們的新曲。

沒有到過長江，不知道山水情感如此緊密，蔚成大自然的奇觀，迎來遊輪甲板上無數雙好奇的眼睛；向三峽山水致意，我們舉起了手機和相機；向三峽山水致敬，我們爭先恐後跑到甲板上，一起歡呼；我們和秀麗的長江山水同在，快快為我，為我們按下你手機的快門。

階梯

總是那麼多的階梯，為了觀看和遊覽一些不易再來的景點；總是需要開動兩腿，攀爬那些又陡又窄的階梯，猶如田徑圈上的跨欄，一欄一欄地跨越；人生路上，何嘗不是這樣的跨過一塊又一塊的絆腳石，直達生命的重點。

海陸空的工具都用上了，還動用了11號這最原始的人類工具——一雙腿。從遊輪走到一截一截銜接的浮橋，不下一公里遠；然後，再從江面的浮橋攀爬那一兩百階的石階，再慢慢地走到那長途旅遊車停車處。

在每一個景點，幾乎都沒有不需要攀爬階梯就能看到的景點。在新疆，你要在空中草原馳騁，需要爬數百級的階梯；古時候，似乎古人都喜歡將祠廟建在山的高處；古時候，都沒有路，披荊斬棘之下，開闢出一條泥土的路，慢慢地根據需要，鋪上了石頭，成了石頭階梯，也就是路了。

少年時候，我們到處旅遊，在階梯上攀爬如飛，覺得有趣；人到中年，我們走一步算一步，不拍揮汗如雨；夕陽的斜暉下，我們走一步都覺得千斤重，緊緊抓住扶欄或另一半的手，喘著大氣，向後面的團友舉起勝利的手指。

轎夫

登白帝，想像不來，為什麼白帝廟建得那麼高？也許為了居高臨下，雄望長江，傲視敵軍？想像不來，千年前的古人，沒有路的時候，如何攀爬到最高處？

登白帝，想聽聽劉備在此托孤的故事；也渴望聽聽李白寫下那麼精彩的《朝辭白帝城》的環境是個什麼模樣？

登白帝，忽然看到了最艱難的行業——抬轎上山，心中一震。各地各種最簡易的原始交通工具一一從眼前掠過。東南亞的的三輪車畢竟有人駕馭，靠輪子轉動；舊年代的中國，有人力車，乘客拉著跑，而今早就絕跡。

怎麼辦呢？馬牛載人，他們畢竟是畜生；而轎夫卻是人類、同胞；怎麼辦呢？猶豫無法平衡內心的七上八下，時間短促真無法容許等待太久人性同情和同理心的衡量。

一老一少轎夫的短上衣早已經被淋漓大汗濕透，不知這是第幾趟了；一老一少抬著城市來的我們，將竹轎左右搖晃得吱吱吱作響，恍惚在空中發夢。非常陡斜的石階，一邊是上下來去的人流；一邊是搖動中的竹轎隊伍，吱吱吱的轎子隊伍不斷晃動，也不斷升高，迄今依然響在我耳際……

鬼城

鬼城豐都，早就如雷貫耳的名字；好想看看閻羅王和判官們的模樣，還有那黑白無常、牛頭馬面，牛鬼蛇神，孟婆……沒想到都一應俱全，鬼城！不愧為鬼城的稱號！原來地獄的一整套懲惡揚善的司法制度，在此竟有如此完整的展示。

氣氛果然陰森；一個個造型古怪，面目猙獰；唯有在孟婆莊內，氣氛詭異，一隻隻巨型的紫藍色金魚模型，被懸掛在半空，生動地在水中遊動似的，中和和沖淡了不安的陰間氣氛。我在莊門口欣賞楹聯——‘拿起就是放下，一湯品味三生’，沉思良久。

好想嘗一嘗孟婆製作的孟婆湯，是否可以試喝？可是不見她行蹤，也許忙什麼去了？在奈何橋邊的茶檔出售孟婆湯？好

想再問問她有沒有研磨成粉狀並製作入小袋，再若干包裝成大包出售？孟婆湯，是否真的用五味作料，將忘川旁的草藥加上河水熬制，彙集了人世間的酸甜苦辣、鹹澀腥沖，還是以八淚為引，用一滴生淚，二錢老淚，三分苦淚、四杯悔淚、五寸相思淚、六盅病中淚、七尺別離淚、你的傷心淚，去其苦澀，留其甘芳，煎熬一生方成的呢？

可是我又擔心，以我們此類凡夫俗子，還在人世間，一湯下喉，是忘情，忘魂，還是忽變癡呆，記憶突然障礙？不如，在不久的將來，走到奈何橋，請你在奈何橋邊等等我、接接我。我要告白，來世，我還是願意再追她一次。

小書

一套六本的《豐都傳說》連環圖勾起了久遠的兒時記憶。那些開本小小的小人書，有時也被稱為連環圖畫，伴隨著我們從小不點的小孩子成長為大人。從三國到西遊記，再從岳飛到薛仁貴……

時光很快倒流，小時候，我們流鼻涕、穿開襠褲，調皮搗蛋，唯有連環圖畫可以讓我們的靈魂安靜，在租書攤的小木凳上消磨半日；小時候我們向父母討錢買冰條，節省的時候很少，都是為了買本（套）連環圖……

在鬼城豐都，我們買了一套鬼城故事，多麼情不自禁；回家後，夜燈下，翻看這些小人書，雖然我們已經頭禿髮稀少，卻仿佛又驀然回到了童年時光。

么妹

么妹一身的少數民族服裝，舉著標誌性旗幟，帶領我們走過浮橋，乘搭漂亮的小遊船，開始在神女溪暢遊，觀看長江數不清的好山好水；么妹不知生長在哪一戶人家？每天都那樣地精神抖擻地帶領一團一團的遊客上船下船，像是神女派來的小女將。

神女溪的山水多麼神奇，小船七拐八彎地好像沒盡頭，山窮水盡疑無路，柳暗花明又一山；有的山高，有的山低；有的山披頭散髮，綠意正茂；有的山如女子短髮初剪，露出黃褐色的頭。但秀麗的姿態令我們都需要仰視，驚喜於長江的神女如此婀娜多嬌，布下如此巧妙的山水連袂舞長江的好戲。船窗不時掠過另一隻遊船裡團友的笑臉和揮手，也不時看到地球修理師傅攀山附壁地為一些山按摩修飾。

窗外有好風景，綠化，悅目；船內有么妹，解說生動，聽出耳油；一時又大展歌喉，又是號召搞互動，又是拍掌配合節奏，她每一天都充滿了陽光和朝氣，每一句話都說得那樣起勁和富有鼓動性，一船滿是山歌飛揚，連高處的神女也俯身含笑，豎起拇指向她點贊。

神女溪，山山都秀麗好看，么妹的歌聲如今也還遠遠傳來。

山水有相逢

八月十五中秋那晚，山俊躺在遊輪的睡床上輾轉反復無法入眠。臨海門簾開了半米闊的縫，一輪黃澄澄的圓月如大月餅懸掛在海天之上，莫名的惆悵湧上心頭。不知為什麼？

手握手機，叮噹，跳出三行字。是太太的：

～你後晚到家，我後天一早帶潮汕團，三天后才回家。

唉！他輕輕歎了一口氣。心海上翻騰著「陰差陽錯」「聚少離多」那些成語。

～問好水櫻。微信又跳出太太寫的字。山俊的心一突。

他沒有睡意，等到午夜兩點多，水櫻依然沒有音訊發過來。半個月前約好明早在連盛市會合。明天淩晨，遊輪就泊在連盛市，她居然一些細節都沒說好。躺在床上呆望天花板，二十幾年前的往事如錄影機回帶。

那時他和水櫻相遇於一次十省聯辦的頒獎典禮，他和水櫻都被評為優秀導遊獎，就此相識。水櫻明眸皓齒，笑容甜美，誰看了都想親她一口，當然，山俊更是想；他英俊帥氣，個子高大，也一下子惹得水櫻好感心動。初見，山俊甭說了，一夜不成眠，暗下決心把她追到手……

看看表，淩晨5時。還有一個小時，遊輪就停泊在連盛市。山俊翻起身，著急地每隔一分鐘就看手機，水櫻可有發訊息來？還是沒有。回想最近半年難得恢復聯絡，他求她發張照片給他看看，她就是不肯，還惡作劇地寫道：

～看什麼？都四十來的老太婆了。女人老得比男人快。

二十年前，他們那種若即若離的、真假難分的感情很惹同行猜疑。那時兩湖成為最熱門的旅遊線、老天有眼，常常讓他倆各舉一面三角形旅遊旗在一些景點相遇，居然還不時成為最佳拍檔。無論服務的哪一方面，都獲公司滿意並表揚，羨煞同業員工。由於兩人顏值極高，被稱為“花兒與少年”……

看看錶，5點半。山俊洗漱完畢，站在船邊看海，天色徐徐發白。遊輪在慢慢前行。看看手機，依然沒有訊息。他歎了一口氣。低頭看江水，水中晃動著水櫻美麗的臉，在對他笑。

是的，就是那種笑得很純真很甜蜜的樣子，令他迷醉，無法抗拒。不是每種笑都好看，但笑的女生可愛甜美。最驚人的發現和感觸，還在於在旅遊車講解時，她一反女導遊那種嬌嗲、歷史故事的避重就輕，竟然可以滔滔不絕、倒背如流將楚國歷史或三國演義講足一個多小時，年代還精確無誤。山俊簡直在一側聽得傻眼了，心中歎道，不是美女而已，竟然還是個大才女！山俊也許不知道，水櫻對他也很驚豔。有次看到他一手把遊客皮箱拉完上車；有次她要交接事情，她上酒店運動房找他，看到他赤裸上半身的背影，他兩手正抓著啞鈴上下訓練，虎背熊腰渾身是汗，背部三角肌一塊塊凸顯，看得她一顆芳心砰砰亂跳；山俊猛然回頭，羞得水櫻滿臉通紅……

6點，遊輪停泊在距連盛市岸上七八百米遠的海面上。山俊到四樓餐廳簡單地吃了一碗面，看到好幾個團友在吃早餐，一一打招呼後，再次強調了集合的時間。

叮噹一聲，山俊手機終於出現水櫻發來的一行字~我們的車號WW1314.

好的，團友7點半出發，上岸連上車時間8點左右，最遲8點15分就可以開車了。他遠遠看到岸上長途旅遊車已經密集，多達十幾輛，一顆渴望見到她的心，又突突突猛烈跳起來。以致一旁有位團友問他什麼，他才久久回過神來。

岸上的水櫻也不住地看手機和時間，發出車號的訊息後，才發覺幾日來強裝平常心、好似不去想他，一切都是假。還是丈夫最暖心，知道山俊要帶客來，調侃她~這三天就給你思想放假，允許妳購買一部時間穿梭機，回到少女時代吧，哈哈……

8點，山俊走在前頭，遠遠就看到水櫻的橙色旗幟在揮動。想到當年擁抱親吻過的花兒，近乎二十年會變成什麼樣子？他心在悸動；也許她有意開他玩笑，將一張臉若隱若現地閃爍在那旗後面。她也遠遠看到了他黃色的旗，他帥氣如昔，歲月只在他下巴添了一圈黑須，倍增幾分威武男子的性感，那雙可以穿透女性秘密的眼睛令她不敢正視，她的心，也悸動起來。

團友上車了，他和她面對面站著，兩人激動得笑個不停。

~什麼老太婆？妳還是二十年前的樣子，一點都沒變，從面容到身材；只是添了幾分成熟美。老天有眼，把你冷藏，將妳凍齡，山俊說；好想將她再次擁入懷裡，以表示他對她的喜歡和欣賞；但畢竟今日不同往時了，有了幾分顧忌；兩人的手只是緊緊相握，緊緊、猛力地甩搖，感覺有電流穿過。

~你看上去不出三十。沒有肚腩。還是那樣玉樹臨風。獲頒金牌導遊的報導我都讀了，真了不起。水櫻的手被握得很疼，喊叫，我們也該上車了。

40名團友眼睛一亮，當水櫻出現在車頭開始自我介紹。她戴淺褐得近白色的鴨舌帽，一幅遮陽鏡環在帽子上，緊身白色上衣，黑長褲白運動鞋。將一件黑色毛衣系綁在腰間。她邊說，邊笑個不停。看得出心情特別好，二十年後，居然在連盛的山水間可以相遇當年的英俊少年。

山俊站在一旁忙碌，看得出大家似乎很喜歡水櫻，當她說完話，山俊再也忍不住激動。

~二十年後，在連盛的山水間，老天居然恩賜我與當年的花兒相逢。——他的第一句就吸引了大家~這位大美女水櫻，二十年前我追求過她，今天是我們二十年後的第一次相遇……

哇，哇，哇，那樣精彩的故事，只有在小說裡才有。團友們喜得大叫，八十隻眼睛，都望著情不自禁的山俊和滿臉通紅的水櫻，她不住地笑，滿意地聽山俊對她的讚美，二十年前被山俊追求的感覺又湧上心頭。這時的山俊以最精煉的語言說完了他們初戀分手的原因——大家都不願意離開自己的家。

水櫻附和道，是的，他不願意離開他南方的木川市，我不願意離開中原的連盛市。然後也回敬山俊對她的讚美說：

~我都有變化了，他還是那樣玉樹臨風，青春無敵，我哪裡配得上他…….

晚餐後，山俊和水櫻站在酒店外的空地上，山俊建議到水櫻房間談天，水櫻猶豫，山俊明白孤男寡女的情景可能令她有所顧慮，便開玩笑道，我不帶酒，只是清談。聽到“清談”這兩字，水櫻咯咯大笑起來。

此時，她接到一個電話，說了幾句，對山俊說，是女兒來的電話。山俊說，那我們早點休息。明天還有一天，我可以儘量幫妳。水櫻感激地主動抓住他的手，暖暖的如二十年前的溫度。在九樓最末一個房間，山俊目送她動人的含情默默的臉露在門縫間，慢慢關閉。

明天是與她相處的最後一天，不知何時會再見。他想。

水櫻關了門，靠在門後很久，遐思如縷，也想著，千山萬水總是情，山水必會再相逢吧。

白帝城散記

今年（2024）旅遊方面有許多精彩和收穫，例如遊覽遙遠的新疆，坐船暢遊長江看三峽，那樣有難度的旅行居然都做夢一般地實現了。我們希望和期待能到古代的絲綢之路走一趟，重溫那時的繁華和今天的新貌。

參團旅行，最好事前有發旅程表或小冊子，做到心中有數。許多人旅遊回來，這些資料都丟棄了，我卻喜歡暫存一段時間，幫助回味和記憶。我看到長江三峽遊行程中乘遊輪三天中有四度上岸參加自費活動的節目，一一細看，進豐都鬼城、看《烽煙三國》大戲，登白帝城，於是就對瑞芬說，這幾個地方名氣都很大，我們都要參加，來一趟不容易。

雖然長江在枯水季節遊輪停泊的地方距離岸上很遠，看來不下於一公里，最後還得攀爬那幾百階的石級，對於腿不好的年紀又大的人是個挑戰，我和瑞芬還好，彼此都把對方當拐杖，這次牽手走完所有需要走的階梯，也幸虧幾個歷史名城確實留下了許多精彩故事，讓我們重溫了一些經典。

白帝城因有許多唐宋詩人、詞人先後留下詩詞，又被稱為“詩城”，非常期待。如杜甫、李白、蘇東波、劉禹錫、白居易、陸游、黃庭堅等。這樣的地方怎可以不上去看看？

白帝城位於重慶奉節縣白帝鎮白帝山上，處於瞿塘峽口長江北岸，地勢比較高，歷來是兵家必爭之地。攀爬登白帝城有數百級石階梯，又窄又陡。到了還要攀爬一段路。走了多日的團友，兩腳已經非常痠痛，管理白帝城的部門想得非常周到，安排了一批人力竹轎，那轎是由竹子簡易搭成，兩個轎夫一前一後抬上山，按體重論價，來回人民幣200元至400元。看著一前一後的轎夫，上衣濕了一大片，聽著轎子左右搖擺時發出的吱吱吱聲，很吃力地將遊客抬上去，不禁感慨，時至今日，還存在這樣的特殊行業，但又是那麼需要。瑞芬喜歡和各行業的人打交道，問他們一天做幾趟，較年輕的一位說大約十趟。我們來回都坐了，瑞芬還給了港幣小費。轎夫都很稀罕。

白帝城名字來源於“西漢末年公孫述據蜀，在山上築城，因城中一井常冒白氣，宛如白龍，便借此自號白帝，並名此城為白帝城。公孫述死後，當地人在山上建廟立公孫述像，稱白帝廟。“（網路資料摘錄）”攀爬上來，主要還是為了劉備托孤的故事，這在三國故事裡是個重頭戲，我們就來到紀念和描述這一幕歷史的大型塑像仔細看和拍照。眼前看到的是，劉備戰敗後，一病不起，臥於床榻上，身邊站著一個侍女；在眾謀士、文臣和武將的環繞下，就在這兒托孤。右側是趙雲（長半坡上抱阿斗力戰群雄），左側站著諸葛亮，而他跟前，跪着劉備兩個兒子劉表和同父異母的弟弟劉理。回港久久望著這一張照片，產生一些疑惑：為什麼不見劉嬋（阿斗）？我懷疑那背向我們、看不見面孔的侍女也許就是劉禪，畢竟那年代有些朝代的男女打扮性度特徵不明顯。我用微信問導遊阿文，他說那是一位侍女；我又用微信再問宜昌導遊海鷹，為什麼托孤不見劉禪？托孤應該是長子接位啊。海鷹是女導遊，楚國史和三國史修得滾瓜爛熟，很快地回答我說，太子在成都監國。朝中不能沒有人，只要有坐鎮的人在，朝中新老權貴就不敢輕舉妄動。兩位導遊最後還謙虛地說，他們是這麼覺得的，不知是否正確。我覺得很對。就這樣，查閱、求教，化了大半天，這旅遊的一幕，給我上了一課。劉禪不在現場值得推敲，看史料，劉備臨終與諸葛亮、趙雲都有一番話，可是在解讀方面，也引起了很大的爭議。這已經是另外一個話題了。

由此可見，有人說，讀萬卷書，行萬里路，人的時間和精力有限，那是很難做到的；有時候，或在某種意義來說，行萬里路，就也包含了讀萬卷書之意。人生是一部大書，大地、歷史何嘗不也是一部大書？

解讀了劉備托孤塑像的疑惑後，李白那首著名的《早辭白帝城》據說也是路經白帝城時所寫，引起我的莫大興趣。我在那十年"讀書無用論"的年代，說是五年大學，實際上只是讀了一年，古典文學完全缺課；少得可憐的詩詞知識僅靠中學課本所載、老師傳授和自己自修，最喜歡購買的書都是唐詩宋詞賞析一類書籍。我始終認為那是中國文學的最高峰，後來的文學已經很難達到那樣精煉的境界。

李白的這首詩令白帝城聲名大噪，也是我和瑞芬來此一遊的第二原因。試讀："**朝辭白帝彩雲間，千里江陵一日還。兩岸猿聲啼不住，輕舟已過萬重山。**"以前粗粗匆匆讀此詩，以為只是單純的寫景旅遊詩詞，來到當年李白詩情大發的實地後，感觸不同。回來，寫報導時為了更多瞭解此詩的來龍去脈，翻查力所能及搜羅到的文字資料，才體會到司空圖詩品中說的，一切景語俱為情語，不愧為至理名言。李白此詩，哪裡是什麼單純的寫景？759年，他因永王璘謀反的牽連而被流放，在往夜郎（貴州境內）途中，走到夔州白帝城，忽獲大赦通知，大喜，於是寫下了這首詩。李白借詩寫出了自己愉快心情，表殼是景物，內蘊卻是表達了愉悅的心情。全詩寫得輕快、靈動、給人一種氣勢磅礴的感覺，將詩人輕鬆愉快的心情表達得淋漓盡致。最妙的是全詩動用了視覺、聽覺、感覺，以誇張、比喻等手法，描述了行舟速度之快，令人歎為觀止。

"朝辭白雲彩雲間"，一般來說，出太陽的早晨，天空未必比夕陽無限好的黃昏天空那樣色彩斑斕，可是李白獲得大赦，心情特別激動，於是"朝辭白帝彩雲間"，他看到的早晨天空就特別燦爛美麗；"千里江陵一日還"，從白帝城到江陵（今湖北荊州）大約一千兩百公里，江陵雖然不是李白的故鄉，但據說他的妻子住在這裡。"千里"代表空間的距離，"一日"代表24個時辰的時間，以空間對時間，也就是今天說的所謂時速了，抽象的時速被詩人形象化，一個"還"字非常精彩，不管那江陵是不是家鄉了，反正大赦的心情特別好，一日之內到達了目的地。

最精彩的是末兩句，"兩岸猿聲啼不住，輕舟已過萬重山"，首先是舟之輕和山之重相對，有一種比較之美；其次，從單純寫景來說，這兩句也發揮了豐富和神奇的想像力，輕舟是順水而流的，並非固定泊在何處，因此猿聲之不斷，和萬重山絕對有關係，從聲音之不絕，寫出了層巒疊嶂的三峽特別景色，一重重的山特別雄偉，就在這樣雄偉的長江景色中，輕舟輕輕順流而下。我們今天不易有這種感覺了，畢竟像世紀榮耀號這樣的1.5萬噸遊輪非常超大型，比千餘年前的輕舟速度肯定很快，但已經沒有李白那種"還""過"的激情了——他終於又跨過他人生中一道艱難的檻！難怪明人楊慎讚美李白此作"驚風雨而泣鬼神"。

旅遊回來細細閱讀詩詞的奧妙和真義，真正體驗到了"行萬里路"本身就是在讀一本大書，那樣奇異的充滿浪漫色彩的詩詞，原來還有那樣多的知識和微妙。

為出色的阿文鼓掌

寫文章寫了半個世紀，如果要問最深的感受是什麼？我想有兩條，一是盡努力把文章寫好；二是不寫最累。盡力寫了，依然欠好，事關天份和水準，非戰之罪；不寫感覺最累，說明寫成了習慣，假以時日，就可以將文字運作得嫺熟。

一個旅行團的領隊兼導遊也是，能力或有高低，但盡了責，也就對得起良心。好或差的評價，只能任由他人評說了；差，也許事關能力，何況評價未必全說得正確。

我對阿文說，我要寫篇《阿文頌》，他以為我說笑，我說，是認真的，我幾乎所有小小說的主角都是小人物；我們的世界基本上都是由小人物組成。他們在平凡的崗位上，盡忠職守，散發了人性的光輝，行行出狀元。

阿文就是這樣的資深領隊兼導遊。

領隊兼導遊素質的優劣，對旅行社的名譽和業務關係與影響巨大。

阿文因李天亮熟悉而被請來做我們“2024年仲秋新疆游”的領隊兼導遊。在紅磡大環山的金蘭會所的茶話會上，他對十一天的行程做了詳細的介紹，還解答疑問。這個時候的印象，僅在外觀，看上去的他，不愧為一位大帥哥。

之後在途中的11天，他的出色，爆了大冷。他不僅有英俊帥氣的、迷倒女性的好看面孔，而且還有令人震驚的工作勁頭、超強的能力，將他的領隊兼導遊角色發揮得淋漓盡致，感動了團友們。阿文11天旅程的傾情、全力的付出，把**"全心全意為團友服務"**這一句話用完美的行動圓滿詮釋，生動感人。

在長途旅遊車上，他像檢票員那樣，幾乎天天從車頭走到車尾，不過不是檢票，而是成了'點心飲品大使'，派各種各樣的水果美食，優酪乳、葡萄、蘋果、梨子、大棗、巴旦木、龍鬚糖，以及團員帶來分享大家的花生、餅乾、印尼糕點……接著回頭再派乾濕紙巾，配搭他的新疆導遊阿蘭（也叫小蘇）則緊隨其後，派垃圾袋。車子在驚險萬端、顛簸不平的山路行駛，我們系著安全帶，猶怕人飛出窗外，而他們卻如履平地，在狹窄的車子甬道上來去自如。

每到一個景點，他和阿蘭在車門下扶大家下車，遊覽結束，抵達酒店，他的速度非常快，第一個下車跑去酒店櫃檯辦手續，團員慢慢拉著行李，還未坐在沙發上休息，他已經在高喊名字，一一派房卡了。效率之高令人驚訝。更叫人歡喜的是，下車之前，他除了交代次日的溫度、起床、早餐、集合時間、行程、里數等等細節用口說幾遍，還在微信群組裡用文字精要地寫了一次。

每天早晨，他化身為酒店的職員，大家還在等著吃早餐；他在洗手間用水龍頭的水緊張地洗葡萄（準備分給大家吃）後，協助酒店職員將大家的行李搬到小推車，又幫司機將一個個皮箱搬進旅遊車肚腹裡。他用"遲到罰款100"的獎罰辦法把我們這些長者們管理得服服貼貼，每天，車子總是按照預定的時間準時出發。

旅途中無論在酒店餐廳或市里飯館，他和阿蘭為大家吃好操碎了心。他和阿蘭，比餐廳服務員還勤快，一會拿來缺少的碗筷，一會協助廚房端菜捧飯拿酒，一會通融廚房，調整菜式，他和阿蘭看到飯菜剩很多，就非常著急憂慮，好像父母般看到自己的孩子吃得少、吃不好而傷心難過。以前的一些旅行社，飯菜量質固定；一隻牛角酥，都會爭先恐後地搶；吃相難看，令人倒盡胃口；哪裡能像阿文那樣，調配魚類、青菜等給大家？稍微吃不慣阿文儘量滿足大家。

阿文不像一些導遊，攝影差勁或不太願意為團友拍照，他明白遊客的心理，都愛打卡拍照，主動為大家拍照，懂得怎樣拿景，而且能掌握節奏，有的團友擺了七八款，而前方又排了長龍等他拍攝，阿文則顧全大局，每對或每人只給拍兩至三款就OK。他的名言是“拍照不需要技巧”，其實意思就如巴金說的，寫文章是無技巧的技巧，孰能生巧，效果還不錯；阿蘭在為團友拍攝的磨練下，攝影技術也大有進境。難得的是，阿文還經常捕捉一瞬間消失的精彩山水、風景片段，拍攝成視頻或照片，留下記錄，分享大家。

論身手體魄，我親眼看到他在那拉提金陵山莊，為大家提皮箱，一手一個大皮箱，走下十一二階臺階，臉不紅來氣不喘；在巴音布魯克，他從馬路上下到草原拍攝大群羊群之後，聽到團友請他拍照，他一口氣從很陡的斜坡沖上來，看得好驚險。他體力足夠，身手靈活，還有一顆樂意為大家做事的心。

論口才，阿文“沒的頂”，標準的普通話，字字咬音清晰，幽默加誇張，令車內常常笑聲飛揚，驅走旅途上的寂寞和疲勞；他說話的重點，在於旅程的注意事項和一些風俗人情，而阿蘭重在有關新疆的民間傳說、各種歷史典故和愛情故事，磁性的聲調最初令個別團友聽得吃力，慢慢也習慣了，無不被她的熱情、積極、朝氣昂揚的工作精神所感動。

二三十年來，我們參加不知多少次旅遊團，有些加入後，才知道好像被賣豬仔一樣，素質差的領隊導遊志不在帶團，興趣只在迫使團友購物斂財，花在購物的時間不知多少？常常有一種被砍得一頸血的感覺。還有，到了一個景點，導遊或領隊遠遠在下車地點等候，不肯替團員拍照，如此等等，猶如趕鴨子，匆匆走過場。哪裡有像阿文、阿蘭那樣的，全程跟足，像是我們的大保姆，包攬一切，什麼都做，不該做的也做。受阿成阿蘭的照顧，我們都成了他們的小兒女。借瑞芬對阿文說的一句話：阿文真是一位暖男!

最後的高潮是在昌吉的農村。綿綿細雨中，大巴士停在葡萄園外，我們看到阿文下車和他的家人們熱烈擁抱。原來我們被帶來參觀他姐姐家的葡萄園外，還允許任意採摘帶走。通常我們見慣的是"假公濟私——利用公家的身份，一些灰色地帶和資源，巧妙地肥了自己的腰包。例如乘著自己的領隊導遊身份的方便，不顧利益衝突，讓大家參觀他姐姐的葡萄園，採摘後稱重付款。事實是倒過來，團友們回港前，每人都獲贈一盒葡萄。手筆之大，也很震撼團友的心。回到香港後，我們將葡萄分贈親戚好友、鄰居樓下，無形中也就宣傳了新疆。我們在在商言商的資本主義社會，還未見過這樣顛覆認知的舉措。

像新疆這樣大而美的、旅遊資源極端豐富的旅遊勝地，正需要像阿文和阿蘭這樣優秀的導遊率領遊客遊覽，那會是一種錦上添花，令新疆客源之多達到一種極致。推而廣之，祖國那樣地大物博，如果旅遊業從事者，個個都是阿文，素質也很阿文，中國定會變成一個真正的旅遊大國，完全指日可待！

自駕暢遊珠海市

——父親節的禮物

詠父親節致東濤、瑞芬三首

雷澤風

一

珠海長橋孝意長，
北山大院表情商。
雖然洋節鄉關遠，
一入神州敬爹娘！

二

珠海長橋孝子意，
北山大院兒女心。
洋節雖然來海外，
一樣切入華夏人。

三

港珠海橋一水涼，

北山大院粵茶香。
豐收天下兒孫孝，
紫鳶華堂唱夕陽。

2024年的父親節在6月16日（星期日）。我們一大家子在6月15日提早慶祝了這個節日。我們家有三位父親：我、兒子、女婿。

正好遇到瑞芬和女婿生日，瑞芬買了兩個生日蛋糕，還有一個蛋糕代表父親節。蛋糕每個半磅，非常迷你。

印尼姐姐煮了不少菜肴，阿蓮買炸雞腿，瑞芬也煮了拿手的香菇雞蛋鮑魚煲，飯檯擺滿了菜。

除了我們三個小家庭外，老朋友、同事小陳、朋友阿蓮都參加當晚家庭式小慶。三個小孫輩樂翻了天。她們也難得見面，格外高興。外孫女未足兩歲，完全不怕生。

次日是6月16日，申請到"港車北上計畫"的兒子，駕車帶我們經港珠澳大橋暢遊珠海，權當一份送給我們的父親節禮物。太好了。

港珠澳大橋是目前世界最長的橋隧組合建築，全長55公里，單行駛就一個多小時。過關非常順利。

我八十年代和香港一些作家到澳門和珠海一遊，已經無甚印象；瑞芬則沒去過。這四十年來，深圳珠海變化很大。

既然變化太大，兒子主要選擇一古一新作為重點逛遊。古是北山大院，位於珠海市香洲區南屏鎮。一個充滿古色古香又滲雜新潮流的打卡地，集餐廳、冷飲、玩意兒、咖啡館、紀念品、小食為一身的步行街。

感覺這兒每一個小建築都設計得很精緻，富有藝術性，我拍攝了不少特寫和景點，會另外做一個專輯。

在北山大院隨便逛逛，拍了不少照片。像古牆紅燈籠、草坪老建築、特色小鋪，還有一些門庭的設計引起我興趣。

接著我們是到華發新城逛。這是珠海算最大型的現代化大商場，那種令人炫目的結構和設計，初見就萬分驚豔！在香港，似乎只有旺角的朗豪坊可以提及，但無法媲美。香港的十大商場之首海港城，平民化的大型商場德福商場，也都無法相比。

我們到一家烤魚店吃午餐，座無虛席。最初還以為是印尼式烤魚，原來烤了再配料煮。是四川式的，好大一大鍋。

兒子帶一對兒女買東西，我們倆也買了三個玩具給三個孫子。店以出售兒童和少年的恩物為主，人很多。

最後，發現一家叫"閱潮"的書屋，非常大，人潮洶湧。我們都買了些書。媳婦買有關心理，人際關係的；兒子給孫女買了推理IQ書，我買了本余華的隨筆。

本來還想到珠海地標漁女雕像拍照，時間不早，直接回港。一路都非常順利。

這一天天氣處於雨後的不冷不熱　，不錯，大家都盡興而歸。

歸來，我發了一張兒子一家四口和爺爺奶奶合影的照片給山東的著名老詞人雷澤風老師，他詩興大發，一連寫了三首詩詞給我，就是本篇開頭那三首，為本文增色不少，非常感謝他。

北山大院漫步

6月16日父親節那天，拿到港車北上計劃駕駛執照的兒子，好心地願意帶我們通過港珠澳大橋，到珠海逛逛。兒子說，港珠澳大橋全長55公里，是全世界最長的橋隧組合大橋，一方面可以見識見識、拍拍照；一方面也逛逛一下珠海，如今發展得很快。

這個建議很好，四十幾年前，還是改革開放初期，珠海基本上沒有什麼大發展，我們到過一次，只記得那個象徵著珠海地目標漁女雕像，其他印象已經非常模糊。兒子說自駕遊可以玩很多地方，不必過夜，反正自己開車，只要有假期就方便隨時過來。

我們先到北山大院走走，兒子說；我們對珠海很生疏，問，那是什麼地方？兒子說，你們不是到過深圳的南頭古城嗎？北山大院就是類似那種地方。哦！我恍然大悟，就是那種舊杯裝新酒的“步行街”。所謂“舊杯裝新酒”，就是利用一些歷史上遺留的小鎮、小街，改造和裝修一番，注入新的商業元素，吸引遊客購買欲的地方。隨著城市現代化發展的快速腳步，大城市舊日歲月的痕跡遺存得越來越少，如果不加於保育，多數會讓位於現代化建築、大商場的建立而遭到剷除的命運。管理市政的部門於是想方設法“活化“這類地方。如果沒有融入新鮮血液，那就吸引不到今天的青年男女。江南、江浙有許多這樣的古街。如今一些大城市裡的最熱鬧的大街，如廈門的中山街，上海的南京街，後來都成了著名的步行街。

這次我們去的珠海北山大院，類似的有廈門曾厝垵、深圳的鵬城古城、南頭古城，看來都屬於同一類型。看來，它們都有各自的故事，各自的千秋和特色。這個北山大院，以前確實屬於一個極為大型的古代大院或部落，我們走進去不遠，就看到一塊新繪的彩色地圖，標示著各景點，範圍及規模都不在小。

雨後的北山大院，人流不多，安靜美麗。大院門牌一對對聯寫得很工整，右邊是"華堂來紫鸞"，左邊是"喬木倚青龍"：擅長寫對聯的山東雷老師非常欣賞，讀了一時詩興大發，一口氣寫了三首七律贈我，其中一首就與北山大院大門的對聯有關：**"港珠海橋一水涼，北山大院粵茶香。豐收天下兒孫孝，紫鸞華堂唱夕陽"**。在進口附近就設了幾個打卡地方，一個猶如拍攝證件照那樣的自動攝影，但需要付費；另一個是可以讓親友給你拍情侶照或老倆口照所設的兩人座位，後面牆上有一面鏡子，可以將拍攝者等幾人一起攝進鏡頭。

雨後的地面有些潮濕，一些古牆上的青苔和灰黑歲月痕跡，斑駁了殘牆，就在這樣仿佛被漫長日子遺忘的地方，居然被寫著各種不同許願話語的的多元色彩心型牌子掛滿，排山倒海一般，幾乎將半幅牆覆蓋了，其數目之多，堪稱驚心動魄。殘牆新願，猶如古杯新酒，令人浮想悠遠：這許願者的人生是怎麼啦？人生不如意者十常八九，於此可見。

有些江南水鄉也似的高牆，則懸掛了數不清的紅色燈籠，將一條本來很普通的小巷變身為舊朝代巷陌人家的充滿古色古香的後院通道。有些小店鋪。門面很小，卻是設計得精緻別致，一道又陡又曲折的樓梯，走了一層，需要更上一層樓，最後的乾坤也最重要，就設在三樓，真正設了各種各樣座位的咖啡座就在三樓。主人家看來旨不在賺大錢，也許搞一點小資情調的小館或小鋪，早就是一直以來的夢想，過過小老闆的小癮，也許就是一種快樂的目的吧。兒子買一大杯雪糕一家大小共用，老闆大半天才送上來；我們呆了很久，也才看到兩個年輕女子走上來喝咖啡。不過我很欣賞這家特別的咖啡館，下了不少心思去裝修設計。在三樓，我看到一幅畫，近看，才發現那是一扇窗，窗外的景是瓦片屋頂、飛簷和樹枝，儼然是一幅國畫的構圖，令人讚歎不已。

北山大院主要以咖啡、美食、冷飲、打卡等小鋪組成，幾乎所有的設計都很講究藝術性，哪怕一面海報的設計和宣傳詞句都下足功夫和心機。有的咖啡座安頓在樹蔭下的院子裡，花草扶疏，微風輕拂，這又哪是喝咖啡？分明是喝情調。還見到一個專門給病患者針灸的部門，設在環境清幽的小院裡，碧綠的草坪，濃郁的樹蔭，安靜的氛圍，灰色的老屋瓦，我們看到一隻安睡中的小貓被我們驚醒了，正在尋尋覓覓新的安樂窩續做其長夏之夢。

在北山大院漫步，時而慢三拍，留影；時而進進出出，探看個究竟；時而東奔西突，如一只興奮的小犬……不覺兩個多小時過去了，感覺珠海的這個“舊式”打卡地還不錯，但我們得再趕去下一個景點了。

澳門風情畫

有些朋友一提到澳門，腦海中就很快地習慣性反應：澳門都是賭場，哪有什麼好玩？景點就是一個大三巴而已。對澳門的遊興馬上減弱，甚至消失殆盡。這對澳門很不公。

其實，澳門不僅僅有賭場而已。澳門有太多好看的東西，很有特點。現代化略遜於香港，保育卻大大強過香港。

澳門的歷史悠久，整個歷史城區在2005年7月被聯合國列入世界文化遺產。這其中包括了東望洋燈塔、盧家大屋、媽閣廟、聖奧斯定教堂、大三巴等等，雖然不少景觀受到附近建築物超高的視野性破壞，但保育上比香港好很多。澳門不少建築物風格竟然和馬六甲相坊，很多酒店還是多個世紀前遺留下來的，或者由一些老建築改裝而成，因此，要體會那種華洋滲雜的歐陸風格，澳門不失為最好去處。

喜歡澳門，除了上述這樣的文化氛圍外，還有一些僻靜的小巷，令人喜歡和懷念，它們和日本的一些小鎮、馬來西亞的檳城、馬六甲的街巷相似，乾淨、大半天沒有人影，有時還設置著一些樹木和靠背長椅，供走路走得累的人休憩、歇腳看手機。農曆新年前夕大半個月，我因為受邀做澳門李鵬翥文學獎的評審之一，和老伴瑞芬到澳門一趟，就感受到非常濃郁的中國農曆新年年味。議事廳張燈結綵，金豬處處，馬路行人腳步匆匆，一撥一撥的中國大陸遊客，由舉著旅行社三角旗幟的導遊帶領，穿街過巷，非常熱鬧，和寂靜的小巷形成鮮明對照。

如果說，大街的繁鬧香港也有的話，那麼澳門歷史城區的不少石子路就是香港所缺的。走在這樣的石子路上，很自然地會有思古之幽情蔓生，覺得好像一腳踏在現代，一腳踏在舊歲月，看看地面上各種美麗別致的圖案，好想在上面跳一曲踢踏舞，不需要特別舞臺，大皮鞋與石子路一步一步地摩擦，就會發出悅耳的聲音，讓人連走路都會感到愉快的節奏。

澳門筆會的文友很有創意，配合頒獎禮，搞了一個別開生面的“文學散步”活動，做法是，由詩人寫一批有紀念意義的、包含歷史性景點的現代詩，然後參與的人一起散步，在有關的地方逐一朗誦。這是很新鮮的文學活動形式，在香港只有著名文學家小思老師和愛好者做過；澳門筆會編了一本文學散步的專刊，封面就是帶花紋的石子路。

我也喜歡澳門的靜和老鋪子的老。這樣的舊日意境，恐怕只有在鯉魚門的老街和香港最早的荷里活道可以見到和重溫。忘不了有一年，我和印尼華文文友住在皇都酒店，特地很早起身，目的就想走一走澳門的老街。朋友問，老街有什麼好看？我說，你要看看澳門現代和傳統並存的特色，這個漫步是必不可少的體驗。這一天上午，我們整整走了一大圈，至少也有三四公里吧，所經之處，寂靜得有點兒駭然。陳舊的唐樓、商店、居家大部分還在沉睡中，大街和小巷不見人影，偶然見到賣早點的小小鋪外擺幾張小枱，三五椅子，一二食客在吃粥、包子之類。很是悠閒的樣子。這樣的老街舊街，不是一條街，而是很多條，在香港已經不易尋覓。

稍後，我們回酒店的大堂坐了一會，又到另一條寂靜的街走走，想看看那類買少見少的士多店。這類店，賣的是醬油、罐頭、香煙、糖果之類，香港幾乎早就絕跡了，要看原大的“模型”，可以到香港歷史博物館去看；但在澳門，我們走的這一條老街，幾乎全是那種至少半個世紀以上年齡的老士多店，有時大半天不見半個人影，或者老半天小老闆坐定在高高的櫃檯後打瞌睡，一動不動的，猶如一蹲雕像。走在這樣的街道，就像時光倒流，走回我們的童年一樣。二戰後的亞洲各國，尤其是東南亞幾個國家都一樣，蕭條貧困，我們的玩意就是彈玻璃珠子、彈弓打鳥、放風箏、旋轉小螺旋，吃的是水果糖、花生、珍寶珠棒子等等，哪一個同代朋友的童年不是這樣走過來呢？而供應這類零食的小鋪就是這類親切的士多店。

到一個著名大城市，對其地標的“報到”，無不趨之若鶩，成為必修功課。到巴黎必要到艾菲爾鐵塔、遊塞納河；到倫敦必要看看白金漢宮、倫敦橋；到莫斯科必要到紅場看聖瓦西里主教座堂；到北京必到天安門；到香港看尖沙咀鐘樓。到澳門呢，甭說，大三巴名氣比上幾個大建築不遑多讓，然大三巴的最大特色和最大的不同，是比誰都殘舊破爛，畢竟大火焚燒過，剩下一堵殘牆。雖然來過很多次，我們依然要到這澳門的大地標報到。說來真有趣，我們這一對“大路盲”鬧了一次最大的笑話。話說我們所住的京都酒店，就在新馬路，拐一個灣就到了議事廳廣場。那天，我們就在酒店門口等的士，好快，就有輛的士停在酒店門口，從車廂內鑽出一位中年婦和一對十來歲的兒女。正覺得我們運氣大好、鑽進車廂的時候，老伴與司機說，要去大三巴。司機大笑道，哈！她們一家也是要去大三巴的！我就載她們在這裡停車。大三巴離這裡很近，走路就可以了，接著，司機指了一個方向。我們一聽，萬分愕然！我們即刻從車廂退了出來。這樣的司機無法不點贊，如果他裝模作樣地繞圈圈狠狠敲我們一筆，我們也得乖乖一路撒錢，任他宰得我們一脖子血啊。我們的蠢，值得頒發“大路盲一等獎”啊！那樣誠實的司機，實在值得澳門人驕傲。

在議事廳外廣場上，人來人往，春節的氣氛早就濃得化不開了，可惜中心的裝飾紅得太俗氣，半空中的小燈籠則還有一點美感，只是人多，好難拍一張理想的照片。我在報攤買了一張明信片，瑞芬一路問保安，他們指指方向，原來的士司機說得不錯，大三巴不遠，慢慢走路就到了。不過，想不到那裡也人山人海，從小巷的人潮看上去，大三巴也是可怕的人流，地標威力也就在此，哪怕你剩下一堵殘牆都會有趨之若鶩的效應；正如新潮破爛的牛仔褲，越爛越名貴，名牌出品更加不得了。我們在大三巴拍了“今天到此一遊”的雙人照。除非愛好攝影者，一般人都無法拍出理想的美照，我們需要其中一人站好位置，然後另一人替給我們拍照的遊客構好圖，拍出來的效果才不至於太離譜。

澳門的葡國餐是澳門朋友喜歡盡地主之誼的代表性菜肴，有一定特色，葡國咖哩雞、葡國牛肉，清蒸包菜等等，都很可口，不妨一試。

到澳門交通最不必擔心，大小酒店都有車在碼頭候客，載你到所訂酒店，想到氹城新填海區的大酒店大賭場大商場如新濠天地、威尼斯人等，都可以用接駁的方式搭乘，這一點優勢服務是香港沒有的。

對澳門懷著深情，從上世紀七十年代末，我大部分長篇小說都在《澳門日報》連載，還發表了不少其他文體的短篇、散文、雜文和兒童文學，《澳門日報》對我有知遇和栽培之恩，我始終是記住不忘的啊。

澳門的風情畫，正如小販轉動架上的明信片，不是一張，至少是十幾張吧！我只能選幾張來解讀。

台灣行蹤

駁二藝術特區

舊日的大片廢棄倉庫，如今成為高雄各類藝術雕塑的的展區。烈陽猶如火球，曬得人腦袋欲爆裂，大汗淋漓令每一件上衣猶如暴雨淋濕，依然擋不住好奇心的驅使和牽引。處處都是打卡點，不知先照什麼為好？小火車嘟嘟在響，機械巨人屹立大地，幾個貨裝櫃在半空中組裝成大膽的幾何圖形，馬路一側的房屋漆成兒童的彩色積木。有幾個木卡通坐在屋頂俯視人群；造型奇特的紅色老虎刺激著觀賞的眼球，而斑馬線只需稍微添加，便有了3D的特別效果。

走進駁二藝術特區，不斷有驚奇，不斷有驚喜，處處成了打卡的特殊景點。

大港橋

一側是空調馬力強大的偌大餐廳，冷風強勁，座無虛席；一邊是不很寬的河水，白色的橋架在其上。午後的高溫下，我們坐在餐廳屋簷陰影裡躲避火球，熱威，依然像沸騰的滾水倒向行人；坐在河畔，一杯杯冷飲流向五腑六髒，一股股熱汗從渾身的毛孔爬向臉孔手臂和胸背。

河流儼然千百眾人眼線聚焦的舞臺，讓觀眾欣賞精緻的白橋180度轉身的表演，雖然速度不是很快，但也真像一套孩子們的電動玩具，讓我們看到船兒在小橋轉身的瞬間，在河面一側的空間徐徐而過。炎夏時節，這也是休閒的好節目啊。

打狗英國領事館

一百多年前的民生風情在大門口陳列，數十具雕像栩栩如生，沒有太多空間供你站立拍照的時候，或許不妨見縫插針地悄悄站立其中，佯裝舊時人物，讓時空倒流一百年，從照片裡尋找一百年前的你吧。

最喜歡聽小侯的舊日典故講解；當然，只要不怕勞累，攀爬到頂端，去看看開闊的高雄港風景，在烈日減少熱力的時分，也最為賞心悅目。

哇，海風習習，像是舞臺兩邊帷幕忽地拉開，高雄海港的海天忽然一下開闊起來，海水一片平靜；藍天白雲下，大輪小船熙攘往來忙碌不停，一片繁榮景象。連坐著瞭望高雄港口的少女也成為畫中的風景；看近處，綠草坪、紅磚屋，再熱的天氣也在一瞬間溫柔了雙眼，美好的風景在剎那間靚麗了煩躁的心情。

鐘理和紀念館

美濃！風景美麗，林木綠濃！我們第一次聽說有這樣詩意的地名；也第一次瞭解客家人移居此地，形成了開枝散葉的族群和部落；美濃！汽車一路盤繞縱深，山村越發幽深；美濃，心境美，情意濃!不是有心，不會遠來探訪。

沿途車兒不斷攀爬，終於看到一座精緻的紀念館座落在濃蔭的寂靜深處。

45年的短暫生命沒有虛度，八卷鄉土文字訴說自己的人生故事，也書寫人和土地那種緊密聯繫。你是臺灣文學的前驅，濃郁的鄉土氣息就彌漫在紀念館內，也散發在你每一卷書的字裡行間裡。

總是懷念舊日故去的文學前輩們，他們用一格格文字的攀爬，堆疊成一座座文學的大山，鼓勵我們騎馬馳騁前往。

美濃油紙傘

片紙能寫天下意，一傘可畫古今情。小巷裡，一間不起眼的小屋外，韻味深長的對聯吸引眼球；小屋內一角，一位滿頭白髮的油紙傘女手藝工作者被大大小小的油紙傘團團圍住。工作室每一個角落都擺開各種圖案的、大的、小的傘，天花板吊著的，桌面擺著的，還有在院子裡撐開的、曬著太陽的……油紙傘。不見徒弟傳人，不見人山人海，她獨自努力地為每一把傘穿線和繪畫著……

我們慢慢欣賞，選擇，我們浮想聯翩，仿佛每一把傘都藏匿著久遠而神秘的故事；或許，如今已經絕跡的油紙傘，只能在戴望舒的詩裡尋覓吧。

購下幾把小油紙傘，讓孫兒們繪下未來的願景；再買一把大的，有一日，或會旋出許多夢中的水滴，每一顆，都含有一個淒美的故事吧。

擂茶館

在美濃客家聚居的地區，嘗嘗客家人著名的擂茶吧！擂茶，什麼時候隨著客家移民的大流，在這美濃地區安家和流傳？暫時無暇細考。在一客家擂茶中心小歇，不妨小坐，來兩杯擂茶吧。茶葉、小米啊、黃豆、花生啊，還有芝麻、生薑….各種穀類、食材都一股腦兒倒進一個小缽裡，讓其經過複雜的磨碎處理後，然後擂啊擂啊擂啊，終於擂成了粉末狀，加入涼水在鍋裡煮開，或用熱水調勻，這也儼然成了富有生命的工藝啊。

像是綠色的稀粥、又像是閩南人的麵茶，解渴又可解餓，它還是一種待客的禮儀哩。美濃的這個下午啊，我們在擂茶館小坐，嘴兒、衣服、手兒都熏上了客家人的氣息。

旗津

像島嶼，卻又不似島嶼，但我們還是搭幾分鐘的渡船來到。下午三四點的光景，太陽的熱威早就減了大半，高雄海上的風像一隻抓著扇的手有節奏地在背部拂動。夜的柱燈次第亮起，到海邊乘涼的人雙雙對對、三五成群地向沙灘盡處走去。道路兩邊都是賣海鮮的、賣零食的小攤。

我們走走看看，走進一露天小食攤；坐著，吃沾醬番茄，享受著悠閒的時光，仿佛幾日來的暑氣都在旗津這一刻消解。然後我們到最多市民來到的草坪和沙灘，拍了很多滿意的照片，徐徐移動的落日送出幾抹粉紅餘暉，於是，以遠海為背景的特寫，給照片的人物注入了一抹抹生動的色彩。

草坪上有小兒女們在嬉戲，燈光亮處，藝術家設計的藝術品在微風中徐徐旋轉，煞是好看。

檜意森活村

不知為何對這兒有莫名的好感？檜木的籬笆小院伸出紅豔豔的三角梅，掉落滿地的花瓣。炎夏裡，這兒顯示一片落寞而寧靜。黑色的木板屋整齊劃一，彩色的海報、廣告板在暗色的精緻檜木屋群中多麼令人注目。

隨意踏進一家賣各種文創品的小店，一對年輕男女謙和溫

馨的微笑，像兩杯歡迎來客的熱茶，暖了我們的心。精緻的胸口針、防水的小背帶、發亮的鐵甲蟲等等各種別有特色的、別出心裁、富有新意的工藝品，都那樣愛不釋手，恨不能連小鋪全部托運，搬回去。

願那只我買下的小甲蟲，在夢裡載我回到那安靜的檜意森活村，向店主問一聲好，再問一句，這幾天還有新產品嗎？

發表會

一次發表會，牽動著33位作家的心；一次發表會，發動24位寫作人開動寫作機器，聰明才智排著整齊的步伐如小精靈全部出動；一次發表會，小小餐廳盛開"花好月圓"的巨型花朵；酒，為圓滿和成功乾杯;巧克力，為增強思維活力而贈送。

一曲《流離之歌》的故鄉情歌揭開了發表會的序幕，字字句句牽動了五湖四海遊子的心；一篇超萬字的主編序，記錄了夜以繼日的智慧和勞累，哪怕頭上再添白雪盈尺！一大盤壽桃宣告發表會也可以開得生動活潑，文學原本也從來不需要板起臉孔。

一次新書的發表會，連接起島內島外無數顆文學的心，像告示一個巨型文學優質嬰兒的誕生。

2024年8月26日

金門散步

幾十年前的一個深秋，當飛鳥們飛越台海海峽在金門島上空準備南下過冬時，再也嗅聞不到瀰漫在這島上的硝煙氣味，於是趕緊呼朋喚友，同族大軍就以它為棲息地，慢慢盤旋而降落，這就是今天被號稱“觀鳥最佳島嶼”的金門島了。

這是一塊被大面積濃密綠蔭覆蓋的島嶼，稍稍大過廈門島（連著大陸的部分不算在內），但廈門人口約五百三十萬，金門島的常住人口卻只有七萬左右。炮聲遠去，硝煙消遁，綠化率高，環境幽靜，鳥兒喜歡小住、中轉，如果冬天過於冷，她們會修整一個時期，養精蓄銳，繼續未完的旅程，繼續南飛。

有研究者統計，至少有兩百多種鳥類追求與金門掛鉤，選擇在金門棲息。觀鳥，在金門成為一項有趣又優雅健康的益智活動。

像我這樣的遊子，也真像飛鳥一樣，愛上金門，夏秋之季，喜歡到金門島遊覽、度假；夏天，它是避暑勝地，四面環海、海風習習，濃蔭處處；雖然沒有高山峻嶺，但海洋性氣候，熱不到哪裡去；秋季最好，也最美，不僅天高雲淡，而且落葉壯觀，氣候宜人，可以搬來一張小椅子，在珠山的民宿院子裡，欣賞天空中一陣一陣的成群飛鳥，排成人字形飛向溫暖的南方或乾脆小住在這個仙洲。

是的，到金門的最佳季節就在秋季。

秋季，酷熱遠去，民宿好客，金門不但成了度假的優選，可以安安靜靜地小住，還可以好好地進行一種在繁華的現代化大都市罕能進行的散步。事緣金門縣的城市屬性非常特別，既可視為城市裡的農村，也可以當成農村裡的城市，這種特別的散步，還富有對歷史遺跡的悠遠懷想和戰爭硝煙引發的沉重回顧的成分滲和，令散步時的感觸豐富，有一種複雜深邃的內涵和其他城市不具的特殊氣息。

先從金門縣的中心說起。現代的主要大街和古時候的鬧市未必相同，很多著名的城市都是如此；依據可考的史料，金門的開發至少始於晉代，那時已經有漢人移民過來；仙洲、浯島、浯江、浯洲等都是金門的歷史別稱。我們到金門，住在法蘭克民宿時，出門拐一個彎，就是民生路了。街面很寬，金門縣政府所在地就在這條大馬路3號。大街路面柏油鋪面，整潔乾淨，屬於雙向大街。有一大段路，一邊就是店鋪住宅密集排開，建築物大部分都是二到四層高的樓宇，店面前不少就是類似廈門、廣州和檳城那種“五腳基”（閩南語，指屋子前的空地，上面有二樓底部伸出，形成可以擋雨遮陽的人行道）。樓下作店鋪，後半段和樓上做住家，這是中國和南洋諸國不少城市常見的形式，想不到在金門也還保持著這種“古早味”。我們對這條大街很感興趣，也許是新鮮感所驅使，而散步，除了喜歡路面的乾淨，還喜歡每一間店鋪的簡單樸素。更讓我們感到萬分驚喜的是，路上不時聽到有人喊我們的名字，回頭一瞥，覺得對方好面熟，又一時叫不出名字；更吃驚的是，有一次在一家小店吃過早餐，走出五腳基，隱隱聽到幾句鄉音破空而來，嚇了我們一跳，抬頭望去，見有一個男子在前面樓宇的四樓，扒在窗口向我們招招手，用金門語叫我們多回鄉看看。

仔細辨識應該不認識，必然是他見我們衣著不同，判斷一定是回鄉的遊子，於是為“五湖四海皆兄弟也”的理念所驅使，向我們揮手致意。從此我們對金門老鄉的濃濃鄉情感到無比的激動和暖意。

在民生路散步最好的時間在上午十一時許，可以慢慢欣賞每一家的店面，有什麼好吃的？心要特別細，因為金門民風淳樸，不尚華麗裝飾和誇張宣傳，很難看到什麼顯著的店鋪招牌（這一點和香港完全不同），只是在門口豎立一塊小黑板，用各色粉筆寫上午餐菜單。有次，我們爬上二樓，見到地方不大，僅擺著幾張餐檯；廚房是開放式的，一對年輕男女在製作我們點的咖喱牛腩飯。我們在金門不時見到有志於在飲食業發展的年輕男女在開發美食新產品，似乎必香港更見普遍。

如果說民生路看得出是近代或現代才開發，那麼金城鎮莒光路老街明顯地年齡有一大把了。這老街就相當於中國大陸的市集或南洋的巴剎了，集中了食肆、雜貨店、吃路小店，酒鋪等，賣吃路的少不了金門著名的各種貢糖、花生、牛肉乾、麵線、醃白菜之類。還不時見到大伯大嬸坐在小板凳上，在路邊擺攤，或者於地面鋪報紙擺一些新鮮蔬菜水果，或者面盆水桶在側，一邊將蠔從石殼剝離，一邊出售。親切的鄉音在半空中穿梭飛揚，熱情的招徠吸引著遊客進老鋪子看看。看店的多數是五十至七十來歲的婦女，也有阿伯，罕見年輕男女，搞熟悉了少不免聊幾句，探聽之下，原來，絕大部分第二代的子女都到臺灣島各大城市創業或打工去了，留下老人家在故鄉看店。我們多次在這條老街散步，街上從未遇到人頭湧湧的情景。金門的固定長住人口至多七萬左右，流動人口加起來也不過十萬。這讓我們對堅守崗位看鋪子的長者萬分敬佩，顧客少，可能也無所謂，尤其是鋪子如果屬於自己的，那就不需要租金。

在這樣煙火味濃重的老街散步，不會沒有收穫，買一大堆金門土特產之外，還可以在地標——邱良功母節牌坊前拍照留念。牌坊不少城市都有，但類似它用青斗石和花崗石材料完成的，就很少見；外觀精緻漂亮，訴說著清朝大將軍邱良功母親守節撫孤教子的艱辛故事。1812年建立，經歷幾許風風雨雨，屹立不倒，迄今也有211年了。最妙的是在其正前方，就有一家“蚵嗲之家”非常著名。鋪子不大，但製作的炸蚵嗲名聞海內外，其餡無非是蘿蔔絲、豆芽、芹菜、蔥、蒜和蚵仔，融入麵粉漿去油炸。一個蚵嗲25元台幣，入口即化，熱辣辣吃了一個又一個無法停！算非常超值。縣編的金門美食地圖將這個小小的蚵嗲之家編為第32號，實在細緻入微，人性化十足。因為經常來買的緣故，兩位主廚女將我們都熟稔了，還拍照合影留念。在莒光街這條充滿煙火味和人情故事的老街散步，心裡有無限的感動，還處處感受到故鄉父老對遊子的溫馨鄉情。

　　模範街是不能不去的，就在金城鎮，距離莒光街不遠。它原是明末鄭成功訓練陸軍的內校場，1924年金門商會會長傅錫琪，為了金門有一條最美麗的街道，集資興建，雖然前後不長，但也大約包括了四十間店。最特別的是前面是西式洋樓，後面是閩南建築；每一間格式都一樣，紅磚外墻，兩層樓高，而每一家前也都有“五腳基”，連接起來就是一條人行道。兩邊店鋪之間的馬路不太寬，平時不允車子通過，偶爾有摩托車駛入。最妙的是每間屋子前的空地外都有整齊統一的門，呈現拱門形狀，路邊有花草裝飾。節日裡人行道上空會掛滿紅燈籠。間間商店迷你，誘人進入參觀選購。縱然不買，正常的遊客都會好奇，興起進入一探究竟的意欲。有買一條根藥物的、賣貢糖、牛肉乾的、賣廚房用刀的，有買蛋卷的，也有賣咖啡等飲品的。到金門，這樣不長的、被譽為中西合璧的金門最美麗的街，不抽空來漫步，那是不可想像的事；到金門的旅遊團，將其列為景點遊覽的重點節目之一。更絕的是，早期的建築者，具有潛在的高超攝影藝術天分，將街道打造成兩端較高，中間凹入；拍照時，如果人站在中端，平拍就無法拍攝出模範街的美麗氣勢和驚艷感，一定得站在稍高的地方，攝影者就站在最高的街端，這樣就可以拍出最好的效果。什麼是金門模範街？照片讓你一目了然。

如果說，模範街讓你領略了金門最美的街，從而向那些為美化家園而貢獻良多的先賢致敬的話，那麼太武山道的漫步，完全是另一種安靜和海島的感覺，感恩大自然的造化。從地面的太武公園出發，到太武山的頂端，海拔只有262米，山路小徑也僅有3.5公里，雖然沒有泰山的雄偉險峻，也沒有黃山那種陡斜嶙峋，但另有一番海島的風情讓人沐浴其中而忘憂。一路修竹夾道，竹葉低吟輕舞，鳥兒啁啾、微風輕拂令身心萬分舒暢之外，周遭一切都靜無聲響，仿佛時間就在這山道上凝止。這時，油然想起了南北朝詩人王籍的那首《入若耶溪》：“**艅艎何泛泛，空水共悠悠。陰霞生遠岫，陽景逐回流。蟬噪林愈靜，鳥鳴山更幽。此地動歸念，長年悲倦遊。**”其中的“蟬噪林愈靜，鳥鳴山更幽 ” 最是能形容此刻的特殊氣氛。整個步行道方圓約有26公頃面積，隱藏著30個廢棄的碉堡，但感覺上那是久遠的前塵往事了。這樣安靜的去處有時不見人影，最適合和她牽手漫步，哈，令我無法不將這浪漫想像移情到我長篇小說《快樂的金子》裡的男女主角身上和手上。沿著山道慢慢散步上去，由於濃陰蔽日，汗勿需沁出，上去後，就可看到好幾塊石頭題字的巨石，還有氣勢雄偉的海印寺，再從花崗石之間的階梯爬到制高點，站在高處，居高望遠，就可以看到大海和金門的古寧頭了。這時。海風呼呼叫，近午的陽光如熱水猛猛地灑，已是到了下山的時候了。太武山散步，可以享受寧靜，想到了男女情愛和國事那種剪不斷、理還亂的微妙關係。

金門歷史悠久，在金城鎮金門城北門外有條明遺老街，先前旅遊多次，都是參加團，完全不知道。這樣的老街，既沒有土產供買，也無特別出色的景色讓你留影，商業價值不高，旅行團當然就不會安排了。但就是這樣不很長的一條街，見證著金門歷史很古。相傳街道是明太祖於1387年為軍事目的所建，隨著兵士的家眷的遷入，帶旺金門城，成為民生農產、漁產及各種民生物資的集散地。後來發展飽和，到了明朝中葉，又在金門城的北門外延伸出一條市街，也就是今日這一條明遺老街。因為集市交易熱鬧，買賣菜果的多，又有”賣菜巷”(台語)之稱。在這條已經六百多年歷史的老街漫步，可以邊散步，邊進入家家戶戶去探訪，進入無人之境。那些經歷改朝換代風風雨雨洗禮的屋宇，多數是紅瓦白墻石砌的平房，類似閩南一些農村的古村屋，保持完好，已經不見人影。大有唐朝崔護《題都城南莊》那種「人面不知何處去，桃花依舊笑春風」的惆悵滋味。這樣的無人之街，簡直就是一座現成的不在館內的歷史博物館，恍惚間周遭都是走動著的明朝人物，兩耳灌滿賣菜的吆喝聲和討價還價的聲音，叫人無法發思古之幽情。難怪此街有著「台澎金馬第一街」的美名！

想感受一下兩岸五十至六十年代的緊張關係，不妨走一走陽翟老街。這條“繁華過後歸於平靜”的位於金沙鎮的老街，兩岸隔離後，曾經是國民黨金東師駐紮的軍事重鎮，也是那時軍人們休閒、假期娛樂消費的場所。根據我們的老朋友、金門的扛鼎作家陳長慶的名著《特約茶室》拍攝的電影《軍中樂園》就取景於此。小說和電影揭示了戰爭和軍妓關係那種不為外人知的秘情，教人油然聯想起那副貼在金門小徑的特約茶室展示館內的又戲謔又滲含辛酸淚的一幅對聯：「**大丈夫效命沙**

場磨長槍，小女子獻身家國敞蓬門」。在這條當年無比繁榮的商店街上，有像五十年代甚至三十年代大陸內地那種古鎮老街的建築物，有簡陋的金東電影院，還有特約茶室、理髮廳、撞球室、洗澡堂等毗鄰而列，一間間進入看看，會為我們民族分成兩岸而黯然神傷，也會想念那些迄今無法團圓的親人，想像著理髮店裡剪平頭的軍人、特約茶室排隊購票、和軍妓纏綿一夜的心理苦悶的兵、心甘情願的女子……邊走、邊看看那些陳舊、佈滿歲月滄桑感和傷痕的老招牌，都會有一種人生的無限感歎和無力感湧上心頭；再走出街道，向建築物後巷走去，竟然別有天地，那是一派青綠的阡陌稻田，和屋後巨石上鐫刻的政治標語構成鮮明的尖銳的對照……隨著軍隊從金門撤軍，這條曾經混融著戰爭炮聲和茶室女子笑聲淚影的陽翟老街逐漸沒落下去了。那天我們是午後四五點小侯帶我們在此散步的，那麼短的路居然也漫步了一兩個鐘頭，夕陽斜照在這條電影天然背景的路，無限感觸猶如打翻了五味架。

同安渡頭在金門縣的金城鎮，早期是金門通往廈門、漳州的主要碼頭。幾年前這已廢棄的碼頭新建成甲板船頭形狀，還將日軍強徵金門馬伕殉難紀念碑遷移落腳於甲板一端；此碼頭附近樹木蔥蘢，風景宜人，走上甲板船頭頂端，還可以最廣闊的視野，放眼波浪滾滾的大海，想到了大陸與海島的不少牽動人心的悲歡離合，聯想到一個世紀以來閩南貧窮老百姓飄泊落番的血淚故事，留下了多少堅守故園的新婚妻子夜夜盼郎歸的傳說；也許，淚流得最多最久的那一位最終就化成望夫石吧？當時那些落番的人，就成了異鄉第一代華人，他們披荊斬棘、紮根立足，開支散葉・遍地開花結果，造就了今日中華民族的足跡遍佈全球的事實。到同安渡頭什麼時分都可以，黃昏，看夕陽西下，望風高浪急，晨早，在海邊散步，摸摸那廢棄的冷冷碉堡，看看躺臥沙灘上的斷木爛石、彩貝奇珍……浮想聯翩，必然會向那些一個世紀以來下南洋的父老前輩致敬，慶幸我們今天還能活在當下，豈能不珍惜？

夜晚的金門也有散步的好地方，一份旅遊的單張宣傳資料就寫著“夜遊美麗的金城鎮後浦老街“，還設計了相應的路線。也是我們的好朋友、好導遊小侯，陪同我們夜遊後埔。就先從那金城鎮的總兵署開始吧——夜晚的總兵署靜謐，那是明朝才子讀書的地方，直到康熙二十一年（1680年）清總兵陳龍治理後浦，才易名為總兵署。一字排開的紅燈籠映照著一堂二房四廳，院子裡還有老榕。前方的院子每當農曆新年和元宵節總是人頭湧湧，十分熱鬧。如果是在秋夜或夏夜，就可以以緩慢的步伐走進那條最老的後浦古街了。最特別的是家家戶戶的門口都高掛紅燈籠，一半的光亮和一半的幽暗，將整條街的氣氛調節得異常迷離，仿佛真的走進了明清一條小街的夜晚裡，讓一隻魔手錯置在被現代遺忘的角落裡，不知在尋尋覓覓什麼，又無法走出來。大部分門口都停放著一二輛摩托車，常見三五位大媽阿叔坐在一些住宅門口，搖著芭蕉傘乘涼。別以為沒有現代的高樓大廈就沒有生命力；古街道路幽深，不時有老藥房的招牌觸動心情，那些蒼勁的XX堂幾個大字，似乎百年來就一動不動地掛在上方；有的小店燈光黯淡，誰知道在經營某種佳餚美食？漫步在這樣的古街，就不要錯過某一間小鋪，其經營的東西往往你意想不到地驚喜，那親切的閩南鄉音，又吸引我們下回再來一次。漫步後浦夜街，一方面佩服當地保育功夫到家，原汁原味，也為金門鄉親父老的營生堅持感動不已。

金門散步，富有特色的老街、古街、夜街、現代新街、海濱路……何止這些？我們去金門遊覽度假，近二十次，還有許多特別的街，還沒走完呢。

在世界各地大城小鎮吃早餐

寫過一篇小說《媽媽的忠實男內助》，敘述喪偶的一位媽媽最後再婚，嫁給一位每天為她貼心服侍早餐的家政男僕，最後嫁給他，她特地對小兒子說這就是他是新爸爸，比一般機械人還高級的再造人；我也寫過小散文《吃遍東南亞》，事緣我發現東南亞以印尼、馬來西亞、新加坡、泰國和越南也是著名的美食國度，各有各的特色和絕招，何嘗不想吃遍？尤其是營養師、美食家特別重視和強調要吃得飽、吃得好的早餐。

在無法溫飽的地區，中晚餐都很勉強；早餐變成了一種奢望。香港也有一些弱勢族群，上午約十點左右上酒樓飲茶點，早餐午餐兩餐一起解決。

在香港一般家庭講究方便，家庭主婦提早今晚買明天的早餐，上班族尤其是白領階層一早趕上班，上班前買麵包或三文治之類，帶在路上或寫字樓吃。在香港居住那麼久了，很少外出觀察香港小市民在外買早餐或吃早餐的眾生相。

一天早晨，經過九龍紅磡的裕民街，看到上班族幾乎都在同一條街買早餐，引起我的好奇。我抓手機拍攝放大看，才發現街不長，居然有十幾家小食肆，而且都在賣早餐，一時吸引我趨近觀看。原來在賣三文治、炒米粉和其他各類早點，最受歡迎的是三文治，餡有蔬菜（番茄）、吞拿魚、午餐肉、火腿、芝士的……此外，還有通常酒樓售賣的一些香港代表性點心，如腸粉、蘿蔔糕、叉燒包子等。我走到街尾最後一間，發現顧客不多，但貨色齊全，還售賣各種涼茶呢。也許主打涼茶，而早點只是聊備一格吧。我買了兩份腸粉，要求老闆娘，醬油，甜醬、辣醬、花生醬、芝麻什麼都落齊，老闆笑笑，說OK！她的速度很快，將裝好的兩盒腸粉遞給我。回家試吃久違的腸粉，美味無比，與酒樓的包餡腸粉，太少調料，不能同日而語。

這個早晨，吃到美味的早餐，心情特好，想到兩年來禁足、人數限制、市面一片冷清的景象，如今漸行漸遠了;好想出外透透氣啊。自然也禁不住回想昔日旅行的日子、在世界各地吃早餐的情景，那是非常有趣的，有的，還令人十分懷念哩。

到金門走走吧！疫情三年，僅半小時海程的廈門—金門客輪一停就是三年；疫情稍緩，遲早會恢復。那就不要錯過金門的早餐吧！五萬多人口的金門。早餐鋪子賣的早餐，有甜鹹肉包子、金門式燒餅、廣東粥、蚵嗲、豆漿、咖啡等，雖然花樣沒有午晚餐豐富，但金門人的家鄉情味總是那麼濃郁，令人留「涎」忘返。充滿人情味的民宿早餐，有一家叫法蘭克民宿的，曾經當教師的老闆就很有意思地將早餐分ABCD餐，主要是搭配的不同，那是需要前一晚讓住客提早登記的。次晨一份份編好房間號碼的早餐就很早放置在樓下大堂的餐臺上，不怕遊客幾點睡醒，也不限進餐時限。金門的廣東粥除了肉片，裡面還加入了雞蛋、肉丸子，在香港是沒有的；香港的粥有魚片粥、牛肉粥、皮蛋瘦肉粥，而粥煲得很稀爛，金門的廣東粥粥水也稀爛，看來這就是是“廣東粥”名稱的來源吧。來自廣東，內容卻已經變種了。

不由得也想到了在內地一些大城小鎮旅遊時吃的不同早

餐。我們到山東自由行，到過棗莊探訪朋友，常常在大寒天一早一家大小三五人約我們出外吃早餐，天氣太冷了，穿著大棉衣、脖子圍著厚圍巾、哈著熱氣，走到街角搭起的帳篷群落一帶，隨便進入其中一家地方比較寬敞的攤檔，六七人就圍坐在一張小矮台周圍吃，一邊是冒著騰騰熱氣的小灶，一邊是食客在大快朵頤。師傅夫婦忙成一團，不斷將一籠一籠的菜肉包子、小籠包、韭菜餃子、燒賣陸續端上來。他們做的燒餅等早餐確實非常好，這樣美味的早餐，真是讓我們胃口大開。初冬的日子，文友間圍爐而吃，氣氛溫馨，多少年後這樣的畫面不斷重現腦際，足堪回味。

難忘的是有一年，朋友相約在冬季。我們到江蘇南通探訪好友徐築、徐織老師兄妹。徐大哥居然選擇在某一天，一大早開車陪我們到全國包子最出名的揚州吃早餐。揚州幾家酒樓的各色包子特別豐盛，也在全國極負盛名。抵達後，進一家有名的酒樓，太早了，天氣也夠冷，食客很少，別人多數是買了打包帶回家。早點有青菜包、鮮肉包、洗沙包、乾菜包、三丁包、五丁包、蟹黃包、蘿蔔絲包、千層油糕、翡翠燒賣、糯米燒賣、筍肉蒸餃等等。我們作為香港客首次奔波幾十公里、從一個城市到另一個城市吃早點，從來未曾經歷過的經驗，未免感覺新鮮而激動，記得還在裝飾得古色古香的酒樓門面照相，留下美好印象。

當然，我們也很喜歡上海特色的早餐。博覽會期間，我們住在蒙自路，不遠處就是地鐵口，非常方便。這條蒙自路，在上海不算很出名，也不很長，但早晨車水馬龍，熙熙攘攘，非常熱鬧，生活氣息很濃，堪稱典型的「大」上海的小小社會縮影。賣早餐的小鋪，多數賣各種包子，常見的有一籠一籠的小籠包，菜肉包、韭菜餅、蔥油餅、雞蛋、豆漿等等，妙在中式的早餐鋪子還夾雜舶來餐店如家鄉雞、麥當奴之類。在我們香港客看來，中式的早餐各類品種都超便宜，兩個人的早餐費用還不到香港一個人早餐費的三分之二，香港到大家樂一類的快餐廳吃早餐，一個人最低消費至少都要三十到四十元。

沒有疫情時，我們每個月都會有一兩次到深圳度假小住一天，我逛書店、陪另一半購物、為她試衣做評分員，然後晚上到附近的京基100享受美食。商場高檔，外省一些著名餐廳在這兒開設分店，如外婆家、南京大排檔等等；深圳早晨的早餐也算多樣化，除了早餐小鋪賣大同小異的早點，還可以到酒樓，試試與香港不相上下的酒樓早茶，那叫港式美點，比香港師傅的手藝不遑多讓，身價倒廉易了一些。

當然，東方有東方的早餐絕活；西方也有西方的拿手早餐，不獨是麵包咖啡那麼單調。如果跟團到國外旅遊，以歐洲為例，無論西歐、東歐還是北歐，毫無例外的都是麵包加牛奶，顯得單調了些。印象中就吃了好幾次牛角酥，乏善可陳。當然，這只是從參團遊客角度而言，如果是普通人家的家庭應該豐富得多，各款三文治、油多之類啦，單是麵包的種類和吃法，就足以寫一本大書。

到印尼感覺良好，也許是自己小時候的成長地，空氣中飄散著異鄉的熟悉味道，嗅到了熟悉的情味，無論吃什麼都有一種親切感。家人或華人親友經常會開車載我們去一些大街小巷華人開的餐廳或當地印尼人在小巷路邊開的小鋪子吃各種不同的梭多（雞湯飯團），異常美味。主要材料有雞肉絲、半粒雞蛋、粉絲、馬鈴薯或飯，調味有甜醬油、辣醬、炸紅蔥，雖然分量不很多，但口頰留香，令人難忘。印尼的這一道早餐，各個島嶼城市的製作方法和食材都不同，都有著自己的特點。印尼華人式的早餐，還有來自印尼原居民製作的、色彩斑斕的糕點。它們的原料離不開麵粉（或米粉、糯米、薯粉）、紅糖、椰漿或椰絲、炸香蕉等，多數都是甜的，也有一些餡為碎雞肉的糯米團、馬鈴薯餅、蚵嗲、黃薑飯（菜肴為辣魚）等等；一熱氣騰騰的咖啡烏，隨意點你喜愛的早點，有鹹有甜的，說不滿意誰都不相信。

在東南亞，最讓我們最感動的早餐，是在馬來西亞北部的檳城吃的。馬來西亞我們常去，吉隆玻、怡保、太平的早餐，離不開一杯糕丕烏（即黑咖啡）那幾乎是早餐的飲料之王了。我讀劉以鬯先生寫星馬故事的小說集《熱帶風雨》，最初讀到「糕丕烏」三個字，感到很奇怪；後來到吉隆玻，發現不少早年遺留到現在舊餐廳招牌，竟然還是將咖啡兩個字寫成糕丕，難怪劉以鬯先生在他寫的小說中沿用這兩個字。糕丕烏，其實就是閩南發音KOPI-O的音譯 ，指不加牛奶的齋啡。黑咖啡之外，馬來西亞各城市的早餐有三文治、湯麵、炒麵、果醬麵包等等供選擇。最妙的是在檳城，酒店不包早餐，我們早晨按一位華人三輪車夫的指示，從酒店步行一段路，轉個彎就走到了賣早餐的地方。那是在一棟老齡舊唐樓的地下，有個連簡陋招牌都沒有的、不起眼的小食肆；可別看貌不驚人，裡頭倒有大乾坤。當我們在外面探頭探腦的時候，一個華人老闆娘出來熱情招呼，進來，進來，請我們坐下之後，便問喝什麼，我們要了兩杯白咖啡。（馬來西亞檳城怡保都以白咖啡聞名，只是名稱而已，咖啡仍呈棕色）。本來想問早餐有什麼品種，很快看到周圍一檔一檔的，頓覺有趣，原來是不同的小老闆賣著不同的早餐！頓時嚇了一跳。一間僅擺十來張枱、沒有圍牆的、唐樓底下的空地大牌檔，食檔就多達七檔（攤），美食和平共處，齊齊攜手上場。檔主既是老闆也是夥計。有雞蛋香腸、炒米粉、怡保雞飯、咖哩麵、經濟飯、豬腸粉及肉包。剛才出來

招呼我們、在中央水吧只賣咖啡的一對夫婦，把早餐小空地分租給六個賣不同早餐的攤檔。我們要了兩碗咖哩麵，確實非常美味。這一天，在這樣特別的場合見到不同民族的多元早餐，無法不聯想到馬來西亞多民族的和諧共處，居然也體現在早餐文化哩。

新加坡早餐瞭解不多，有一次，我們從酒店過馬路到對面的小巷拍檔吃早餐，三文治、咖啡之外，還有一道美點，竟然是水煮蛋，兩粒雞蛋浸在冒煙的熱滾滾水杯中，端上檯面，餐桌頓時變成半個小爐灶。

說到早餐的最佳環境地點，品種之豐富，我經歷過的，也令我時時懷念的，目前為止，是廈門一家設計新穎的酒店。酒店的早餐餐廳成為酒店的重中之重，酒店特地設計成有如半球形的廣場，位置選在全酒店環形客房的中心，從環形的幾十層租房走廊可以居高臨下看到。早餐品種集了中西早點美食大全，至少一百來種，無法一一細說了。酒店住客往往很遲才來吃，早餐午餐一起解決，不少為了省錢；倒是因為想吃遍那些好吃的早點啊。在那樣舒適的環境，吃最好的早餐，也必然會拍照留影。

世界各地不同的早餐都令人難忘，可以說，我都喜愛；因為，它們都有自己的特色，有無法替代的味道，令我們的味蕾一試難忘，也許緣分就是那麼一次，已成了永恆。它們，不論貴賤，不必排名，像世界人種一樣，平等相處。

巴達維亞咖啡館

你知道為什麼我們愛看過去的東西嗎？其實很簡單：現代的東西我們能夠看到而且看得多了；未來的東西我們看不到了，唯有昔日年代的歷史遺跡，如果還與時光同在，那就令人倍加珍惜，不妨趁雙足還能走動時趕緊去看。

有一次到印尼首都雅加達，經過六十年代的商業區小南門，看到對面街都是一些全白色舊建築，看樣子是老城區，我就跟瑞芬說，以後我想到這老城區看看，一直到這一次九月份才得償所願。那天，我們由識途老馬、文友夏蘭帶領，和文友碧珍、冬珍一起出遊，想在一些老街徜徉、漫步，感受一下舊雅加達“巴達維亞”老城區的氣息。這區域靠近火車站，還有一家咖啡館。確切地址是Jl Pintu Besar Utara 14. , Kota. Jajarta.據說週末還開通宵。下車後，夏蘭引領我們轉入一個大廣場，眼視一闊，一個別致的廣場馬上映入眼簾。廣場周圍，都是荷蘭時代的舊建築，包括一棟巴達維亞博物館，廣場中央似乎在進行各色咖啡展銷；一列七彩螢光單車整齊排開，車頭還蓋著寬沿草帽，供人租借；一群包各色頭巾的、渾身穿得密實、高貴的伊斯蘭婦女在搔首弄姿地在一所建築物前輪流拍照，與舊年代的傳統打扮大不一樣了。誰說了一句：「這是雅加達最早的咖啡館。」抬頭一看，綠底反白色字體招牌寫著

CAFÉE BATAVIA。驀然心驚，大有一種驚豔之感。印尼被荷蘭殖民統治三百五十年，雅加達舊稱就是「巴達維亞」。我少年時代讀初中的學校就叫「巴城中學」。能依然沿用舊稱的，當然資歷不淺吧！

我們先在館外合影留念，再按照夏蘭意見，一呼進入。方知這腳一跨可不簡單，進出的雖不是生死界，但只是一瞬間，我們跨越的已然是新舊兩個截然不同的年代，穿梭的是現代和兩百一十四年前的時空了。原來，向少女服務員打聽，此咖啡館建於1805年，已經有兩百一十四年的歷史。1850年還曾經作為荷蘭東印度公司的行政寫字樓辦公。這咖啡館也歷經滄桑，幾易其手：1990年一位法國人買下這家咖啡館改裝成藝術館，不到一年，又一位澳洲人看中買了下來，再度改裝成現在的咖啡館。不過，從咖啡館的佈置和整館那些大幅的照片牆，看得出來，這澳洲人欣賞前一位業主的設計和趣味，保留了大部分館內的氣氛和風格。

咖啡館外觀不起眼，但一走進館內，一股兩百多年前的懷舊氣息就撲面而來。館內樓下最前面是玻璃牆，光線特強，有沙發雅座，形成長方形，天花板距離地面很高。走進正館，燈光就比較黯淡，有個小舞臺設置有音響和燈光設備，想必是為週末酒吧客助興而設；中間有木樓梯通向二樓，一樓到二樓的牆上都是密密麻麻的照片，蔓延到樓上，蔚成大觀。樓下座位既有大圓形桌台，也有傳統的一小圓臺配搭四張木質扶手椅子、灰色沙發。四邊牆上都掛滿了黑白照

片，僅少許是彩色的。內容既有藝術照、風景照，也有偶像明星照片及荷蘭皇室成員照片。最奇特、別致的是木樓梯左下方的有一間迷你的洗手間，外面、裡面的牆上也全被照片裝飾得看不到牆身，真是太驚人了啊！我進入試試小解，順道拍攝廁所內的照片，感覺牆上好像突然多了數百雙眼睛似的在注視著你，感覺怪怪的。大家欲站在旋轉上去的木扶手樓梯邊的最佳角度拍拍照，不意好幾位友族做模特兒般站在那中央拍攝了很久。不禁回想幾十年前，友族婦女大概只有替人拍照的份兒，哪像近年變成了主角，這多少也體現了她們生活水準的提高和改變吧！

照片連結二樓，我們拍攝了幾張合影，就逕自往二樓走上去。哇，環視館內二樓環境和佈置，馬上被那種十八世紀和十九世紀的皇家氣派，那種殘存不散、餘味嫋嫋的殖民氣息所震攝，不來一趟實在無法體驗那種氣氛以萬一。當然我並不「戀殖」，都只是想參觀和體驗兩百多年前的小資風情而已。在中國大陸，遺留下來的最多的是廟宇，歲月久遠，動輒千年以上，連古寺院子內的古榕歷經千年風霜，也站成了化石！見怪不怪。最喜歡的還是老館子、老飯店，賣的是秘傳私家菜，未吃涎已流。但北國是茶酒大國，三大飲料獨缺咖啡。巴達維亞咖啡館的創辦人物和源起詳情已久遠不可考，但其薪火承傳一定不是神話，而有其深厚的土壤支持。印尼那時的咖啡產量僅次於巴西，嗜好咖啡風氣可以說上至達官貴人，下至販夫走卒。大街小巷的流動攤車，路邊角落裡的固定小攤檔、巴剎裡櫛比鱗次的咖啡店，都賣著咖啡；而眼下這類面積不小的、長方形的咖啡館二樓模式，正體現了荷蘭時代流行的中上檔次的咖啡館的風情，可以與香港九龍半島酒店的茶座相媲美。然半島堂皇優雅，有如著渾身雪白西服的紳士；巴達維亞咖啡館簡

樸流麗，像是穿了格峇雅的荷蘭貴婦。一列排開的咖啡座，有四人台、兩人台、多人圓臺、長形台，一律鋪上了白布，白布上

鋪上方形綠色花紋的印尼峇迪布，周圍環繞的椅子都是純木質的，左右有扶手，座位鋪上紅色軟座墊，木質被歲月的流光磨得鋥亮，彷佛散發出木的氣息。看長到幾乎落地的長窗外，赤道灼熱的陽光正散發威力，一定比兩百年前更熱了吧！廣場上的老建築一覽無遺地排開。再看看室內，三扇式的老風扇正發出吱吱的鑽動聲響，十八世紀的老吊燈依然高掛不願退出歷史舞臺。我們走到兩百年前的老酒吧、坐在高腳凳上拍照，又拍攝了照片多到驚人的牆前拍照，朦朧間，一曲《舞伴》的音樂響起，我們看到一對對紳士淑女從牆那方向翩翩起舞舞過來，男的燕子尾西服，四位女的蜂腰下旋轉著蓬漲圓裙，舞姿輕盈曼妙，還頻頻回眸向我一笑，我一時看得癡了！定睛細辨，才發現四個女的竟然是同來的印華文友，那裡來的十九世紀的淑女？……

在兩百年前的咖啡館喝咖啡，輕酌慢飲，感受兩百年前的時光流風，感覺真好，不覺時間流逝得那麼快。各國朝朝代代的留下的特色遺跡都是旅遊的好風景，與文學征途上結伴而行的文友在此消磨歡聚的時光，難道不是一種恒久的美好記憶麼？

港式美點逐個數

飲茶，已經成為香港應酬朋友、久別重逢相約小聚的重要方式，也是家人假日團聚的喜愛習俗。

我們居港長達半個世紀，不知參與了多少次，每次都興致勃勃，從不厭倦。老朋友好久不見，都會想到約對方茶聚；"得閒飲茶"也成為港人著名的口頭禪；雖然未必落實，卻也反映了香港飲茶文化的普及和被重視。

到內地甚至東南亞一些城市一走，有時看到"港式酒樓"之類招牌，不免有點自豪，看，香港酒樓富有自己的特色，才會被冠以"港式"，還跨山越海呢。在異鄉，酒樓裝修可以接近到似模似樣，但點心往往會走樣；哪怕只是微微有別，已然味道大失。一家著名的酒樓，招牌打響，就會有專利權，如果要好吃，非特地聘請香港廚房大師傅進口或在當地培訓徒弟、親自面授機宜不可。香港某些美點都有獨家秘方，從長計議，受用無窮；好吃，才會客似雲來。

無數次進出香港酒樓，也無數次寫寫香港的酒樓。無他，太值得寫呀。有時是酒樓設計得太有特色，感覺很舒適，消磨一兩小時，只是坐，已心情大悅，何況邊坐邊吃還邊聊？一般中下檔次的酒樓，都是大排檔式的，鬧哄哄猶如菜市場；像我們居家附近的一家，燈光不亮，唯地方寬敞，每張枱相隔很遠，卡位也夠寬大，六人位只安排坐四人，情調優雅浪漫，說話再大聲也不會被他枱聽到；有時是該家酒樓製作了幾種獨家點心，眾口交譽，成為勝人一籌的致命殺手，也會吸客前來。像一朋友請我們到沙田的一家酒樓飲茶，他們製作的咸水角外皮不是金黃色的，居然是綠皮的，還摸捏成士多啤蕾形狀，腸粉一般是白色的，這家卻是紅色的!當然，有時與酒樓無關，飲茶對方是稀客，說話內容訊息量大，也會感覺無論誰做東，都值回票價。

無論什麼狀況，最奇特的是，每當所點的點心很快地擺滿一桌，大家都會不約而同地站起來，做同樣的動作，你猜到是什麼嗎？流口水？口水出自嘴巴，即使流，坐著可以了，無須站；放屁？東西還沒入肚，更談不上消化，怎麼會有屁？都不是。那是忍不住拍照。香港的酒樓，小點心都製作得認真，賣相好，可謂色香味俱全，因此那種誘人的模樣，不拍攝一張，彷佛對美食有所愧欠。於是全體起立致敬，拍攝美食，送入五臟廟之前，向美食最後的致意。

香港小點，花樣很多，確實製作得迷你誘人，還未入口，已經被它的色香吸引得口涎垂流三尺。以下選出我心目中的十大（名次不分先後），相信不少愛香港精緻美點的親友都會投出相當的票數，簡要介紹其中五種——

一，咸水角。這是香港酒樓最出名的經典點心。端上來時似乎其貌不揚，三隻橢圓形的、金黃色的點心，猶如三隻雞蛋模樣，沒有什麼奇特之處。但製作得好的話，會令你只是淺嘗一口，已經控制不住地哇哇哇亂叫，會亂罵，怎麼那麼好吃！怎麼那麼好吃！口感絕對是勃勃脆，感覺新鮮出鍋，炸出了火候。香港不同酒樓的咸水角，好不好吃，有時差異會很大，全看師傅製作的手巧和油炸時間火候的拿捏。咸水角廣東的酒樓必然都有，嶺南的美食和港地本是一家，而北方酒樓除非掛香港牌，否則很難見到這類咸水角家族。鹹水角內餡主要成分是豬肉碎、韭菜、蝦米、冬菇、沙葛等。將滾水沖入澄麵中攪勻，糯米粉置盤中，加入糖、豬油、凍水搓勻，再與澄麵混合。分出多份粉糰，每份放入餡料包好，放滾油內炸至淺金黃色便成，口感脆而不韌，也即香港人說的勃勃脆。

二，豉汁鳳爪。“龍生龍，鳳生鳳，老鼠生兒會打洞“，是著名的階級血統論。香港人的粵語非常忌諱諧音，“空屋”與“凶屋”同音，因此改叫“吉屋”：“雞”和“妓”發音相近，因此“雞爪”雅稱“鳳爪”。一旦改名，果然非同小可，連印尼姐姐也選它為粵式酒樓經典點心第一名。我們每次與公司同事飲茶，就多點一兩份咸水角和鳳爪，帶給孫女孫子們和印尼姐姐做點心。

鳳爪製作程式繁瑣：需要經過灼、炸、泡、醃、蒸五個環節，雞爪先用油炸再蒸，發泡後就會變鬆軟，色澤呈深褐色，非常誘人，酥嫩濃香可口。一吮吸皮肉輕易剝離軟骨；你滿嘴頃刻被諸味調和的醬料塗滿，散發陣陣濃香，不僅酥骨慢啃成為一種樂趣，連你誘人嘴唇，也恨不得咬上一口啊。至於營養，更沒得說的很高，雞爪富含膠質，可讓皮膚獲得滋潤，富有養顏之效。製作此菜，最關鍵的是炸製雞爪的時間火候一定要拿捏得剛剛好，時間短了不易爛，時間超長肉質會變得乾硬，口感盡失。

三，潮州粉果。我不知道潮州是否有這樣的好點心？香港餐廳的揚州炒飯，揚州吃不到；香港快餐廳的福建炒飯，福建吃遍了也沒有；估計這可愛美麗的潮州粉果移居香港後，環境令其面貌、氣質和內涵都改變了模樣。其實，論其餡料，很是普通，普通即是健康，嗜肉一族未必會喜歡；主要的餡料有花

生、韮菜碎、豬肉碎、蝦米、馬蹄碎等，用澄麵皮包好，隔水蒸成，通常點辣椒油或豉油食。酒樓師傅厲害得無法不點贊，那層皮製作得的確非常晶亮，如果視力差點，會在模模糊糊之間，感覺怎麼茶樓連這一類價值連城的水晶寶貝都會製作呢，朦朧間還以為水晶裡包裹著幾塊翡翠哩（吃了才知道原來是韭菜，哈）。這類粉果是酒樓美點的最健康代言人，可以飽肚又不會增肥，畢竟葷少素多，大受東瑞這類想長命寫多點東西的小人物歡迎。

四，山竹牛肉球。一碟三個，體積比較大型，比一般"丸"類的小家子氣魚丸肉丸大很多，名稱的由來倒不是形如水果皇后山竹，而是來自"山水腐竹"，也有說是粵語"生的枝竹"的諧音，牛肉球與腐竹結緣，並非成為球內的組成部分，而是用來墊底，隔開牛肉丸與蒸籠，以免黏住。牛肉球的食材包括了免治牛肉、馬蹄、陳皮（浸軟）、薑、肥豬肉、蔥、芫茜、鹽 、糖、生粉、蘇打粉、胡椒粉、 水（分量可以參閱網路有關介紹）以及墊底的腐1塊。香港大多數酒樓都將這類美點製作得很好，軟、彈、酥、爽，那種美而可口的程度，幾乎令你吃了達到了一種昏昏然想再來一球的欲望，猶如相遇一位豐滿又優雅、水潤潤的大姑娘，昏昏然不知今夕何夕，懷疑自己是否還置身在人間。

五，棉花雞。主要由乾魚肚、薑蔥、冬菇、無骨雞腿肉、酒、各種調料組成。據說水滾後，大火蒸二十分鐘即可。同樣，無骨的雞腿肉鬆軟，吃得你吸吸叫好，是雞的最健康吃法，保證你的腹部永遠是一片大平原。

走筆至此，未敢再一一詳介。怕的是寫成一篇未到家、不標準的食譜，而不是美食文章了。其他較受歡迎的美點還有：蔥油煎餅、各式腸粉、芋頭酥、蘿蔔絲酥、鹹魚排骨飯、黑椒豬手、馬來糕、春卷等，已經遠遠不止十種了。

港式飲茶文化和嶺南同一源流，在香港中西風的浸淫和環境的影響下，發展出自己的特色，蔚為大觀，成為東南亞華人最為欣賞、最受落的、旅遊、訪港時刻不可或缺的節目。在星、馬、泰、印的港式酒樓，如果點心做得不錯，一定被大贊，問老闆，你們的主廚一定是香港來的師傅吧？不然不可能做的那樣地道！

港式酒樓歷史悠長，早期還見"茶樓點心妹"在場地走動，脖子上吊著活動美食小木攤，擺上各種點心，四處走動，繞枱叫賣，咸水角喔！棉花雞喔！……還有寫稿匠將點心妹當主角，寫成富有香港特色的小說哩。

小點心多數一碟三件，也成為一種不成文的規矩。

每當宅家舊了，聽到朋友說"得閒飲茶！"肚子裡的饞蟲就馬上蠢蠢欲動傾巢而出；每當我們被人家關照太多、欠了一份人情的時候，就會約她或他，幾時得閒，我哋一起飲茶！OK?

憶和劉以鬯夫婦飲茶的時光

2018年6月8日，香港文學之寶、純文學的扛旗人物劉以鬯先生走完他的人生路，告別熱愛他的讀者，剛好一百歲。迄今，已幾年過去了。劉老的逝世，算是香港文學時代的一個終結。

劉先生在世時，我們兩對夫婦常常相約在太古城的酒樓飲茶，不是因為他們要交新的書稿給我們打字編排，就是我們有版稅支票開給他們。這類情況大都是劉太太羅佩雲安排，幾乎都約在下午兩點至三點之間。劉太太午夜後才就榻入眠，上午是睡得最酣的時刻。一個人的生活習慣很難一概而論的，像這一對文壇眷侶，遲睡，中午又多是出外吃飯，可是都那麼長壽。我們的回請，多數也在我們家居附近酒店的自助餐廳，夫婦倆胃口特別好。

劉先生的粉絲早期都是年長的讀者，自從王家衛導演拍攝了《花樣年華》，片末引用了劉以鬯名著《對倒》的段落，王導演也在書末寫了篇《<對倒>寫真集前言》，稱「一本1972年發表的小說，一部2000年上映的電影，交錯成一個1960年的故事」，劉先生名氣日隆，他的粉絲漸漸年輕化，加上《酒徒》成為大學文科的必讀課外書，讀者羣範圍擴大。許多年輕人，視他為偶像，欽佩崇拜他，遇他生日，或男或女，都愛預定蛋糕，請我們代約劉夫婦出來喝茶，他們都很樂意開心。粉絲們也都帶了劉先生的著作，請劉老簽名，也少不了和他們合影。每次簽名，劉太太都在一側協助先生將書的另一頁按住，使劉先生簽名時不至於受影響。這些情景和畫面，自從劉老離世已成絕響，但還是那樣歷歷在目，令我難忘。

每次喝茶，都是以劉太照顧先生為多。羅佩雲女士就像他體內熟悉他美食嗜好的「器官」，不斷給他夾點心，令他檯面的碗碟滿滿的都是港式點心。劉先生專心低頭吃東西，劉太太則全權代表他交代和談論有關交來新書稿的種種細節。早期不是那樣，劉先生不再主持《香港文學》的編務後，那時還只是八十來歲，如2000年至2001年出版《對倒》長篇版、小小說集《打錯了》和《不是詩的詩》，以及2007年前出版的幾部，劉先生都是親力親為，將剪報上的文字重新修訂，編排後進行二校，都是極度認真，一絲不苟。劉先生最驚人的大手筆是喜歡大篇幅刪節，像《對倒》原先在報紙上連載的時候，現炒現賣，拉得很長，一旦出書，不論是短篇版還是長篇版，他都大刀闊斧刪，絕不留情。被他嚴格處理過的小說，文字已經精煉到無法再擠出水分了。但是到了後期的《熱帶風雨》《吧女》《香港居》，都是劉太幫他決定出書程式裡的各種環節和細節，《藍色星期六》則是劉先生去世後一年的2019年7月才出版，當作對劉老的一種紀念和致敬，劉先生本人已經看不到了。

每次一起飲茶，我們四個人（兩對夫婦）中，以兩位女性話最多。我擔心我的粵語和國語太有地方腔調，劉先生聽不懂，都由內子轉達。兩位女性都是很有主見而且可以做出果斷決定那類人，於是形成了一場飲茶都是由女性做主導的局面。難得的是羅佩雲女士非常熟悉丈夫的創作、包括連載剪報的分

類和儲存。劉先生不太管事後，都是太太替他主持大局，這真是劉先生之福。1952年至1957年劉先生在星馬報館做編輯，業餘常常去歌廳欣賞歌舞，羅佩雲的舞蹈迷住了劉編輯；每天如此放鬆疲憊的身心，也就這樣和羅佩雲結識，並締結一段美滿姻緣。劉太那時也喜歡看劉先生在報紙上的長篇小說連載。他們的結合，堪稱典型的才子佳人的情投意合。

《熱帶風雨》交來時，劉太希望我們看看內容有無重複的，有的話就抽出不收；《香港居》劉太擔心情節和文字出現拖沓情形，我都小心看了，覺得文字已經十分乾淨，不需要大幅度刪節了。

那幾年，每次飲完茶，劉以鬯先生會先自行離去，到商場、書店逛逛，晚餐劉太讓他一個人在快餐店解決後才回家，劉太說他們只有中午一起吃午餐。

疫情中，久久一次和劉太吃飯，她會讓外甥女作陪。次數不如以前頻繁了。

劉先生在另一個世界過得好嗎，很是令我們懷念。

舌尖上的家鄉情味

說香港是美食天堂，一點都不為過。除了中國大陸一些省份有代表性的美食，如北京烤鴨、餃子、四川擔擔麵、客家梅菜扣肉、金門麵線、雲南米線、上海粗面、小籠包、海南雞飯等等可以吃到外，還有世界各國著名的菜肴，義大利的披薩、日本的各種餐食、韓國烤肉、泡菜、星洲炒米粉、東南亞各國咖喱、越南湯檬、印尼巴東牛肉、黃薑飯等。

香港毗鄰廣東，本身傳承的是嶺南菜系，以港式飲茶文化為代表。但各國有代表性的美食品牌進軍香港，算是比較順利，有賴於香港人適應能力很強，味蕾尤其歡迎飄洋過海而來的舶來美食。

以我們家住黃埔花園為例，人口密集，家境中層為多，單是各類餐廳、食肆、酒樓就多達五十家。每天換，一個月都輪不完。當然，人性都喜歡嘗鮮，最後還是會挑選幾類自己最喜歡的，作為常用餐食。只是節日裡的美食小店、大酒樓，照舊人山人海，仿佛吃飯不必錢。

論我們最習慣的，還是港式酒樓和印尼美食，前者我們算入鄉隨俗，全面接受了香港的飲茶文化；後者則是家鄉情結，我們是移居香港的“天涯飄泊人”，酷愛吃印尼菜肴。

自從銅鑼灣和尖沙咀遊客區的印尼餐廳先後結業，比較著名的以印尼菜肴為主打招牌的印尼餐廳就“漸行漸遠”，居然令一些經常捧場的食客有些失落。以往港式飲茶厭倦了，大家都會懷念起“家鄉的味道”而約會在這類富有南洋情調的餐廳飽食一餐，而今一旦有新的印尼食肆，都會奔相走告。

那天，忘記了誰告知，在深水埗有家“AMIN”餐廳，老闆是西加里曼島（舊稱婆羅洲）一帶的老鄉，專制作富有那區域的印尼特色飯，尤其是印尼的黃薑飯最負盛名。老同事老陳正好是那一帶的，一時很興奮，大談他家鄉味黃薑飯是如何開胃好吃。自然，我們也都是此佳餚的捧場客，特地搭地鐵幾個站去試嘗。餐廳雖然在大街，但處在街尾，門前較為冷清。

那招牌有點殘舊了，餐廳內的陳設也都比較簡陋狹小，但食客都操著家鄉話，吃得津津有味，憑著這份情誼，生意居然不錯，我們多買一份黃薑飯分享老同事，他也讚不絕口，後來我還搭地鐵去買，作為探望病中大哥的“禮物”，似乎比什麼都好。再後來，餐廳老闆也許覺得餐廳發展下去，會有前途，決定覓得新址搬遷，雖然還在附近，但寬敞多了。

經營的依然是印尼名飯黃薑飯等幾樣招牌美食。開張後，一位身材嬌小、面容娟好的服務員忙著記錄顧客點的菜，老伴和她閒聊幾句，知道我們早年也在“望鄉”那部電影的故事真實背景婆羅洲（不同的只是我們僑居該島嶼東部）生活過，一時感到興趣和親切起來，格外熱情。

再來那一次，我帶來一本新書，通過她送給餐廳，裡面收錄了幾篇以印尼美食為題材的故事，雖然已經帶有虛構成分，但黃薑飯故事靈感就來自第一次在他們餐廳舊址吃飯所引發。

我說，送給你們做紀念吧。我還在扉頁，寫上了希望他們客似雲來、生意越做越好一類話。畢竟，我們在港島終於嘗到一份濃淡適宜的家鄉情味，為另類鄉愁解了渴。

偷閒的日子

商務艙時光

滿目的空座叫人驚訝，昔日的擁擠景象哪裡去了？飛機似乎只是載著我倆，飛越雲空，飛越大海，來往于香港和蘇拉峇雅。

窄逼的三人排變成了一人位，輕鬆的身體四肢張開，舒服得像在雲端飄浮，好想不再回到煩惱的塵世，就這樣在怪舒服的空間度過生命的餘下寶貴時光。

嬌聲細氣的空姐來時端著一盤盤的美食，轉身離去是一次次搖曳生姿的美好身影；殷勤的超級服務，不時質疑自己是否夠資格享有；從前都是最佳旅伴的她坐在我左或右的靠窗位置，今天演一場妳看看我，我望望妳的孩子遊戲，空姐在一側掩著嘴微微笑，空蕩蕩的機艙沒有其他觀眾，她竟然優優雅雅從容為我們拍攝幾張。

雲端裡的世外桃源在一萬多米的高空築就，構成了五小時的忘憂二人世界；那樣的興奮，那樣的貪婪，希望飛機不要著陸，就讓我們坐成一對商務艙裡的千年化石吧，凝固的剎那時間是2019年9月24日上午。

早餐

不同酒店的早餐總是讓我們別後十分懷念，那是一次次不同的每日盛典；昨日的能源補充，早已經消耗殆盡；所有的養分分配給了五臟六腑，腸胃滿壁乾淨如洗；一夜的充分休憩，讓精神特別飽滿，雙雙走出房門好似兩隻猛虎下山。

喜歡早餐，猶如一天最好的節目；眷戀早餐，遠勝午飯和晚宴，早餐吃飽吃好，午餐八分飽，晚宴儘量吃少；唯有早餐，放肆無忌。

坐定最佳座位，熟悉的服務員過來微笑招呼，伴隨著碟裡雙蛋那黃橙橙的眼睛也向我們微笑致意，彷佛在說，吃了我吧，吃了我吧！各種平時家裡沒有的食物排著隊等著我們挑選，豆漿、牛奶和咖啡在此合奏成一曲美妙的東西歡樂曲，慢慢地品嘗，細細地咀嚼小資情調的美妙。

她總是給我端來雙蛋和梭多，經常，廚師對她魅力微笑總是沒法阻擋，為她煎蛋又特地送來；而我總是為她端咖啡，問她糖下一包還是兩包？然後搖動著杯裡的小湯匙，邊看著她一日的淡妝，為她做小小服務不再是小說裡的細節；一杯完了，再斟一杯，邊飲咖啡，邊聊行程，那或許就是龍鳳胎的最悠閒時光。

最喜遠方的家發來孫兒的照片，手機的畫面，釋了我們萬裡外的遠念。

旅途中的早餐總是這樣美，嫋嫋升騰的咖啡香混融了晨起太陽的味道；附近的樹林草坪綠如油，秀色可餐一點都不誇張；空氣裡總是含著芳草的香氣，那樣的風景何嘗不又是旅途上另一種特別的早餐？

華燈初上

夜晚的時分最是溫馨，也最為懷念，商場裡的徜徉，看似隨意，過後無不成為親切的懷念。

依然牢記不久前家中的小四方盒子，晚晚都有觸目驚心的演出，而此刻在異鄉，一派的歌舞昇平氣氛，演繹著一幕幕安寧和平的景象；在家居的日子裡，百萬海窗投影了對岸港島璀璨美麗的城郭倒影，而今，異鄉商場也是一幅幅人間煙火味濃郁的美食圖畫。

蘇拉呇雅之夜沒有雅加達繁華，溫柔寧靜自別有一番嫵媚風情；商場內到處是節奏緩慢的人流，而外面的流光溢彩，猶如一幅搖動的色彩流瀉在黑綢緞上的朦朧抽像畫。

東洋食店裡，我們一列環形坐開，享受著戴上白色高帽的印尼族廚師的服務，現炒現吃的模式很是悠閒；或者在五星級酒店中式酒樓的一角，淺品慢嘗著以老火燉個兩三鐘頭的雞和魚的濃郁與軟酥，於是一段有趣的同學情故事如水壩決堤，閘也閘不住。

哪怕在商場的一角裝飾留影一張，事後也有無窮的視覺回味。

時間的縫隙

你可曾相信時間的神奇？生命的長短常常由不得你控制，有情人的聖手，卻是神奇，有時可以將浸水的海綿拿捏擠壓，總是多多少少可以擠出水分來。

黎明一覺醒來，在走向餐廳的短途中，晨風在身上輕拂，太陽在那邊剛剛露臉，就來一張合影吧？看石頭的圍牆，蔓生的植物正在你爭我奪地裝飾，鋪成大自然神奇的色彩厚氈；多少年後，是否還記得本哲的那一天早晨？

一個多小時後就要告別英雄之城，幕幕聚餐的歡喜餘韻還沒褪盡，親人的臉孔依稀在眼前忽閃，就在這飛機場留影一張吧？匆匆來去的腳步，多少年後都會成為絕響，換上的是另一群陌生的聲音。

時間總是會有縫隙，留下一張張的紀念和惦記。

九月

出遊常常在九月，立秋之後天氣開始轉涼；不用趕得汗濕衣裳；慶典也不時在九月，炎夏之後，月亮漸漸地圓；懶散了一個漫長的夏季，氣力慢慢凝聚，渾身都是準備消耗的能量。

九月，乘上了時間的穿梭機，來回咖啡館的兩個時代；一牆的黑白照片，記錄了歷史人物的滄桑；滿室的懷舊氣息，如不間斷的風，從老爺的三扇式電風扇旋轉出來；九月，月圓之夜，文友有時在不同的地方抬頭望月，有時聚在一起共賞一輪明月，生命的年輪又多了一圈。

九月，春天的播種，就要結出秋季豐碩的果實；所有的蟲豹，作惡太多，也到了強弓末弩的時刻；有的將冬眠，有的即將凍僵……

喜歡九月的落葉，讓我們思索一生的收穫和下半場的捨棄；準備再度出發。

同行

不知還會在一起多久，總是緊緊抓住妳的手。

不知時光還會倒流嗎？回到我們那青澀的年代，像兩顆不成熟的果子，就那樣癡癡相守；當然，到了成熟的季節，滴出蜜也很好，彼此慢慢欣賞和品嘗。

從繁華大都市的海濱一角，走到異國他鄉的白色小城；從寂靜的本哲詩路妮，走到西安的兵馬俑……我們都一路同行，同行。

妳陪我每一次身體的看診，我扶妳每一次旅途上的跌跤。

春夏秋冬四季，一旦同行，就把鞋子踏穿，迄今買了一雙又一雙；每一年的六月，我們都要遠行，像是一次考驗意志的人生馬拉松；從旅行團到兩人自由行；從現代的商業廣告牆走出來，回到兩百多年的咖啡館；也曾經細細欣賞飛機場的每一幅壁畫，拍拍玩玩直到登機的緊張一刻。

多麼希望有來世，精彩的外面世界我們還沒玩夠，多麼希望在另一個世界，還能牽著妳的手過馬路。

生命不息，奔走不止，我們喜歡牽牽手，來日苦短，看夕陽西下，還不知我們還會走多久，那就讓我們經過披荊斬棘的驚險虎山行後，更緊緊牽手，來一年年的天涯遊吧！

2019年10月15日

冬天紀事

炎夏裡的冬季

春季，寫過《春天的邀請》《春之誕》；夏季，寫過《這年夏季，在八王子》《那年夏季，金門悄悄》《期待涼涼夏天》；秋季，寫過《相約在深秋》《深秋・北京》《愛在深秋》；冬季，寫過《冬天的回憶》《鎮江的喜劇》《小站》《相約在冬季：上海》《飄雪那天，我們在京都》……季節大樹的年輪不斷遞增，歲月的色彩需要周而復始，我們人人都要經受生命四季的洗禮，無法逃脫。

是的，每一季都有每一季不同的內容和心情，以冬天為多，安徒生《賣火柴的小女孩》寫的是一位小女孩縮瑟在冬天冰硬的街頭牆角賣火柴，夢中一家人圍著聖誕烤火雞吃，火柴沒人買，最後自燃取暖，火柴燒完，自己也凍死了。感人的童話，只有充滿博大愛心的作家才能寫出來。這篇童話讓我明白一位寫作人，首要的就是必須具有一顆平凡又偉大的同情心，才能寫出無數小人物群像的美好心靈。

冬季既是大自然的最末一季，有時也象徵著人生命的終結。羅曼・羅蘭就說過，人生是單程路，不出售來回票。樹葉飄零腐融為泥，先人燒成灰，子子孫孫繁衍不息，代代相傳。

2019年~2020年爆發的全球新冠肺炎病毒就始於2019年

冬季，經歷春夏秋冬，疫情波浪式起伏，到了2020年末的冬季進入高潮，叫人驚恐。我們2019年冬天的最後出遊記錄，則是兩次，一次是11月受邀陪劉以鬯夫人到寧波出席劉以鬯作品研討會，還遊覽了杭州、上海、嘉興和蘇州；第二次是赴金門出席金門縣文化局資助的、我的散文集《金門老家回不厭》的集體發佈會，歸途中順便到漳州玩，回港後，疫情就爆發了。

往昔冬季，可堪回憶和咀嚼

六十年代末期，小表妹告別南洋，到北國求學，結果是一場空；我十年不見，十七歲的她已經亭亭玉立，我追她；兩地情思，萬里追蹤。冬季的牽手，小站的等待，北京頤和園冬季的漫步……當時的苦戀，僅留下一幅和她冬季在頤和園昆明湖前的黑白照，兩人臉上那種青澀，有似山楂樹之戀的幼嫩和刻板，滿滿都是燃燒歲月的留痕。……四十幾年後，仍然是首都，我們來參加第二屆世界華文文學大會，餘興節目是到處遊覽，在奧林匹克公園，泰國文友給我們拍攝，臉上笑意盈盈。

十幾年前寒冬臘月乘著到上海開會，我們會後一路向西，到南通、揚州、鎮江等地遊覽。儘管是冬天零下好幾度，但熱心的徐老師兄妹周到地接待我們，溫暖了我們的心。南通冬季樹枝剛勁有力，蒼茫的風景處處是畫，令我們感受到了季節的威力、魅力和美麗；江南夜晚街頭零下三度，我們行夜市，全身裝備，還是渾身發顫，但見街巷一字排開，都是擺地攤的，在黯淡的燈火下，農民們賣著各種日用品和衣物，叫喊聲、招徠聲此起彼落，完全不畏懼冬夜嚴寒冷意的進襲，我被他們為生活而拼搏的勇氣感動不已。有天清晨，在鎮江的通衢大道上，妻子瑞芬被一位站在十字路口指揮交通的女民警的靚麗制服所吸引，告訴我和徐兄，希望能和她合影，豈料，不但如願了，還發生了一連串動人的故事，我寫的《鎮江的喜劇》參選，還獲頒特別獎。在鎮江金山的慈壽塔下，我還被妻的一個突然舉動感動了。當時天寒地凍，塔下一個婦人坐著出租白衣娘娘的白色古裝衣服，她很感興趣，租用讓我拍照，我為她拍了幾張，後來她給了那婦人十元人民幣，對我說，我看她天氣那麼冷，沒有生意，心中不忍，就幫襯她一下！至此，我才知道妻的真正用意，實在高出我這麻木不仁的蠢人許多。到上海，冬天最美，我們可以欣賞到上海文友們個個穿得大氣高貴、儀表優雅，倍顯出我們南方人冬季衣著的寒酸小氣。

在異域他邦，冬天出遊，感覺的卻是一場場情節的驚喜。

炎夏裡的冬天，給我們的是驚奇

仿佛熱帶、赤道裡的一場夢幻。那一次，印華文友們陪我們在印尼人口密度最高的爪哇島一路西行，到了一個火山遺址，白霧朦朧，水也朦朧，從繁華的山下城市一下子進入一個被遺忘的世界似的，湖水發出微微的暖，一株孤獨的樹半沉在湖水中，遠看好像浮在乳白色的夢裡；沙灘上，到處氤氳著白茫茫的氣，呼吸都會哈出一團團白煙，溫度冷得不行。好冷啊。圍巾，成了救命物；男士的胸膛，紛紛被老伴或女友借用。奇異的冷熱交融景象，真是百年不遇。

飄雪，帶來的是驚喜

那次，卻是在東洋的京都。女兒女婿好意，請我們到日本大阪、有馬溫泉、京都幾個地方自由行式遊覽。正是正月冬季，天氣異常寒冷，我們的厚厚大衣都穿上了。女兒女婿都是日本通，女兒曾讀港大日本研究學系，還在八王子創價大學做交流生留學日本一年，因此一路上我們什麼都不用準備，不需擔心，就像一對公母瞎馬被人牽著走，有一種不必動腦筋的旅遊快感。走在京都小巷裡，一路上路面乾淨整潔，纖塵不染，木頭小築精緻舒雅，廟寺穿插其中，肅穆安靜。我喜歡屋前園後的小擺設、迷你花盆，美化了我們一個下午的心境。突然，臉上髮端，點點冷意襲人，以為是毛毛雨飄灑，女兒女婿驚喜地喊嚷，雪花，雪花，下雪了！我們從來沒看過飄雪，在北國中原，常常是一夜醒來已經是大雪封窗、萬里冰封的，看不到最初模樣。這京都享受飄雪的浪漫，幾乎是任雪花一路戲弄和打扮，一直到滿頭雪霜，才打起傘來。那天，我們一直走到美麗蒼茫的渡月橋，寒風刮，浪水急，京都的悠久文化再和冬季飄雪分不開了，互存腦際網路。

藍天和白雪共存的景象，送上心頭的是驚愕

在我想像中，冬天的冷和雪總是和陰沉沉的天連在一起，非白即黑。可在北歐挪威旅遊，當我們乘列車往高山區進發時，窗外，終年的積雪躺臥在大地，黑土上、草地上都是，厚得化不開，可抬頭一看，天空，竟然藍晶晶的一片令人心悸的蔚藍，還顯得非常明亮，太陽隱約在雲層間。我非常激動，不斷拍照。中途，我們還下車了。那列車和屋宇是棕紅色的，遠處，黑白相間的雪山和藍色天空相映配，成了我們的一張至愛相片的背景。照片裡，一對俗世男女在車站稍停，象徵著人生需要不斷加油，方能繼續前進。

看，感悟，豈不是也以冬季為多。

願疫情快快消失，我們再乘人生列車出發，再駛過多幾個春夏秋冬的小站，時光老人給我們的閒暇不多了。

【2020年1月疫情爆發前，我們出遊的最後兩站：金門和漳州（2019年12月）】

揮手告別一段難忘的歲月

此刻此刻，窗外已經華燈初上，萬家燈火。也許夜天還飄灑著綿綿細雨，也許七八點光景快餐店已經座無虛席，而家家戶戶飯桌圍坐一家大小，晚餐後準備到海邊追看圓月去；已有一百個日子，我們不知什麼是節日，什麼是星期天，每天到了下午三四點，妳就用環保袋背著礦泉水、麥茶和清潔用品，而我也拎著捆綁好的紙箱，背著一袋工作服和點心，乘車前往我們的貨倉兼寫字樓。

大的、沉重的，前一階段已經請專人處理和搬運，剩下的資料、檔、帳目之類，非常瑣碎，非得細細鑒別慢慢看不可。累計三十年，雜物簡直多到排山倒海，一箱箱的，一櫃櫃的。我們要像螞蟻啃骨頭那樣，慢慢把它啃完；又得像靈敏的獵犬一樣，一袋袋翻看，一紙紙讀，衡量取捨一番。不知多少日子過去了。

愚公可以移山，滴水可以成河，鍥而不捨，180平米塞得滿滿的圖書、檔、信件、資料、帳目、記錄本、小紀念品、藏書、書稿、剪報等等，垃圾入垃圾袋，留存就裝箱子，慢慢分別處理圓滿，日子有功，也快處理完了。

近乎一百天的清理日子，傍晚天色暗下來後，我們就到餐廳解決肚子，往往已經八九點了。回家沖涼之後，為酸痛的四肢背部擦擦藥油、貼貼膏藥，就躺下來進入夢鄉。次日一覺醒來，居然又生龍活虎，像是在加油站加了油，又是一條好漢好女。這大搬遷的日子，文章無法寫了，妄論去探看老師們的博客且品評一番了，那就發點搬遷的照片，希望他們諒解我們在忙碌吧！

公司的三十年旅程中，總共搬遷過兩次，每次都處在形勢的轉折關頭。這次售出奮戰過24年的貨倉兼寫字樓，乃是另一半的聰明大決定。機不可失，時不再來。成交期半年，也是考慮到公司囤積的圖書多達幾十噸，數十萬本圖書、各種雜物太多，需要時間慢慢處理。想買間小一半的，一時沒有合適的，那就先租吧。

在翻箱倒櫃當中，不時泛起我們遙遠的記憶。流逝的歲月太難忘，情景重現，無語哽吟，淚盈於眶。

最初我們是在朋友位於尖沙咀的寫字樓辦事，也在那裡創立公司，現址只是當貨倉,後來，那裡的寫字樓朋友售出了，我們就退回自己的大本營。原當大後方的倉庫也就成了拼搏的陣地。如果職場算是沒有硝煙的戰場，這兒，也就成了我們的沒有複雜人事鬥爭的戰場。謝謝小陳將它管理得那麼好，也感謝曾經在這兒工作過的所有員工，我們的事業浸透大家的汗水，包括兒女的支持；我們出版的圖書，不但沒有一本壞書，而且哺育了很多人，其中，現職學校老師的年輕人，都看過我們出版的書，還說「我是看你們獲益出版的書長大的！」聽到是多麼暖心啊。

這兒許多物件都連結著一串長長的回憶。清理中不時泛起塵封、快忘卻的記憶。和文友的通信一紮一紮的，隨便拆開都會埋首在當時的情景中；這兒也充滿了兒女成長的痕跡和記錄，他們崇拜的偶像，寫給爸媽的信……公司和我的獎座、獎

狀多到驚人，連自己都忘記了；還有那些工作筆記、書展記錄、每個月收入開支，記得那麼詳細。我和瑞芬都不相信，數十年前，竟有那樣旺盛的精力，做那樣超負荷的工作。

最後一周，我們馬不停蹄，每天下午去清理最後的檔和雜物，芬清理得細心，我推小推車，一車一車推到新的寫字樓。

十月二號下午，經歷了一百天的努力，當我們清理完所有東西，輪流掃地的時候，站在門口回望，心中居然有那麼一點不舍，原來塞得滿滿都是圖書的辦公室兼貨倉，今天居然打掃得那麼空曠乾淨，就要交給新主人了。歲月流逝，渾然不覺。

就在整理新寫字樓那兩天，兩位老師打電話來訂了我們一批書，帶有濃厚的懷舊的意味和為我們鼓勵加油的意思！還上門來看望我倆。接著，兩種新書半個卡板也送到新寫字樓來了！歲月有情，讓我們馳騁出版業前後三十年，事業如今還在，我們人還在。我們真是命運眷顧的幸運兒啊。

十月二日，我們將舊址打掃完畢，告別緣結二十四年的舊倉庫，也揮手告別一段難忘歲月，拍了張照片留念，朋友說，歲月不老，你們就是花兒和少年。

恬淡文靜 撫平心靈

——疫情看電影

疫情連綿不息，有道高一尺，魔高一丈；接種疫苗，新冠稍緩，新變種病毒居然又來進襲。算算日子，已經兩年有餘。

宅家變成了常態。本來已經有段好日子了，小島市民都興高采烈地準備過年，外出小聚吃團年飯，焉知兩位機組人員搞亂一池春水，團圓夢一夜破滅！唉！口罩，於是也要戴起兩層來了！

幸虧當初做足長期抗疫的打算，疫苗，打足三針；宅家，也不怕坐爛屁股。鍵，兩年多來拼命地敲，小小說、散文寫了無數，累計可以出五本書了啊。夜晚休息，唯一愛好是看電影。不必再買影碟了，網上什麼都有。連電視連續劇，前後也有百來部了。

黑木華主演《日日是好日》不做第二人想，演技可以與她在《小小的家》裡當配角的表現媲美，力壓主角松隆子。

偏愛的始終是文藝電影，尤其是那些根據文學作品（最多的是長篇、短篇）改編的電影。佩服那些不願意流俗的導演，考慮的不是商業元素，不是票房，而是文學濃度，是有益世道人心。我喜愛的那些影視，居然都沒有硝煙味，沒有勾心鬥角和你死我活，很多時候，像是一隻巨型的暖絨燙鬥，將我煩躁的心燙平，促使我在不安、瞬息萬變的世界，保持童心、榮辱不驚，把難挨的日子變成日日是好日。

舉手投足，都充滿藝術和美感。

讀一本好書，不時有啟發，獲得生活上沒有過的新鮮經驗：觀一出好電影，震撼更大，小人物命運的悲喜劇，牽動心靈，惹起我們和他們同哭笑，引發許多思考。

黑木華，人說天生一張大和臉、大眾臉，但我喜歡看，

十足的演技派和實力派，不是那種偶像派。

比如，《日日是好日》說的黑木華主演的典子學茶道的故事，過程是那樣平淡無奇，只是將那過程有條不紊、非常細膩又緩慢地敘述出來，看時竟然不覺得緩慢，感覺就像一股暖流慢慢地溫暖我的心。電影結束後，竟然產生了一種再看一次的衝動。覺得收穫更多，卻又覺得語拙難於表達，後來看網路專家的評價，猛然醒悟，就是這種感覺吧——「該片是一部很值得玩味的電影。它是對“此刻即永恆，認真過好每一天，才是抵禦時光匆匆的最佳方式”這一命題的一次精彩論證，是對日式美學的極致呈現。影片以女主角典子跟著武田老師學習茶道為主線，研習茶道的過程，亦是感悟藝術之美，參悟人生真諦的修行。

比如，《單身騎士》，寫一位平凡的白領，因為生意上的失敗灰心喪氣，離開傷心地，飛往異國探訪小住在那裡的妻兒。令人奇怪的是他飛往歐美目的地時完全沒帶行李，淨身旅途中，到達後也沒有通知誰，只是靜悄悄地乘車到了妻兒住的小屋周圍。他不斷繞圈子，從窗外、門後觀察妻兒的動靜，始終不發一言

最後，甚至沒有與妻兒見一次面，電影就到尾聲了，鏡頭

忽然一轉，回到他商場失敗後，在原來城市家中坐在辦公桌前自殺死去的模樣。這種交代，令人驚愕萬分，原來，先前都是他的靈魂孤身上路，於是，所有似乎不合理的細節、費解的舉動都在剎那間恍然大悟了。電影用了出色的驚奇結局。電影藝術和小小說藝術原來可以如此共通！難道這不比讀一篇精彩的小小說還小小說嗎？

比如，《和牛一起旅行的方法》，這樣特別的題目，令我聯想到寫篇小說，也應該有個有新鮮創意的篇名，吸引人來讀。電影由我喜歡的女主角孔孝珍和另一男主角主演，電影情節非常平淡，沒有多少參演人物，而且單線發展，寫男主角載牛駕車一路上找機會賣牛，穿插他與剛剛死了丈夫的舊女友的相遇。

孔孝珍，也是人美演技好，東某的偶像之一，幾乎將她主演的電影和部分電視劇看完了。

電影的看點，除了人與牛的感情，還在於男女舊情的複燃。女熱男冷，對話很絕，將這位女性的火熱個性表達得很生動。如這樣的對白，女：牛呢？公的母的？男：公的。女：我以為溫馨的和一個母牛旅行中被我打擾到了。幸虧是公的。又，女：我需要一個今晚一起過的人。現在還是看到我先想到我的屁股呀？男：記都記不清了。女：想不起來嗎，那怎麼可能呢？——這樣含蓄幽默的對白，別具一格，將女性對男的引誘有聲有色有味地表達出來，不落俗套，我們寫小說，不是也可以學學嗎！

又比如，《姐弟的夏夜》，這樣抒情的散文標題，用於一部電影，看之前，我就沒有預期會有什麼緊密豐富的情節看頭，而我也希望抒情類型的電影可以輕鬆我的身心，舒緩對疫情連綿的憂慮。沒想到恰恰這類沒有多少情節的電影竟然獲得不少獎項。看完回味，電影居然有根據林海音原著拍攝的北京電影《城南舊事》的韻味，彷彿沒有說什麼，又好像說了很多；即使說了，那麼沒有說出來的也比說出來的還多。電影的畫面就是那樣意蘊豐富，含蓄委婉留空白、蓄而不發耐咀嚼。電影中每一個人物都有故事，可以意會不需要多說；生活情味淡淡的，卻又是普遍地在每一個人身上發生過。一對小姐

妹回到爺爺住的鄉居度假，在不知不覺裡時光流轉，發生了許多事，生老病死、喜怒哀樂就都凝結在那夏夜中了，貌似無技巧，其實非常高超。

還可舉例不少。有的電影反映的層面很專業，像《編舟記》，訴說的是出版社編一部大辭典的故事，講了很多詞彙的來源、編輯的辛勞、編輯的細節，居然讓我看得津津有味，發出會心的微笑，也許同業的關係，誰說我們這一行因為網路發達而走向黃昏呢？《淺田家》寫最沒出息的、愛好攝影的某個家庭的一個成員，堅持不懈，最後因為攝影的創意獲得大獎，告訴我們行行出狀元。再者，許多反映小人物悲喜劇的電影，如《傻瓜》《希望為愛重生》《寄生上流》《我愛你》等等，都柔化了我這個很少流淚的鐵心男子漢，眼睛濕濕的。

文學電影的綜合映射魅力，有時更略勝於平面的小說。

我尤其偏愛文學電影中線索的單純含蓄、畫面的簡潔優美，無聲勝有聲，猶如緩緩的風，吹暖渾身；也像把吸塵器，吸去你蒙上心靈上的塵灰；更似隔音板，濾去所有雜音，令你內心變成一個安靜無比的星空。

春，正敲響每一扇門扉

這個春天感覺真好！2020年的春天，新冠肺炎病毒爆發，我們開始戴口罩出門和拜年；2021年的春天，我們雖然基本上宅家、在地鐵拜年，但開始打了疫苗。可見這世紀性的大瘟疫，並非沒有辦法對付；疫情正在起著微妙的變化，化整為零固然很理想，病毒、細菌長期與人類共存時，只要我們產生了強大抗體，有了足夠的免疫力，瘟疫再厲害、再度侵襲，也就不怕了。

這個春天真好！2020年的春天，樓下的花卉，印象中彷彿缺席，何時來報、幾時退去，我們全然不覺。都說沒有一個春天不到來，去歲的春季，就在日常的文字裡全不留痕；2021年之春，疫苗來了，我們膽子也大些了，稍稍可以出行了。啊，樓下而已，已是花海一片了。杜鵑花和三角梅爭奪著有限的地盤，洶湧奔騰的壯觀氣勢好像準備舉行一次空前的誓師大會，分頭代表春天，去敲響、敲開每一扇緊閉至少一年多的門扉，嚷著，出來吧！快出來吧！疫情的日子不會太長了！多麼令人感動和激動啊，走過屋邨行人天橋的住客、行人，都會走到半途，舉頭看去，不約而同產生一種震懾感，旋即掏出手機，將眼前被花海環繞的美麗屋邨畫面拍攝下來。唯有此時此刻，屋邨命名某某「花園」，才獲得名副其實的精准注釋。

香港的四季更遞不顯著，正如一個人的臉龐輪廓不太分明。老實說，我對春夏秋冬，談不上強烈的喜惡，恰似世上無完人一樣，季節都各有自己的性格脾氣。感情，總是伴隨著美好、難忘的記憶。寫過《難忘涼涼夏季》，寫過《我愛深秋》，也還寫過《冬天紀事》，都寫著我愛三季的故事；再來為我的春寫寫小傳，幻想有日也能拍攝一部與《日日是好日》戲名類似的《季季是好季》的抒情短片吧。

春，一年之伊始，萬事開端，春情勃發，都在此季；但春，「乍暖還寒時候，最難將息」（李清照句），馬路所見，行人亂穿衣猶如博覽館外的彩旗，也彷彿四季在大街小巷流動；北國，有的地方還是大雪冰封，而南方，一般還沒深入感受到春花燦爛的美好，夏的熊熊熱氣烈焰，已經迫不急待漫捲而來，覆蓋大地；不像南洋多個島嶼國家，只有旱雨兩季，「終年都是夏，一雨便成秋」！比較不那麼難於適應；無論旱季雨季，傘，都是那裡居民的好朋友。

春，對於我來說，其實也不乏難忘的喜事。

春，會伸出雙手，發出邀請函。有一年早春，我就收到一封邀我到學校講座的邀請函，講題有關閱讀和寫作。此類演講常有，只要時間合適，我都會去。這一次特別之處是春天第一邀，正值大好春光；還有，校址在西灣河，我從沒來過。那天，我擔心地點不熟，提個大早去，沒料到抵達後發現幾乎早到了一個小時。太早走進校門會打擾人家，我只好在校園附近隨便逛逛。這一逛，就逛出許多對春的讚歎和感悟來。

一向是個粗人，用過「武男鈍夫」的筆名，我很少認真端詳春的真正模樣。這一次就慢慢一路欣賞，一路拍攝。馬路邊、校園鐵籬笆、公園內外……都被春天的姹紫嫣紅之美震懾住，無法邁步；那些盛開著的一簇簇花卉真是美啊！都說花卉裝飾了春天，一點都不錯。不久，時間到，進學校上圖書館演講，同學們反應熱烈。久違的為同學簽名的活動也令我又緊張又興奮，我真是感慨萬分，仿佛看到了眼前的男女生都幻化成花圃裡的春苗、小花、幼樹，都紛紛張開著小口，渴待著吮吸陽光雨露。寫到此，我忽然想到有一年我們到檳城的蝴蝶園參觀遊覽，就看到一種奇異的植物，形體像矮矮胖胖的瓶子，頂部卻猶如嬰孩張開的小嘴，看得我們都驚呆了。這一年我比以往更深刻地體會到春天的價值和蘊含，寫了那篇《春天的邀請》。

春，是萬物孕育的季節，也孕育著創作的胚胎。經歷了四季的更遞輪回、生老病死的尋常經歷、各種各樣的生存折磨，一切衰敗腐爛後，一切又重新開始。生命的奇跡就是那樣令人驚喜，代代衍衍不息。春天，就像大自然的巨型子宮，包容和孕育了所有的希望。我想到了精神勞動的產物—文學作品和創作這類事。唯有春天，春光明媚也照映得我心一片亮堂堂，沒有任何陰暗的角落；身邊的她也是上天派來協助我的特使，在我創作處於瓶頸時，常常以爽朗的笑聲，穿梭於我創作的靈思輸送管道，令我思路萬分暢順，一通百通。我從2016年開始，每年寫一部小長篇，2016年寫《風雨甲政第》，2017年寫《落番長歌》，2019年寫《快樂的金子》，都在春季，月份幾乎驚人地相同，在二月至五月期間。看來都不是偶然的巧合，而是文思的精子和卵子在春天的激發下成功而出色的結合了。小說構思，酷似十月懷胎那樣富有規律。2020年遇到全球大疫情，許多事都按了暫停鍵，我的出版故事新長篇完成的時間也從五千米長跑變成好幾倍的馬拉松，從2020年的四月寫到2021年的三月，直到四月才殺青。寫了一年多，可見，心情有時大大影響了書寫速度。

春，催生一切想破土的，有的花期很短，美在一瞬間；

有的含苞欲放，還未向精彩的世界投去一瞥，已被風雨催殘；有的風雨不動安如山，奉陪到殘春完結，反正都一個字了得：誕、誕、誕！總之，沒有一個春天不到來，沒有一朵花不開放！說來神奇，我的第一個孫字輩，也在春天來到，三月，也正遇我們家居方圓兩公里內花海波瀾壯闊的時節。我們黃家所有成員，都被這「春之誕」的喜訊開懷，迎接和感謝上蒼送來了春天的最佳禮物——這位收穫最多愛的小生命。

有一個深夜，我們悄悄來到兒子家探望小孫女。客廳靜悄悄，我們看到兒子坐著抱小女嬰在餵奶，一手托住她的頭，一手抓著奶瓶，那種模樣，感動得我們眼熱。這就是小時候擦掉兩項作業備忘、剩下五項的調皮兒子嗎？歲月神手真會弄人，幾十年後，他已經走在合格父親的路上。又有一次，他發來一張照片，他躺臥著，寬厚的胸膛和肚腹上就靜靜伏睡著一個小女嬰。父親巨大的身軀和女嬰身體的柔嫩嬌小，形成很大的差異，令人想到父愛如山四個大字。在春天來到人間的她，給了我們長久的喜悅，帶來許多樂趣、感悟和啟發。我甚至以她為題寫的小小說，獲得了特別大獎。以前，我們總認為做了人父人母大半輩子，再做祖父祖母一定很厭倦了；誰會想到，孫女的誕生，太多的故事令我們開竅感悟；太多的思念令我們每時每刻都想看到她……才驚覺，隔代親也許更親，骨肉愛是牽涉一生一世的愛。

疫情，阻斷了我們很多工作和自由。但，形勢趨向好的方面發展。幾十年前，讀宗璞的《紫羅蘭瀑布》，她寫紫羅蘭會發出聲音，給我很大震撼：如今，我深信，季節也有手，春天會敲響島城每一戶人家的門扉，遲早通知我們疫情終被消滅的喜訊，還會伸出雙手，擁抱宅家太久的人類，歡迎我們走出小屋，走進大自然，因為春天的氣息，越來越濃，我們已在遠處嗅聞到了。

人棄我時勿自棄

這一句話，在各種心靈雞湯裡比較少見；甚至，如果粗心大意，一時也未必能斷句。以致讀第二次時，才發現“人棄我時”是作為“勿自棄”的狀語出現的，意思是：當別人放棄你、遺棄你的時候，你千萬不要悲觀失望，看輕自己、最重要的是不要放棄自己，要像李白《將進酒》裡所堅持的“天生我才必有用”，堅信繼續拼搏，一定可以時來運轉，雨過天晴。

五十年前，初到香港貴境，我在母親“大男人何患無職”“東家不做做西家”和妻子“慢慢來”的鼓勵支撐下，什麼工種都做，酒樓清潔、跟車送貨、苦力搬運、印染工人……幾年後我像一顆高速運轉的齒輪上的螺絲釘，被拋了出去，在社會的角落裡暗自歎息哭泣。

但我沒有自棄，舔幹血跡療傷，又再度出發。

那時，我好想在文化行做，就以一部寫得很幼稚的中篇小說投石問路，毛遂自薦地寄到一家很小的老出版社，希望得到出版的機會。沒料到不但小說被接納，還得到了在該社打工的機會。可惜安排給我的工作只是大半天在香港九龍各大書店跑動、推銷圖書（粵語叫“行街“），接近我做編輯的目標有段距離。做了一年，我參加一家大書店《書與我》的徵文比賽，也算再度的投石問路，奪冠的消息傳來，令我萬分驚喜，再度寫了封求職信，毛遂自薦地望自己被錄取到這家大機構做事。皇天不負有心人，如願。我先在宣傳部做，撰寫圖書簡介文字，幾年後，終於調到我喜愛的崗位，任一本讀書月刊《讀者良友》的執行編輯，還在該刊發文章。這樣，前前後後在這公司幹了八年。

厄運要來還是來。在這家幹了八年，我再次如一顆高速運轉的齒輪上的螺絲釘，第二度被拋了出去。在人生最需要加油的關鍵時刻，我只能在路旁望著高速來去的車子著急，難道從此就做一個廢人？（一直到多年之後，我才知道因為香港媒體多次採訪我，被機構認為影響我專心工作……工作上完全沒什麼過錯。）

這一次被迫自辭，對我打擊極大，畢竟做了八年啊！

我寫《魂魄》想像著自己因為太熱愛工作，變成了一隻鬼魂後，魂魄還日日上班；我寫《老文六十歲》（誇大自己的歲數），小說裡失業後的主人公遭遇到的種種世態涼熱；我寫《禮物》表達我不願服輸的心態，失業那晚依然不動聲色，給小女兒買了大禮物——一個大洋娃娃給她。但依然拂不去籠罩在我心頭的愁緒，那時妻子需要全職照顧一對小兒女，我這一家之柱豈能自棄？！心想，來日方長，看誰笑到最後吧。

我花三個下午時間，跑到快餐廳寫了篇散文《山魂》（馬六甲一座埋葬不少明清南下的中國人逝世者的墳墓），參加全港最高文學獎項的比賽（香港中文文學創作獎），心中暗念"我要奪冠軍"幾百千次，以證明"我不是廢物"，回敬炒我魷魚的人，以釋放我一肚子惡氣。真沒想到真的如願，獎金港幣一萬元，在三十幾年前這是什麼概念？這可不是一個小數額。最重要的不是獎金，而是重拾了我對人生的信心。

感覺到人情之冷，而有來往的馬來西亞華人文友熱情待我，我與妻子商量，我們還是帶一雙小兒女到馬來西亞吉隆玻、馬六甲、怡保、檳城等地散散心吧！

離港前夕，馬華作協主席孟沙來電請我給文友講文學，要我擬定一個講題，我感到突然，我說我沒講過話，推辭了好幾次都不果。我來不及寫講稿，就與妻兒一起飛新加坡，再到吉隆玻。孟沙接我們，還給我看一份當地的《南洋商報》，赫然發現演講廣告都打出來了。我急得不得了，講稿還未寫呀！當晚，妻兒入睡後，我躲進小客棧的洗手間，坐在馬桶上寫到午夜，一篇三四千字的講稿《現代人和小說》大功告成。

1990年7月28日，在吉隆玻中華大會堂，我受馬來西亞華文作協之邀，做《現代人與小說》的文學演講。 像我這樣沒講過話的人，性格偏向內向，一上臺就緊張地照著稿件念。但也許聽眾文友早就讀過我新馬兩地的專欄，也或者禮貌關係，坐滿中華大會堂的八十余位文友結束時還是給了熱烈的掌聲。我知道說得並不好，文友即使不給孟沙面子，也會給一位外地來的"嘉賓"情面。事後，孟沙說，可惜東瑞兄一直看著講稿，如果眼睛不時稍微看一下臺下聽眾，那就達到了一種交流，效果會更好啊。這是婉轉的批評，我當然一萬個接受。但無論如何，這一次掌聲，鼓勵我的力度不亞於1987年在廣東梧州簽售中篇小說集《夜香港》《白領麗人》時讀者的熱烈。掌聲，令我心靈感到極度的震撼。從此，每當我遇到困難而感到沮喪時，那次來自吉隆玻文友的掌聲就會在我周圍響起來。

我們一家大小四口，繼續北上到檳城遊覽。在扯旗山上，讓攝影師為我們拍了一張妻兒三人騎在我背上"飛天"的拼接照片。這全是一張意象照片，有我下意識的"飛天"意志，我要振作，我是那時的一家支撐，我要繼續在人生拼搏場上沖上雲霄！我要高飛！

我猶如灌加了幾頓油，在失業的日子裡，回港，幾乎變成了一部寫作機器，或一隻不知疲倦為何物的爬格子動物，躲進快餐店拼命寫稿，天可憐見，居然先後獲五家報館的副刊編輯的約稿，連載小說、雜文、點評學生文章、小小說、書話等等，每個月的稿費平均累計多達港幣一萬五千左右，這是我那時打工月薪的三、四倍啊！被人“廢”掉（遺棄）的日子，我慶幸自己沒有放棄，還是在親友的精神鼓勵下，進行自救，渡過這大半生最艱難的日子。那時兒女都很小，妻子需要全職照顧；我很明白，我背後是一個家庭，我不能躺下。這樣的日子長達兩年，一直到時來運轉，我們在1991年開始，在朋友的支持下自己創業。

2011年10月1日到12月31日，香港文學館館長梁科慶（也是香港著名作家）在香港中央圖書館八樓為我舉辦《愛拼才會贏——東瑞文學展》，我很驚喜，因為在這個館被展過的都是大名家，如劉以鬯、金庸、舒巷城、張愛玲、小思等等，只是二十來人次，我算什麼呢？一個很普通的業餘寫作者而已，也許館長欣賞的就是那種人棄我時、我沒有自棄的精神吧？果真，他的兩千字導言，從我的小小說《禮物》入手，評文論人，有一段是這樣寫的：「**中年失業並非世界末日，與家人積極面對困難，患難相扶持，才是逆境自強的正確取態。**」

最後提得很高，讀之讓我熱血沸騰，一直到今天，還鼓勵著我，以致在寫作上，我一直以「不寫最累」自勉——

「如果拼搏就是香港精神，那麼，他拼搏人生恰恰是香港精神的實踐。他曾是出版界的「棄將」，別人放棄他，他並沒有放棄自己，憑著努力及太太的協力，在甚麼地方摔倒，就在甚麼地方爬起，成為出版界的生力軍。他的成功，足為今天香港的八十後、九十後借鑒。」

致青春年代的我

人生太奇異，仿佛還沒有好好欣賞我們這個精彩的世界，發現自己已走在夕陽西下的路上。生命也很微妙，從前覺得人生很漫長，現在卻覺得前路已很短；只是一瞬間，就快到了終點站。

於是，一切都很抓緊。

回憶青春往事，不乏荒唐的事，但如果人生是雙程路，我願意回到出發點，將來時路再走一遍，青春雖然不曾無敵，但青春絕對無悔啊。

小不點的我是一株小小含羞草。那懵懂的年代，我膽子很小，沒有什麼值得驕傲的光榮史可以炫耀，唯一記得的是上幼稚園時曾經和一個小男生打架，將幾塊積木塞在他衣服內，基本上我算是乖乖的小男生。

五十年代全家從婆羅洲東部的三馬林達小埠遷移到印尼首都雅加達，小學在協和小學續讀三年級。約十一二歲時，七歲的小表妹和外祖母自達埠來我們雅加達的家小住。不知怎的，見女孩子就會臉紅了。連我也沒想到，她，後來還成為我小說《小站》《雪夜翻牆說愛你》的女主角。

中學的我是一個悶葫蘆，寡言少語。沒有共同追求的女孩子，最大的興趣是閱讀報紙上連載的武俠小說。那時父親也喜歡閱讀武俠小說，我們從快樂世界租回武俠小說一起閱讀，非常入迷。就讀名校巴城中學，上課時偷偷畫英語老師的肖像，被罰站了整堂課；不過，閱讀讓我寫作特別好，參加全校作文大賽奪冠。

這時候的我，也成了一隻小書蟲。我常常到唐人街班芝蘭的南星書店買書或做蛀書蟲。爸媽給的零用錢，都節省起來買書，“貢獻”給書店了。也就在那時，隱約的未來願望，是將來能做一位作家。也真沒想到，幾十年後，還真能辦到。

進大學了，別人都近水樓臺先得月，在同學群裡抱得美人歸；唯獨我形影相弔，依然單人；後來才知道情緣遲遲才來，應驗了那句「有緣千里來相會」的俗語，上蒼安排了一位“小表妹”，成為我的“真命天女”。她從熱帶回來，周圍有好幾位追求者。第二年她一張照片惹我好感，朝思暮想的結果，我寫了三年情書，陷入狂熱的追求。

三年的感情軟戰爭，最終皇天不負有心人，戰勝情敵，奪得美人歸。那時的我，差點仿效俄國的大詩人普希金，為情而與人比劍，幸虧，情書犀利如萬發利箭，箭箭射中她的花心。她說，別人都放棄了，你的耐心很足夠，把我感動了。

七十年代初，我們移居香港。

那些年，我很疲累，但我很堅強，吃得起千種難，萬般苦。七十年代世道不景，縱然你有滿腹文學細胞，也無法發揮，好在堅信天生我才必有用，咬一咬牙，什麼都可以和血吞。這個時期的我，是一頭勤奮的牛，也是一匹好騎的馬。在還沒找到合適的工作時，搬運、打蠟、行街、印染、圖書宣傳、編寫、執行編輯等等，什麼都做。

很快，我在工作之余，成了一頭勤奮的在綠線條格子耕耘的牛，後來，又轉身為文字芭蕾舞蹈男演員，每天清晨，在電腦鍵上跳一支又一支的鍵上之舞。前前後後半世紀，成了一位元多產的文字產婦，產下了近一百五十種子女。

在那最寶貴的青春時期，我真像一隻鍥而不捨的螞蟻，啃下一塊塊大骨頭，閱讀海外和香港文友的大部書稿，為他們寫序；寫下了至少百來篇序；我也用螞蟻超負荷的精神、老黃牛埋頭耕耘的勤奮和責任，寫下了十六部長篇和無數其他文體的作品。

有時候，我還覺得自己就是一直狂奔的狗，在香港這樣的大都會東奔西突，拼命地跑啊跑，人生苦短，不拼搏就一事無成。勤奮就是人類挽救自己的最大救星。成為一家支柱的艱難時期，我用旮旯時間、到大牌檔、快餐店爬格子，彌補家用。

到了我和另一半瑞芬攜手創業的時候，我們已經漸入中年，歷經書業的風風雨雨，嘗遍出版的酸甜苦辣，時光流逝太快，三十年仿佛就一晃而過了，我們也不再青春了。

唯有一顆青春的心靈，似乎沒有變化；時間如果可以倒流回溯，我希望如此這般再複製一次；當然，必然也會對那些不盡圓滿完善的小部分補課，其他整體，大部分還是滿意的。

回憶塵封的往事，件件清晰如昨，如今，我們還在期待著，向上蒼申請每天多撥24小時給我們使用的申請得到批准啊。

與名家的午夜約會

燈滅了，夜深了，月亮沉落，時間之門被緊鎖。四周如黑沉沉的大海，恍惚間我如無法自控似的，靈魂出竅，也不知幾時走出窄逼的書房，頃刻間已經坐在一座高山上一塊伸出的探海石上。大地很靜，靜到彷彿可以聽到時間老人腳步走動的聲音。

黎明的太陽還未升起,一切都還是黑沉沉、昏昏濛濛的，什麼也聽不見、看不到。

依稀在前方延伸展開的，唯有沒有盡頭的大地。我狂喜地發現天空變了，漫天燦爛星光在閃爍，而那黑沉沉的大地竟然是一本寫滿密密麻麻文字的大書，地球上的萬物它應有盡有。我看到上面有刻滿人類歷史葉片的大樹、人類創造的、諸如兵馬俑、婆羅浮屠、吳哥窟、金字塔等之類的偉大建築、還有不同宗教象徵的無數佛廟、清真寺、天主教堂，人類從古到今創造的千萬件文化產品、圖書和科技成果，還有千奇百怪的童話花園、流星花園、宮廷後花園甚至未來的天空花園和人類居民居住的住宅式美麗花園，還有亦幻亦真的同時上演的日出日落瑰麗奇特景象……

我看到有幾個人影在交談，似乎看到了我這個在學寫東西的小不點，向我揮揮手。我奔了下去，幾經披荊斬棘，千辛萬苦，到達後，我才發現，那是一座百花盛開的散文詩花園、小說花園、唐詩宋詞花園……令人目眩神迷，命中註定我要在這個深邃神秘的王國作一次長談或專訪，依稀記得，好似哪一年，我與他們早就有了約定。

我見到了紀伯倫，他住在哲理的宮殿。他知道我曾為愛情、婚姻和子女們苦惱；他乍見之下就告訴我愛情的真諦：“在死的白羽隔絕你們的歲月的時候，你們也要合一；愛雖給你加冠，他也要將你們釘在十字架上。”從此我變成一個愛情虔誠的信徒，從不朝三暮四；我的妻，一起與我奔赴在愛的十字架路上，從不水性楊花。

我尋到泰戈爾，標識性的茂密的絡腮大胡讓我遠遠就認出了他，他住在愛心花園茅屋裡，飛鳥鳴囀；而他在縱目遊思。他的童真和對人間的愛，曾像一泓清水，洗滌了我從塵世帶來的俗污之氣。他喜孜孜地告訴我他對富有的理解，令我茅塞頓開。他竟然說世上最富有的是剛出世的嬰孩，因為他雖然赤裸裸地，一無所有來到世界，可是他是愛的小富翁，擁有無盡的父母所給與的無息之愛……從此我既為生活熱愛物資的財富，但更熱愛精神的財富，決心向泰戈爾學習，為求得一紙童真畢業證書而勤奮。

我訪問了屠格涅夫，他正漫步在思索的樹林裡。他告訴我散文詩便是詩意的思索；還告訴我應該理解老人的思索，讓他們追溯往事，回到自己的記憶中去。因為“你往日可以理解的生活會出現在你眼前，為你閃爍著光輝，發出自己的芬芳，依然飽孕著新綠和春天的明媚與力量。”從此，我尊敬正直的老人；也埋葬了少年時代的朦朧和夢幻，學著智者們思索人生中的美與醜，真理與謬誤。我在思索中尋求前進的哲理和再度前進的力量。

我竟然得機一晤波德賴爾的風采，他住在沒有窗的憂鬱小屋裡。我非常驚愕，因為他的話語怪誕奇特，一句請坐之後，他便瘋瘋癲癲，嬉笑怒罵，諷刺挖苦起來，然而每一段話，都有深刻的內涵。當我苦於不諳法語時，有個黃皮膚的譯者站在一側為我翻譯，並提醒我不要小視這個怪人，請耐心點吧："他敢於承認社會的醜惡並努力將它轉化為美，比起那些盡力粉飾生活以便從中獲得生活勇氣的偽君子，以及那些在充斥社會的醜惡面前視而不見、矢口否認的懦怯者來，畢竟要高超得多了。"從此我學會耐心和容忍，明白了含蓄有時會更深刻，不懂的東西固然未必是好東西，但也未必不是好東西，我學會在沉默之後爆發一陣狂笑。

我見到了清癯的魯迅，他住在四周佈滿刀槍和暗箭的斗室裡，從嘴巴叼著的煙斗裡繚繞出來的雲霧氤氳了空間，他請我在小籐椅上坐。而他始終站著，表情嚴肅，久久不發一言。我聽到四周汪汪汪的狗吠，環境實在太惡劣了。他開始向我介紹他的著名散文詩，他珍惜他手栽的每一株野草，請我掂掂重量，每一株都芳香，都沉重，都浸透晶瑩的血液汗水，散發太陽的光芒和灼熱，猶如水晶，折射出人類智慧的美好花朵的色彩。他依然熱情地告訴我許許多多好的故事，朦朧的，隱晦的，深沉的，每吐一個字都有誘人的幽遠芳香，不倦的講述之後，每每伴著疲倦而深沉的歎息。我慚愧了，走出他的居所，我決心馬上脫下華麗新潮的外衣，渾身赤裸，走向淳樸。

啊，我還見到了熟悉而陌生的劉再複，他住在龐大的理論和散文詩的城堡裡。我首先感謝他為我的散文詩集《晨夢錄》寫了題為《擁抱著火城的心靈》的序。劉先生不過年長我幾歲，卻已敢於不屈服於"因襲的重擔，惰性的氣流"了。他為什麼有這股勇氣？我驚歎於他在散文詩國度裡敢於做出這漫長、驚人、天賦般的思索。我驚異了，文學可以這麼看，散文詩可以這麼寫。在沒有任何顏色的暗示下，我寫了一篇探訪錄，雖自知粗糙，卻奉獻了我的欽佩與誠懇。從此我發現了許多人生和文學可以達到和不可達到的境界，嫉妒永遠是一種愚蠢。

我還看到幾位散文詩大師們手中最美麗的散文詩葉片。

走出散文詩花園，走進小說花園，一個個文學巨人原先看上去如高山峻嶺，可望不可及，必須仰視。現在，卻是如此親切，如斯熱情，燒去一切小說頁面客觀冷漠的錯覺。

他們三兩人一堆，五六位一群，都在交談文學。

啊，我看到了哥倫比亞作家加夫列爾・加西亞・瑪爾克斯、俄國作家托爾斯泰、索忍尼津、肖洛霍夫、中國作家莫言圍在一起議論文學議論得熱烈，我得到他們的同意，悄悄地恭立一旁做旁聽的小男生。瑪爾克斯談他的《百年孤獨》，托翁談他的《戰爭與和平》《復活》和《安娜・卡列麗娜》、肖洛霍夫的《靜靜的頓河》等讓我知道了什麼是長河小說，什麼是海洋一般浩瀚的巨著。什麼是人類超百年的生活史詩！外界陌生的索忍尼津，是繼托爾斯泰之後俄國的又一文學巨人，長篇而外，居然也將小小說寫得那樣精緻深刻渾圓。我大膽地對莫言笑著說，你的長篇字數太多，倒是八十幾篇短篇我都先讀完了，最棒的還是你的文學創作經驗之談，讓我一生受用無窮，你說："作家在寫小說時應該調動起自己的全部感覺器官，你的味覺、你的視覺、你的聽覺、你的觸覺，或者是超出了上述感覺之外的其它神奇感覺。這樣，你的小說也許就會具有生命的氣息。它不再是一堆沒有生命力的文字，而是一個有氣味、有聲音、有溫度、有形狀、有感情的生命活體。"原來，小說要寫得好，這是不二法寶喔。

這時，有人分別來催他們去演講室開講了，聽眾已經坐無虛席了。幸虧，我今夜及時趕來；啊喲，午夜啊，大師們也忙得如此團團轉，熱情的文學愛好者通宵來聽都那麼樂意。

抬頭仰望，星光閃爍；遠方，海洋悄無聲響，唯有大海的輕微呼吸依稀可聞。我送別巨匠們的背影，轉身繼續走，我看到小說花園裡五六間漂亮的不同小築燈光溫馨，記起不久前的約定。

我敲了羅伯特.納森的小屋門兒。我帶了一本薄薄的《珍妮的肖像》，想請他簽名。他吃了一驚，他說自己的著作不多，這一本中譯本也不過是本薄薄的小冊子，居然在天邊一樣遠的香港，有我這樣死心塌的超級粉絲。我說，別看薄薄一本，只有幾萬字！您寫一個窮畫家為小女孩畫像，她只幾天就長大幾歲，每一次遇見，再畫時又長大幾歲，不到半年已經變成亭亭玉立的少女！歲月濃縮，戀情漸生，一場暴風讓少女被海浪卷走。天！這樣淒美的故事幾乎要殺死我所有舊觀念！小女孩在半年內成長大姑娘，您不是在我寫小說的僵化腦袋敲開一個大洞嗎？原來小說可以這樣寫呀！

我看到了湯瑪斯・曼。他目光炯炯看著我。我說您的《魂斷威尼斯》太棒了。從您的原著到電影我都看了，連故事發生的地點威尼斯在遊西歐的時候也去了，初見就欣喜若狂！你將那位到威尼斯度假的文學家邂逅英俊如希臘雕像的十四歲波蘭少年爆發的激情和迷戀寫得如此深刻，象徵著對美的追求，以致在瘟疫爆發的城市裡不願再離開。小說，原來可以有多元含義，有多種讀法！每當寫長篇，你的此部傑作始終如文學之魂縈繞我心，無法拂去。我以系列小小說集《愛在瘟疫蔓延時》向瑪爾克斯的長篇《愛在瘟疫蔓延時》致意，以長篇《迷城》（原名《魂斷檳城》）向您湯瑪斯・曼老先生的《魂斷威尼斯》致敬，雖然，我的文字顯得那樣淺薄而不堪入目。

我看到了川端康城，個子小小，顴骨微凸，腦袋不大，但思維超級。他剛剛從榻榻米睡醒，禮貌地請我盤腿而坐，與他對談前，一隻精緻的迷你茶壺倒出兩股芳香的米茶清流，一杯我，一杯他。我首先稱讚他的《伊豆的舞娘》寫得很美，還六次拍攝電影，順道向其中一部最負盛名的一對演員—不老的金童玉女山口百惠與三浦友和致意；我再讚他的唯美主義代表作、僅八萬字的長篇《雪國》文字千錘百煉、精益求精，歷時13年才脫稿。開頭是好得無與倫比的經典："「穿過縣界長長的隧道，便是雪國。夜空下一片白茫茫。火車在信號所前停了下來。」為全書定下了基調，空間、時間、靜態、動感組成了電影般的畫面。我無法不談到對他那本很厚的《掌上篇》（即後來稱為微型小說的極短篇）的喜歡，詩意、感覺、唯美糅合成一面面令人驚喜迷醉的魔光鏡。他的感覺主義也在這些篇什達到了一種極致。告辭的時候，我請他不必相送，他還是站在木板屋門前，揮手半舉，微微弓立。

我見到了笑盈盈的鐵凝。著實嚇了一大跳，我退了出來，向還坐在遠處探海石上的妻猛招手，她以最快的百米衝刺跑過來，問我什麼事？見到了誰？我耳語她，才女我們見得多了，但又是大才女又是大美女又是大好女的女作家萬里無一，眼前的鐵凝就是。我示意，她馬上心領神會，三人合影留念。妻忙著為我校對一本書先走了，鐵凝笑盈盈地請我坐下，我讚賞她的《釀酒飛行師》，裡面的12篇短篇都很好看，最欣賞的是全書最長的、占33頁，約一萬五千字的《七天》，還將報紙上刊登的《讀鐵凝——以<釀酒飛行師>為例》給她看，她讀到這一段笑了："主角布穀吃肉量驚人，午夜出動，將主人家冰箱食物全掃光，身體不斷長高，來月事每天還需要用掉十五包衛生巾，疑患巨人症，究竟是家鄉工廠污染還是寫了人類可怕的貪婪性？發人深省。”她還謝我誇獎她的文字描述：“大量的細膩心理描述有時如小溪流水清涼你的心澗，有時像大海洶湧澎湃不可遏止，有時更似月光曲如泣如訴見證人物的內心襟懷，更準確的直說，都無不是人物的一部部文學心靈史。這貫穿在她十二篇小說的心理細述，文字優美綿密，一反常見外國小說的抽象拖曳和瑣碎枯燥。鐵凝了不起，既有文學家的細緻觀察和深度修辭涵養，又有一把心理醫師解剖刀的犀利準確。這也堪稱全書最大的特色，也是她的絕對優勢了。”（摘之《讀鐵凝》）

告別鐵凝，走進世界華文文學資深老作家劉以鬯的辦公室。還是天樂裡摩利臣山道那個老地址。每次交稿或《香港文學》雜誌新一期出版，我都會抽空乘車過海，來小坐一會，也看望劉老。我業餘堅持寫稿半個世紀，他就是我心目中的老師。生活艱難時期，那時他白天編報，業餘寫稿，最多的時期每天寫多達11個專欄，至少一萬多字，簡直就是文壇上的赫格力士，文質還不低。一手寫娛樂別人的，一手寫娛樂自己的，累計字數有人估計至少七千萬字。可是，他嚴以待己，選出來出書的不到五十種！十八歲就開始寫小說的他，還那樣謙虛，說他為寫小說探索和學習了七十二年。他也是我心目中的小說魔術師，每一部都與眾不同。遐想中，劉先生從隔壁的小編輯室笑著走來，親切地叫我東濤，請我坐下。他總是話不多，與他的小說文字一樣簡潔精煉，一言一語都像子彈。我談了出版情況，他鼓勵再三，也說了一些文壇爭議，還告訴我，我上一篇稿發了。他那認稿不認人的公正也影響我的編輯生涯。他說，“有些人為了使作品獨具一格，喜歡用晦澀難懂的文字寫小說，我在學習寫小說時，喜歡用簡明易懂的文字探索不同的表現方式。”

時候不早，我起身告辭，他說，東濤，多寫，少發表！我點點頭。

在夜的小徑上，我想起了他的幾本著作，不禁讚歎，他的經典名著《酒徒》以酒徒視角和醉話匯合成意識流動的美妙，而《對倒》的平行雙線發展呈現了香港和上海兩種社會景物流動的精彩，也完滿少女和中年人不同意識的刻繪和性格的塑造，連著名的導演王家衛也欽佩不已，改編拍成轟動一時的《花樣年華》（張曼玉與梁朝偉主演），促使《對倒》一紙風行，也讓出版該書的我們小單位一印再印；《島與半島》將文學嫁接了新聞，造成了異常真實的場景；一戶四口人家像小船一樣，就在驚濤駭浪中起伏顛簸，緊張得令人無法喘氣；《他有一把鋒利的小刀》將內心獨白和客觀敘述交錯推展，讓讀者感覺人物的心理活動細膩而豐富，一反人物平面化的寫實作品； 中篇《寺內》將《西廂記》故事新編，又以詩的語言包裝，令讀者和作者閱讀後歎為觀止，原來小說竟然可以經營得這樣美……

我看看約會的名單，居然還有幾位來不及會見了，即刻發出心靈感應電，一一道歉，另約時間。

今夕何夕，午夜如此壯美！我終於相信，夜幕上最燦爛明亮的星星，就是真正的文學大師們在俯瞰著大地上我們這些後來者。這午夜，收穫不止讀十年書。我猶如讀了幾百部最好的書，讀出了人生，讀出一個燦爛的宇宙，讀出名家們漫長而艱苦的思索，讀出文學的迷人和魅力，吸取生活和創作中的力量和養分。

燈滅星暗，但大地般的大書卻亮得令人炫目。我竟然看不到黑暗，我也迷失在這迷人的星空下，無法再走出來。

文學的大海與高山

遙看大海

走進圖書館，從中學走到大學，常常有走到大海岸邊的感覺，那成百萬、千萬的圖書，一望無盡，好似一泓浩瀚的海洋，泛動著異樣的色彩；有時想一想，乘上超級郵輪，環遊世界了不起就是幾個月吧？可是書海泛舟，我相信窮幾輩子的時間精力，也未必能讀完那些書。

走進書店，從印尼雅加達唐人街班芝蘭的南星書店，到中國大陸各個城市的新華書店，再從香港的三聯書店、再走到臺北的誠品書店，九龍西洋菜街的二樓書店到深圳的一座又一座超大的新書城……想一想文學藝術家、各行專家的創造，那些創造就好象大海裡的奇珍異寶，花多少時間也捕撈不盡，欣賞不完。當然，那些珠寶沉在大海底下，泥沙俱下，我們只能藝海拾貝，慢慢把玩摩挲。

大海啊，將你比喻為文學藝術家創作的繁雜豐富、深邃博大，一點都不為過；偉人們的思想胸襟，難道不比大海深沉和寬廣；不朽作家們的氣魄聲勢，難道不比大海博大和深厚？每當我站在書海邊，抓起船槳，準備文海蕩漾和探索的時候，總是心存敬畏，不知我們這樣的破舟，可以翻騰多久？在我們那有限的生命時間裡，究竟可以閱讀多少本書？自有人類以來，各種各樣的文字構成的文學藝術大海洋，其紙質的總體積，也許比大海深、比大海廣。

一直想於在生之年，遊遊那個大國。這個大國死而不僵，它的文學就是一片令人眩目的大海洋，迄今似乎沒有哪幾國的文學成就可以超越。那一系列大文豪的名字早在少年時代的我心中紮了根。托爾斯泰的三部曲，簡直就是三個大海洋，規模龐大相當於俄羅斯這樣的大國家。《戰爭與和平》裡的千軍萬馬，《復活》裡的罪與犯罪的救贖，《安娜·卡列尼娜》對不道德婚姻的探討，思想都很博大，直接觸及幾百年人性深處的探討，陀思妥耶夫斯基稱作者為“空前絕後的藝術大師”，高爾基甚至認為“不認識托爾斯泰者，不可能認識俄羅斯。”雖然只是三部，但部部經典。這是以深度和廣度取勝。再看英國的被稱為全世界最卓越的大文豪之一莎士比亞，一生寫了三十八部戲劇，幾乎部部都精彩，他的戲劇就是一個大海洋；法國的巴爾扎克，一生創作了九十一部小說，創造了兩千四百七十二個性格鮮明的人物，總稱為“人間喜劇”，被譽為“資本主義社會的百科全書”。《全唐詩》裡的詩詞就多達四萬八千九百多首。南宋詩人陸游存世的詩詞就多達九千三百多首；它們都是含金量很高的大海洋，是中國古典文學的瑰寶！

我也欽佩一生只有一部大作品的人，如曹雪芹“批閱十載，增刪五次”的長篇《紅樓夢》就是一部封建社會的百科全書式的偉大不朽作品。全書768個人物栩栩如生，他們就是封建社會裡各層人物的縮影。肖洛羅夫一部《靜靜的頓河》也就足夠讓他屹立文壇。

遙看這一泓又一泓的大海洋，我們除了驚歎、讚美、欽佩之外，實在再沒有其他什麼感情了。這些古今中外的大作家、大文豪的天才性創造，其博大，除了用大海洋形容外，恐怕很難再找到什麼比喻了。

站在不朽作品的大海邊，遙看作家們的創造，我們從事創作的同道，只要有那麼一絲一毫的謙遜之心和自知之明，都會把自己看得渺小一些，再渺小一些。我們算什麼呢？我們不過是寫了點東西的人，我們的經驗多麼有限，充其量不過是一些微不足道的小溪流而已，甚至連小溪流都算不上，不過只是一星半點的坑坑窪窪而已。

在文學創作路上走了四十幾年，為興趣，我們堅持了四十幾年，有人更久，劉以鬯先生就創作了六七十年！我們在古今中外的文學大海邊，敲敲邊鼓，或者，在淺海灘漫步，欣賞大海的雄偉氣勢；或者，仰望廣袤的星空下，文學群星和浪花的交相輝映，都是一種無上的自豪和光榮啊！

仰望高山

在寫作路上踽踽獨行，不禁也有四十幾年，仍未止歇。最怕疲態畢露，舉步維艱，望山興歎，黯然神傷；最喜歡的是依然昂首、餘勇仍足，仍能不斷攀越，不斷邁步，每天都有新的目標，新的出發。

回望來路，不覺感歎於歲月不老，都化為一座座高山。驚回首，那些高山峻嶺，那些懸崖危谷，都一一掠過去了；多少季節的曲折穿越，多少歲月的煎熬折騰，幾許狂風驟雨的呼嘯暴瀉，幾許烈日驕陽的酷曬熱烤，我還是我，未曾言累，從沒放棄，還是那樣騎著一匹駿馬，不歇地馳騁、馳騁。

群嶺雄偉，環視渺小的我：高山擎天，俯瞰扛筆獨步的我。在月明星稀的夜晚，小憩於山腳，舔乾流血的傷口，仰視起伏山巒，增添渾身的力量；在異國他鄉攜手老伴，磨亮長槍，於花前月下的思索後，又有新的出發。

曾經，迷醉于泰戈爾，愛他那有關最富有的是初生嬰孩的散文詩，還有他那一隻只飛鳥；曾經，感動於波爾萊特，喜歡了他的惡之花的奇特詩歌；我出入于索仁尼津的寓言體微型，我也嘆服於星新一的迷你科幻；我像餓了多年的人撲向麵包如饑如渴地狂啃鯨吞，閱讀書的海洋。我驚歎于川端康成詩情掌上篇的風雲迴旋，沉醉了無法走出來；我迷失在小小說的詩意和哲理中，不斷追求和跨越。當然我喜歡在魚目裡發現和挖掘珍珠，滿足于每次創造和挑戰後的大汗淋漓；我更歡欣于和同道一起結伴而行，分享彼此發表的喜悅。

文學巨人們像高山，令我驚歎拜服，無法超越也是一種幸福。

多少次閱讀魯迅，他的無情《示眾》，精美《野草》、多少次不厭倦地購買慢賞，驚訝於一劑醒湖灌頂的好《藥》，不朽幾十年；凝視他揮舞著《鑄劍》，構成瑰麗的文學天空；也始終難忘他的故鄉、烏篷船、祥林嫂、孔乙已、阿Q……縱然再馳騁一百年，他依然屹立我身後，高山似的巨人，以仁慈凌厲犀利的眼神望著小小的我。多少次在老舍詩意的《微神》迷醉歎息，多少次憐憫于《月牙兒》可悲的迎送生涯？不忘魯迅，情不能已，化為炎夏裡生命中最深情的紹興之旅；永記老舍，年輕時代不自量力地將資料整理成了一本《老舍小識》。

喜歡余光中的博大豪情，欽佩白先勇的準確生動，羨慕劉以鬯的簡潔健壯，驚訝于劉再複散文詩和理論的神奇嫁接……劉老啊，馳騁文學長路七十年，如今再漫步，每日兩小時，多少人有多少個九十五？他的《酒徒》、《對倒》、《打錯了》，當年的“急就章”一一成了今天一部部的經典。他們在我面前立著，偉昂並列也如一座座豪情萬丈的山峰。

何曾忘記湯瑪斯的《魂斷威尼斯》？波蘭美少年就是他美麗的神，美的象徵，亦步亦趨我也堆築了屬於自己的《迷城》；何曾忘記《查泰來夫人的情人》的隱喻，性機能的衰歇象徵著資產階級力量的萎縮！何曾遺忘一個被大水沖毀了的家族大宮殿？何曾遺忘墮入地洞無法歇止的快速列車？也冥想出了我所創造的《暗角》。前輩文豪在黎明時分，早環立在天際，與天同高，注視山下從不言倦的我，發出會心的鼓勵微笑。更是心動于永遠的安徒生，那博大的同情心和童心，就是文學創作的不可或缺的源泉，從此也鼓舞著我為尋覓失落的童心珍珠而努力，為一紙文學童心的畢業證書而拼搏終生。

他們是高山，令我喜愛興奮崇拜莫名，那怕只是仰望，也是一種珍貴機緣。

在寫作路上踽踽獨行，不禁也有四十幾年，仍未止歇。最怕老態畢露，無法邁步，望山興歎，黯然神傷；最喜歡的依然是心境不老，風采依然、不怕來日苦短，仍不斷攀越，每一步履都漂亮，每一天都有新的挑戰，新的收穫。

在高山環立的艱難旅途上風塵僕僕地奔波跋涉和尋尋覓覓，也是一種至上的幸福，那怕一輩子只能仰望高山，無法超越，那也是無憾的幸福、美好的生命旅程。

【注】我的長篇《迷城》和《暗角》都是當年（八十·九十年代）閱讀外國我喜愛的長、短篇小說後受影響而創作出來的。

【又及】《仰望高山》曾發表於海內外報刊，在南京出版的《藝術週報》百家湖副刊2016年1月24日第四期刊出。為了“配套”我新寫了《遙看大海》，以期前後呼應，暢抒文學作品的廣、博、深、美和高！

小書蟲暢遊大書海

繁華一都，紅塵萬里，疫情措施寬鬆後，急於出行的人特別多。看街上路人腳步匆匆，車水馬龍，恢復了港島昔日的熱鬧和繁榮，仿佛病毒未曾在島城肆虐過，只是大夢一場。

這日與她攜手到尖沙咀辦事，分頭辦事。

她有事，而我其實無所事事；我本想街頭流浪，隨便這兒拍拍，那裡逛逛，忽然，眼睛一亮，與一位大美女擦身而過似的，非常驚豔，看到一個閃亮的招牌奪人眼球，雙腳如樁釘牢在街頭，剎那間無法再有其他雜念，先拍下來再進入吧。

那是一家歷史悠久的老書店，覓得新址再開的一個分店。店名不稱書店、書屋、書局，而是沿用百年前的名字，「印書館」，必然早年都是印書賣書一條龍服務的吧！我喜得一步跨入，才發現，書店開在半新不舊的大廈裡，陳舊的小商場開著三三兩兩的幾家小鋪，而這家書店在底下的一個角落有電子海報設計，也有花草和幾本書的擺設，情調雅致，誘人進入。疫情三年，少有機會走進書店，一時之間，被櫥窗裡一本本假書吸引，尤其是當我看到有一隻藍色貓很生動地飛越過櫥窗，還貼有一句「走進書店的貓」的口號,實在太妙了。這樣的設計無法不吸引讀者，是的，我很快走上二樓，才發現在二樓的拐角舉辦一項《貓與社區》攝影比賽得獎作品的展覽，攝影、文字

水準都很高，經不住接連拍攝了多張珍藏。

這一天來往上下的讀者不多。

書店設在三樓，一上來就有一種雅致舒適的感覺撲面而來，樂得我這一隻小書蟲立即以精神抖擻的姿態跳入這一片浩瀚的大書海中，決心暢泳一次，不痛快決不甘休。通常傳統的書店通道窄逼得連兩位讀者擦身而過都不行；而這一家大得有點像是高檔寬敞的展覽館或博物館，牆上整齊的書架和大廳一方塊一方塊的書攤相結合，中間的走道非常寬；當然這麼大面積的書屋需要重拳出擊，擁有夠厚實的財力才行；邊游邊欣賞流連，眼目所見，偌大的地方設計得文雅大方，書、書、書，書之外還有一些裝飾性的工藝品佈置配搭，用心良苦；再仔細地欣賞觀察，每一部分又都佈置和設計得恰到好處，簡單大方、照顧到了每一個角落，富有藝術美感。可見經營者不純粹考慮只是儘量多塞一點書，而是還想給愛書人一個舒服的環境選購心頭好。

環境優雅之外，再看書類是否豐富？當然，我們不能苛求書店的圖書齊全，這幾乎任何書店都無法做到，只能相對而言。小書蟲暢遊這罕見的大書海，興奮得手忙腳亂，不知從何開始？僅是略走一段，已經有目不暇給的感歎，像是一隻宅家三年的小書蟲，突然沒有思想準備地跳進大海泛舟或暢泳：不知先看什麼？何時抵達彼岸？一路美不勝收的書海風景，不知如何選擇欣賞？可能是下午上班時間，書友不多。在世界文學類書架的日本文學圖書，我想看看有沒有川端康成或星新一的微型小說集，隨意翻翻，驚叫一聲，天呀！絕版了幾十年的《掌上篇》（川端康成著），居然以袖珍本重版了。當年我曾擁有這本書，也一直珍藏迄今，然書早就封面掉落，又嫌它開本大，厚重如磚頭，搞不好都會砸死人，手捧讀太重手會酸累，妄說帶去旅行飛機上閱讀了。我一看只是第二集，就忙問收銀處的店員，有無第二集？她也認真其事，絕不敷衍，先查電腦，記錄顯示還有貨，再請另一女店員將實體紙質書的第二集找出來，真找到了！興奮激動之下，我說，今天我的八折金卡沒帶來，書先給我留著好嗎，明天我再來一趟，收銀處小姐態度很好地答應了，還將一二集用橡皮筋束起，收進書櫃裡。

我見服務態度這麼好，一時生起無限的好感，本要離去的我禁不住決定仔細、認真地將書店再走一圈。這一走啊，才發現不得了啊，書店的確設計得很棒，雪白的牆，與以往傳統書店的窄、滿、逼、暗那種被書包圍的感覺不同了，這家書店寬敞、明亮，像我這類小書蟲，一時化為飛魚，時而潛泳，時而飛越，在那樣一個汪洋浩瀚、陽光普照的圖書大海上，是多麼舒服和幸福啊！突然，驚喜再現，見到了書架上擺著我們出版的劉以鬯多本名著、也有我的一本書，我趕緊拍攝下來。

最後，烏龍小書魚的我想找出口，竟然轉了兩圈，迷失在這龐大的書城裡走不出來了。仔細尋找多次，發現了出口的指示牌，才慢慢下樓了。

次日下午，我帶來購書優惠金卡，付款取走川端康成那套掌上篇上下集，又將這家書店慢慢暢遊了一遍，這一次熟練了不少，看到下樓處就距離出口處不遠呢，我還在一面可愛的大鏡子前，自戀了一番，自拍了一張作為留念，也算記錄了一次滿意的書海暢遊。

創作：一座迷城

最近與文友閒聊寫作、文字等有關話題，得益不少，收穫頗豐。感覺寫作（狹義理解即指創作）就猶如一座迷城，一旦走入，產生興趣，就一輩子再也走不出來。

如果從1972年底算起，我的業餘寫作生涯已經超過半個世紀。有不少文友看到我多產，都以為我是專業寫作人，其實哪裡是？在香港，以前紙質媒體全盛時期，報紙專欄寫稿匠靠稿費養家活兒，也不出一兩百位。現在，網路發達，靠賣文字為生的已經成為稀有動物。

我的職業從書籍宣傳撰寫員到編輯、執行編輯到總編輯，都事關出版社單位，與報紙無緣。業餘儘管寫了那麼久，那麼多，感覺滿意得很少，如果有人問，你最滿意的代表作是哪一部？我的回答是，可能是下一部吧，現在還沒誕生，但一定會努力寫。

不是我太過謙卑，讀到一篇好文章，我會羨慕不已。一直覺得老婆是自己的好，文章是別人的好，不知對不對？老婆是別人的好，說句玩笑，也許控制不住，就會動了邪念；文章是自己的好，就可能目中無人，狂妄、不再思進取。因此，對於別人的文章，不讀則已，一旦讀，就要認真、細心地讀，學習和吸取其中的養分和精彩。

五十二年的寫作體驗，非一篇短文可以道盡。我以小說、散文、散文詩、兒童文學、評論為創作文體（體裁）。網路上對文學體裁有比較準確的定義：

「詩歌、散文、小說、微小說、劇本、寓言、童話等不同體裁，是文學的重要表現形式。」

又對文學創作做了高度的解讀：

「文學是語言文字的藝術，是社會文化的一種重要表現形式，是對美的體現。文學作品是作家用獨特的語言藝術表現其獨特的心靈世界的作品，離開了這樣兩個極具個性特點的獨特性就沒有真正的文學作品。一個傑出的文學家就是一個民族心靈世界的英雄。文學代表一個民族的藝術和智慧。」

這樣嚴肅的文學創作，馬馬虎虎，就愧對它的崇高使命。

有人問我寫了多少？我說數量再多，如果都是水分和垃圾，那是沒有價值的；應該問的，你寫得好不好？我一定回答，好的很少；只是一個愛寫作的小作者，談不上什麼。像俄國的托爾斯泰、中國的魯迅那樣的文學大師，才足于代表俄羅斯民族、中華民族的民族心靈；後期，普京曾經頒獎給索忍尼津，稱譽他是俄羅斯民族的良心。

大約在九十年代，我在報紙上寫有關人生的專欄文章，後來結集成一本《陪你一程》的小書。一位老師購買了一本，讀完，轉送給一位悲觀厭世的朋友，那位朋友讀完，喜歡和感觸良多，告訴他，讀完後，他取消了尋短見的想法。這位老師寫信告訴我，令我心靈感到極度的震撼！一本小書而已，竟然有這等勸人向善、熱愛生命的功能！從此明白文字正能量的重要，那種潛移默化的影響力不是其他物質和金錢可以取代的。

上世紀九十年代以來二十幾年，香港學校重視中文水準的提高，認同我這個普通的業餘作者，常常邀我到學校作有關閱讀和寫作的演講，禮堂最多時坐滿了全校一千名師生。我需要以蹩腳的粵語講半個多小時，心情非常緊張。提問時段，學生最喜歡問的問題是，怎樣才能當一位作家？需要具備什麼條件？我回答說，很簡單，記住「興趣、堅持、認真」這六個字就可以了，同學們都吃了一驚，但細細一想，要全做到這六個字，用一輩子，還未必能達及呀。

我們以前搞出版，書名就偏向簡潔、精短，廣州暢銷雜誌《家庭》前社長兼總編蓮子女士很欣賞，我在交流會上說出原因，簡短，主要是方便讀者訂書打電話，太長（十幾個字）他們不好記，影響生意。後來，除非不得已，我小說題目、書名都偏短，散文也如此，偏短；當然，有的也需要長些，長得準確、長得詩意，也可以非常精彩。

一篇文章（小小說，短散文）的完成，牽涉很多問題，值得交流和研究，討論可長可短。例如，究竟是先有標題或內文？我想是看各人習慣；像我，是兩種情況都有。有時因為一個好的、妙的標題，產生了寫一篇文章的衝動。如有關敦煌歌舞的，《飛天》兩字就非常吸引，令我產生如縷的遐想，為此寫過兩篇作品：一篇是小小說《飛天》，寫的是1966年底在我就讀的大學發生的一件悲情案件；前年，我又寫過另一篇散文《飛天》，寫的是九十年代初我失業、心情萬分沮喪失落時舉家到馬來西亞旅遊，在檳城扯旗山拍攝的一張妻子兒女騎在我背上飛天的照片引起的聯想。這都是先有標題的例子。我對題目的擬定成功過，也失敗過，如到臺灣阿里山森林遊覽半天，導遊說，平時到海灘人們洗的是日光浴，這一次到森林是呼吸樹林的新鮮空氣，等於洗一次“森林澡”。水、陽光的澡有了，森林澡，很特別，那麼，記敘這次遊歷的文章標題，也不好陳詞濫調、落入俗套。我翻來覆去，就差白了半個頭，最後擬了《沐浴阿里山》，覺得較為圓滿。沐浴也有洗澡、潤澤的意思，妙在“沐”字裡有個樹木的”木“字，再貼切不過。

文章能短則短，將所有與中心、主題無關的刪去。文友中有不少散文寫得很棒很美，可惜總是剎不住，字數超長，本來已經準備讀完給她（他）來一次熱烈的長時間的鼓掌，哪裡知道以為結束了，還有，還有。說來，其實短文最難寫，將短文拉長，令人不耐煩，何必寫得那麼多？如果篇幅減少2/3，一定恰到好處；留一些空白讓讀者評論不是挺好的嗎？什麼都說盡，文章就不好讀了。

初稿寫好，如果不急，最好看或默讀三五遍。看，是看看整個結構是否妥當？有無離題？有無漏掉重要的？默讀是看文字順不順，文句裡的平庸詞，有無更好的？錯字呢？有無拗口的地方？囉嗦的句子是否都刪了？我參賽小小說，字數上限通常規定1500字或以下，如果競爭激烈，佳作無數，有的評判最後就先淘汰字數超過的，豈不可惜？因此放鬆不得。我寫的小小說，初稿往往寫到1700-1800字，寫完，刪了五六次，無助於表現人物個性、深化主題的一律刪去。最後都控制在1495~1498字以內。

還有許多寫作的學問，值得我們認真琢磨和研究。

創作，猶如進入一座大城堡，裡面珍奇無數，一旦走入，會一輩子再也不想走出來，僅是欣賞，就得花幾輩子；一個人坐在裡面雕塑一個叫文學的藝術品，就會窮了一生的精力和時間。

幸虧，我迄今依然在狀態中，感到不寫才最累。

2022年6月16日於不寫最累書房

2024年12月7日修訂

到印尼演講和領獎

2024年8月22日，依依不捨告別到桃源機場送我們回香港的黃克全、王學敏伉儷，不到四天 ，26日又飛來印尼雅加達，出席印華作協成立25周年慶典活動。

僅四天在香港，時間非常緊迫。要交幾方面的稿，《金門當代文學大歷史》發表會報導和感受寫了兩篇，頗為匆忙；六千字的雅加達講稿，雖然天昏地暗地趕寫，也幾乎來不及。瑞芬出門喜歡和習慣了帶禮物，手信，衣服不算很多，那些想送文友的卻至少占了兩大箱。最後兩天忙到午夜。

我將講稿帶到附近的108商場小鋪列印25份帶去，文友籌備慶典夠忙，我不想再麻煩他們。

26號抵達雅加達機場，德弟派車來接，一切都很順利，抵達酒店已經九點多。

27號上午搬到印華作協招待外國代表住的酒店。下午外賓陸續報到，當晚是歡迎晚宴。幾位歌手上臺獻唱助興，以大才女惠卿唱得最棒。

28號上午10點座談會開始。一個演講廳隔音設備非常好，沒想到文友聽眾也來了100多位，大概座談邀請了六個主講人內容各有各的精彩 ，吸引了大家，也十分驚喜和感動，電腦宣傳字樣都安排得很好，無法不拍照留念。

我的講題是《風雨同舟　馳騁虎山》，事前在酒店房間練語速、咬字清晰度、強調和聲音大小，主辦允我說25分鐘，還排在第一講。六千字念得再快，也念不完，只好將《患難見真情》部分濃縮；席間獲掌聲數次，都是有關提及瑞芬部分：特別那句“有人嘲笑我沒什麼本事，全靠他太太”，我就回敬他，我最有本事了是找到這樣一個太太來幫我！”最受歡迎的是最後部分（三句話與大家共勉）還被楠榜的朱啟剛文友錄影。

其他五位講者及講題是新加坡寒川的《懷念七十年代認識的三位印華文友》；新加坡陳劍教授的《詩歌的傳播形式與發展》、雅加達許志先生的《穿越時空的對話》、西加陳慧珍的《西加年輕寫作者的近況》以及林來榮的《孫中山對蘇北教育革命的影響》，各有特色。

聽眾聽得專注，講者講得興奮　，沒想到時間大大超時，原定中午12:00結束，居然拖到14:00才講完。幸虧下午休息沒事。

在會場，還見到美篇文友蘇歌，好開心。

晚上在花園酒家舉辦印華作協成立25周年慶典聯歡晚會。席開30至少來了近300人。袁霓主席做了《砥礪奮進25載》的報告，動情陳述印華作協走過的艱難歷程。

接著請對印華文壇有貢獻的人士上臺，頒發“印華文壇貢獻獎”，共有14人獲頒，6人因健康因事缺席，上臺的有8人。出席者：寒川、東瑞、袁霓、高鷹、文苗、幸一舟、李卓輝、鐘俊逸；缺席者馬詠南、許鴻剛、莎萍、石秀、松華、雯飛。

有關資料如下：

東瑞先生——袁霓頒發

東瑞頒獎詞是：

1996年，東瑞與暨南大學潘亞暾教授一起來到印尼，在本哲山頂舉辦一個史無前例的座談會，那是印華文壇的轉捩點。1998年，5月暴亂過後，東瑞先生與慕阿敏先生一直推動成立印華作協。1998年底由15個人創辦，1999年初舉行就職典禮。初期4期《印華文友》就在香港出版運到印尼。東瑞先生為印華作家寫了近百篇序言，出了4本字數共達150萬字的評論集，出了幾十本印華作家作品的文集，讓世界華文作家看到了印華作家作品，每次徵文比賽的獲獎作品，均由香港蔡瑞芬主持的獲益出版公司出版。

這次東瑞 獲獎獲得四方好友、老師的熱烈回應，紛紛寫來祝賀和讚美。除了感謝外，還選錄部分在此：

山東著名詞人雷澤風老師：

風雨同舟馳虎山，
印華文苑二五年。
深深文脈長長路，
東瑞架橋載譽還。

千淘萬漉雖辛苦，
吹盡狂沙始到金。
馳騁虎山三萬里，
印華文化奠基人。

一個特別的獎座
——最佳良師益友獎

馬來西亞華文作家協會前會長曾沛的女兒李靖婷與其侄女及男友來港度假和辦事，好幾個月前就通知我們。大半個月前抵達香港後，又將具體日程發過來。我們安排了各種要做的雜事，決定在11月11日約她等三人見面茶聚。地點在我們家附近的“老地盤”龍閣酒家；我到地鐵接了她們。

在龍閣酒樓大家吃點心、談天，交談甚歡。馬來西亞年輕朋友喜歡香港點心，尤其咸水角、叉燒包很適合他們胃口。之後我們爬上黃埔號，還在紅磡海濱大道、黃埔號拍了不少照片。

在席間，靜婷送給我們一個獎座，令我們很意外也很驚喜。紀念品鐫刻“文緣千里，良師益友”“最佳良師益友獎———東瑞夫婦”

在微信特別寫的文字如下：

“文緣千里，師友如山”

《最佳良師益友獎》

頒發給：東瑞夫婦

以表彰您們在曾沛女士生前的寫作生涯中所扮演的重要角

色與深遠影響。您們如同明亮的北斗星，指引著曾沛女士在文學的海洋中乘風破浪，砥礪前行。

您們以淵博的學識和無私的心靈，澆灌著每一位求知者的夢想。在曾沛女士生前的創作旅程中，您們的鼓勵與指導仿佛春風化雨，讓她的文字在靈感的河流中自由流淌，綻放出無盡的光彩。

“最佳良師益友獎”不僅是對您們非凡貢獻的肯定，更是對您們人文關懷的崇高禮贊。願您們的精神繼續激勵未來的創作者，讓更多的文學之花在這片沃土上絢爛盛開。

特此頒發，以示敬意與感激。

頒發單位：Lee Family

頒發日期：2024年11月11日（星期一）

獎座設計別具新意，一灣月亮上方有兩顆星，文字就鐫刻在月亮上。靖婷說，當時我給她母親寫的悼念文章題目就是《曾沛，夜空上一顆美麗之星》，她的設計就是從這裡獲得靈感的。一般的獎座都是機構頒發的，這次卻是由一個家庭的第二代（靖婷代表）頒發，真的很罕見和珍貴！

曾沛是我們在馬來西亞最好的文友。從1987年認識自至她今年去世，有37年之久。那年我受邀到馬來西亞參加馬華作協舉辦的各項文學活動，有一次，大家在禮堂內聽講座，我看到她在門口賣書，我很好奇，就與她搭訕攀談起來。聊家庭、生活、事業，聊得最多的是寫作。我很想讀她的小說，希望她寄給我看。我們就這樣慢慢熟悉起來。她非常努力，也有個幸福家庭。她的幾部集子，如《行車歲月》《行雲萬里天》《勿讓愛太沉重》等都是我寫的序。

近乎四十年的交情從不間斷，我們去馬來西亞都獲得曾沛一家的接待。有次金寶一學院邀請我去講小小說，還是曾沛陪同、靖婷開車載我們去學院。

曾沛非常努力，最後做到馬華作協會長、世界華文微型小說研究會副會長，世界華文微型小說函授學院導師，馬來西亞華人文化協會署理總會長，榮譽顧問 ，現任會務顧問 ，馬華婦女組全國總秘書及雪華堂婦女組副主席。曾獲獎項：亞細安華文文學獎、文藝營30周年貢獻獎，世界微型小說貢獻獎及40年貢獻獎。

沒想到在曾沛的創作年譜中不時提及東瑞，愛屋及烏，愛母親的曾沛的女兒這次不遠千里，將一個特別的獎座送來，感人至深啊。靖婷還說，如果來吉隆坡，我們一路北上的話，她會開車送我們。太好了，先謝謝她。

山東著名詩人雷澤風老師非常感動，寫了兩首詩：

題馬來西亞拿督曾沛之女贈予東瑞夫婦北極星《最佳良師益友獎》

致敬曾沛女士　雷澤風（山東）

曾沛夜空一亮星，馬來文苑有英名。桂冠耀目一頂頂，東瑞為序幾重重。重情重義靜婷奬，敬友敬師北斗風。淑女仙鄉應笑慰，華文事業有傳承。

良師益友

良師益友北極星，世界華文耀耀晶。文苑遍及新馬泰，南洋華夏有英名！

謝謝雷老師的詩，為小文增光不少！

四十載文字緣

報上讀《我與大公報》專欄，才知《大公報》已經創辦逾一世紀，經歷三到四代人的時間；到郵局寄信，猛然看到牆上張貼著《大公報》發行紀念郵票的海報，一時感觸萬千，回憶的河水迅速倒流。其他方面我真不敢說，如果說起與《大公報》的文字緣，我倒是有點小資格。

如果從上世紀七十年代末算起，與大公報的文字緣分，已逾四十年。

1972年，我和妻子剛剛踏上香港這塊福地，人生地疏，舉目無親，工作無著，心情彷徨；於是業餘寫稿，聊以自慰，也換點稿費，彌補家用。我很希望以文字的突破來改變命運，花了好幾年，日以繼夜地拼命，陸陸續續寫成了二十幾萬字的長篇小說《出洋前後》。1978年大著膽寫了一封毛遂自薦的信，將整部書稿寄到大公報小說版，出乎意料地很快收到編輯部即將連載的回復，令我驚喜萬分。小說連載了十個月。由於該書內容寫的是華人落番的血淚史，淡化政治，帶有歷史的普遍性，先後獲得兩岸三地出版界的接納，出版了香港版、中國大陸版和臺灣版三種版本。大陸版由四川文藝出版社出版，還請老作家艾蕪寫序；臺灣版前幾年由金門文化局李錫隆寫序後出版。這一切，如果不是先在《大公報》小說版連載的影響力，很難辦到。一家有那麼長報齡和檔次的老報紙，向一個初到貴境，毫無名氣的陌生小作者伸出溫暖的大手，給予關愛和支持，我無法不感動和感恩；此一件事，從此鼓勵了我在文字創作走上不歸路，一走就是半個世紀，《大公報》不愧為我漫漫文學長路上的引路人。它也讓我感悟到一張歷史名報對於文學開拓、新人培育的重要。

那之後，《大公報》成了我工作和生活中不可或缺的報紙。八十年代，我在三聯書店工作，書籍需要評介，我有不少評介圖書的稿件就投給《大公報》的「讀書與出版」副刊刊出；後來評論版約我寫稿，我說我不擅寫政論，他說可以寫文化評論，這文化的涵蓋特別廣，我生怕批評得罪人或被人對號入座，當時就用了"上官泰芙"這個比較特別的筆名，引起種種猜測。在該版一寫十幾年，還從中選萃由香港藝術發展局資助出版了一本《香港文化淺談》的小書，在2007年與2010年印行了兩次。

在評論版撰寫告一段落後，與《大公報》的緣分沒有中止，我開始又在每週一次的「文學」週刊、天天見報的「大公園」副刊投稿。上世紀九十年代中期到二十一世紀初期，紙質報紙發生骨牌效應，許多晚報停刊，存活的，報紙上的小說版或副刊也陸陸續續消失，原有五家具有影響力的文學副刊或週刊都陸續遭砍殺，只有《大公報》的「文學」版突圍而出，堅持了下來，一直到前幾年才完成了其歷史使命。文學版的幾位編輯一直刊用我的小小說和散文，而且不時放在顯目的位置，令我受寵若驚。我很喜歡該版的編排，嚴肅活潑兼具，因此也常常把自己較為滿意、感覺寫得較好的小小說投過去，這些小小說後來也成為我參賽、結集成書的重要稿源。幾任編輯認稿不認人，依然不因為我無甚大名氣而計較，用稿率幾乎百分之百，實在令我感動不已。

大公報

兩箱書

這樣，驀然回首，世事滄桑，我在不同版面以文字結緣大公報，不知不覺竟接近半世紀了。這幾十年中，大公報館地址，也從灣仔軒尼詩道的國華大廈搬到香港北角健康東街39號的柯達大廈，再搬到香港仔田灣海傍道7號興偉中心。記得在軒尼詩道是和新晚報同一座樓，交稿的時候，還見過老總嚴慶澍（名作家阮朗）。我的稿件也從原稿紙上用手書寫「進化」到電腦打字、電郵發稿。

我非常喜歡「大公園」。在《大公報》創刊一百二十周年的日子，回顧昔日歲月如過電影，幕幕動心。那些年，我給很多報紙的副刊寫稿，沒有一家讓我這樣堅持，也許《大公報》也派發到港九部分地區屋邨的關係，不少朋友常常取閱，常常打電話或發訊息來告知讀到我文章。至於好幾位原有文字來往的編輯，無論年歲多少，我都很欽佩尊敬。誰說編輯只是園丁，他們還是無私的文友和師長呢。

A17

【小小說】

小巷餐廳

感恩報刊編輯

——整理舊書報有感

貨倉兼寫字樓搬遷，忙足大半年。想換買一間小的。不料一時找不到合適的，只好先租一間小一半的貨倉。想處理舊貨倉，一直是多年的心願，因為大部分殘書舊書二十幾年就一直擺在那裡浪費太多空間。

我們出版社創立於1991年，沒有在行家競爭和文學電子化網路化的衝擊下被淘汰，在僥倖中逃出生天，算是不幸中之大幸，說是一項奇跡也不為過。那個年代，有好幾家出版社出了一兩本暢銷書後，就成了曇花一現般的匆匆過客消失無蹤。

整理書櫥，除了來自好幾個管道的藏書外，還有大量我發表于報刊的文章剪貼報，大簿子小本子，少說也有一百多本，裝滿幾大紙箱。這麼多連我自己也嚇了一跳。是什麼促使我七十年代到二十一世紀初寫得那麼多？往事雖然並不如煙，但真不堪回首。如果那時候生活穩定，我又何必寫那麼多專欄和連載小說呢？

人在重重壓力下，爆發的力量實在太不可思議了。我收集珍藏的那些大量舊報紙雜誌，躺在書櫃裡，一躺就是十年二十年，很多當時發表那文章的具體情景背景，如果不是翻看那整張報紙雜誌，我都全忘記了。其中看到那張發表評論劉以鬯《黑色裡的白色 白色裡的黑色》的文章標題好大，又是彩色，又是頭條，心中萬分感動。細看，版面執行編輯印上傅女士的名字，類似這樣的整大張報紙我收集了不知多少！教我泛起了無數美好的回憶。

那時候，我喜歡投稿香港這《大》報的文學副刊週刊。九十年代，文匯、大公、新晚、星晚、星島五家大報的文學副刊非常著名，風光、鼎盛一時，將香港的文學蓬勃推向一個頂峰。其中文匯的《文藝》、大公的《文學》、新晚的《星海》、星晚的《大會堂》每週一大版的文學週刊，我都是常客，發表無數短篇小說、散文和評論。在大部分文學週刊都式微後，《大公》的文學週刊依然保留，一枝獨秀，成為依附於香港紙質報紙的最後一片淨土。

約有九年光景，我在這家已經有超百年歷史的報紙寫稿，無論發表與否，熱情未減。一是報紙的格調不低，從不流俗，不像一些為牟利而誨淫誨嗶寵取寵的商業報紙，庸俗不堪；二，每日都有一大版副刊，文化氣息濃厚，不像港地不少報紙畫地為牢，一塊塊

豆腐乾，刊些太個人的隨意雜文文字；最喜歡的就是每週一次的、在星期日出版的大公文學週刊，版面編得很漂亮。有我作品發表，報社傅女士寄樣報兩份給我，有時我太喜歡，還跑到通宵店多買好幾份。為尊重，我都是原創的第一稿給傅女士編的這個版，在海外，並沒有如同內地那樣的微型小說刊物，不少港報倒閉後，我最喜歡的、個人比較滿意的微型小說（小小說）都投給傅女士編的版面，不知不覺也有將近十年的時間。小小說有時還上了頭條，編排得很大方美觀。

我自己也很驚異，也許出於幾十年的投稿習慣，從沒在寄稿之後，打電話去詢問我的文章登不登，什麼時候註銷；也許也是因為喜歡該報的原因，幾次不登、或較久才登都不要緊，都不會影響我的情緒。每次發表，傅女士還寄來報紙，怕我沒看到或買不到報紙，這樣的好編輯，環顧報界，在我寫稿幾十年的歲月裡就幾乎沒有。

有的人說報界人事也很複雜，一朝天子一朝臣，也許有時也很難避免，但敬業樂業的好編輯還是居多的，香港文學、星晚的劉以鬯，星島的何女士，大公的傅女士都是認稿不認人的好編輯。傅女士雖然比我年輕，但在我寫作路上，對我鼓勵不小，她是很出色的園丁，不斷為乾枯的我澆水、加油，看我一株不服老的粗草漸漸粗壯，長得有點樣子。

在我145種著作裡，有著傅女士浸潤的汗水。

一直到傅女士在工作崗位退下小休，她、我和瑞芬才相約了餐聚，首次相見了。大家都好開心。

懷念那流逝的歲月，感恩傅女士。

相遇臺北的一次發表會

我喜歡台灣的飲食文化，走進高雄、台南、臺北、金門的餐廳，發現外觀都那麼不起眼、內部也往往無甚裝修，但端上來的小食美食卻相當美味合胃口；我也愛讀台灣文學，早期在一個代理圖書、宣傳圖書的機構做事，方便從二樓書店以比較優惠的價格，購買了台灣不少具有代表性作家的書。如白先勇、余光中、洛夫、王鼎鈞等，誰沒讀過？

早在20年前，因緣機會，認識了林煥彰、楊樹清、黃克全等台灣詩人、作家；不能不講緣分，詩人、小說家黃克全老師後來還成了我參加浯島文學獎長篇小說徵文的評審之一。只是領獎後的午宴，雖然同檯共慶賽事圓滿完成，但匆匆散聚來去，無法深談。

此番從香港飛到臺北，為的是支持黃克全、王學敏伉儷舉辦的《金門當代文學大曆史》一書的發表會。如今，出一本書難，出一本包含33位影響金門的作家、詩人資料和評論的大書更難！然而主編黃克全竟然做到了。他繼主編《金門現代文學作家選》（一套三冊）之後，又下一城，編了這本《大歷史》，影響巨大。主要是憑夫婦兩人之力，為金門當代文學書寫歷史，這就不簡單。其次，我也是本書33位被評作者家之一，更應該飛來參與其盛。

7月20日，發表會在台灣大學校區的「曉鹿鳴樓」餐廳舉行。黃、王夫婦這對主持人太有心了。王學敏唱起充滿故鄉情味的《流離之歌》作為發表會的開場白，黃克全老師作為另一主持人，請了向明、孟樊、楊樹清、牧羊女、黃克全和黃東濤六個人上臺，介紹書中33位被評論的有關作家。當日的貴賓來了四十幾人，不是教授就是作家，有被評論的，也有評論者。王學敏也是大才女，工作做得很細，將圓桌分為花、好、月、圓，每桌大體 十人。看看她用手寫的名單，「往來無白丁，談笑有鴻儒」，好生感動；她還把席位貴賓的名字寫上，先後兩次發給出席者。

發表會是台灣的稱呼，中國大陸和香港習慣上用「發佈會」。看看名單，都是重量級人物，大陸稱呼大伽。向明老師已經96歲，腦筋、思維還是那麼清楚，他還抄錄了詩人阮囊的《正覺》和詩人沙牧的《媽媽不要哭》親自朗誦。我帶了九十年代買的他的書和蕭蕭老師的書，請他們簽名，也各送了我的一本散文集《金門老家回不厭》給他們，真沒想到二十幾年前買的書，二十餘年後，能遇到書的作者。

黃克全老師和王學敏老師一靜一動，配合得很完美，尤其是一些為人所忽視的細節都想到了。給六位講者每人一瓶金門高粱酒，都寫上了名字；《金門當代文學大歷史》樣書，人手一冊，主編黃克全都一一在扉頁簽署了名字。最令人感到驚喜的是，當天還是黃主編的生日，當黃夫人學敏老師宣佈希望七月生日的都站到前臺來的時候，會場氣氛旋即達到一個高潮。最特別的是，並沒有誰推出一個大蛋糕，而是有人端出一大盆的壽桃包子，接著一個個裝進小膠盒裡，讓嘉賓們帶回家。五個壽星一時成了明星，排成一個環形，讓大家拍一張合影。發表會居然穿插這麼多人性化的溫馨節目，給人一次又一次的驚喜，令我們感受到與港澳、中國大陸和印尼華文發佈會完全不同的特別形式，意趣無窮。

我們也參加過官方主辦的發表會，感覺程式上太正式而嚴肅，活潑溫馨不足；這類民間舉辦的則文學、文氣固然濃濃的，鄉情、人性化也一點兒都不缺。窗外，臺北的高溫達到36度，比香港還熱；這次發表會主人黃克全、王學敏兩位老師既是生活上的夫婦，也是主人兼司儀，又是《金門當代文學大歷史》的兩位作者，能者多勞，待人熱情如火。將座位排好是一種藝術工程、結束後嘉賓離去，他們在門口送別，還安排一些朋友開車載香港來的我們回酒店。

回港，慢慢閱讀這一本資料翔實的大書，感慨不已！單是主編的序言《流離共同體》就寫了一萬四千字，慢工出細活，據說足足寫了三個月。首先，主編將時空劃定在四十年代到八十年代，又將33位與金門結緣的作家根據地域、身份的特殊劃分成金門僑鄉文學作家、金門軍旅文學作家和金門本土文學作家三大板塊；再請24位論述學者或作家評介33位文學作家，可謂一種創舉；角度和筆觸的不同，造成閱讀視角的多元化，既避免了筆調太統一而死板的沉悶，又彰顯了各家文采的百花齊放的活潑性。這樣一本書，堪稱瞭解金門當代的百科全書。臺北的這一次富有特色的發表會，我看其影響必將很深遠吧！

《文創達人誌》走進歷史

臺北頗有影響力的親民文學刊物、堅持「紙本不敗」的《文創達人誌》於2022年12月走進歷史，從此只能留在記憶裡回味。那天，讀到老總阿魚（顏國民）的停刊詞，深感突然，沒講什麼原因，也許像有人“無疾而終”，不需要理由一樣。我通知有關的文友，大家都感到突然和惋惜。

《文創》於2013年1月創刊，原是雙月刊，到第10期（2014年 7月號）起就改為月刊。近乎十年的歲月，走過幾許風雨，終於完成了自己的使命；最後的告別號是第111期。

我從第2期（2013年3月號）就開始投稿《文創》，那時得到楊樹清的通知，因他要上《文創》的「封面人物」，內文有個為他做的人物專輯，需要稿件，而我正巧有篇寫成的《老鄉・文人・楊樹清》可以派上用場；樹清兄還囑咐我以後可以給《文創》投投稿，就這樣，開始了我與《文創》的近十年的結緣，楊樹清可說是我投稿《文創》的最大「文媒」。我是居住香港作者，多年來寫博客，也常常投稿海內外的紙質報刊，因此也就認識一群香港和內地的寫作人，於是，像滾雪球一樣，帶了一些文友進如《文創》，成為比較固定的作者。謝謝阿魚兄在停刊詞還不忘提及這些前塵往事，他說：「遠居香港的同鄉東瑞，從第四期（2013 年 7 月號）開始就進駐本刊，並呼朋引伴，帶動許秀傑丶周廣英丶趙嫣丶海藍藍丶思梅（陳興梅）丶李念秋丶周小芳丶陳愴丶席輝、圖斯曼、鎮娟、吳佩芳等海峽兩岸三地及海外華文創作者的加入，以壯本刊篇幅。」還有小菁、黃梅麟、蘭心等。我推薦的十六七位海內外（主要是大陸）作者，知名度高低都有，之前我在推薦和轉稿前都對他們有言在先：《文創》不設稿費，只送樣書；大概情況是：第一次都是由我轉稿，還請他們寫簡短的「作者簡介」以供老總阿魚參考瞭解；之後就由她們自行電郵寄稿件了；十年內，萬一他們寄稿不順暢，大抵都會讓我轉去。每個月18日我都會在微信提醒她們不要錯過截稿期。如果稿件不合用，老總都會通知我。這些作者，十年間，斷斷續續地消失（不再寫、無法堅持的意思）幾位，又填補新的幾位，到了最後，就剩下包括我在內的六位了。而我是堅持最久的一位，只是缺席創刊號，從第二期寫到停刊號，也有110期了。由此感到所謂「寫作貴在堅持」絕非一句空話，要做到是有很高難度的。

《文創達人誌》令我印象最深、最感激也最震撼的是在第79期一次過地刊登完我花大半年心血完成的、以金門為故事背景長篇小說《快樂的金子》，令刊物的頁碼一下子徒增300頁。該小說本是為參加某屆金門縣文化局主辦的浯島文學獎而寫，自己還滿意，但沒入選；寄稿前我很猶豫，因為我和《文創》老總阿魚兄只是投稿的關係，其實始終未曾謀面；寄去長篇不被刊用也很正常，但出乎意料之外，他不但指出了小說中出現的謬誤，還大膽、不惜工本地在這本綜合性文學刊物上一期刊登完畢，實在太令我驚喜了！這在我大半世紀的投稿史上可說是絕無僅有的唯一，辦刊人的宏大氣魄，讓我震驚欽佩。同樣情況的還有金門扛鼎老作家陳長慶先生的長篇《凡塵悲歌》，一期完地刊載在《文創》87期，阿魚說「篇幅都暴增到五百多頁卻不加價，讓讀者一次看個夠」。

《文創》刊物堅持了十年，已經不是很短的歲月。它在與作者的相處中也慢慢形成自己的特色，簡要地說，有那麼幾點：（一）每期都有封面人物特寫和內文專輯，重點介紹台灣文壇重量級文壇人物和嶄露頭角的新秀；（二）頁碼不固定，至少都有300頁以上；（三）字數不限；（四）發表作者的文章，不喜歡孤零零地單篇，多數是一組；（五）走親民路線，不像台灣某些「貴族」文學雜誌，惟名家馬首是瞻，《文創》堪稱在佳作面前人人機會平等，不講名氣，認稿不認人，稿件素質佳，又是原創就予以發表；（六）文章內容不得涉及政治；（七）出版後電子刊物由電子郵箱寄給作者先睹為快；紙質刊物樣本則一年寄一次給作者藏存。《文創》越辦越好，雖然不設稿酬，作者陣容依然鼎盛，每期內容非常豐富，可讀性很強。可見，在網絡發達的今天，不少作者也接受了寫稿不設稿酬的事實，樂於投稿。

我們的出版社九十年代也曾經出版過少年雜誌《青果》，對像是青少年，從雙月刊變成季刊，每期虧蝕港幣五千元，出到43期，已經不堪負荷，只好結束。我也寫過告別詞，比起阿魚兄的停刊詞，我們那時感傷得多了，缺少了阿魚那種高瞻遠矚的樂觀精神。阿魚把十年的歲月獻給了文學，非常有意義，因此他說「投注的這十年『文藝人生』，是我最歡喜、最有收穫，也是最值得驕傲的回憶」。他相信《文創》熄燈之後，也一定會有人繼續點燈，會有人接棒，「成就不必在我，是時候該放手，讓有同樣理想的文友以不同的面貌來再造另一個風華。」這樣的樂觀是有理由的，回顧百餘年的一部文學期刊歷史，難道不就是這樣創刊、停刊、創刊、停刊、一刊結束而伴隨著一刊又誕、代代不息、薪火相傳的嗎？

中爪哇之旅

——記達華23屆同學聚會旅遊中爪哇

源起：策劃多時 敲定方案

2023年五月至七月初前後近三個月之久，印尼三馬林達、泗水、香港三地資訊頻傳，電話聯絡不斷，一項同學聚會的重要倡議被醞釀、修改、推翻、重來，來來去去，最後敲定，決定改變同學一般聯歡聚會的普通做法，以史無前例的旅遊聚會形式，舉行一次三馬林達中華中學23屆同學（1964~2023）闊別59年後的聚會聯歡。最早的倡議者為黃積佑、李康城、黃麗華、洪瑞誠和溫發俊，臨時籌委則是由李康城、黃麗華、黃積佑、蔡瑞芬擔任組成，負責各項具體事務。時間決定於7月10日于泗水匯合並在11日出發。旅遊的城市包括三寶瓏、日惹、梭羅和峇都，17日返回泗水，自由活動三晚，20日解散，走上歸程。參與的同學非常興奮，積極準備，不但成立了有關的旅遊群組，方便通知、協商大小有關事宜，發放旅途中拍攝的精彩照片供大家及時欣賞。

大匯合：半世闊別，激動相摟

七月十日，來自加里曼丹三馬林達的達華23屆同學黃積佑、黃麗華、簡春娘（偕先生陳侯同）、吳維安、許越銀、韓麗珍、陳秀娟、吳基振、王小霞、黃麗庭十一人大團隊抵達泗水，和香港來的蔡瑞芬（偕先生黃東濤）大匯合。從1964年自學校走向世界各地，同學們雖然個別間都曾見面，但都是小規模，大匯合這是首次。有人形容，老鄉見老鄉，兩眼淚汪汪；也有人讚美，夕陽無限好，晚霞別樣紅！但見在Four Points Tunjungan by Sheraton酒店大堂一片激動和歡騰，達埠的、香港的，大家帶來了許多吃的、用的禮物互相贈送。達埠著名的辣椒魚黃薑飯、炸香蕉、kuku macan，峇廸衣服，來自香港的迷你電風扇、圍巾、男皮褲帶等等互相饋贈；見面時相看兩不厭，你銀絲披頭，我皺紋滿面，我不嫌你行路搖擺如鐘，你不笑我胖瘦失衡，都激情握手，熱情相抱，共賀歲月有情，彼此都有一顆年輕的心。

當晚，泗水的李康城同學及夫人施秀蘭假座泗水的萬豪國際酒店為大家接風洗塵，除了來自達埠的十一人大團隊出席外，來自瑪琅的辛清蘭，來自香港的蔡瑞芬、黃東濤、原在泗水的同學和親屬陳麗琴、溫發俊、林誠銀、李雅寶、吳錫利、李越治、黃錦繡也都出席了。歡聲笑語，氤氳包廂，散會後還在二樓和底層大堂留影。

三寶瓏：瞻仰三寶洞

聚會旅遊中爪哇的計畫從7月11日開始，17日結束；六夜七日旅程包括三寶瓏2日，日惹2日，梭羅1日，峇都1日，可謂時間不短。 7月11日23屆同學和家屬李康城、施秀蘭、黃麗華、黃積佑、蔡瑞芬、黃東濤、簡春娘、陳侯同、吳維安、許越銀、韓麗珍、陳秀娟、吳基振、王小霞、黃麗庭、陳麗琴、林誠銀、李雅寶、吳錫利、李越治、辛清蘭，加導遊和領隊共二十三人，從泗水出發，開始了愉快的旅程。雖然大家已經都是銀髮一族，但都滿懷信心，行李裡裝滿了舒適的旅遊裝，務必方便遊覽上下車，又能拍攝出漂亮悅目的照片，當然也少不了帶不少零食點心在車上分嘗。該日到三寶瓏（11-12日）的車程長達六個小時，車上飯盒午餐非常美味。抵達後，重中之重是瞻仰遊覽著名的三寶洞。在這方圓面積浩大的三寶洞廟群，留下了明朝三保太監八下西洋的不少遺跡，多座廟堂，幾經修茸，規模宏大，日夜香火鼎盛。大家在鄭和塑像下大合照，脫鞋進廟燒香膜拜，還在反映鄭和航海故事的連續浮雕前參觀和留影。這位大航海家、中印友好使者的偉大創舉和貢獻是中印兩族人民世世代代友好的象徵。

次日12日參觀遊覽三寶瓏的火車站辦公室，感歎于古城歷史悠久，早期火車已經通行了。接著是購物，參觀峇廸店；在這著名的古城，居然還有下午茶——吃春卷，令走得疲倦的同學不禁精神一振。大家自由組合，三三兩兩地在春卷鋪子你一截，我一截，慢慢品嘗，消磨了短暫的下午。晚上的"宵夜"——吃榴槤，愛好者大快朵頤，大家一起度過了一個榴槤飄香、滿嘴噴香的迷人夜晚。

日惹：攀登婆羅浮屠

此番中爪哇之旅，三寶瓏、日惹、梭羅，都是印尼開埠比較早的古城，稱之為文化之旅名副其實。尤其是日惹，早就名聞遐邇，國寶婆羅浮屠就被稱為世界八大奇跡之一（也是聯合國教科文組織認定的世遺）。從三寶瓏到日惹（13-14日）長達五個小時，先是參觀建於1755年的蘇丹皇宮。大家參觀了皇宮皇室家族的生活環境和用過的日常用品。皇宮範圍很大，建築色彩淡雅美麗，樹木蔥蘢，芭蕉扶疏，白牆綠樹，景色宜人。接著再到TAMAN SARI參觀，這古時的城堡，有水有遺跡，景色悅目。值得一提的是到日惹最熱鬧的市中心馬麗俄婆羅大街，讓大家自由活動兩個多小時，各各都有不同斬獲。熱鬧的大街車水馬龍，一邊店鋪密集，有不少是峇迪成衣店，一邊是成片的市集，峇迪服裝驚人廉宜，不少同學瘋狂掃貨，手提得發酸。樂隊在廣場上開始奏樂，迎接更加熱氣騰騰的夜市到來。欣欣向榮的景象讓大家感覺到日惹世道的繁榮。

次日堪稱大佛塔和寺廟群之旅。攀登婆羅浮屠大佛塔，大家有種震撼感，都有備而來，興致勃勃。雖然有的不良於行，無法上去，最後依然有十一二位爬到了佛塔最頂峰。在攀爬過程中大家還發揚了互助友愛的精神，除了閱讀浮雕、合影，還圍繞佛祖雕像三圈膜拜。這面積最大的佛教大塔，遊客絡繹不絕，無論從什麼角度看，都有不同的雄姿。藍天麗日下，翠綠田野和灰黑塔石相輝映，構成了一幅幅宏偉壯麗的圖畫。恐怕日後，許多人的夢裡還會一直在佛塔內攀登，攀登……緊接著到普蘭班南寺廟群的遊覽參觀，時當微雨後夕陽初露，五座寺廟下一片亂石成堆，蔚為奇觀。瑞芬導演一幕《石在，友情不滅》的定格照，也相信多少年後，翻出這張富有歷史意義的群體照，許多美好而珍貴的旅途回憶一定會像電影幕幕重映在我們的腦袋網路上吧。

梭羅：遊覽峇迪之鄉

7月15日到梭羅。這座因為《梭羅河》歌曲而名聞海內外的城市，令到瑞芬、東濤兩位非下車看一看、拍張照片留念不可。由於在梭羅只待留一天，時間比較緊迫，抵達梭羅，就先參觀梭羅的蘇丹皇宮，講解員很耐心地為大家講述皇宮的歷史，大家隨即入鄉隨俗，女性穿長褲的都圍起了沙籠；下午參觀峇迪店。梭羅的峇迪，堪稱一門藝術，無論布匹，還是製作成衣服的，都非常講究。峇迪的圖案設計、色彩、其美、其對稱，都令人贊嘗不已。不但常見於印尼友族的穿著，也讓華人愛上，誰都知道，格峇雅就是印尼的女國服，相當於中國的旗袍，穿起來可以令身材的玲瓏浮凸盡情展現。同學買了不少峇迪，有的買來自穿，也有互相贈送的，為印尼的旅遊業消費做出微薄貢獻。

16日從梭羅到避暑勝地峇都，下午四時才抵達，五星級酒店不但周圍風景如畫，房間還有陽臺，早餐的美點豐富都讓同學們贊嘗不已。

17日晨早十時大隊離開峇都回泗水，經6小時車程，到達泗水後，大家集體按摩消除了疲意，當晚李康城、施秀蘭夫婦假座香福海酒家為大家歡送，也慶賀聚會旅遊的圓滿成功。

依依惜別 珍惜友情

18、19兩日大家在泗水自由活動和休息，20日淩晨五時達埠大隊回三馬林達，香港的瑞芬東濤稍遲六點多也飛回香港。同窗情深的李康城、施秀蘭夫婦很早來相送，彼此情依依，淚盈盈，相見不易別亦難，何日君再來?拍照留念,再會必有期。大家十分感謝旅行社阿龍，感謝導遊小魏，友族兩位司機，感謝康城秀蘭擔起了泗水主人翁的義務責任，付出很多，貼心周到關照大家，令旅遊十分圓滿，真是一次團結友愛的文化旅遊；大家紛紛表示來日苦短，一定要珍惜當下，加強團結友愛，快樂度過每一天。

攝影/阿龍 小魏 瑞芬 東瑞

文字/東瑞

仲秋北疆遊

從小時候就知道新疆的許多物事，烏魯木齊、吐魯番、克拉瑪依、美麗的新疆姑娘、舞蹈、冰山上的來客、火焰山、戈壁灘、……新疆的許多旋律優美、家喻戶曉的民歌,更加令人對新疆神而往之。

只是，新疆，在我們印象中，太遙遠了。彷佛，只是可望而不可及的「前方」，甚至天際！哪裡敢設想有日，我們會有機會來到新疆旅遊？

正是八月底九月初，夏末秋初時節，我們看到群組裡李天亮兄組織的新疆遊，名額有限，我們還是最後有人退出時，才作為後補得以參加的。

天亮兄是大才子，金融、政治、文化等等方面博學多才，是我和瑞芬的大偶像，他組織了好幾次旅遊都大獲成功，我們因忙都失之交臂；他作為團長組織舉辦的旅遊，應會是很不錯的。

非常期待也非常興奮。

22位團友來自香港、印尼、新加坡、馬來西亞、泰國、澳門，其中包含六對夫婦。最令人驚喜的是印尼華人商業奇才郭桂和、陳麗珍伉儷也參加其中，為本已聚集各方人才的團隊更增加了重量級份量。

八月二十九日抵達烏魯木齊時已經夜晚，貴人招風雨，滂沱大雨令大家措手不及；經歷一番艱難的奮鬥才抵達酒店，天有不測風雲，果然；經管如此，依然無法撲滅團友遊覽新疆的火樣熱情。

扣去來回兩天，九天的新疆遊除了一位團友因為家事第二天就趕回外，大家都能堅持到底，委實不容易。來回機場需要坐輪椅的許雪蘋和徐莉芳也緊跟大夥；平均年齡已在六十至七十幾的團友爬山踏階、頂風冒雪、雨淋日曬，無所畏懼，體現身體健康、心境愉快的重要，相約來年再相會于南疆。

此番新疆北部之旅，旅程漫長，內容豐富，印象之好說不完，就撿重要的說吧。個人感受或許不同，但彼此分享都有助於鞏固記憶。

最大的共識，莫過於見證新疆之大。有的國家飛機一起飛很快就越過鄰國領空 ；我們多年前去東歐，也是十幾天，居然轉了十幾個國家，而我們遊覽新疆11天，還不到一半，只是北疆；據說南疆也需要最少八或九天才能打卡完畢。單是9月7日獨庫公路一日行車近700公里，溫度跨越春夏秋冬四季，經歷高山峻嶺、盆地平原，這麼大的國土太了不起，如果再算歷史之悠久，中國長達五千年，有文字記載的則是三千年。那些只有兩百年的移民組成的國家算得了什麼。不明白為什麼有人不願意做中國人？

其次，相信毫無疑問的是，新疆風景之美，處處美如一幅幅畫。這個雖早在腦海有所準備，但美的程度超出預計。禾木村的山水木屋、四季鮮花；那拉提空中草原綠得流油，遼闊得直連天際；烏爾禾魔鬼城在地殼變動、億萬年的風蝕下成為鳥獸絕跡、不見點綠的鬼斧神工的神秘之地；大西洋最後一滴眼淚—賽裡木湖的遼闊純淨、碧藍連天際：獨庫公路的兩千多米高峰積雪、山中驚險萬端的盤旋路，不時出現的汽車讓位於牛馬羊的溫馨場面；也油然令人想起耗費10年、犧牲168名劈山築路戰士的壯烈場面、並對他們肅然起敬！…….只要會攝影、角度好，或背景純淨，或色彩豔麗，或景點驚險，或地方奇特，都會體現各種不同的美，被拍攝的人都會伸出雙臂，以肢體動作表達天地之遼闊，你也才真正明白什麼叫“壯麗”！

第三，真正體驗到什麼是異域風情。似乎還沒有一個國家或省份，旅遊採取那樣的方式和制度。門票管用的不是一個偌大公園，而是幾天走也走不完的大區域。旅遊大巴接駁小巴，小巴再接駁56人小火車，一個個景點遊覽打卡，再一個個車站排隊回程；也許這正是大新疆的特別之處；再者，新疆出產美人，新疆美女不是百裡挑一，而是隨便手指一點，人群裡都是明眸皓齒的大美女。一些餐廳的美女還能歌善舞。餐廳、服飾無不講究色彩之絢麗，令人歎為觀之。經管我們二十一人的團隊在飲食方面有些團友不太習慣吃羊肉，但非常佩服欣賞他們烤全羊的隆重儀式，學會了什麼叫尊重！

第四，疫情令旅遊業停擺三年多。疫情後不少人是第一次參加長途旅遊。不由得令我們有所比較。以前一些旅遊，變相地成為“購物團”，每到一地，導遊和商店通好氣，關門打狗，謀取大量回扣。團友不買，導遊給你臉色看。新一代的內地導遊領隊以阿文、阿蘭為代表，連同開車的張師傅，陪同大家十幾天，熱情投入、盡心負責，令人感動。洗水果、搬行李、派食品、為大家照相、幾乎什麼都做，包騎馬拍照費用，沒有強迫購物，還數度為大家買瓜、試食品、送葡萄，靈活調動菜式和加菜…….哪裡去找這樣的導遊和領隊？

最後是團隊精神和以旅遊為友，值得一提。五十年代以往，人到四五十已經算老人，我們團隊七老八十一個個依然生龍活虎。爬山踏階，雨中走泥濘小路，一個比一個走得快。香港是長壽之鄉，排名世界第一，如果要找實例，就找李天亮率領的我們這個團隊吧！如假包換。單長壽還不算，還得有活力！11天的旅程大家發揚互助互愛的精神，每天準時出發；也出現許多好人好事。

不曾接觸郭桂和，不知道他沒有架子，如此親民。下車後側立車旁，為每一位下車的同行者扶一把；每到一個景點，熱心為大家拍照；帶印尼美食、買香蕉在車上派發團友，餐中、車上，不時有幽默笑話噴發如珠；曾經接觸李天亮的，知道他各方面厲害，這次參加團遊，對他的統籌能力更增加一份欽佩；鄧水生買雨衣送大家；盧如璧一路照顧鄧龍建，感人至深；一路上明蔚、瑞芬等也協助個別團友前行：為大家熱心拍照的除了阿文阿蘭外，還有郭桂和、瑞芬、選華、威文等，為大家的新疆北部游留下珍貴的紀錄。

六對夫妻檔的恩愛，有被留影的，也有驚鴻一瞥被捕捉成為永恆的，羨煞天下厭夫怨婦！建文全天侯對雪蘋的照顧，威文推輪椅上的莉芳、夾菜，不離不棄；達鳴為夫人絳星專注拍攝；健生明蔚多款親密情侶沙龍照；東瑞瑞芬雨淋互相擦背；最感人的莫過於郭桂和在洗手間外對夫人麗珍的安全守候，令我感觸良深。男人，無論成不成功，對另一半的感恩，都是應有之義；旅途中，這種種，也都成了一幅幅溫情脈脈、愛意濃濃的圖畫。

好地方自然該配好團隊。不參加這次新疆遊，不知道團中藏龍臥虎；因此，結交不少新朋友，也是一項意外的收穫。

文字已長，其實意思無非如天亮兄的八字總結“很辛苦，但非常值得！”水生兄一句話概括：去了新疆，才知道什麼叫壯麗河山！

巴中緣 世紀情 山城夜 觀大壩工程
——“重慶、三峽遊輪七天團”陸地篇

旅遊，豈止吃喝玩樂而已？巴蜀文化、中原文化、三國文化，加上重慶這現代歷史名城、雄偉的長江三峽風景，吸引了我們這些早年在印尼雅加達巴城中學讀書的校友。當北疆11日游的出色組織者李天亮和優秀導遊文玉明公佈《重慶、三峽遊輪七日團》細則並接龍報名時，非常快，40個名額旋即爆滿；杜威文、徐莉芳、劉晉芳、溫開萬協助掌管財政和保險等大小事宜，一切都水到渠成。時令進入深秋，正是旅遊的好季節，我們團員於10月11日乘飛機到重慶，17日從武漢搭高鐵回港，圓滿完成了這包含“海陸空”交通工具的特別旅程，既見證了重慶的奇美、也親睹了世界第三長河流、長達6300公里的長江人文景觀的壯麗和水利資源的豐富無盡。

這次旅遊，有好幾個特色值得一提，應該也是大部分團友的初體驗吧！

首先是動用了幾乎所有“海陸空”交通工具，11出發日從香港乘飛機飛往重慶，住兩晚，13日登船，搭世紀榮耀號大遊輪到湖北宜昌，船上睡三晚，16日在宜昌住一晚，17日從宜昌搭動車到武漢，再從武漢乘高鐵回香港。來回全程感受到祖國

現代化交通工具的發達、蒸蒸日上。

其次是感受中原現代和古代文化的交拼，對視野的雙重衝擊非常強烈。像寶頂山大足石刻的鬼斧神工，對應著單軌列車穿過大廈的匪夷所思；再如洪崖洞的古色古香，對照著解放碑步行街的濃厚的現代商業氣息；豐都鬼城的地獄文化對比著現代的長江三峽大壩工程文化，如此等等。今非昔比，又合情合理，符合社會發展的規律。

第三是見證了中國造船技術的突飛猛進。以往，都是歐美大遊輪獨霸天下、縱横四海，六十年代我們在大陸旅行，用的都是綠皮火車；經此一遊，才驚歎、自豪于祖國的日新月異，已與往昔不可同日而語，也不再讓西方專美。世紀游輪擁有系列姐妹游輪多艘，世紀榮耀號堪稱領頭輪；我們乘的這首載客量650人，設備豪華漂亮，與同級外國遊輪相比毫不遜色。

最後是整個旅程的設計形式我們覺得非常新穎奇特、科學合理又井然有序。三日陸上遊覽節目豐富緊湊，三日海上度假時光悠閒舒適；長江 那麼長，僅是輪上觀看兩岸風景，未免沉悶；於是遊輪還安排您上岸遊覽豐都鬼城、白帝城、觀看大型山水實景演藝劇《烽煙三國》及換小船暢遊神女溪。每個節目安排，都有專人帶隊，銜接得有條不紊，滴水不漏，一環扣一環，時間拿捏得不差分毫。游輪雖然因為枯水季距離岸邊甚遠，團友們都不怕勞苦，為節目的精彩所吸引，毅然紛紛參加，歷史悠久的景點彌補和消解了兩腿的酸疼疲累。

陸上行程主要是前兩天的重慶和末尾一天半的古城宜昌。

重慶人口3200萬，排在世界第19位，夜景之美在內地僅次於香港、上海，名列三甲。在四十年代至五十年代又是國共鬥爭頗為激烈的地方……許多團友早就朝思暮想有日親炙其面容和冷熱，這次總算了卻了一番心願。在重慶，我們全體團友渡過了多次難忘的時光。首天晚餐時段，團友賴真秀就一扔千金——港幣1800元，分成18包讓大家抽獎，雖屬於小插曲，氣氛卻熱烈，為旅程不斷掀起高潮留下了很好的開端和伏筆。

難道不是？重慶這山城的精彩，讓團友們不斷發出一次又一次的驚歎和讚歎。原來，重慶不獨是山城霧都而已， 你必然不會忘記在李子壩高架車站下千百遊客仰看輕軌列車穿過19層建築物6樓至8樓“大窟窿”的令人震撼的景象，也許你腦海中一直停留在2001年9.11事件，當飛機撞擊摩天大廈，兩座世貿中心轟然倒塌；而今重慶的列車相遇19層高樓，安然穿梭，進出來去自如，成為舉世罕見的一道好看的風景；也在腦海裡留下了上面的住宅、下面的商鋪是否會受到影響的懸疑；

你必然也不會忘記洪崖洞夜晚輝煌燦爛的奇景？在人山人海的擁擠中，多少個舉高的手機在頭上晃動，多少顆黑壓壓的頭顱遮住你的視線，讓你只好踮起腳，艱難地拍攝起洪崖洞的全景。據說這個四川傳統的民俗風貌區，本來岌岌可危，快衰落了，經有心志士的修建營運，2006年重新開放，重放光芒。11層樓高，吊腳樓風格的商鋪依山而建，錯落有致，多為各種美食和點心鋪，發光的招牌和廣告橫豎懸掛其間；仰看最遠處，居然其上還有公路盤旋，汽車通行。這視覺的盛宴，需要仰望；令人想起了香港看夜景，最好的角度是從太平山鳥瞰下去，維港兩岸、中環一帶的夜景，像是一片發光的高低參差的密集樹林，驚心動魄；重慶的洪崖洞，初看，像是一座不夜的城樓，細瞧，又酷似一幅巨大的三D畫，心海激蕩。不少重慶年輕男女在招徠生意，想為你拍攝以洪崖洞為背景的人物照片，收費30元；這重慶的另類夜景，會伴隨你後半生的記憶了。

你應該會記得磁器口步行街的滿意採購？即使不買東西，

單是徜徉其中，就會忘憂，仿佛回到舊年代，對那種古色古香的傳統建築欣賞不已。半空中整齊排列的紅燈籠，商鋪二樓懸掛的燈籠，打扮得像過節似的，將磁器口的喜慶氣氛推到極致。小巷街角，出租民族服裝拍照的、替人畫漫畫像的，正在用搗木棍搗辣椒的，商店賣醬料、火鍋湯料、辣椒、榨菜、炸麻花、糖果、狗屎糖的大嫂，不斷滿臉笑容地吆喝、招徠生意……各地都有古城步行道，磁器口的熱鬧氣氛，可獲高分。大家背大包拎小包的，滿臉滿意走出來，看來無不是與店主和店員的熱情待客大有關係；

你必然不會忘記大足石刻那些栩栩如生的雕像、佛祖的圓寂情景以及六道輪回的石刻文化；你往昔只在武漢搭渡輪從武昌到漢口，這一次，應該記住終於在重慶體驗了長江索道，飛越長江；參觀周公館，周恩來是中國和世界偉人，影響著中國歷史的進程，大家都在周公雕像前留影。參觀了這個1938年周總理以個人名義租下的作為中共南方局辦事處的曾家岩50號，看到了周恩來與鄧穎超辦公和居住的簡陋房間，感觸良多。最意想不到的是，簡陋陳舊的周公館地下，居然是嶄新的、寬敞的紅岩革命紀念館新陳列館；我們千萬不要忘本，不是前輩們昔日的努力奮鬥，我們今天焉能做一個偉大強國的小小國民？

行程三天在“世紀榮耀號”遊輪上，包含上岸遊古跡、看景點和看節目，非常精彩，當用專章描述。

旅程最後兩天在歷史古城宜昌渡過。我們參觀了2022年8月才開館的三峽工程博物館，為博物館展品、歷史圖文的豐富而驚歎。隨著導遊的詳細講解，我們參觀了三峽館、工程館和水電館，不知不覺走完了約一萬平米的展場，仿佛回到了幾個世紀以來長江洪水氾濫成災的年代，衷心欽佩為治水的而出謀獻策的炎黃子孫，從三過家門而不入的大禹到一個多世紀以來的百姓領導；出館，我們還遠距離地參觀了三峽大壩以及遊覽了附近的截留紀念園。

我們還參觀了三峽人家風景區。走進青山綠水的山谷中，所有塵世的煩惱頃刻丟棄在九霄雲外。有老伴同游的都親密牽手，一路行走攀爬、一路迷醉留影，卿卿我我，一路相扶，品山觀水，指指點點，說不盡的悠閒，道不完的喜歡。老天有情，賜予土家人家這樣絕美的地理環境，利用了長江西陵峽位於三峽大壩與葛洲壩之間的天然舞臺，混融了巴山蜀水所滋養哺育的土家文化、楚國文化和地質文化等多元文化。一旦你走進這被水氣氤氳的天地中，會在陽光暖暖、風兒徐徐的舒服感覺中，看到一幅幅美到疑幻疑真的圖景，無法不激動地拍攝——土家人家屋頂上的炊煙、土家人背竹簍歸家、男女橋頭吹笛對唱、船頭嬌羞的土家少女、跳舞的土家人隊列、繁複有序的整套婚禮習俗……這樣的風俗和風景，除了為中國各民族的和諧感動之外，也為自已能到此一游而慶幸開心。

最後一天我們遊覽了位於宜昌秭歸縣新縣城的中國詩人屈原故里文化旅遊區。屈原投江的故事，早就家喻戶繞，路過他的家鄉，怎可不前往探訪他？導遊兼領隊阿文這麼一說，驅使不少熱愛中華文化的團友冒雨勇敢攀爬百來石階梯，到最頂處的屈原祠屈原雕像瞻仰他，並拍照留念。階梯兩側，都設了不少專館，存放有關文物。是日大雨滂沱，莫不是蒼天有情，也為這一位千古留名的愛國大詩人屈原流下清淚？想起了普天下的華人，過端午吃粽子，都記起了他。可惜，雨勢畢竟太大了，一些腿部欠好的團友只好在底層司馬遷撰寫的《屈原列傳》石刻篇章下留影。

10月17日，從宜昌搭動車到武漢，再轉高鐵，晚上22:01抵達香港，圓滿完成了全部旅程。

逛鬼城 登白帝 看三國 遊長江三峽

——“重慶、三峽遊輪七天團”江上篇

我們是旅程的第三天（10月13日）下午傍晚時分在重慶朝天門碼頭上船的。當所乘“世紀榮耀號”游輪啟航、作別山城時，做了一次意味深長的“華麗轉身”，讓乘客們用足夠的時間，欣賞重慶美得震撼人心的、看得眾人眼花繚亂的璀璨夜景。那種興奮的感覺，完全與在香港、上海看夜景不同。也許輪船在江中，所處地理位置不同，感覺重慶夜景被評為中國第三，似乎有點委屈。隨著遊輪360度的轉身，我們感覺彷佛置身於一個大圓球裡，周圍高低不平、造型多元、霓虹色彩迥異的高樓大廈就在我們眼前走馬燈似地旋轉，被紅燈勾勒的半弧形橋樑就在我們頭上的半空掠過，甲板上盡是抓手機拍攝的人群，歡呼聲此起彼落。

團友中有不少人，搭過外國遊輪，中國製造的遊輪則是首次體驗，一切都感到新鮮。游輪連甲板、地下演藝廳共有八層，除了第六層、甲板層外，負一層至五層都有電梯供乘客上下。二樓為櫃檯辦事處，二樓、四樓設有餐廳、酒吧，頭等客房設在六樓，我們團友大都住在五樓。房間面積雖然不太大，但設計合理，床鋪、沙發、床頭小幾等都精緻典雅，一切都和

陸上四至五星級酒店相似。雙層窗簾拉開，有一道門，打開就是面海的小陽臺。六樓還有一個迷你商場，東西價格還行。團友們上岸參加自費節目回來已經很勞累，基本上不需要互相串聯到房間探訪聊天，畢竟每天的三餐已經可以同一餐廳邊吃邊聊聊天。船上三餐都採取自助餐形式，非常方便。上岸的活動一般不超過兩三個鐘頭。游輪包下所有接駁的旅遊車費用，結束後還趕得及回來吃飯。自費節目需要提早購票，長者還有不錯的優惠，但都是採取自由決定的形式，疲勞的話可以留在船上休息。

我們不敢說不參加自費節目損失就很大，但說錯過有點可惜則一點都不為過。

進入了豐都鬼城，我們才瞭解到中華傳統文化的博大精深，連地獄世界也形成一整套完整的文化。鬼城已經具有2000多年的歷史，然曾在六十年代被以“宣揚封建迷信”為名而遭到嚴重破壞，現在的鬼城經過了重新裝修。大家在日常聽慣了“鬼門關”、“閻羅王”、”牛鬼蛇神“、奈何橋、孟婆湯等傳說，都非常感興趣地乘搭纜車來到這聞名遐邇的鬼城。到來的遊客絡繹不絕。我們看到了一座座廟宇，有鬼門關、藥王殿、報恩殿、財神殿、奈何橋、孟婆莊、玉皇殿等等，看到了一尊尊耳熟能詳的雕像，如鍾馗、黑白無常爺、牛、鬼、蛇、神、牛頭、馬面、崔判官等，大都造型奇怪，面目兇惡猙獰，才漸漸醒覺，原來陰曹地府也有極為完整的司法制度，並非什麼封建迷信，純粹是儒佛道不約而同地將“懲惡揚善”的理念天才設計，經歷朝不斷發展，終於將我們的鬼域文化逐漸完善化。孟婆莊門聯“拿起就是放下”、“一湯品味三生”（一說“舍去即為得利”）充滿哲理，足堪咀嚼；聽說夫妻牽手走過奈何橋，可活到九十九，很惹團中夫婦的興趣，都紛紛牽手走過去，而走過就是永恆，留下了”在地獄共同走了一遭“的珍貴一幕。四大名著連環畫（俗稱小人書）伴隨我們校友的兒童時光，多多少少也知道故事梗概，但對地獄故事較為生疏，紛紛在小賣部買了一套包括六本連環畫的套裝《豐都傳說》，可說漫遊鬼城的另類收穫。這一趟“走進鬼門關”從下船上岸，加上到了鬼城一路走到最高處，共走了246個階梯，大家都覺得很值得。（**遊輪第二天上午**）

觀賞了《烽煙三國》，才知道什麼是中國製造的、而且走在最前列的“大型山水實景演藝劇”。有朋友看過河南的《禪宗少林.音樂大典》，也欣賞過西安驪山下的《長恨歌》，印象極佳，因此對《烽煙三國》很是期待。結果，滿意度都遠超出預計，不枉上岸爬碼頭階梯、舟車勞頓、大車換小車到忠縣的辛苦，都為了看這一出70分鐘的大戲。這一餐豐富的視覺文化盛宴，怎樣形容那種置身場景中的震撼感都不為過。三國英雄豪傑，如今雖然一切都風消雲散，所有的燦爛都已歸於沉寂，但歷史每每在新的條件下可以重演，歷史的啟示往往也很有意思。三國，那是個金戈鐵馬、群雄爭霸的時代；三國，又是個英雄輩出、義薄雲天、可歌可泣的悲壯歲月。《烽煙三國》就是這樣一部史詩級戰歌，被重演於忠縣三峽港灣，以山水為實景，可以想像其中的難度。以現代最新的科技來演繹千年以前的故事，種種設計和創舉的別出心裁讓人意想不到，3D全息水幕投影固然亦幻亦真，最驚人的是中途觀眾席180度的全方位平移和旋轉，讓看得癡迷的團友們嘩嘩嘩嚇了一跳，也喜出望外。它將看官推到戰場中，彷彿回到那刀光劍影、熱血噴撒的年代，可以近距離地與關羽握手•。從序幕——一代武聖關公騎著赤兔馬、手握八十二斤重的青龍偃月刀破空而來，到桃園結義、下邳勸降、曹營之夢、火燒赤壁、夜讀兵書、水淹七軍，到義照千秋，全劇一氣呵成，動感緊湊；文戲中的歌舞昇平的佈景居然也是特別建造的實景。這戲也太厲害了，據說耗資近10億，難怪自2016年開演以來，演了2000多場。（**遊輪第二天夜晚**）

遊覽了名氣很大的白帝城，重溫劉備托孤的典故，再讀李白的名作《早發白帝城》，對歷史就會有更深的體悟。白帝城位於重慶市奉節縣白帝鎮白帝村，地處瞿塘峽口長江北岸，依山臨江，地勢險要，歷來是兵家必爭之地，素有鎮守三峽、拱衛巴楚之稱，歷來有"詩城"的美譽，李白、杜甫、蘇軾、劉禹錫、白居易、黃庭堅、陸游等詩人登臨白帝城後，都在此留下詩篇；而劉備兵敗後在此一病不起，將劉禪（即阿斗）托孤給諸葛亮。我們在此看到了躺在病榻上的劉備、諸葛亮和劉備三個兒子、謀士和武將等人栩栩如生的塑像。我們還參觀了李白那首著名的《早發白帝城》各種不同書法在舊牆上、小賣部以各種不同的墨寶展示：**"朝辭白帝彩雲間，千里江陵一日還。兩岸猿聲啼不住，輕舟已過萬重山"**，慢慢領會，拍案叫絕。李白此詩寫於759年，他因為被一案件牽連而流放中，行走到白帝城，忽聞大赦喜訊，驚喜萬分，當即坐船順流到江陵。詩的精彩，在於全詩表面是寫景，寫乘舟，實際上借用聲、景、色彩、空間和時間的交錯，以"千里"的空間對應"一日"的時間，又用"輕"舟和"萬"重"山誇張速度之快，以此來表達被赦免後心情的極度愉快，實在妙不可言。全詩氣勢磅礴，又起伏有致、一氣呵成。這樣籠罩著濃郁古典文學氣氛的勝地，至少也會讓你薰染幾許文學氣歸來。

這一天，也看到了最辛苦的體力行業：由於上白帝廟需要攀爬近乎三百又陡又窄的石階，山下有抬轎的轎夫，兩人一前一後抬一竹轎抬遊客上山，來回200元人民幣，他們一天最辛苦抬10次，其勞動量之大，可想而知。我們部分團友大多年紀

大，坐轎上山，百感交織。（**遊輪第三天上午**）

當天中午至午後，游輪進入長江的瞿塘峽和巫峽，我們團友和其他遊客爭先恐後走上甲板，搶站最佳位置，爭取以最佳視角拍攝江峽最雄偉尊容，也以它們為背景為自己留下最珍貴的一瞬間。幾百人不想錯過親睹三峽真面目的機會，只因長江的這三峽景色之秀麗，已經是任何禿筆無法形容其萬一了。近的深綠，遠的淡藍，一山遠比一山高，神態姿勢各異，難怪名聲那麼大，甲板上的團友那幾小時的激動、興奮心情久久無法平靜下來。（**遊輪第三天午後**）

從大遊輪下來，乘小船暢遊神女溪兩小時，是難得的體驗，也許這一生只有一次吧。前後兩小時，我們坐上打扮得色彩悅目、可坐二十來人的小船在神女溪範圍欣賞兩邊船窗外千奇百怪的風景。一時是懸崖峭壁，一時是綠髮山頭，山連著山，水連著水，山水相戀；無數的山，造就了溪和峽；那些山，一時是東西彼此對望，默默無言，一時是南北脈脈含情，相約千年；剛剛，以為一馬平川，江天可以豁然開闊了，忽然，聊暗花明又一山，迎頭走來。這神女溪真是神奇的海溪，美女女導遊遙指上空，神女石好高好小，屹立一山之頂。船上的美女導遊站在船首，身穿豔麗的民族粉色服裝，心情大好，人美嘴甜地推銷三峽人家的特色物產，居然賣個大包包見底。歸途，不斷有遊輪上攝影組的小夥子為你攝影，然後在游輪三樓，讓你在電腦上觀看挑選滿意的，他們沖洗出來，按尺寸大小付費。（**遊輪第三天下午**）

在世紀榮耀遊輪上渡過難忘的三個日夜，我們在10月16日那天一早就抵達古湖北城宜昌，繼續我們的陸上行程“宜昌時段”，雖然一天半而已，但絕對重要。

（文字／東瑞　修訂／瑞芬　攝影／文玉明、威文、錫群、開萬、旭輝、瑞芬、東瑞等）

越南熱方興未艾
攜手樂遊好山水

越南這塊古老土地，曾經滿目瘡痍，但當硝煙漸漸遠去，終於慢慢恢復了其動人的美麗容顏。是金子總要發光；據可靠的權威統計，2019年越南遊客就多達1.8百萬。2024年世界最受歡迎的十大旅遊國家，越南排名第10、亞洲排名第5。聯合國文教評為非物質世遺名錄的就有五處（其中下龍灣和會安古鎮兩處都在我們行程中）。我們來自香港的由李天亮校友率領的28人校友團，有幸到越南進行了5夜6日遊，到下龍灣，暢遊「海上桂林」；逛河內市，欣賞市容；夜遊峴港會安古鎮；到迦南島乘竹筒船；飛越巴拿山看古建築和花圃等等，真是不枉此行；我們見證了這個在歷史上多災多難，而今走向進步的、成為世界旅遊熱門國家。

玩轉下龍灣

來到下龍灣，才明白，山水的美不讓桂林專美，下龍灣好看的景一點也不遜色；從河內到下龍灣約需三至四個鐘頭，這個經歷了5億年底殼變動造就的千姿百態的海島奇跡，據說與桂林山水同一系統，難怪有「海上桂林」的美稱。我們坐遍遊輪、汽艇、小舢舨；我們爬山、鑽洞、上下階梯，做了大半天的運動。俯瞰下龍灣，風景絕美，而大自然的美，用鬼斧神工形容，一點爾都不為過。

異國的年味

來到河內，才知道越南也有農曆，今年農曆新年的日期與中國人農曆新年到日子一模一樣。大除夕在一月二十八號，大年初一在二十九號。當然，這也不是巧合，而根本是受中華傳統文化影響非常深。古時候稱為交趾，安南的越南是由中國管轄的。

距離農曆新年還有大半月，在河內大三十六古街，春節的氣息就濃得化不開。這在還劍湖一側的古街，傳說是因行業的不同而獲命名的。當電瓶車載我們在三十六古街逛一圈，那種不遜色於香港的強烈年味，震撼了大家，也顛覆了許多人的認知。沒有料到這個和中國有著愛恨情仇、一度很“反骨”的國家，新春節日如此地“緊跟”我們。

國旗，我們五顆星；他們則一顆。相同的是都是紅色作為主色。三十六古街內，最讓我們驚歎的是那種驚人的、鋪天蓋地的“紅海洋”，各種貼牆的、懸掛的、擺設的、美化家具的、祝福吉利的、祝賀好運的……你見過的，他們有；你沒見過的，他們也有；你想到的，他們有；你沒想到的，他們也有。真沒想到在別的國家，居然可以嗅到那樣濃烈的年味。

電瓶車不知逛了多久，伴隨著哇哇叫的驚喜叫聲，45分鐘的車程中，我們發現三十六古街縱橫交錯，車子轉個沒完，賣服裝的、賣帽子的、賣竹製品的、賣糖果的，成行成市，令我們想到了“三十六行”的名符其實。

我們旅遊法國時，在巴黎大街小巷看到濃得化不開的咖啡文化，也許他們的前人也把這種風氣帶來了越南這塊他們早年的殖民地，許多餐廳、食肆、咖啡館外面，擺上幾張簡陋的座椅，就足以讓西方遊客可以悠閒得渡過整個懶洋洋的下午，也許還有上層的子孫依然沉浸在法蘭西帝國的殖民夢想裡不肯醒來。

三十六古街所有店鋪門面都小小的，不超過四米，店主十有八九都是女的。戰爭貢獻出許多男子漢的生命，越南女子被百煉成鋼。

綴花邊的還劍湖

河內此湖毗鄰三十六街，易名多次；據傳越南後黎朝開國皇帝黎利曾在此湖得到一把古劍，後又將古劍歸還給湖中的神龜，湖名自此被改為還劍湖。

當電瓶車經過湖畔的馬路時，哇，鮮花沿著湖邊盛開，真是漂亮，湖泊就像一條大裙子，那些花卉就如繡在裙邊的花邊。我們看到不少穿越南傳統服裝的男女年輕人在湖邊拍照。女的還手捧一束鮮花，男的在一邊做求愛的動作。難道這一天是越南的什麼大節日？後來遇見導遊，問他，什麼都不是。只是星期六嘛，大家有空出來拍拍照。

我們跟隨著選華、水生、景春幾位團友之後，一方面想好好欣賞湖邊風景，拍拍照，一方面讓雙腿活動活動，收穫不小。湖邊確實聚集了很多人，清潔工人在掃地，男男女女三三兩兩在拍照，可愛的越南少女穿著越南民族服裝散步、攝影、玩老鷹抓小雞；賣花的、賣工藝品的……真是一派安居樂業的和平日子景象。我們還遇到手捧花卉的兩位越南少女，我們大家熱情邀約之下，還開心地與我們合影。

CONG（共）咖啡館

當聽到“越共咖啡館”，心中一震！據說還在越南一些城市有不少連鎖店哩，而且很著名。以一個党作為咖啡館的名稱，實在別出心裁，也有點匪夷所思。該咖啡館地點就在十字路口的轉角，正好在聖若瑟主教座堂的斜對面。門外掛著越南國旗，牆邊坐著五六個喝咖啡的遊客。從玻璃窗望底座，喝咖啡的人爆棚；我們乘到其三樓洗手間之機，發現二三樓還是有不少座位的；不規則的座位佈置，與懷舊的三層式唐樓頗為協調，有的歐美人士還在狹窄的陽臺享受一個懶洋洋的下午。

後來遊過還劍湖，水生做“波士”請大家進去喝咖啡，我們才得於觀察為何命名CONG（越共）的理由和特色。所有座位都很簡陋，矮矮的也可以說是急行軍那種臨時座椅；牆上掛著兩個生銹的鐵鍋；在水吧領咖啡之處，下面用鐵絲網堆滿幾百本舊書；最妙的是擔任服務員的都是年輕男女，身穿綠軍裝，有點像當年的紅衛兵。這樣富有戰時特色的咖啡館，有一種人進來喝咖啡，一定別有一番滋味在心頭吧？

竹筒船上的狂舞

迦南島秋盆河上的竹筒船（又稱竹籃船或碗公船）令這趟北越游達到一個高潮。看到一個個只能坐三個人的酷似咖啡杯的船，已經全是長者的團員都樂得眉開眼笑，又驚又喜猶如時光倒流，回到了童稚年代。

據說這類竹條編織的船，最初是用於捕魚之用。也算越南旅遊業有腦有識之士腦筋轉得快，用於載遊客，令其身價大為提升。遊客們猶如水災淹城市時坐在木盆裡的情景，但那是災難；而今卻是船夫劃槳，讓你享受悠閒時光的樂趣。

最叫人激賞的是船夫們的樂天性格，儘管吃力，辛苦，但也愛在掙錢的時刻與遊客的我們一起同樂。團友你拍攝我，我拍攝你；一會，十來隻竹籃船擠在一起你碰我我撞你，一會兒船夫用華語大喊加油，一會兒替你拍照……船兒在海中樹中穿梭，最後齊聚在一個地方，看到兩位船夫在海上的竹籃船內獨舞，船快速地顛簸旋轉，他在裡面將木槳舉高也做360度旋轉，船一高一低在河中快速旋轉，猶如跳草裙舞女子的臀部左右前後高低不平地狂扭，煞是精彩好看。團友拍爛手掌的同時，紛紛解囊打賞，樂得他更加驚險百出地表演。接著又去欣賞站在更大竹盆上越南民間歌手唱《上海攤》的表演，連團友趙友仙也嗓蟲發癢，跳上去獻一曲！45分鐘的遊樂，團友們童心被喚回，釋放了倦意，年輕了心境。

會安古鎮夜色

首次領略這距離峴港30公里的會安古鎮，夜色已黯，進入其大街小巷，感覺也漸入佳境，看密集店鋪燈籠處處，河上明明暗暗的，穿梭著掛著兩三盞彩色燈籠、十有七八都是西歐、印度、韓日台遊客的舢板，遊船如鯽魚的景象與兩岸繁華熱鬧擁擠的盛況，油然令人聯想起晚唐杜牧寫的那首《泊秦淮》前兩句："煙籠寒水月籠沙，夜泊秦淮近酒家"，時代自然已經不同，但秦淮那種晚唐風情的氣氛居然亦幻亦真地被"複製"般出現在異國他鄉，不知是我們心態太大唐，還是中華傳統文化的威力和魅力無遠弗屆？那就費事考慮了。只是當我們走進隨便一家工藝品店，發現賣的冰箱貼，都是越南斗笠、穿高腰開叉旗袍的越南女子，才赫然猛悟，這分明是越南。

這距離峴港市半個多小時路程的會安古鎮，歷史可以追溯到十七世紀，當時還是熱鬧的碼頭重鎮，經過了滄桑巨變，慢慢冷寂下來。幸虧還保留得完整無損，被作為聯合國文教非物質世遺項目。

濃霧鎖巴拿

1478米高的巴拿山，比香港的太平山頂還高，僅坐纜車就要20分鐘，與山下溫差大，只有11度。大霧彌漫下，一切都朦朧化、美化起來，人臉上的青春痘麻子皺紋固然看不清，各種花卉、花圃也美麗起來、顯得很有層次感。大家拍了不少漂亮照片。

大家紛紛激動地走過石頭大手指撐起的金橋，萬分激動地穿過擁擠的遊客人牆，留下了大霧彌天下的個人或雙雙對對的珍貴倩影。

餐後，到處逛，才發現法式建築保留得很完整，遊客特別多。城堡也似的住宅、垂下枝蔓的老牆、長滿綠苔的殘壁，圍滿花槽的小陽臺、古色古香的燈柱……都成為了打卡景點。超過一百年的建築，見證了越南的漫長歷史。

大家平安順利地在北越遊覽了五夜六天（2025年1月8日至13日），於13日晚8:00回到香港。

文字／ 黃東濤　照片／ 蔡瑞芬　溫開萬　謝錫群　杜威文

後記

自2019年7月出版散文集《緣結東西洋》後，2022年3月出了一本全以疫情為題材的微型小說《愛在瘟疫蔓延時》和旅遊愛情長篇《快樂的金子》，整整五年沒出散文集。疫情結束的2023和2024這兩年，心生兩翼飛出窩居，旅遊了不少地方。打開電腦檔案，一時也驚訝五年來竟然寫了那麼多，選稿上於是很費思量。最後考慮，還是先選一本出版，另外一本隔段時間再出吧。雖然如此，選稿依然經了一番篩選功夫，我把時間性較強的稿先選來，出版這本《山水有相逢》。

87篇，分為親情、港情、旅情、閒情、心情和文情六情和5篇報道；流水賬式的報導缺乏文學性，以往都被當作一種新聞性的應用文。自認為這幾篇還有點文學色彩，也就收進書作為紀念。其中12組散文詩，屬於散文大文體裡的一支，有點偏愛，一併收進此集。

書名《山水有相逢》出諸**"山水有相逢，春風入卷來；望君多珍重，圓月杯中酒"**（見馮夢龍《驚世通言。王安石三難蘇進士》）原是描述男女間的感情，在此主要借用"山水"兩字，源於書中遊記佔了不少篇幅（本書裡也有同名的一篇）。

希望大家喜歡本書。

非常感謝《香港文學》總編輯游江先生為本書題寫了書名。

2025年5月30日

東瑞簡歷、著作目錄及得獎項目

【簡歷】

東瑞，原名黃東濤，祖籍福建金門。在印尼度過青少年時代，六十年代初期於雅加達巴中讀中學。一九六零年九月至一九六四年八月在集美中學就讀至高中畢業（46組）。一九六九年國立泉州華僑大學中國語言文學系畢業。一九七二年移居香港。曾任《讀者良友》《青果》編輯。一九九一年與蔡瑞芬女士創辦獲益出版事業有限公司，任董事總編輯。業餘從事寫作。作品多次獲獎。一九九零年以《山魂》獲得香港市政局“中文文學創作獎”散文組冠軍。二零零六年榮獲“小學生最喜愛作家”，著作《校園偵破事件簿》獲選“中學生好書龍虎榜十大好書”及“最受小學生歡迎十大好書”。二零一一年獲中國鄭州小小說組委會頒發“小小說創作終身成就獎”。二零一二年憑《轉角照相館》獲中國微型小說學會主辦的第十屆全國小小說年度評選一等獎。二零一三年五月獲鄭州頒發小小說業界至高榮譽“第六屆小小說金麻雀獎”、二零一六年一年內更獲四個獎項，如“世界華文微型小說傑出貢獻獎”等，而長篇小說《風雨甲政第》《落番長歌》獲得金門縣文化局頒發“第十三、十四屆浯島文學獎長篇小說優等獎”等。自八十年代起歷任各種文學創作比賽評判達百餘次，如香港市政局中文文學創作獎、香港公共圖書館學生中文故事創作比賽、澳門文學獎、青年文學獎、馬來西亞鄉青文學獎、印尼華文歷屆金鷹杯文學獎、新加坡文學評論獎評判等，並曾受邀在大陸鄭州、上海、泉州、港、澳、印尼雅加達、萬隆、泗水、棉蘭、楠榜、牙律、馬來西亞吉隆玻、金寶、新加坡等地大、中、小學和各種文學組織演講文學課題。現為香港華文微型小說學會會長、世界華文微型小說研究會副會長、世界華文大眾傳播媒體協會副主席、國際藝術和藝術家聯合會副主席、受聘為香港華僑大學校友會名譽會長、香港兒童文藝協會名譽會長、印尼華文作家協會海外顧問等、香港金門同鄉會副會長等。

著作已出版《迷城》、《暗角》、《人海梟雌》《出洋前後》、《蒲公英之眸》、《天使的約定》、《轉角照相館》、《雪夜翻牆說愛你》、《失落的珍珠》、《無言年代》、《飄浮在風中的記憶》、《為何我們再次相遇》、《走過紅地氈》、《雨中尋書》、《邊飲咖啡 邊談文學》、《流金季節》、《我看香港文學》、《藝術感覺》、《晨夢夕錄》、《校園偵破事件簿》《風雨甲政第》《落番長歌》等近150種（單行本，詳見著作目錄）。

【著作目錄（單行本）】
（至2025年6月截止）

長篇小說

《天堂與夢》（一九七七年十月・香港中流出版社）

《出洋前後》（一九七九年二月・香港南粵出版社

《愛的旅程》（一九八三年四月・香港山邊社）

《鐵蹄人生》（一九八五年十月・中國友誼出版公司）

《小島黃昏》（一九八六年六月・廣東旅遊出版社）

《出洋前後》（新版）（一九八八年四月・四川文藝出版社）

《夜夜歡歌》（一九八九年三月・廣東旅遊出版社）

《人海梟雌》（一九九一年六月・中國華僑出版公司）

《暗角》（一九九二年五月・獲益出版事業有限公司

《迷城》（一九九六年三月・獲益出版事業有限公司
《再來的愛情》（一九九七年六月・獲益出版事業有限公司）
《尖沙咀叢林》（一九九八年六月・獲益出版事業有限公司）
《出洋前後》（新版）（二零一三年六月・金門縣文化局）
《風雨甲政第》（二零一七年一月・金門縣文化局）
《落番長歌》（二零一八年一月・金門縣文化局
《快樂的金子》（二零二二年三月・獲益出版事業有限公司）
《雙騎結伴攀虎山》（二零二五年六月・獲益出版事業有限公司）

中篇小說集
《瑪依莎河畔的少》（一九七六年四月・香港大光出版社）
《白領麗人》（一九八七年六月・中國文聯出版公司）
《夜來風雨聲》（一九八七年八月・貴州人民出版社）
《珠婚之戀》（一九八七年九月・香港麒麟書業有限公司）
《夜香港》（一九八七年十月・廣東旅遊出版社
《透視者》（一九九九年三月・獲益出版事業有限公司）

短篇小說集
《彩色的夢》（一九七七年二月・香港上海書局）
《週末良夜》（一九七七年四月・香港中流出版社）
《少女的一吻》（一九七八年二月・香港駱駝出版社）
《系在狗腿上的人》（一九七八年四月・新加坡萬里書局）
《香港一角》（一九八二年八月・廣東花城出版社）
《玻璃隧道》（一九八三年九月・香港華南圖書文化中心）
《露絲不再回來》（一九八五年八月・江西人民出版社）
《似水流年》（一九九三年六月・獲益出版事業有限公司）
《夜祭》（一九九五年十一月・中國文聯出版公司）

《東瑞小說選》（一九九七年八月・香港作家出版社）
《無言年代》（一九九八年十二月・獲益出版事業有限公司）
《匿名信》（二零零一年・獲益出版事業有限公司）
《擒凶記》（二零零一年・獲益出版事業有限公司）
《失落的珍珠》（二零零五年・臺北聯經出版事業公司）

小小說
《塵緣 》（一九九一年九月・新加坡成功出版社）
《都市神話》（一九九二年四月・獲益出版事業有限公司）
《逃出地獄門》（一九九五年三月・獲益出版事業有限公司
《還是覺得你最好》（一九九六年五月・獲益出版事業有限公司
《留在記憶裡》（一九九八年三月・獲益出版事業有限公司）
《讓我們再對坐一次》（一九九八年六月・獲益出版事業有限公司）
《朝朝暮暮》（二零零零年十二月・獲益出版事業有限公司）
《東瑞小小說》（二零零三年六月・獲益出版事業有限公司）
《相逢未必能相見》（二零零八年十月・獲益出版事業有限公司）
《天使的約定》（二零一零年九月・光明日報出版社）
《魔術少年》（二零一零年九月・江蘇文藝出版社）
《小站》（二零一二年七月 ・獲益出版事業有限公司）
《轉角咖啡館》（二零一三年四月・四川文藝出版社）
《雪夜翻牆說愛你 》（二零一三年十二月・河南文藝出版社）
《蒲公英之眸》 （二零一五年六月・獲益出版事業有限公司）
《清湯白飯》 （二零一七年九月・・獲益出版事業有限公司）
《轉角咖啡館》（二零一九年四月・山東人們出版社、四川文藝出版社）
《愛在瘟疫蔓延時》（二零二二年三月・獲益出版事業有限公司）

少年兒童小說集

《琳娜與喜尼》（一九八四年四月·香港兒童文藝協會）

《一對安琪兒》（一九八五年八月·香港綠洲出版公司）

《再見黎明島》（一九八六年八月·香港綠洲出版公司）

《未來小戰士》（一九八八年四月·香港日月出版公司）

《王子的蜜月》（一九八八年四月·寧夏人民出版社）

《小華游福建》（一九八八年十一月·香港明華出版公司）

《小華游星馬》（一九八八年十二月·香港明華出版公司）

《小華遊菲律賓》（一九八九年三月·香港明華出版公司）

《魔術師的熱水袋》（一九九零年八月·香港明華出版公司）

《不願開屏的孔雀》（平裝）（一九九一年三月·香港新雅文化事業）

《不願開屏的孔雀》（精裝）（一九九一年七月·香港新雅文化事業）

《一百分的秘密》（一九九二年五月·獲益出版事業有限公司）

《森林霸王》（一九九三年四月·獲益出版事業有限公司）

《祖祖變形記》（一九九三年十月·獲益出版事業有限公司）

《燃燒的生命》（一九九四年六月·安徽少年兒童出版社

《父親的水手帽》（一九九四年十月·安徽少年兒童出版社）

《叛逆出貓黨》（一九九五年十一月·獲益出版事業有限公司）

《帶CALL機的女孩》（一九九六年·獲益出版事業有限公司）

《相約在未來》（一九九六年五月·獲益出版事業有限公司）

《怪獸島歷險記》（一九九六年七月·獲益出版事業有限公司）

《笑》（一九九八年三月·獲益出版事業有限公司）

《再見黎明島》（新版，一九九八年三月·獲益出版事業有限公司）

《馬戲團小丑》（一九九八年四月·獲益出版事業有限公司）

《雪糕屋裡的友情》（一九九九年・馬來西亞彩虹）
《相約在未來》（二零零零年・新加坡萊佛士）
《校園偵破事件簿》（二零零四年七月・獲益出版事業有限公司）
《我在等你》（二零零四年七月・獲益出版事業有限公司）
《魔幻樂園》（二零零五年七月・獲益出版事業有限公司）
《地鐵非常事件簿》（二零零六年七月・獲益出版事業有限公司）
《愛的旅程》（修訂本）（二零零六年七月・獲益出版事業有限公司
《屋邨奇異事件簿》（二零零七年六月・獲益出版事業有限公司）
《小強和四方形西瓜》（二零一二年七月・新雅文化事業有限公司）
《小強和四方形西瓜》（二零一三年九月・北京少兒出版社）
《老爸的神秘地下室》（二零一五年七月・新雅文化事業有限公司）

散文集

《湖光心影》（一九八三年二月・香港山邊社）
《象國・獅城・椰島》（一九八五年五月・廣東花城出版社）
《看那燈光燦爛》（一九八五年八月・香港金陵出版社）
《旅情》（一九八六年四月・湖南人民出版社）
《晨夢錄》（一九八七年一月・香港綠洲出版公司）
《籬笆小院》（一九八八年十月・香港大家出版社）
《永恆的美眸》（一九九一年七月・中國華僑出版公司）
《都市的眼睛》（一九九三年五月・獲益出版事業有限公司）
《陪你一程》（一九九三年十一月・獲益出版事業有限公司）
《豐盛人生》（一九九五年五月・獲益出版事業有限公司）
《一串燒烤的日子》（一九九六年五月・獲益出版事業有限公司）

《寫作路上》（一九九六年七月・獲益出版事業有限公司）
《活著，真好》（一九九九年三月・獲益出版事業有限公司
《一天》（一九九九年八月・獲益出版事業有限公司）
《行李・照片・人》（一九九九年八月・獲益出版事業有限公司）
《美文一籃》（二零零零年六月・獲益出版事業有限公司）
《精緻短文》（二零零零年六月・獲益出版事業有限公司）
《談談情，交交心》（二零零零年九月・獲益出版事業有限公司）
《晨夢夕錄》（二零零零年十月・獲益出版事業有限公司）
《甜夢》（二零零一年七月・獲益出版事業有限公司）
《重要的是活下去》（二零零一年七月・山邊社）
《生命芳香》（二零零一年十一月・獲益出版事業有限公司）
《虎山行》（二零零二年一月・獲益出版事業有限公司）
《奶茶一杯》（二零零三年六月・獲益出版事業有限公司）
《雨後青綠》（二零零八年九月・獲益出版事業有限公司）
《雨中尋書》（二零零八年十一月・獲益出版事業有限公司）
《為何我們再次相遇》（二零一一年一月・獲益出版事業有限公司
《走過紅地氈》（二零一三年六月・獲益出版事業有限公司）
《飄浮風中的記憶》（二零一五年六月・獲益出版事業有限公司）
《香港，你好》（二零一七年九月 ・ 獲益出版事業有限公司）
《幸運公事包》（二零一八年九月．獲益出版事業有限公司）
《緣結東西洋》（二零一九年七月．獲益出版事業有限公司）
《金門老家回不厭》（二零一九年八月．金門縣文化局）
《山水有相逢》 二零二五年六月．獲益出版事業有限公司）

遊記集

《日本十日遊》（一九八五年八月・香港綠洲出版公司）
《印尼之旅》（一九八六年三月・香港綠洲出版公司）

《印尼萬里遊》（一九八九年四月・與丘虹合著・香港明天出版公司）

隨筆・小品集

《南洋集錦》（一九七九年一月・香港駱駝出版社）
《共剪西窗燭》（一九八七年十月・香港綠洲出版公司）
《爸爸手記》（一九八八年五月・香港金陵出版社）
《都會男女萬花筒》（一九八九年一月・香港麒麟書業有限公司）
《文林漫步》（一九九零年十月・香港現代教育研究社）
《創作手記》（一九九一年八月・香港突破出版社）
《你就是作家》（一九九一年八月・獲益出版事業有限公司）
《你喜愛的作文》（一九九三年一月・獲益出版事業有限公司）
《爸爸手記》（大陸版）（一九九五年七月・四川文藝出版社）

評論集

《魯迅〈故事新編〉淺釋》（一九七九年・香港中流出版社）
《老舍小識》（一九七九年一月・香港世界出版社
《我看香港文學》（一九九五年五月・獲益出版事業有限公司）
《藝術感覺》（一九九七年・獲益出版事業有限公司）
《流金季節--印華文學之旅》（二零零年九月・獲益出版事業有限公司）
《循序漸進》（二零零零年十月・獲益出版事業有限公司）
《流金季節續篇》（二零零六年十一月・獲益出版事業有限公司
《香港文化淺談》（二零零七年六月；獲益出版事業有限公司）
《邊飲咖啡　邊談文學》（二零一二年七月・獲益出版事業有限公司）
《文學不了情》（二零一三年六月・獲益出版事業有限公司

《致敬大師劉以鬯》（與蔡瑞芬合著。二零一八年七月・獲益出版事業有限公司）

《穿梭金黃歲月》（二零一九年三月獲益出版事業有限公司）

【東瑞得獎榮譽和得獎項目】

1.**《琳娜與嘉尼》**（兒童文學）

香港兒童文藝協會一九八三年兒童小說創作獎季軍

2,**《不沉的舞臺》**（童話）

香港兒童文藝協會一九八六年兒童小說創作獎優異獎

3,**《山魂》**（散文）

香港市政局一九九年度中文文學創作獎散文組冠軍

4,**《夏夜的悲喜劇》**（童話）

香港市政局一九九年度中文兒童讀物創作獎兒童故事組優異獎

5,**《少年小羊》**（短篇）

香港市政局一九九四年度中文文學創作獎小說組優異獎

6,**《校園偵破事件簿》**（中篇小說）

第三屆書叢榜最受小學生歡迎十本好書

第十屆中學生好書龍虎榜十本好

東瑞並獲選為「全港小學生最喜愛作家」

二零零七年全國第四屆偵探推理小說大賽最佳新作

7,**《一雙繡花鞋》**（小小說）

二零零九年獲第七屆全國微型小說年度評選三等獎

8,**“小小說創作終身成就獎”**

二一一年中國鄭州第四屆小小說節組委會頒授

9,**《轉角照相館》**（小小說）

中小學小說協會主辦、金山雜誌社承辦二零一二年

第十屆中小小學小說年度評選一等獎

10,**《漆紅的名字》**（小小說）

黔台杯·第二屆世界華文微型小說大賽優秀獎

11,**“第六屆小小說金麻雀獎”**

二零一三年，鄭州小小說節組委會頒授(參選作品**《轉角照相館》《蘋果》《金廁所和半世紀唐樓》《大獎》《父親回家》《驚喜悼文》《證據》《臭耳人阿王》《小站》《雪夜翻牆說愛你》十篇》)**。

12，二零一三年九月十八日獲香港特區政府民政事務局、康樂及文化事務署局長嘉許獎，被列為**“香港推動文化藝術發展傑出人士”**。

13,**《生命之柱》**（小小說）

二零一四年獲中小學小說學會**“文華杯”**全國短篇小說大賽一等獎

14,**《秋風初起》**（小小說）

獲中小學小說協會主辦、金山雜誌社承辦二零一三年

第十一屆中小學小說年度評選二等獎

15，**《蒲公英之眸》**（小小說）

獲世界華文微型小說研究會、中國微型小說學會頒發第二屆世界華文微型小說雙年獎優秀獎（二零一四年至二零一五年度）

16，**“世界華文微型小說傑出貢獻獎”**

二零一六年泰國曼谷·世界華文微型小說研究會、中國微型小說學會頒授

17，**《雙騎結伴攀虎山》**（散文）

二零一六年中國北京·中國世界華文文學學會頒

第二屆全球華文散文徵文大賽優秀獎

18，**《風雨甲政第》**（長篇小說）

獲金門縣文化局頒發**“第十三屆浯島文學獎長篇小說優等獎”**
19，**《清湯白飯》**（小小說）
二零一七年獲鄭州人民廣播電臺、小小說傳媒等聯合主辦首屆「說王」小小說原創大賽優秀獎
20，**《導遊笑眯》**（小小說）
二零一七年獲**“紫荊花開”**世界華文微小說徵文大賽優秀獎
21，**《落番長歌》**（長篇小說）
獲金門縣文化局頒發**“第十四屆浯島文學獎長篇小說優等獎”**
22，**《從鐵門縫隙看孫子》**（小小說）二零一八年獲世界華文微型小說研究會、作家網頒發世界華文微型小說雙年獎（2017～2018）一等獎榜首
23，榮獲世界華文微型小說研究會、作家網頒發**“40年（1978-2018）40位貢獻獎”**。
24，**《血還未冷》**（小小說）獲**“東江書院杯”**三等獎
25. **《漣漪》**（小小說）
二零一八年獲**“武陵杯”**2018世界華文微型小說年度獎優秀獎。
26，**《帶走的大相冊》**（小小說）
二零一八年獲2018年度微型小說排行榜（100篇）
27，**《世家・處方》**（小小說）
二零一九年獲**“武陵杯”**世界華文微型小說年度獎優秀獎
28，**《咫尺不再天涯》**（小小說）
二零二零年榮獲南通赤子情華僑圖書館首屆**“世界讀書日讀書分享徵集活動特別獎”**
29, **《鎮江半日遊》**（散文）
二零二零年榮獲2020年南通赤子情華僑圖書館等機構舉辦之**“國慶中秋徵文”**活動特別獎

30，獲世界華文微型小說研究會評選為**2020年度“十大新聞人物”**之一。

31，2021年元旦獲南通赤子情華僑圖書館頒發**“2020年度《書香園地》優秀通訊員”**

32,**《小巷咖啡館》**（小小說）

二零二一年榮獲**“趣微口袋杯”**全國小小說徵文大賽優秀獎

33，**《雙人床》**（小小說）

二零二一年獲紐西蘭中華文學藝術界聯合會、世界華文微型小說研究會等聯合主辦的**“三公爵杯”**世界華文微型小說大賽優秀獎。

34，獲世界華文微型小說研究會評選為2021年度**“十大新聞人物”**之一。

35, 2024年7月28日印華作協頒發**“印華文壇貢獻獎”**。

36, 2024年11月11日，馬華作協前會長曾沛（已故）的女兒靖婷來港，在龍閣酒樓代表家人頒發給東瑞夫婦《最佳良師益友獎》，還寫上**“文緣千里，師友如山”**。